长征路上的扶贫人

扎西措 —— 著

四川文艺出版社

图书在版编目（CIP）数据

长征路上的扶贫人 / 扎西措著. —成都：四川文艺出版社，
2021.1
ISBN 978-7-5411-5875-9

Ⅰ. ①长… Ⅱ. ①扎… Ⅲ. ①长篇小说—中国—当代
Ⅳ. ①I247.5

中国版本图书馆 CIP 数据核字（2020）第 255328 号

CHANGZHENG LUSHANG DE FUPIN REN

长征路上的扶贫人

扎西措　著

出 品 人　张庆宁
责任编辑　程 川 周 轶
封面摄影　莫定友
封面设计　赵海月
内文设计　史小燕
责任校对　段 敏
责任印制　桑 蓉

出版发行　四川文艺出版社（成都市槐树街2号）
网　　址　www. scwys. com
电　　话　028-86259287（发行部）　028-86259303（编辑部）
传　　真　028-86259306

邮购地址　成都市槐树街2号四川文艺出版社邮购部　610031
排　　版　四川胜翔数码印务设计有限公司
印　　刷　四川机投印务有限公司
成品尺寸　168 mm×238 mm　开　　本　16开
印　　张　17.25　字　　数　280千
版　　次　2021年1月第一版　印　　次　2021年1月第一次印刷
书　　号　ISBN 978-7-5411-5875-9
定　　价　49.80元

目录

■ C O N T E N T S

我是被女儿的哭声弄醒的。

　　醉意蒙眬地打开手机，才凌晨一点！

　　表姐已经从客厅的沙发上起身冲到女儿的卧室，她带着强烈的睡意哄着女儿。

　　"不哭不哭！秀秀乖！姨妈在这里！妈妈就快来了！"

　　隔壁的动静让我从头痛欲裂的煎熬中彻底醒来。我的心底掠过一阵愧疚。我怎么能抛下秀秀，连最后一个夜晚的温情都没有留给她，她才九岁，根本不懂自己的父母已经被婚姻的裂变折磨得身心俱疲。这意味着她今后可能要在单亲家庭中成长，可怜的孩子！

　　我跌跌撞撞地扑到隔壁房间，表姐刚好把秀秀哄睡着了。我看到秀秀的小脸深深地埋进了表姐温热的怀里，她的睫毛贴着表姐质地柔软的睡衣，还挂着几滴泪珠。认识我们夫妇的都说秀秀继承了我们的优点。是的，这个小不点，既有她父亲的立体轮廓，也有她母亲的精致五官。孩子在一个合适的时间降生在合适的家庭里。谁能料到七年之痒后，父母的爱会因为所谓的三观不合而直线下降。

　　我不忍唤醒秀秀，虽然她不时抽搐的身体让我全身痉挛，可表姐此刻更像一位母亲。她微闭双眼，嘴里轻轻地哼着一首熟悉的摇篮曲，她一边拍打秀秀的后背一边抚摸着她的小脑袋。她轻轻哼出的歌谣像一条涓涓溪流，流向孩子温润的血脉。我确信秀秀和表姐之间会撞击出血亲的力量。或许，秀秀更爱表姐的温婉和贴心。我知道，自己有时候是个粗心且缺乏耐心的女人。假若不是这样，我的老公又怎么会移情别恋，置一个完整的家于脑后另寻新欢。

　　我收回伸向秀秀的手，用眼睛的余光瞟到了那双投影到墙上的微微颤抖的手。那是别人，包括我至亲的表姐都难以觉察的悲凉和无奈。只有我知道，这一刻，我所有的任性和心血来潮都会因女儿秀秀的哭泣而分崩离析！曾经所有为爱付出的波澜壮阔的誓言正在一点一点抽去我心底的最后一片柔情。

"别吵醒了孩子。今晚我就睡在这里。两年时间很快，我会照顾好秀秀。我希望你不要把过多的酒气留在房间。"表姐的冷漠比秀秀的哭声更像一把利剑，把我仅剩的一点勇气都给拦腰斩断了。她和衣躺在秀秀身边，用柔情似水的呢喃安抚着不时抽泣的孩子。我知趣地退出房间，然后把自己重重地摔向弥漫着酒气和呕吐味道的床上。

第一章　出发

农博局楼下，龙处长和处室同人都等在那里了。我提起箱包春风满面地过去和大家握手。好友春春一把抱住我，并在我的耳边叮嘱驻村期间保重身体，为了孩子尽量保住家庭。同事们的关切溢于言表。他们始终为我自告奋勇接受驻村任务捏着一把汗。主要原因还是我得抛下女儿秀秀两年之久，丈夫早在半年前就搬出了我们的按揭房，奔向他志同道合的新欢身边。谁都知道，我在事业上是个不让须眉的女强人。对于感情的背叛，我没有在同事面前流过一滴眼泪，没有在亲人面前诉过一声委屈。我知道，打落的门牙要往肚里咽，割伤的肉要慢慢修复。好在，我不是个藕断丝连的小女子，知道在哪里摔倒就在哪里爬起来的道理。

我对每一个前来送行的同人表达内心的感激，特别是严局长，刚下飞机就赶过来送行。她见到我没有多说一句话，而是像母亲一样，亲自为我系上围巾，扣好羽绒服纽扣。我强忍的委屈和泪水突然决堤。我狠心挣脱她的拥抱，一个箭步跨进车内摇上车窗。

同行的除了龙处长，还有小王和财务唐洁。小王因为多次跟随局领导去援建县扶贫村开展工作，对高原的情况很熟悉。在车子下了都汶高速开始进入山区时，他教了我几个对付高反的妙招。龙处长也一再告诫我注意海拔变化带来的不适。我只能一次次告诉他们，红景天和氧气都带在身边，出发前还吃了预防高反的药和晕车药。尽管他们知道我从不晕车，可那种关心我还是要领情。

说话间，龙处长和小王一前一后地打起了盹儿。随着崎岖颠簸的山路，昨夜滞留在体内的酒精开始挥发。我忍住强烈的困倦和痛楚把目光投向窗外。由于还是清晨，乳白色的雾岚停泊在幽深的谷底，头顶是高耸入云的大山和因山势的变化切割成狭长或椭圆形的天空。

我打了个饱满的酒嗝，浊浪冲天的气息立即在车内弥散开来。我赶紧打开车窗，让清凉的山风带走这不爽的气息。小王皱着眉头扭过头去，我深深为自己的不雅羞愧。幸好司机是个健谈的小伙子，他能在我陷入对女儿的思念和胃部剧烈冒酸带来痛楚时插入一些令人惊喜的话题。他说农博局多次租车，公司都会派他去。从某种意义上来说，具备对付长途冰雪路段的经验比什么都好。他让我在困意席卷的时候放心睡觉，说六百多公里的长途足够我做完一个世纪的美梦。对年轻司机的幽默和精气神我由衷折服。我完全相信他过硬的车技和应变能力。只是从告别都市的那一刻起，一种怅然若失的感觉始终挥之不去。

汽车的喇叭声在无数个隧道中回旋着，时明时暗的光线冲击着我昏昏沉沉的头脑。女儿秀秀乖巧的小脸和表姐冷漠的眼神交替在我的眼前，我真有大哭一场的冲动。如果不是担心司机在后视镜里看到我的颓废样，我一定会趁着龙处长和小王睡熟的间隙，让咸咸的泪水肆意流进嘴里，让郁积一年之久的痛苦酣畅淋漓地发泄出来。

可是，就在这时，我看到了一块晶亮的海子。一块足以让我的呼吸紧迫，让我的瞳孔无限放大的海子！我只好把泪水逼回眼眶，重新调整被酒精和失眠剥蚀的身体，让几近停滞的血液慢慢流回五脏六腑。

睡梦中的小王听到了我的惊呼。他睁开一只眼睛，嘴里嘟哝着说了句"叠溪海子"，我的惊喜配合又一个饱满的酒嗝演变成一个长长的"啊"字。

司机刘志被我夸张的表情感染了，他看着后视镜里苍白不堪的我，淡定地说这正是著名的叠溪海子风景区。

一个消失的古城遗址！小王侧身甩给我们一句咕哝后接着睡过去了。

出发前，我刻意选择靠窗的位置就是为了看途中的风景。小王明白我的用意，便自觉地坐到副驾驶上说要为我当一回向导。财务唐洁是个寡言少语的人，她上车后基本没有说话。我知道搞财务的人一般很拘谨很内敛。加上她调到农博局不过半年，平时工作上的直接联系也少。或许女人之间天生就有隔阂和敌意。不过这些对正在一步步接近高原的我来说不重要，对即将面对一个崭新环境从事一种崭新工作的我来说根本不重要。

叠溪海子坐落在一片高山幽谷中。四周的大山险峻陡峭，梯田式的玉米地悬挂在半山腰。光秃秃的果树下隐约可见影影绰绰的房舍。随着车行的高度，我可以从车窗内居高临下地俯瞰这个因地震而闻名于世的旷世美景。它像一面巨大的宝镜，在春寒料峭的三月呈现出皇族般超凡脱俗的高贵气质。虽然进入山区后俨然还是一片寒冬的萧瑟景象，可那片墨绿色的海子却能让每一个路过它身边的人不得不对大自然心生敬畏。

司机刘志说即使到了五月，这里的大山也才展露出毛茸茸的春意。而在高原春天会来得更晚，冬天占据了一年中最长的时间。确切地说，高原只有夏天和冬天两个明显的季节。

"不过，夏天，草原特别美。简直美得像一幅画。"

"对。虽然我是第一次去草原，可在电视和画册中看过不少。我们现在所在的位置海拔只有一千多，这里也算高原吗？"我看着苍凉的大山和悬崖间偶尔盘旋的一两只鹰有点儿迷茫。

小王大概被我的高嗓门给吵醒了。他坐直了身子，回头指着正在远去的叠溪海子和湖岸上的商铺说："别小看这些破败的场所，夏天这里可热闹了，游客像洪水一样涌来，一个小小的水果摊就可以挣十多万。以前我们家一个亲戚在这里开了个小餐馆，几年下来就挣到了三套房子。若不是老伴得了病，他还舍不得转让自己的餐馆。"

"我以为你进入了深度睡眠，结果一只耳朵还是醒着呢。我问你，这里算不算高原？"我看到小王睡眼惺忪的样子想揶揄一下他。

"当然不算，离高原远着呢。"司机刘志抢过话头。他老爱在后视镜里窥视我的困惑。

小王赞同地点头。他说我们不过刚刚从平原进入山区，还要走好几百公里的路程才到 R 县。他说自己在微信里问了那边的朋友，得知这几天都有不同程度的降雪，气温在零下二十度左右。

对于小王传递的空间距离和气候落差，我产生了一种幻觉。前方越是渺茫，我内心渴求抵达的心情也就越发迫切。是啊！我将带着对秀秀的愧疚和对婚姻的绝望把自己抛向不可知的未来，那里是否有我安放灵魂的所在或治疗情伤的避风港都是未知数。我甚至不敢太多去想那个将要面对的地方。陌生的乡间，寂寥的村庄会在两年之内带给我什么样的改变，离婚还是破镜重圆？满载而归还是无所作为？不过有一点可以明确，那就是我对自己选择下派驻村绝不后悔。反之，我觉得能够用远走的方式报复那个对我毫无感情可言的老公，从而产生几许快感。

那天，正好是我和老公结婚十周年的纪念日。我安排表姐替我去学校接回秀秀，自己去了川大校园附近的一所高档咖啡馆。我请服务生在楼下的花店帮我买了九十九朵蓝色玫瑰，并用昂贵的包装送到我老公新欢的家里。我把写有"你来与不来，我都不再等你"的字条放进芳香四溢的花束。我不去想老公和他的新欢见到花束后的感受，我只按自己的方式完成一个心愿。也就是说，对于一个背叛爱情和家庭的男人，我只有藐视和不屑。谁也没有料到，就在三天前的局务会上，各处室推荐上来的驻村干部名单中，因为我是唯一主动请缨的正科级实职女性干部而引起了局领导的高度重视。之后，我又递交了一篇以《下派驻村是我此生最大愿望》为题的申请报告。

处长找我谈了话，问我是不是因为和老公的感情出现问题才做出这样的选择。他要我慎重权衡多方利弊，不能因为一时冲动，放弃修复夫妻关系的最佳时间。

"还有你的女儿，她那么小，正是需要母爱的时候。我给你三天时间考虑。我的建议是，男同志下派驻村比较合适。"处长的一番话让我的心狠狠地痛了一下。可就那么一会儿，我就克制了内心的波澜。他的好意我心领了。我明白，也不完全是老公变心的原因，作为一个不太安于现状的女性来说，挑战自我是非常刺激的事。一个人一生当中总要做些超越自己的事。

生活在钢筋水泥中的都市人，似乎都要生出一身的铁锈味。这些一层层包裹着现代人身体和灵魂的可怕锈迹，会不知不觉地销蚀我们的意志。我不想沉溺在蛋糕和鲜花的魅影里，更不想把生命浪费在情感的拉锯战中。

我爱秀秀，她是我用骨血缔造的爱和生命的延续。我知道被溺爱的孩子没有出息。这个在别人看来不够理智的决定，一定会让我和我的女儿勇敢成长并成熟。

我喝下足够让自己彻夜失眠的咖啡，听了一首又一首说不出名字的西部摇滚，并在面对一个色鬼不怀好意的挑逗下泼给他一脸冰咖啡后扬长而去。

表姐自然把我痛骂了一顿。她不相信我滴酒未沾却带着醉酒般的疯癫，又哭又说地搂抱着秀秀说自己要去很远的地方干一番事业。她为我们做了夜宵，以及秀秀最爱吃的水果比萨。

那天夜里，我破天荒收到老公发的短信，他说他正在香港的邮轮上观赏水上芭蕾。他替新欢为我送去的玫瑰道了谢，还温情地表示我等与不等，他都会关注女儿的成长。我没有骂那个道貌岸然的混蛋，他的确不配我放下尊严展示粗俗泼皮的一面。

回想我们相处的十年中，我除了有点强势外，还真没有说过半句不雅的话。也许，正是我滴水不漏的性格让他窒息。从小在农村长大的老公，骨子里非常厌恶都市人高高在上的态度。虽然如今他也是一家企业的高层管理人员，薪水和奖金可以让我和秀秀过上想要的生活外，还可以为自己的出轨行为买单。他喜欢自由的生活，喜欢随心所欲的爱情，甚至迈出婚外情的第一步就有冲出牢笼的解脱感。他毫不掩饰这种解脱带给他的新鲜感。当决定净身出户奔到新欢身边的那个清晨，他文质彬彬地陪我吃了早餐，然后毫不犹豫地说了句"我终于找到了和自己一样不需要伪装的红颜知己"。当然，在他如释重负地走出房门后，我不管不顾地哭晕在地上！

小王和司机刘志你一句我一句地谈起了叠溪古镇消失的年代。我们的车早就驶离了那朵墨绿色的印记。前方是一座座犬牙交错的岩石和万丈深渊下的岷江河。海拔的直线上升让我感觉头晕耳鸣。我捏住鼻翼，使劲憋住气，只听"呲"的一声，一股气流冲出耳洞，听觉和视觉瞬间恢复正常。小王教的这个妙招还真是管用。

我打开手机，搜索出叠溪大地震的相关链接。一排触目惊心的文字吸引了我的眼球。

1933年8月25日15时50分，在四川松潘和茂县之间的叠溪发生了7.5级强烈地震，震源深度为6.1公里。城中心部分在剧震发生的几分钟内几乎笔直坠落。强烈的地震引起岷江两岸山崩，堵塞河道，形成了地震湖……

震后形成的大大小小的海子相继溃决。公棚和白蜡寨两个一大一小的海子保留至今，人们统称它们为大小海子，就是今天的叠溪海子。

从此，这个地处青藏高原东部北缘的川西北叠溪羌城，这个自古就是兵家必争之地的叠溪重镇，随着巨大颤动的一瞬间从地图上抹掉了！

人们很难相信，这个建制于唐朝，有着一千多年历史的边塞重镇，这个有过繁荣昌盛的历史，也经历过战祸兵乱的古城，随着山摇地动，飞沙滚石，被生养它的地球母亲张开大嘴吞食了下去。

关于叠溪地震的记载和数据如此惨烈！我的头脑嗡嗡作响。我不敢看更多充斥着血腥的文字和记录。它让我联想起2008年的"5·12"汶川大地震。历史何其相似！这个备受地震浩劫的羌山大地，是怎样在历史的废墟上一次次挺立起来的？

我关掉网页，像关掉一扇沉重的大门。叠溪海子如影随形地嵌入了我高原之行的记忆深处。历史正是在不断地毁灭和修复中绝地重生的。假若一切都没有发生过，那么，有着一千多年历史的叠溪古镇今天是否也会和黑虎、草坡、三江一样成为都市人最向往的旅游目的地？

龙处长睡得仿佛忘记了车上还有女同志需要关心。从省委组织部过来的他做事稳重谨慎，对部下既严格又关心。一般情况下，他不苟言笑，温文尔雅的外表下深藏着明察秋毫的智慧。他很赏识我雷厉风行的做事风格。他和我老公还是初中同学。对于大家一直看好的这段婚姻出现的危机，他的遗憾是发自内心的。我暗示过他不要找我老公劝和。我只需要在顺理成章的时候和老公提出离婚。但目前，我只会朝着远方那抹若隐若现的光芒继续前行。

窗外，明丽的阳光穿过婆娑树影映照着静寂山川，深深浅浅的雪线勾勒出逆流而上的羌寨和雪峰的倒影。两个多小时后，我在百度地图上看到了松潘的地名。车速不断地缩减着我与高原的距离。

我熟悉松潘这个名字。因为它拥有雪宝顶神山和黄龙风景区而闻名遐迩。虽然我计划去九寨和黄龙的旅程因各种原因一次次流产，可对这个地区的向往却从未停止。后来我还是听从了老公的建议，说等女儿再大些就带她一块儿去。

秀秀，我可爱的女儿！

古城的风貌带给一车人耳目一新的愉悦。龙处长推开滑到鼻尖的眼镜，终于醒了过来。我们同时把目光聚焦在威风凛凛的将军雕塑上。它静静地伫立在历史的风云中，用戎马一生的气概倾诉着古城逸事。

龙处长说，唐朝才女薛涛被贬至此，一生荣辱肝肠寸断。岁月几多流失，一代名流把爱恨情仇埋葬在无以复加的古城内外。

古道西风瘦马，夕阳西下，断肠人在天涯！

藏寨前的小路上，早起的背水姑娘在晨光中美若天仙。她们腰间飘逸着或红或绿的绸带，清澈的水波在木桶中反射出粼粼光芒。

薛涛是否也在这里背过水？她是否也和这些藏寨的姑娘一样穿着美丽的藏袍，腰间束着飘逸的绸带？她是否也在夕阳西下的黄昏为深爱的恋人唱过情歌？这里应该有她繁衍不息的后代吧，要不怎么会有这么多唐女一样丰腴的女子在晨光里顾盼生辉呢！

秀秀，我可爱的女儿。当眼前的树林越来越丰茂，车窗上结满了白色的冰霜时，我深深地思念起我的女儿。她醒来后会不会疯狂地哭着要妈妈？会不会哭肿眼皮在教室里无心听老师讲课？

我知道自己是个不称职的母亲，我给予秀秀的，更多是疏忽和缺失。好在表姐那么喜欢她，那么宠爱她。或许她希望我离开后把秀秀当作自己的孩子。到目前为止，表姐还没有发一条消息给我，没有说关于秀秀醒来后的任何情况。她可能故意用冷漠的态度勾起我对秀秀的歉意。

也好，这样大家都可以有一个相对自由的空间。夜里秀秀醒来后不会再无人安抚，表姐也不再需要找各种借口到家里亲近秀秀，那个负心汉也不再需要路过楼下等上一时半刻才允许上楼拥抱亲吻他的爱女！每一个周末，我也可以不再饮用大量的咖啡和酒来打发无聊的时光。

我偷偷把手机放在唇上，对着女儿粉嘟嘟的小嘴悄悄地亲吻。

两年后，我们都会有新的收获。秀秀变得懂事，我变得淡定和包容。但需要时间，时间可以抚平所有伤痛。

渐渐地，睡意俘获了我胡思乱想的心绪。我迷迷糊糊地听着车子轰鸣着爬向更高的山路，风和阳光交织而来的画面在我的眼皮下变成一抹灰色的线条。

第二章 七根火柴

这一次，是龙处长喊醒了睡得歪鼻斜眼的我们。听得出来，他的声音是凝重严肃的。我无法把自己从深重的睡眠中拔出来，打断一个好觉是很痛苦的事，我只想沦陷在这个灌了迷魂汤一样的休眠状态中。

"哎哎哎！林姐，快别睡了。到高原了，下车看看风景啊！这么漂亮的雪，简直是银装素裹！"

我真想冲这个不知轻重的小子吼一声"闭嘴"，他为什么不让我好好地睡上一觉，昨晚被秀秀吵醒后，我几乎在头痛欲裂中睁眼到了天亮。雪有那么好看吗？我有两年的时间可以看个够。谁再敢大声嚷嚷，我会抽他一巴掌！

"林美娇，下车下车。快来感受一下北风那个吹，雪花那个飘的高原天气。我们再去前面看一个村子。那里是一个有故事的地方。"龙处长的话让我彻底崩溃。我知道白日美梦无法继续了，索性冲出车子从地下抓起一把雪团砸向小王。

小王不怒反笑。他一边举手投降一边奔向一片树林。我气急败坏地又举起一个雪团，可不知道该不该砸一脸灿烂的龙处长和司机刘志。

刘志幽默地把脖子伸到我跟前说："要砸就砸我吧，不能砸领导！"等我真把雪团掷向他的衣领时，他却跑得比兔子还快。

经这一闹腾，我的困倦顿时消失。我停止打闹，好奇地四处张望。原来我们已经置身雪原了。无论是山丘还是沟壑，都被白茫茫的大雪笼罩着。天空蓝得有点儿失真。我还发现，我们所处的地方全是树林，披挂着层层雪被的树木从山脚一直向北延伸。

"哇！这里还有森林！"我的惊喜差点儿让自己摔了个狗啃屎。小王眼疾手快扶住了我。他抢过我的双肩包，背在自己背上，然后一本正经地用右手指着前方说："欢迎大家来到美丽的大草原。现在我们所处的位置是位于 R 县东南方向的姜冬草原。请大家把目光投向左前方。正如你们所看到的，那是一片红柳林。不过这离真正的森林差了十万八千里。它不过是高原上极其普遍的植物。红柳在藏语里叫作'姜冬'，这个地方因疯长着大片的柳林而得名姜冬。"

小王的话像一剂兴奋剂，所有人立即活跃起来。龙处长提醒我们戴上墨镜再往前走。他说雪光刺坏眼睛不是小事。我的前任，规划处的马小龙就是在下村时被雪刺伤了眼睛，治疗了好长一段时间才恢复视力。

我几步追上去和小王沿着公路往前走，飞驰而过的车辆把泥水雪水溅到我们的衣服上。我们夸张地跳跃着躲过泥浆和偶尔从柳枝上掉下来的雪块。没过多久，我们就看到了坐落在山坳里的一座藏寨。

龙处长指着远处的藏寨介绍说："这个村子叫姜冬村，是我们单位扶贫援建的第一个村寨。村寨有二百多户人家。由于牧场所在地较为贫瘠，牲畜少，产业相对单一，实行包产到户后，只有极少数的人家富裕起来。我们联系姜冬村后，局领导也非常重视村上的经济发展。短短几年时间，我们帮扶的八十多户人家全部脱了贫，并先后走出了三十多名大学生。有些大学生毕业后主动回到家乡，投入到家乡的建设中去。前几年，一个浙江的大学生村官还在这里安家落户，娶了个藏族女孩，说一口标准的藏语。"

"去年我们下村路过这里，正好遇到姜冬村过雅敦节。那个大学生村官还请我们到他家去做客。他们都有两个孩子了。缘分就是这么奇妙，不管相隔千山万水，是你的就会走到你跟前。"小王快人快语地抢着插嘴。

龙处长看着虎背熊腰的小王开玩笑说："你小子是不是也在草原上找个牧家姑娘上门算了，这样就可以天天吃手抓羊肉了。"

"我看还是给林姐找个婆家吧！"小王话刚出口发觉触到我的心病赶紧打了自己一个嘴巴，"哎呀呀，看我这张破嘴，咋就乱喷狗屁了！对不起啊林姐，我不是故意的。"

我当然不会为这些小事动怒，何况小王只是顺着龙处长的话开个玩笑而已。我只是在想，天寒地冻的，龙处长何苦让我们顶着风雪去看一个藏寨。他可以在车上给我们介绍这个村的情况呀。

可他在狠狠地用指尖戳了一下小王的鼻尖后，把双手插进裤兜继续往前走。刘志和唐洁似乎怕我难堪，找了些背景自拍起来。当唐洁主动勾起我的手臂，用一种温柔的眼神微笑着看我时，我的鼻子有点儿发酸。我知道她在安慰我。这个时候我才觉得女人之间也可以用无声的语言进行交流。我懂得她此刻的真诚。自上车到现在，我第一次对这个表情有点儿木讷，内心却很细腻的女人产生了好感。

我用戴着手套的手指捏了捏她的手腕，大声喊"小王快来给我们照个合影"，唐洁听到我的喊叫发出了会心的大笑。

龙处长在我们拍照时已经走到了一块坡地上。他回身向我们招手示意快点向他靠近。

我们小跑着追了上去，就在大家气喘吁吁地跑到那块坡地，刚要问他有什么新发现时，突然看到了一座巨大的雕塑。

雕塑大约五米高，是个红褐色的巨大手掌。手掌中握着一只火柴盒，盒子上整整齐齐地躺着七根火柴！

我的脑袋轰的一响！七根火柴？难道这是小学课本里读过的《七根火柴》？

我的思绪停留在突如其来的惊喜中。从山坳里吹来的狂风扬起漫天飞雪遮蔽了大半个天空。我们把羽绒服的帽子拉到头上，等铺天盖地的风声慢慢消散开去才敢露出脑袋。

小王仿佛忘记了自己下车后充当的解说员的角色。他狼狈地拍打着灌进衣领中的白雪，龇牙咧嘴地说遇到了妖风。

我松开唐洁的手臂，重新系紧了鞋带。龙处长摘下墨镜后一脸严肃地站到"七根火柴"四个烫金大字前。

"同志们，想必大家已经明白我们来此的目的了。是的，今天我把你们带到这里，就是要和大家瞻仰一个红色革命遗址。这里正是长征途中'七根火柴'故事的发生地。故事中描述的小树林就是前方的那片柳林。由于红军将士没有到过草原，他们在茫茫水草地里连续行军七天七夜才到达这里，这片高原红柳成为战士们当年的宿营地。"

《七根火柴》讲述的是红军战士卢进勇受伤掉队，在准备追赶队伍时遇到了一名奄奄一息的战友的故事。战友交给他一张党证和七根火柴，请求他交给党组织。卢进勇追上部队后，用那名战士托付给他的火柴点起了熊熊大火，火光映照着战士们前进的方向，胜利的曙光在七根火柴的指引下普照大地。

我完全没有想到，小学课本中读到的故事竟会以这样的方式呈现在自己面前。就算我有一万个假设也无法预料在下派驻村的路上能邂逅一段血雨腥风的岁月印刻在历史天空下的悲伤记忆。

如果说在路过叠溪海子时我所能感知的是对大自然的敬畏，那么七根火柴在我心中掀起的就是对革命英雄主义的无限敬仰和追思。

我们情不自禁地对着烈士牺牲的地方鞠躬。雕塑下，被阳光化掉的雪水在密密麻麻的文字中冲开一缕缕斑驳的痕迹，我的思绪随着文字中的故事回到了那个硝烟弥漫的战争年代。

卢进勇从树丛中探出头，四下里望了望。整个草地都沉浸在一片迷蒙的雨雾里，看不见人影，听不见人声。

……因为小腿受伤发炎，他掉队了。两天来，他日夜赶路，原想在今天赶上大队的，却又碰上这倒霉的暴雨，耽误了半个晚上。

……

那个同志一只手哆哆嗦嗦地打开了纸包，那是一个党证；揭开党证，里面并排着一小堆火柴，干燥的火柴。

红红的火柴头聚集在一起，正压在那朱红的印章中心，像一簇火焰在跳。

……

记住，这……这是大家的！好……好同志……你……你把它带给……

上车后，谁也没有说话，似乎所有人都还沉浸在七根火柴的故事中。我终于明白，原来我正在前行的这条路，就是二万五千里长征途中最艰苦的一段。不用搜索，我都能背出课文中那些经典描述和艰难困苦的情节。

到达 R 县的时候，天空又开始飘起大雪。前来迎接我们的是下派干部指挥所的张副县长。我们在武装部会议室开了个座谈会，把人员分配情况做了个通报。除了省级部门下来的三名干部，还有德阳援建单位的十三名同志。

会后在职工食堂吃了饭。龙处长说要和县旅游局领导见面，商量一下明天下村的事。

或许是因为对高原有了过多的向往，加上路上受到叠溪地震遗址和长征故事的冲击，我的心情一直处于一种莫名的激动中。可 R 县萧瑟的街道，恶劣的天气，以及与指挥部干部平淡而正规的见面，让我心中正在燃烧的火焰慢慢熄灭。

龙处长说，今年我们对口单位之所以由原先的扶贫移民局换成了旅游局，是因为我们的两个帮扶村都有旅游方面的开发项目。在车上我们谈起长征时，他说明天要去的村子正好也在长征路上。他的言外之意就是说要借助这些红色文化元素，开发当地的旅游资源，为老百姓增收致富创造更多路子。

旅游局办公室在老医院旧址前的二层楼上。夺吉局长和全体职工都等着我们。

一进办公室，温暖的热气扑面而来。桌上摆着的鲜果和茶水让我们感觉到冰雪天气中的盎然暖意。

握手寒暄，一一介绍。办公室小杨说我的宿舍就在隔壁，并且已经为我添置了简单的生活用品和床单被子。

夺吉局长补充说以后我待在村里的时间可能要多一点，这对一个女同志来说有点儿不方便，但我随时可以回县里，生活上有什么要求局里一定解决。他感慨地看着我冻红的鼻头说："早就听说要来一个漂亮能干的女同志。百闻不如一见啊！听说你多次参与省内旅游项目的策划，以后你要多指导局里的年轻人。局里给你任命了副局长的职务，主要负责项目工作。"

龙处长一听乐了："好啊！我们的林美娇同志是个敢于挑战的好干部。她做事的能力不亚于一个男人。马小龙在我们的帮扶村做了很多实实在在的事，赢得了老百姓的好口碑。希望两年后，林副局长也带着满意的答卷回到省城。"

我被旅游局办公室的温馨和领导的关心感动了。特别是他们为我们准备的欢迎仪式简朴又新颖——每个人手捧哈达，口中说着吉祥祝福的话。

龙处长说这次下来要完成三件事。一是落实帮扶村集体经济；二是对帮扶村的产业发展进行调研；三是总结上半年扶贫工作的推进情况。他开玩笑说，除此之外的重中之重是把我完整无缺地交到夺吉局长手里，两年后他再完整无缺地把我接回省城。

小王和唐洁都用坚定的目光鼓励我，那神情就是"你行"两个字。

热闹的气氛随着大家的离去消散了。小王和唐洁要和龙处长他们住宾馆却不忍丢下我。我谢绝了唐洁邀请我去住宾馆的好意，坚决要求自己独自挺过这个孤单的夜晚。未来的两年，我同样会在无人陪伴的孤独中完成驻村任务。谁说寂寞不是疗伤的最好方式？它可以把所有空间都留给你，让你在绝对无人干扰的情况下思考很多问题。

宿舍是个长方形的通间。小杨说过，这之前是资料室，住过三任下派干部。考虑到我是女性，他们买了新的床单、被子、洗脸盆架和水壶，甚至还特意为我买了一盆绿植和粉色多肉。小杨说女同志都喜欢花儿草儿的，权当是个陪伴。我得知是他自己掏钱买了盆花很是过意不去。这个看似腼腆的小伙子太细心了。千恩万谢地送走同事们，我的单身宿舍突然就安静了下来。

窗外，夜色早已像一张沉重的幕帘，把白天的雪和夜晚的灯光统统揽入自己的怀中。

我把窗台上的绿植和多肉放到桌上。地暖散发出来的热气在小小的房间簇拥着初来乍到的我。

我把水壶里的水倒入盆中，用一种生疏的动作回味着多年前没有热水器时的生活节奏。其实，返璞归真的感觉很好。优越的物质生活只能让我们的精神日益懈怠，尝试一种正在消失的生活场景会让我心绪激荡。

啊！我向往已久的高原，此刻它正在以绝无仅有的神秘意境洞开我沉睡久远的灵魂。

秀秀，我的小心肝。我打开电脑，准备把这一天在路上经历的事情整理成文字。我并不急于了解这个地方的政治、经济和文化背景。我有足够的时间站在零的起点慢慢蹚进 R 县悠远的历史长河。

可我不能忽略了秀秀。那个被父亲遗弃、被母亲疏忽的孩子。

果然，手机短信和微信表情冰雹一样砸晕了我的脑袋。我想告诉秀秀和表姐，在今天赶往高原扶贫县的路上，我见证了时而冰雹时而风雪的多变气候。我觉得把这些既陌生又新奇的自然气象写进日记很有意思。特别是高原上的冰雹，猝不及防和横扫一切的威力就足够我为它写上一大段有趣的文字。

我赶紧给表姐邀发视频聊天，可那边秒拒了我。秀秀发给我的小红唇和流泪的表情让我心碎。我恨不得扇自己一个耳光。假若没有表姐，秀秀该怎么办？

婚姻不顺的事，我一直瞒着父母。他们年事已高，不能让他们的晚年充满阴霾。对那个负心汉，我只有一个要求，就是按照惯例每个月去父母那里度过周末时光。他倒配合得天衣无缝，左一声爸爸，右一声妈妈，比我这个亲生女儿叫得还亲。

我把房间的摆设拍成视频发给秀秀，希望那盆粉嘟嘟的多肉带给她一点快乐。可所有期待都是枉然，那娘儿俩仿佛已经忘记了我的存在。我的离去像是成全她们从此可以成为真正的母女。对表姐的这份爱我怎么能指责，相反我得好好检讨自己。原本，我完全可以陪在秀秀身边，陪她度过缺失父爱的童年。

无奈，我拉下窗帘，把凝重的夜晚隔绝到窗外。我没有打电话给表姐，因为这个点秀秀很有可能已经上床。如果她听到我的声音又哭又闹，那么注定我又要在一个失眠的长夜里煎熬。

换上睡衣，我把地热的温度调低了一点。初到高原，怕空气过于干燥，我便把加湿器放在地板上，然后上床。

我在电脑上敲击出一行文字，正准备为下派驻村的第一天写一个漂亮的序言时，表姐却发来微信。她说秀秀哭了很久，秀秀说妈妈不回来就不睡觉。她给秀秀讲了很多故事，好不容易才把她哄睡。

听到这些，我的心中一阵阵发酸。我想秀秀的长睫毛上一定挂上了泪珠，她不知道自己的妈妈已经远在六百多公里外的高原。

表姐知道我心中的痛楚。她让我安心工作，保证照顾好秀秀。等孩子习惯了她会每天和我视频。

"如果你和建中还有回旋的余地，就别太任性。秀秀需要完整的家。"我发了个拥抱的表情和表姐说了晚安。她哪里知道我心中的滋味，如果不是为了秀秀，像我这样心高气傲的人怎么可能容忍丈夫在外为所欲为到现在。只不过，我没有过多渲染老公的婚外情。毕竟他每个月还得跟我回到父母身边，还得伪装出一副夫唱妇随的恩爱样。可我真的已经厌倦透顶了，这样拉锯式的战争没有任何意义，与其这样耗着不如趁早了断算了。

下派驻村就是我为分道扬镳迈出的第一步。我要在这个特殊的工作环境里，修复一个伤痕累累的自己。

当然，这一切应该对两年以后的我一点都不重要。那时候，秀秀会再长大一些，我也会更成熟一些。我相信驻村工作一定是最好的历练。

我不想把时间浪费在对往事的纠缠中。这个夜晚，我在海拔三千五百米的高原，听着风雪的怒吼一次次敲打窗棂，柔软的棉被和室内氤氲而来的暖意让我逐渐进入了梦乡。

第三章　乡村

睡了一个好觉，感觉自己又满血复活了。放在床头上的红景天和氧气都没派上用场。去吃早餐前，我在网上查找到《词源》一书中关于乡村的释义：

> 即为主要从事农业、人口分布较城市分散的地方。以美国学者 R. D. 罗德菲尔德为代表的部分外国学者指出，"乡村是人口稀少、比较隔绝、以农业生产为主要经济基础、人们生活基本相似，而与社会其他部分，特别是城市有所不同的地方"。而乡村不外乎还有一个最简单易懂的注释：乡民聚居之处。

可我理解的乡村是小桥流水、村舍农庄、田园耕牛、森林山冈的代名词。它与城市的根本区别就是，乡村有我们梦寐以求的自然之声，有保持完好的原始质朴形态。我知道自己正在走近的这个乡村一定与内地的乡村有所区别，因为它存在于世界上最纯粹的阳光和空气中。

小王和唐洁几乎同时发来微信定位，说早餐在县城有名的姐妹牛杂店吃。办公室小杨已经过来接我了。我赶紧收拾停当，并基本和小杨同时到达楼下的停车场。

小杨礼貌地问我昨晚睡得好不好，有没有高反。他说姐妹牛杂店生意非常好，如果不早点过去根本吃不到。

出发时，龙处长要求我坐到夺吉局长的车上，说路上可以与他交流一些帮扶村的情况。

天气并没有好转，云低低地压在县城上空。早起上班的人步履匆匆，他们用厚厚的冬装把自己包裹得严严实实。我注意到县城的建筑比昨天来时更清晰了，路过之处都是不超过四五层以上的楼房。夺吉局长说R县所在地过去是沼泽地，不适宜修建高楼。

我想起早上搜索到的关于乡村的定义。对于乡村而言，一座县城就是它的政治、经济和文化中心。当然，乡村还有乡一级的党委政府和以村为单位的组织机构。

车子行驶了十多公里后，在宽阔的213国道进入了泥泞不堪的土路。车轮下飞溅的黄泥在挡风玻璃上砸开一道道喷射状的污迹。路况比我想象的还要糟糕。夺吉局长告诉我，这条路以前是县道，直接通往九寨沟，现在破损严重，估计一年后会进行提升改造。

说话间，车在一个垭口切入到四十度的斜坡，地势在这里陡然一变。大片树林出现在我们面前。比起昨天看到的红柳，这才是真正的森林。我看到了小王所谓"差了十万八千里的森林"应有的气势和景象。

墨绿色的林木绵延不绝，海拔的落差在这里呈现出与县城周边不一样的气候和风景。据说这里生长着一种叫作紫果云杉的名贵树种和高山杜鹃，夏天还有各种中药材和菌类。

夺吉局长说，我们不过是刚刚进入了森林边缘。R县的东部，分布着中国五大林区之一的包座原始森林和著称"高原小江南"的铁布农耕地区。每一个地区都有独一无二的资源和优势。而巴西自古以来就是半农半牧的地方，老百姓不仅要管理好自己的农田，还要到牧场放养牲畜。过去，这里的人都很穷，地里的粮食只能维持基本生活。一到夏天，村民们就要上山挖贝母贴补家用。没有充足的劳动力，从事农耕和牧业就特别难。

"2009年四川省实施'牧民定居行动计划'以来，R县的牧区和农区的住房条件得到了很大改善。特别是牧区，过去是逐水草而居的游牧生活，定居房的建设使牧民改写了居无定所的历史。而不同的生产生活方式导致经济收入有所区别，相对牧区，从事农业的地区经济收入较低，好在政府因地制宜出台了致富计划，民生工程给农村带来了福音，产业结构的调整提升了经济效益。'5·12'汶川地震前，这一带修建了很多农家乐，一定程度上推动了地方经济，也为老百姓带来了实惠，只可惜地震让风生水起的旅游业一夜之间陷入瘫痪状态。加之沙场开发，几百辆车日夜往返在这条脆弱的县级公路上，把好好的路槽蹂躏成现在这个样子。别说游客，就是本县的人也不想颠簸在这些破路上了。谁都知道，造成这里贫穷的根源就是道路交通的滞后。"

夺吉局长是个健谈的藏族汉子。他高大英俊，黝黑的脸上布满了紫外线留下的强烈痕迹。

我没有插话，尽管心中有很多疑问。比如，这条通往童话世界九寨沟的路不尽快改造，那么我们想在帮扶村开发旅游又以什么作为支撑？又比如，巴西地区现在是否仍然过着放牧又农耕的生活？这次我们下来要落实的牦牛养殖能不能带来实质性的经济效应？又比如，一个驻村干部的力量究竟有多大？两年时间我们能够发挥什么样的作用，真能在这个极其有限的时间让一个贫困村走上富足安乐的快车道？

但这一切我都不急需在路上得到答案，我也不想冒昧地问一些在别人看来严重缺乏基层工作经验的废话。

我需要借助高原难得一见的湛蓝天空，抑或是刺骨风雪的洗涤，让郁积心底的烦恼彻底冲刷干净。我不只需要在这个小小的乡村改头换面，更重要的是，既然我选择努力为之奋斗的扶贫工作，就要脚踏实地地印刻上自己满意的足迹。若不这样，我丢下心爱的秀秀，在同事和表姐的不解中奔赴高原又有何益？

Z字形的公路下面，偶尔闪过一些小木屋和围筑成圆形的栅栏。积雪覆盖的森林和山峰交替变幻出不同景致。柔软的雪线之上是目光和嗅觉可以捕捉的春意。

就这样，沿着深深浅浅的冰雪路段，俄洛村进入了我的视线。村寨坐落在一个高高的坡地上，四十多户人家诗意地散落在长满柏树和灌木的山脚下。

村委会大门前，村干部们拿着哈达等在那里。我们一下车，脖子上就被挂上了洁白的哈达。几个穿戴漂亮的姑娘还给我们敬了青稞酒。

黄泥涂抹的老墙下，挂着拐杖的老妇不停地向我们说着"让司果让司果"。小王凑在我耳边说那是"你好，欢迎"的意思，你得回答"哦呀哦呀"。

我不太相信这个家伙无不揶揄的表情，担心他欺负我不懂藏语。可夺吉局长和龙处长他们一边向老妇招手一边说着"哦呀",我便跟着他们准确无误地回应"哦呀哦呀"。

村委会是一栋带有院子的两层木质结构楼房。车上听夺吉局长说过,村委会是农博局用二十万资金修建的。去年,局领导考虑到俄洛村实行了封山育林,村民们每年只能上两次山砍伐生活燃料,于是就在原来的楼层增加了阳光棚。村里把阳光棚改成了会议室,这样不仅采光好,而且节约了燃料。除了春冬两季,平时不需要烧火。

夺吉局长说这些的时候,我问他怎么没有想到在阳光会议室搞个太阳能地暖,这样就不用烧柴了。他听了拍了一下大腿,说这里的阳光这么充足,怎么就没有想到这一茬!以后得请专家来考察一下,说不定能采集阳光做点名堂出来。

一只大火炉支在屋子中央,会议室里弥漫着温暖的气息,擦得发亮的茶壶里飘出了奶茶的香气。

龙处长见到一个六十岁开外的男人,赶紧握住他的手:"老支书也来啦?您老的身体还好吗?"他回头指着我继续说,"这个是我们农博局下派的驻村干部林美娇,来接马小龙的班。以后村里的工作还得靠你们教她。两年后,我希望她能胜过前任马小龙,带着满意的收获回省城。"

老支书的眼睛都笑成了一条缝。他用鼓励的眼神看着我说:"哎呀呀,还是个女同志。真是难得呀!这么艰苦的地方你能挺住吗?以后生活上有什么困难一定找我。我老婆子上过初中,用汉语交流没问题。想吃糌粑酥油到我家来拿。"

老支书的话让我感动。这刚见面就关心起我的生活,乡村的人的确质朴而真诚。

村主任丹巴——给我们介绍了到场的班子成员。他说书记因为老婆生病,陪她去临夏陆军医院治病去了。我用超强的记忆力记住了会计、民兵连长、妇女主任、团干事们一长串难记的藏文名字。

大家依次坐在藏式炕桌旁。前面给我们敬酒的姑娘把倒满奶茶的碗端到桌上。

村主任丹巴说,这些姑娘都是刚刚从学校毕业的大学生,其中有两个已经考上了公务员。平时村里有接待,她们都会到场。逢年过节村里搞个文艺活动,都由她们组织和排练。

夺吉局长把今天下来开会的目的给村干部们做了传达。他说今年不仅要把村集体经济搞起来，还要适当开发高原油菜花和大黄试种基地。同时挖掘俄洛村古老的民俗文化，为打造乡村旅游和红色旅游铺垫好基础。

丹巴把两年来省级对口援建单位给俄洛村争取的项目完成情况和正在推进的各项工作做了汇报。

夺吉局长说今年县上准备整合涉农资金，适当打造民俗旅游。依托红色景点建造生态和复古相结合的乡村客栈。这既是为全县脱贫摘帽任务添砖加瓦，也是为新中国迎来七十华诞敬献的一份厚礼。

"林副局长今后的大部分时间可能要待在村里。俄洛村的第一书记是个泼辣干练的漂亮女子，你们以后相处的时间多，一定要多向她学习取经。"夺吉局长的话让我的心中涌起一阵好奇。

"哎呀呀！是谁在背后嚼人舌根？我人刚到村口耳朵就发烫！"随着一声爽快的笑声，一个女子风风火火地闯进来。

我正要擦去眼睛中的一团水雾，一双湿热的手就拽着我的衣袖："不用介绍了，你就是林美娇。你来之前我看过你的资料，果然是个'巾帼英雄'，看样子我俩有得一拼哪！村里已经安排好你的工作了。以后，这里就是你的革命根据地！"

一身带风的女子眼眸一转又飘到龙处长跟前："不好意思，处长大人。因为一早要赶个材料，没能来迎接你们。我要的芍药花你没忘吧？哦，夺吉局长还答应今年给我们村解决生态停车场的经费呢！还有……"

"你这是来讨债还是开会？看，林美娇同志坐也不是站也不是。蓝红梅书记，可不可以先请大家坐下来喝口热茶再谈工作？"村主任丹巴看到所有人因为蓝红梅书记的到来都站起来了，就赶紧扯着女子的手臂把她按到温暖的炉火旁坐下。

我看着清清秀秀的第一书记说话无遮无拦的，感觉顷刻间就喜欢上她了。我坐回座位连说"没事没事"！

被称为蓝红梅的女子这才拍了一下手，歉意地说："瞧我这猴急样！因为来了个美女驻村干部激动了嘛！你的前任马小龙是我们很好的朋友，他这一走我还真有些舍不得。等会儿开完村民大会我们还有很多事要谈。"

泼辣的女子坐到烧得通红的火炉旁，她歉意地示意大家继续开会。村主任丹巴又把刚刚汇报过的情况从头到尾陈述了一遍。他说去年启动的三个寨子的水磨建设春耕后复工，要确保在秋天投入使用。

龙处长等大家做完汇报，就把今年省上要实施的几个项目通报给在座的村干部。今天的动员大会主要是向群众征求牦牛养殖项目的意见。大会上要定出养殖人员和养殖措施，包括怎么发放工资，怎么分配经济收入，这一切都要在春耕前完成。其中最重要的环节是去牧区购买八十头牦牛，因为牧民居住地比较散，村与村、户与户之间相隔甚远，所以很有可能得跑好几趟才能买够那么多的牦牛。

我翻开笔记本，把每个人的发言都详细地记录下来。对村干部夹杂的藏语，我请蓝红梅书记给我翻译。今天是我到村里开展工作的第一天，每一件细小的事情对我都是新的开始。农博局争取下来的这个项目，在我们下来前局里也进行了专题研究。四十万资金就是为村集体经济量身定做的项目，必须在第一季度落实到位。

七根火柴！不知道什么原因，当我一边做笔记一边看着蓝红梅书记身后通红的炉火时，那张巨大的手掌，红红的火柴头，以及四周白雪皑皑的雪山和静穆的红柳林勾起了我的怀想。

和平年代的人很难想象长征的艰苦卓绝，饥肠辘辘的红军将士是怎样战胜了雪山草地的恶劣天气，粉碎了国民党的围追堵截？过去只能在书本和银屏中看到的英雄故事，现在那么生动地出现在我去往高原的路上。

"红军不怕远征难，万水千山只等闲！"我把毛泽东的《七律·长征》作为驻村工作笔记的序言。正在得意之时，蓝红梅书记清清爽爽的声音又在会议室荡漾开来。

"在省级领导下来前，我们和村干部们开了个碰头会。对 2019 年全县要完成的脱贫攻坚任务进行了解读。俄洛村目前纳入建档立卡户的有二十六家。其中二十家要在今年年底脱贫，剩余六家分别于明年脱贫。也就是说，我们不能拖全县脱贫攻坚的后腿。今年要实施的村集体经济，我们也制订了相应方案。一是村民自愿承担牦牛养殖任务，二是村组推荐一至两名人选，三是采取民主集中的方式确定最终人选。如果我们直接定人，群众会有意见。我们之前也走访过贫困户，问他们愿不愿意去搞牦牛养殖。可走访的结果是，贫困户们不是缺劳力就是身患残疾，不是游手好闲就是养成了等靠要的坏习惯。没有一个主动站出来愿意放牧。"

蓝红梅书记对着我们耸耸肩，做出一副无可奈何的表情。

"那么，什么时候能开会？得抓紧时间了。龙处长他们明天还要去另一个扶贫村，下午还要返回县城。不是说十点开会吗？怎么一个人影都不见？"夺吉局长见村委会院坝空空荡荡的，就问丹巴主任。

丹巴主任尴尬地说："昨天就通知村民开会的时间了。不过即使我们通知早上六点开会，村民们能够在十点左右到场就算支持你的工作了。但若是通知要发放什么物资和钱，一个个疾风骤雨地就来了。在村里，开会真是个难事。我估计来开会的大多数还是那些唠唠叨叨的女人们。"

"昨天在村委会高音喇叭里还吼了几次，强调今天省上领导和县上领导都要下来。主要是为俄洛村的集体经济征求群众意见的。我刚才来村委会时，还喊了几个邻居要他们按时参会。"

老村支书看了看手表，他刚想对丹巴使个眼色提醒他催催各组组长，就看到巷子里三三两两的村民朝村委会走来。

蓝红梅书记焦躁地站到窗前说："如果书记在，群众会比较守时。他对开会纪律要求很严，村民们很怕他。现在都十点半了。等大家到齐恐怕都中午了。我们的会最少要开两三个小时吧？你们看要不要会计他们挨家挨户去喊！"

会计听后立即跑到广播室，在高音喇叭里又吼了三声。这下总算有效了，村委会院坝里终于挤满了黑压压的一大堆人。

我发现到会的正像丹巴主任说的那样，女人居多。但小伙子和稍微上了点岁数的男人也不在少数。表面上看，都是能够说几句话的人。

龙处长看着蓝红梅书记红扑扑的脸蛋笑着说："还是我们的基层干部了解老百姓的性情。果真快到中午了，这会得开到下午才能完。"

丹巴主任见人来得差不多了，就和会计他们下楼给领导们安排座位。老村支书见状也跟了过去，他说自己还是得回到群众中去。

"他们会以为我在这里倚老卖老。可不能落下老百姓的口实，这样会对你们有意见！"他边走边冲大家眨了个眼。

村民大会虽然规模小，可议程严谨，桌上还摆着每个人的名牌。

会议由俄洛村村主任丹巴主持。他用藏语向群众介绍了到会的领导和省级部门新派的驻村干部。

当我听到丹巴主任念到林美娇三个字时，赶紧站起来向大家鞠躬。我着急忙慌地想要不要对鼓掌的群众说句小王教我的"哦呀"，小王见势不妙悄悄扯了扯我的衣角。

"下面，让我们以热烈的掌声欢迎省农博局龙处长讲话！"这时话筒已经传到了龙处长手里。

龙处长接过话筒，微微欠了欠身，彬彬有礼地对群众说："俄洛村的村民们，你们好！今天在百忙之中请大家到村委会开会，是要把今年村集体经济的项目实施方案对大家进行通报。局领导要求我们把第一季度项目会开好，开扎实，开透彻。牦牛养殖是省农博局为俄洛村争取的扶贫项目，四十万资金已经全部到位。今天，我们先召开群众大会，对牦牛养殖的目的和任务做个前期宣传，然后动员大家积极参与到村集体经济的推进中。春耕前，我们要完成八十头牦牛的购买和养殖人员的落实。今天这个会，大家可以畅所欲言，建言献策。如果我们的牦牛养殖成功了，不久的将来，它将会成为俄洛村的支柱产业。并以此带动高原油菜、大黄等种植业，以及我们今年要打造的旅游业等多种产业的同步发展。"

龙处长话音刚落，丹巴主任就跟着翻译了。他还强调，要在一周之内商量出牦牛养殖的具体办法。由谁去养？怎么养？收益怎么分配？养殖人员的报酬按盈利比例还是固定每月发放？今天的动员会上，大家要商量出最好的办法。

前面有了龙处长的讲话，丹巴主任翻译下去的话我就没有问小王了。再说在下派前局务会上领导也一再交代了扶贫村集体经济的详细规划和所要达到的目标，现在不过是按照会议精神到现场搞宣传而已。

我喝了口热茶，舔了舔发干的嘴唇。昨晚因为休息得晚，没能敷面膜，致使皮肤严重缺水。来开会的人无论男女，都蒙着围巾，这让我想起羽绒服口袋里还装了条羊绒围巾，刚才因为阳光棚有温暖的炉火就忘记戴了。

我把手伸进衣服口袋，考虑要不要也和村民一样把脸遮得只看得见一双眼睛。因为，坝子里的风实在太大。从河谷和森林中吹来的风带着黄沙的味道，交错杂乱的电线在院墙外发出令人焦躁的呜呜声。

我悄悄抽回了伸进口袋的手。夺吉局长黝黑的皮肤和村民们盘腿坐在地上的淡定让我羞愧不已。别人能抗击寒冷我为什么就不能？再说开会也就那么两三个小时，两年的时间我必须习惯高原的紫外线和刺骨的风霜雨雪。再说，龙处长也是省城下来的汉族干部，可他对高原狂暴的风沙毫不畏惧。相反，从四面八方呼啸而来的风似乎让他更加精神抖擞了。

不能忽略的还有小王。这小子尽管处处想在我们面前显摆"老资格"，可面对老百姓，他所表现出来的亲和力和熟悉感让我动容。我不得不对这个自以为是的小兄台有些刮目相看了。

我大口喝下杯中的茶，然后端正了身板。我想自己再不能分心想无关紧要的事情了。既然已经以一个驻村干部的身份出现在老百姓面前，就得拿出一个让老百姓信任和认可的精神气质来。

丹巴主任的话在群众中掀起了不小的涟漪。大家开始左顾右盼，期待一个说话有分量的人能够站出来出个主意。坐在主席台上的领导们也在低声交谈。

我在笔记上拟了几个大提纲：俄洛村——集体经济——牦牛养殖——动员大会——领导讲话——征求意见。

我在每一个小提纲内用括号做了批注。目的是准确领会领导的讲话精神。等到晚上，我要为《我的新长征》写点别开生面的章节。

蓝红梅书记说会后要和我交流，我也想从她那里了解在车上想问夺吉局长的那些问题。今后，和这个泼辣干练的第一书记少不了朝夕相处，两个风风火火的女人一起工作，不知道会是什么样的局面。但愿通过与她的合作，我能找到抵达乡村的捷径。不过说来也怪，刚才还像一股旋风似的蓝红梅书记到了会场却表现出想象不到的稳重。她堆着职业的微笑看着低声交谈的群众，就是偶尔听龙处长他们说话都只是点头或摇头。

我晃动着手中的笔，用眼睛的余光瞟到了一排圆润或立体的侧脸。

丹巴主任见群众中有举手想要发表意见的，就把话筒交给坐在前面的人让传过去。

第一个站出来说话的人是个三十多岁的男子，他说自己叫索朗旺秀。

索朗旺秀说："我是个跑长途运输的司机。五年前贷款买了大车。这几年来，可以说基本没有挣到钱。一趟长途跑下来，除开本钱、补胎、加油、罚款等开支，老板给的运费还贷款利息都不够。国家的脱贫攻坚搞下来，村里统计贫困户时又没有把我们'有车有房'的纳入扶贫范畴。有些人家即使家里有辆破车或好不容培养出来个国家干部都被视为生活富裕的人，享受不到任何优惠政策，谁也不知道我们承受的压力。现在，省级对口援建单位为我们争取项目，要在俄洛村搞牦牛养殖，这是多好的事情。我也愿意去养。可我的车怎么办？总不能把几十万的车当废品处理了吧？全家人为了还贷款，打工的打工，挖药材的挖药材，连我的老父亲都上县里给单位当门卫了。"

索朗旺秀说着说着声音就哽咽了。我的鼻子也跟着一酸。

"对，我们村因为跑运输倾家荡产的还有几个。不是他们不努力，而是因为现在跑运输卡得严，超载一点就要罚款，运输业越来越萧条。特别是跑长途的，货源紧缺，运费降低。大家真是举步维艰。"说话的是坐在索朗旺秀身边的一个小伙子。蓝红梅书记低声告诉龙处长，说他也是亏在运输上的人。

索朗旺秀努力克制住自己的情绪，然后接着说："不管怎么说，我也算是村里带头创业的人，如今却搞得负债累累。有些人整天游手好闲，不务正业，国家的好政策却次次能享受。所以，我今天第一个发言，不是向上级领导和村干部抱怨。我自己选择的这条路，再艰难也要走下去。我还年轻，相信只要咬牙挺过这个坎，一切都会好起来的。人只要能吃苦、能坚持，就能摆脱贫穷的困扰。所以，牦牛养殖人员，应该在建档立卡户当中选。他们只是缺钱，但还不至于出力干活的心思都没有了吧？"

索朗旺秀的话让坐在主席台上的我们汗颜。他的肺腑之言也在群众中引起一阵议论，多数人向他竖大拇指表示支持。

"对，每次的大会小会上，领导们都说我们不能养成等靠要的习惯。蓝红梅书记经常说，国家的扶贫政策好比一根绳子，是要我们借助这根绳子的力量往上爬。村主任丹巴也教育我们，别人把手伸给你，就是为了拉你一把。如果老百姓自己不争气，硬要拽着绳子往回拉，撅起屁股往地下坐，那么上面使再大的劲，也是拉不动我们的！"

"改革开放这么多年，为什么有些人连温饱问题都还没有解决。难道都是瘸子跛子？就没有一点需要反思的地方？"

"劳动的时候梭边边，发钱的时候挤尖尖！建档立卡户们咋不发言？"

"脱贫攻坚是为了养一堆懒人吗？"

群众的发言越来越热烈，话锋也越来越犀利。今天的动员大会看似要陷入一场争论中。

龙处长和夺吉局长低声交换了一下意见，然后请夺吉局长用藏语引导群众把开会的重点放到牦牛养殖人员的确定上。

夺吉局长站起来走到大家跟前做了个请安静的手势。他简单向群众讲解了国家实施民生工程以来的辉煌成果。特别是近年来国家加大了对贫困地区的扶贫力度，取得的成效是立竿见影的。作为一个拥有十四亿人口的大国，要让人民群众奔小康并不是一朝一夕的事。他告诉村民，这次省级对口援建单位领导冒着风寒，在开春前赶到帮扶村，就是为了在第一季度把村集体经济项目落实下去。接下来村干部们还有很多事情要做，希望大家抓紧时间，解决问题的根本。

"我建议，大家以小组的形式进行讨论，然后每个组拟定出三名人选，我们再根据推荐上来的名单选出最终的结果。"

丹巴主任接着强调："省农博局为俄洛村争取的牦牛养殖，不是专门为建档立卡户争取的，而是村集体经济，每一个人都能享受到它的实惠。我们之所以搞牦牛养殖主要是因为养殖业风险小，技术含量低，作为半农半牧地区，谁都会放牧挤奶打酥油。按照每头牦牛年平均产量在百分之五十以上，加上牛奶牛毛销售后的收入，每户人家还是能得到一笔不小的经济收入。我请求你们对扶贫政策有个直观的认识。任何事情都不是完美无缺的。脱贫攻坚的初心就是让老百姓过上衣食无忧的生活。

"我们希望开好村集体经济的头，走出关键性的第一步。它会成为俄洛村脱贫攻坚的亮点。近些年，因为受市场经济的冲击，农村的大片土地正在流失，畜牧业严重滞后。俄洛村的海拔气候条件不适合搞大棚菜蔬这样的产业，我们只能开发适合这个地区的种植和养殖。因此，请大家本着建言献策的目的，提建议，说真话。至于大家对村寨今后的发展有什么要求，可以在适当的时候向乡政府反映。"

夺吉局长和丹巴主任的话再次引发了群众的讨论。之后小组组长们也发了言。大家不外乎把讨论的重点聚焦在几个方面。有些说农区现在的发展方向都在产业结构的调整和开发中药材市场上，放牧的越来越少，种粮食的也越来越少。特别是近三年来，外来人员承包农民的土地种植蔬菜盛行一时。年轻力强的人更喜欢到工地打工，因为在工地挣的钱比上山挖贝母虫草要多很多。服务行业的需求和政府的项目建设为农村人提供了舞台。没有多少人愿意去山高路远的牧场过黑灯瞎火的放牧生活。

也有人说，既然四十万资金是用来搞集体经济的，为什么一定要搞牦牛养殖，就不能学学周边的几个乡搞点中药材开发或旅游接待之类的产业？第一书记蓝红梅就说过俄洛村其实就适合发展旅游。

我算是听出了群众的中心意见。可归根到底，还是只见森林不见树木。也就是说，热火朝天的讨论没有商讨出牦牛由谁去养，村集体经济的有序推进还是八字没画出一撇。被含沙射影指责的建档立卡户们不是竖起耳朵听别人说话就是把脑袋缩进厚厚的藏袍领子摆出一副事不关己的悠闲状。

姜还是老的辣。老村支书听了一轮群众的意见后，基本掌握了大多数村民其实很不满意享受着国家扶贫政策的建档立卡户们的态度。他前后左右看了看席地而坐的人群后，指着坐在自己身边一个五十开外的妇女说："央么吉，你代表贫困户也说几句话吧？从 2011 年的挂包帮到今天，你们家享受的政策是最多的。现在，你的小儿子也快大学毕业了，你的女儿招了上门女婿，家里也不缺劳力了。你自己年岁不算很大，还没有到转经堂混时间的年纪。对村集体经济就没有点想法？平时县上下来个领导，你都会主动找到面前诉苦，口才也很好的嘛。"

老村支书的话得到了大家的认可。人群中立即有了反响。大家的目光齐刷刷盯着叫作央么吉的妇女。

丹巴主任激动地站到了群众面前："对。会开了半天，似乎更多的人还没开窍。省级对口援建单位为了给俄洛村搞扶贫，花了多少心血！这些年，我们村的饮水工程、定居房改造、退耕还林、村村通建设给大家带来了多少好处，可村子里为什么还有住不起房、上不起学、看不起病的贫困户，难道个个都是失去劳动能力的残疾人？你们认真想过没有，造成自己贫困的原因是什么？国家搞扶贫政策是为了让人民群众过上幸福生活，不是让你们成为等靠要的懒人。国家拉我们一把，我们也要懂得借力打力，发挥四两拨千斤的功效。今天省级对口援建单位和县上领导冒着严寒下来开宣传动员会，下一步就要启动牦牛养殖项目，我们希望它成为俄洛村未来增收致富路上最具活力的产业！"

时间一分一秒地流逝，可会上就是没有出现具有参考价值的提议。眼看着一场雪就要从山顶飘下来，龙处长他们还要回县城准备明天下另一个帮扶村的各项工作。我也不免有些着急起来。

被老村支书点到名的中年妇女见躲不过去了，脸一下子红到了耳根处。她把滑到肩上的方围巾拉到头上重新打了个结，然后露出有点发黄的牙齿低声说：

"这些年我们家享受了很多好政策。过去我们连一个像样的房子都没有。2009年搞牧民定居，我家本来可以纳入新建户。因为担心我们孤儿寡母的还不起三万块钱的贷款，不敢报名。村干部根据我家的情况硬纳入了提升维修。老村支书亲自到我家安慰我，说一万五的无息贷款能把你家支了五六年的房子内装修搞定。他替我算了笔账，说三年的还款期限内我们家不仅可以搬进新房，还有可能还完贷款。后来果真如老支书说的那样，我们自己投工投劳减少了一笔开支，左邻右舍们都跑来帮忙，房子终于建成了。村干部又为我们争取了经费，添置了家具和电视。村里每次发物资和钱我家都有份。联系我们村的县级干部还给我的小儿子找了资助人，让他上了大学。我嘴笨，不会说话，可心里一直感激着所有帮助我们的好心人。如果是十年前，我还可以去放牧，也可以下地耕种。可现在，我有严重的肺病，很多体力活干不动了。目前家里就女儿和女婿在工地打工，他们年轻，怕承担不起牦牛养殖这样的大事。如果咱们村种个中药材什么的，我还可以让孩子们去承包几亩地，自己身体好一点了也能去给孩子们煮个茶，搭个手干点锄草移苗之类的活计。我思来想去，这八十头牦牛还是得由年轻力壮的人和劳力齐全的人去干比较合适。"

央么吉虽说有点紧张，可话说得透亮，态表得坚定。原先有点闹哄哄的人群突然在这个中年妇女的发言中安静了下来。他们不得不对这个又咳又喘的老女人刮目相看。很明显，她最后那句话把今天整个会议的重心又拉回了起点。所有人都明白，央么吉说的话也是村干部之前认真研究过的问题。原先缩在藏袍领子里装聋作哑的建档立卡户们像听到了战斗的号角，纷纷伸出落了几片雪花的脑袋看着台上领导们的反应。

龙处长和夺吉局长把头凑到一起嘀咕了几句，蓝红梅书记和我对视了一下眼神后又迅速避开。只有我不知道那个再次用方围巾牢牢遮住半张脸的妇女说了什么，使一场会突然恢复了该有的凝重和严肃。当然，这一切都是蓝红梅书记会后跟我讲的，并由我一字不漏地记在了笔记本上。

030

丹巴主任放下倒背的双手，他退到主席台上刚喝了口水，正要和领导们商量要不要继续征求群众的意见。大雪突然从一片黑压压的云中天女散花一样飘下来。只一会儿工夫，村委会院坝中席地而坐的村民们和主席台上的我们就被大雪包围了。

刚刚安静下来的会场再度喧哗起来。孩子们冲进会场大声喊着爷爷奶奶，小伙子们兔子一样逃离了会场，就连那几个年迈体弱的老头老太也准备迈开腿脚迅速撤退。

无奈，丹巴主任征求了龙处长和夺吉局长的意见，对着坐在雪地里的老村支书和正在散去的村民背影大声宣布：散会！

我原本以为自己会跟龙处长和领导们回到县上，农博局联系的另一个贫困村据说在R县最远的一个乡。龙处长本来说带我去看看的。再说，早上匆匆忙忙下村，把洗漱用品和换洗衣服都放在旅游局给我的"宿舍"里。我想按照常规，我得先熟悉局里安排的工作。项目工作不是件简单的事，我起码要去对接一下前面负责这方面工作的同志。

村民离会的速度比参会快多了。大雪铺天盖地地遮盖了地上杂乱的脚印和丢弃的硬纸盒。谁也看不出这里刚刚还开了场村民大会。

回到楼上，我们又根据会上代表们的发言做了个汇总。夺吉局长要求村干部统一思想，统筹安排村集体经济的顺利实施。一周内必须落实养殖人员和购买计划。他强调，牦牛养殖是今年扶贫工作的重中之重，是为2019年全村脱贫摘帽铺垫的基础。蓝红梅书记也表态，说一定用最短的时间做通群众的工作，积极引导大家响应党的号召，攻坚克难，坚决打赢俄洛村的脱贫攻坚战。

龙处长一一和村干部们握手道别，他望着大家疲惫的眼神惭愧地说道："今天的会主要还是做宣传动员，群众的反应很正常。比起过去，他们进步了。我相信今天的会已经调动了老百姓的积极性，很多人的眼神表明了他们对牦牛养殖是认可的。接下来的事情就请村干部和蓝红梅，还有我们的林美娇同志去完成了。下个月我们再来看结果。林副局长今天就不回县城了，这是她驻村工作中的第一仗，一定要打好打漂亮。等把牦牛养殖项目搞定了，再回县城交接工作吧。这也是夺吉局长的意思。"

龙处长的话让我猝不及防。虽说我是名正言顺的驻村干部，可下村的第一天就要待在人生地不熟的村委会，是不是有点不近人情？何况我的小家当都在县城，我总要洗脸刷牙换衣服吧。看今天会上的情景，选出牦牛养殖人员肯定不是一天两天可以搞定的，而我一句藏语听不懂，留下来有什么用？

可龙处长的语气那么严肃和坚定，我的确不好说什么。我知道一场史为严峻的挑战无法回避了，我怎么可能像个孩子一样哭哭啼啼地闹着回县城啊。

还是蓝红梅书记懂女人的心思。她适时地给了我一个安慰的眼神，那眼神仿佛是一炉温暖的火光，让我失落的心感受到了力量。

我迅速调整了心态，把一眼眶的泪水逼回了肚里。我拉上羽绒服的帽子，跟在村干部们后面把领导们送到村口的寨门下。

龙处长从车窗里和我握手："迈出关键的一步，以后的路就畅通无阻了。我知道你行，加油！"

我还有什么理由不点头、不强装笑脸！话都说到这个份上，我只能对着龙处长大声地说："放心，我本来就是来驻村的。"

返回村委会楼上，会计他们把热腾腾的饭菜和奶茶摆上餐桌，蓝红梅书记又恢复到之前的开心快乐状态。

通红的炉火和夜色中越来越亮的雪光形成了一个特殊的对比。会计悠闲地叼上香烟用打火机点燃烟头时，七根火柴的雕塑又跳进了我的心底。我天真地想，当年红军过草地时有打火机该多好。那样，起码可以点燃一堆救命的篝火，并且不会遭受到雨天和沼泽的浸湿。

我为自己生出这个念头感到可笑。从早上到现在，我所经历的一切随着夜幕的降临变得迷离起来。今晚，我将在这个陌生的村寨听着风雪敲打窗棂的声音入睡。蓝红梅书记告诉我，她要回到乡政府，明天上午要陪同县畜牧局的领导到其他村开展工作，尽量在中午赶回俄洛村跟我们去走访老百姓。

晚饭是村主任丹巴的老婆过来做的。荤素搭配的菜还算合口。大家在吃饭的时候就把明天要走访的几家定了下来。我们准备分四个组，每组三人。我和丹巴、会计一组。其他的都由小组组长带队。丹巴还说明天我们这组先去妇女主任家，妇女主任是个有主见的女人，在村子里还有点威信。今天她有事上县里了，说不定她还能给我们出点子。

交代完下村的事，蓝红梅书记提了一壶开水送我到房间休息。

我和蓝红梅书记一前一后地穿过院子，听着脚下"嘎吱嘎吱"的踏雪声绕到阳光棚对面的宿舍时，我想起龙处长前天在路上说的话。

比起昨晚在旅游局住的地方，这个一套二的房间算是很好的房子了。蓝红梅书记告诉我，修建村委会时考虑到每年都有下派的驻村干部，就专门留了三个房间作为下派干部的寝室。这样既方便开展工作，也为乡政府解决了住房紧缺的问题。

我把一大袋资料放在擦得干干净净的桌子上，蓝红梅书记取出包里的护肤品交到我手上："咱们女同志离了护肤品等于要了命。看得出来，你今天没有准备待在村里。正好我网购的一套产品放到车上忘记取，刚才送领导们回县里时我就拿了过来，你肯定用得上。里面还有面膜，睡前贴一张。无论在哪里工作，我们都要漂漂亮亮的。对了，抽屉里有一次性牙具，你先用吧，等忙完工作你就回县城拿东西。"

我总算松了口气。只要还能正常洗漱，正常护肤就好。我对漂亮的第一书记有了好感，这个与我年纪相仿的女人有着白皙健康的皮肤，搭配着精致大气的五官，就是一个活脱脱的大美人。

我庆幸没有在龙处长和夺吉局长面前说出没带洗漱用品的话，男人们永远理解不到女人有多么依赖这些东西。

我很感激蓝红梅暗中为我准备了急需用的化妆品。现在除了上床睡觉，就再无操心事了。

互道晚安前，蓝红梅朝楼梯口努努嘴说："卫生间在楼下，晚上起夜注意上下楼梯。以后天气热了还可以洗澡。村子里用的是太阳能热水器，很方便。门卫天天住在这里，你别怕。听到狗叫也不用担心，鸡鸣狗叫虽然是个贬义词，但却是乡村生活的真实写照。你会慢慢爱上这里的。明天你可以多睡会儿懒觉，大概十点左右下村就可以了。晚安，好梦！"

我千恩万谢地送走了蓝红梅，目送着她的车灯冲破黑夜慢慢远去。

夜晚再次把所有的空寂挤入房间。我涂上免洗面膜，躺在床上打开微信。表姐发了秀秀的一大堆照片，从早上上学到晚上睡觉的都有。她俩还留了语音。表姐对我的态度没有那么冷漠了，她说我老公给秀秀买了一套衣服和零食送到了家里。他没有过问我的情况。秀秀说夏天她要到草原骑马马，要我早点去接她。

我的眼睛开始湿润。我内疚的是没有在秀秀睡觉前给她打个电话或视频。我走前答应过表姐，再忙也要过问秀秀每天的表现，可今天这个漫长的会没有开出想要的结果，这会儿已经很晚了。明天，我一定要在秀秀上床前和她说话。

我用微信语音表扬了秀秀，要她好好听姨妈的话，等我忙过了一定回去看她，暑假也会带她到草原骑马。

或许是因为过于疲惫，我感觉胸口有点闷，额头和胸前都冒出了虚汗。村委会门口的路灯和穿透淡蓝色窗帘的雪光在房间里映照出一团朦胧的色彩。

我关掉电灯，努力让自己的身心进入到虚无的境界。无奈，外面飘雪的声音和拂过窗前的风声让我全身每一个细胞都开始张扬起来。我怎么也抵挡不住这个夜晚的诱惑，仿佛有千丝万缕的音籁正从看不见的夜空中向我涌来。

我突然坐起来，仅仅犹豫了几秒钟后便披衣而起拉开窗帘。我看到了令自己浑身战栗的雪夜！

扑入眼帘的是一个通体透亮的银色世界！零零星星的路灯像夜行的精灵，在亮得炫目的雪花中勾勒出水波似的光影。那些光亮把黑黝黝的山冈和森林切割成一座雄伟的背景。

我痴痴地望着雪夜中穿透而来的所有秘密，急切地想要推开窗子，深深吸一口来自天穹和山野的冰凉空气。能够如此近距离地触摸大自然比倾听一场顶级音乐会还要令人振奋。假若今天跟龙处长他们回了县城，我或许还在为老医院院坝里那只老狗的狂吠心惊胆战。我可不想看到医院旧墙上被车灯扫来扫去的惨白光亮。

第四章　糌粑

一觉醒来便听到窗口有小鸟的欢鸣。蓝色窗帘上的图案跳跃在我的眼眸中。不用说，外面该是阳光灿烂的好天气！

我的心情一下子好起来。楼下的坝子里传来门卫咳嗽和扫雪的声音。我掀开窗帘，把美得炫目的雪景拍成视频发给表姐和同事。

我在视频前写下这样一句话：在离天最近的地方，我听到了雪与村庄的呢喃。

快速叠好被子开始洗漱。蓝红梅送给我的这套护肤品的确好用，它滋养了我严重缺水的皮肤，让我经历驻村之夜后的这个清晨无限美丽起来。

我哼着一首歌刚下楼梯，便遇见了站在院子里的蓝红梅书记。她穿着一身火红的呢子大衣，围着红底黑条的围巾，脚上也是酒红色的长靴。

"嗨！早上好！昨晚睡得可好？看你这精气神，一定是喜欢上了我们的村寨。我们去阳光棚等丹巴主任。"

"你不是要陪领导去其他村吗？"我感觉眼前一亮，好像一簇红艳艳的火苗在眼前闪耀。

"因为雪大，领导们准备下午来。我怕你不习惯，就跑上来陪你吃早餐。走，我在外面堆了两个雪人，看看你喜不喜欢？"

蓝红梅书记牵着我的手就往外跑。村委会大门两边，杵着两个乖巧的雪人。小雪人大眼小嘴，红红的腮红像一只熟透的苹果。它们戴着小红帽，脖子上挂着红丝巾，乍一看还真像个漂亮女孩。

我惊喜地看着蓝红梅："你堆的？"

"对，这个是你，那个是我。是不是有点神似？"

"哇！还真的有点像咱们。你真有两下子！"

我的心一热，赶紧蹲在"自己"跟前，蓝红梅举起手机给我拍了好几张照片。

"我以前学过泥塑，也喜欢国画，因此你不必夸赞我啦！昨天的资料带了吗？"

"都带上了。谢谢你的护肤品，很滋润，等我回县里后就还给你。"我亲密地挽起蓝红梅书记的手就往楼上走。

"不许说'还'这个字哦。就当是给你的见面礼。我皮肤过敏，用不上这样的好东西。"

丹巴主任和村组成员都在阳光棚了。见我们进来，大家热情地打招呼。蓝红梅书记亲自给我倒了碗藏茶，然后和丹巴主任他们用藏语交谈。

我趁机打开笔记本，在上面写上：晴天——小雪人——我——蓝红梅——下村。

蓝红梅书记和丹巴主任说了一堆事，她回头问坐在靠窗的一个帅小伙："阿齐和旺波他们都在家吧？今天我们走访六个贫困户，六个非贫困户，主要是通过谈话了解他们对村集体经济有什么看法。我们分两个组，我和林副局长、桑科一个组，丹巴主任、齐均和塔青一个组。估计一天时间可以走访完。另外，还要向群众宣传今年要开发的高原油菜花和大黄基地。总之，我们要掌握老百姓的心理动态，引导他们积极参与到新产业的开发中来。"

蓝红梅根据今天的走访任务，重新进行了分工。

"要不要喊个乡政府的领导一起下村？这样老百姓就会觉得重视的程度不一样。"长有一头鬈发的塔青问道。

蓝红梅书记和丹巴主任同时摇头。他们的意思是领导出面了老百姓反而有压力，先由我们几个去摸个底再说。

"我和美娇同志，哦不对，是林副局长先去阿齐家。他的老父亲一直病着，我想去看看老人家。我们去他家吃早餐。阿齐的父亲就喜欢干部们去他家做客。如果带着工作去的话，基本没有好脸色。"

蓝红梅的决定让我有点儿为难。第一次去村民家总得带点礼物吧，可昨天压根儿没打算住在村里，连自己的东西都没有带下来，何况其他。

"我带了东西，你就放心跟我去吧。"我不得不佩服这个女人的精明和周到，好像我所担心的事情她都提前准备好了。

下楼后，蓝红梅书记从车上取下牛奶、水果罐头和一些零食。她让桑科提上这些东西，说等会到阿齐家就说是省上下来的驻村干部给他买的。

我赶紧说给她发红包，东西算我买的，这个人情该我买单。

我话还没有说完就被蓝红梅一个潇洒的手势给制止了。她说以后有的是时间给村里的老人买东西，要我把这份心留到后面去表现。

村寨里比昨天热闹多了，村民们见到我们都说着"让司果、让司果"，几个玩耍的小孩看到我喊"甲姆"（汉族女人），桑科用粗嗓子故意吓唬孩子们。

蓝红梅书记说，这些年群众的思想素质不断提高。乡政府给每个村争取了公益性岗位，负责打扫公共区域，使得村容村貌有了很大改变，村寨的卫生也得到了保障。

她还简单地给我介绍了阿齐家的情况。之所以第一个要去阿齐家并且还要讨碗茶喝，是因为阿齐一直对他胞弟姜参没有纳入建档立卡贫困户有意见。他几次跑到乡政府反映村干部办事不公，甚至威胁乡长和书记若不把兄弟纳入扶贫对象，他就去信访局上访。

"这年代，老百姓对政策吃得很透，和他们打交道还是要讲究方式方法。"

"他的胞弟家很穷吗？为什么没有纳入建档立卡贫困户？"我和蓝红梅并肩走在水泥路上，我们的影子被太阳长长地拉向湿漉漉的水泥路上。

在我们说话的时候，桑科已经快步走到前面去通知阿齐家了。

"他的胞弟以前丢下老婆孩子和一个女人私奔跑到青海，后来在外地混不下去又回到各自的家。阿齐的胞弟是个头脑聪明的人，早些年也跑过运输，包过工地，也挣了些钱，可后来又亏了，原因是他跟那个女人私奔后，他的老婆和别人生了个私生子。后来，他的亲生儿子给别人家做女婿去了，而老婆生的这个私生子不务正业，喜欢赌博，欠下一屁股的账，把他的钱也挥霍完了。"

我听出个大概，从人口结构来说，那家也不算老弱病残，只因儿子赌博把家境拖垮了。

之后因为一路都有村民跟我们打招呼，蓝红梅书记也就没有继续讲述。我们上了一个小坡又下了一个小坡，就到阿齐家了。一个年轻的媳妇等在门口迎接我们。

阿齐家的房子不新不旧，坐北朝南的大房了右边还有个小砖房。蓝红梅书记说这个地区的房子主要是木质结构，大房子叫仲康，小房子叫康朱。现在的农村，在修建房子上也进行了很大的变革，装修和摆设都和过去有明显的区别。

赶在前面的桑科已经把"我的礼物"交给了阿齐的家人。进屋后，一个脸色红润的老妇人竖起大拇指使劲对我说"卡卓卡卓"。

蓝红梅书记亲热地握过老妇人的手，走到沙发旁穿藏式上衣的老人面前。

"阿齐大叔，您好！我和省上下来的新领导到您家喝早茶。您不会不欢迎我们吧？"

拨着佛珠的老人脸上绽开了笑容，他腾出一只手拉蓝红梅坐到他身边，又用眼神示意小媳妇给我安排座位。桑科和他们又开始用藏语交谈起来。

对藏式民居，我没有多少了解。在过来的路上我曾想象了很多次也没有想出个具体轮廓，直到大家坐上了藏式炕桌，阿齐的家人给我们端上准备好的早茶，我才把目光从摆满铜器的碗架上收回来。

小媳妇利索地摆上一盘锅盔，一盘手抓牛肉，一盘包子，还有花生米和小炒白菜。她还把一只正方形的小木箱放到桌上，一一问哪些人要吃糌粑。

我看着那只小木箱不知道怎么办。阿齐老人给蓝红梅书记说了几句什么后，蓝红梅爽朗地笑起来："哎呀呀，看我这记性，都忘了给林局长介绍一下今天的主食。我们今天吃的是糌粑，这个你一定听说过。糌粑是藏族人民的主食，是由炒熟的青稞磨出来的面做成的。它分两种吃法。一种是喝糌粑汤，也就是现在放到我们面前的这个，成分是三种，即糌粑、奶渣和酥油。用马茶搅和成稀糊喝，不能一次性搅和喝完。"

桑科也热情地坐到我身边演示给我看。他用筷子把堆到碗口的糌粑一点点赶到茶水中，搅匀后，每喝一口还夸张地咂一下嘴巴。

阿齐老人看到后也忍不住跟着笑，他指着盘子里的菜和肉对我说："糌粑营养很好，但你可能吃不习惯，你可以吃其他的东西，以后慢慢学着吃。"

我很惊讶阿齐的汉语如此流利，让我那么清楚地听懂了他的意思。刚才他和蓝红梅书记说话时，我还以为他不会讲汉语。

语言的亲近解除了我对早茶的陌生感。从看到七根火柴雕塑到今天在村民家吃饭，每一个点滴都是我人生中从未经历的第一次。这么多的第一次无疑是对我应对新环境的考验，我不仅要学会接受，而且要打心底里喜欢。

糌粑原本就是充满农耕文化符号的传统食物，我不能对其有任何排斥。

我端起倒满茶水的碗，学着桑科刚刚教我的方法，把浮在表面的酥油吹到一边后喝下一大口糌粑汤水。桑科还特意解释，藏族人喝早茶都用龙碗，那是一种对生活的美好祝福。

浓郁的茶水混合着糌粑滑进了我的胃壁，除了感觉奶渣有点酸有点硬之外，并没有别的异样。反之，我的口舌鼻都浸润在了新鲜早茶带来的愉悦中。

我很高兴这么轻松地喜欢上糌粑的味道。尽管上颚和牙龈都粘满了黏糊糊的汤汁，可桑科殷勤地倒了一碗又一碗的茶水，让我在完成早茶的同时也经历了一次特殊的漱口过程。

阿齐的老婆在巨大的火炉下方又为我竖起了大拇指。蓝红梅书记也夸我是个容易接受新鲜事物的人。她见我吃得够饱就说允许她卖一次关子，糌粑的另一种吃法留到下次再教我。

早茶时光就在大家的说笑声中继续着，空着的碗里又被倒上了黄酥酥的马茶。

阿齐老人红光满面地说这才进入真正的喝早茶仪式中。藏族人把早餐说成喝茶是有道理的。马茶早已融入藏族人的生产生活中，蕴含着无尽的历史渊源和文化内涵。

蓝红梅书记见大家吃得差不多了，就又挂上那略显职业的微笑切入了正题。

"阿齐大叔，以前包产到户时，听说您家也养了很多年的牲畜。村干部们都说您和婶子是放牧的好手呢。您还怀念那些放牧的日子吗？"

阿齐老人喝了口马茶，他停下手中拨动的佛珠感慨地说："怎么能不怀念呢？那时候年轻啊，干什么都有使不完的力气。我和老婆子把地里的活交给儿子和媳妇，然后赶上分到户的二十多头牲畜就去了牧场。刚开始，过惯了合作社的人还不太能接受大包干，担心经营不好自己的小天地。可笑的是，当时还有人造谣说可能要回到解放前的生活，为此，地主富农都暗中窃喜，贫下中农们忧心忡忡。唉，老百姓不懂政策呀。三十多年后，大家才知道邓小平实行的这个政策实在是太好了，它让中国走上了繁荣昌盛的道路。"

阿齐说到这里时望了眼墙上领袖们的画像，神情中流露出由衷的敬仰。

"那儿年我们还算运气好，每年都会有好几头牛犊出生。老婆子起早贪黑地吃了不少苦。我们这点小家底就是靠那点牲畜一点一滴积攒下来的。孩子们打理的农田收成不高，只不过是按照祖训坚持耕种。那时候，青稞一斤才几毛钱，胡豆还能卖点价。地里的那点收入也就是维持生活而已。"

"是啊，那个时候的经济都很落后，老百姓没什么挣钱的路子。"蓝红梅给阿齐老人蓄满了茶水接过话题。

"农区的人除了种粮食，就是养几头牲畜，看起来是双收入，其实很微薄。我们在放牧之余还要挖贝母和中药材，商贩们经常上山收购我们的药材。那个时候很苦，可也就那样过了，哪像现在，农村人可以到处去打工，条件好点还可以做生意。这个年代饿不死勤劳人啊！"

"主要是党的政策好。多年来，国家实施了那么多的民生工程，老百姓的日子真的好过多了。现在的农村今非昔比了。"

"卖掉牲畜后的几年里，我经常梦到牧场，每天听不到牛哞声还不习惯。老婆子也经常唠叨她梦见了哪头哪头牛。她特别喜欢回忆过去的生活。只是，我们都老了，不得不退到人生的后台。孩子们没有学会养殖技能，加上这老老少少的一家子人他们得管。要不然，我也会在昨天的会上动员他们去放牧。"

看似拉家常的话突然回到了昨天的会上。我们都懂阿齐用他的智慧把我们走访的目的又巧妙地抛回我们手中。他说得那么自然那么不露声色。

可蓝红梅书记依旧堆着她那风雨无阻的微笑。桑科在旁不停地点头，只有我的心中波澜起伏。我最担心的是如果每个村民都这样，那么我们争取下来的村集体经济怎么搞。

想着昨天龙处长和夺吉局长交代给我们的任务，此刻他们也一定奔赴在另一个扶贫村了。那个村寨据说在R县最艰苦的地区，他们会遇到同样的问题吗？

今天要走访十二户，第一户就碰了软钉子，下一步估计也不会轻松到哪去。

蓝红梅书记站起来给大家蓄上茶水。阿齐的老婆和孙媳妇都出去忙活路去了。

"林美娇同志是我们省级对口援建单位下派的第一位女同志。无论是县上领导还是我们乡党委政府都很关心。她丢下自己九岁的女儿来到高原帮扶村驻村两年，这对于一个年轻的女性来说的确是个挑战。她不是为了给自己寻找升迁的机会，而是想在有生之年来看看距离省会城市这么遥远的帮扶村是怎样告别贫穷，一步步走向致富新路。她也想亲身见证国家的脱贫攻坚在基层的推进和取得的成果。"蓝红梅书记在给大家倒上马茶的同时把话锋转到了我的身上，并接着说道，"昨天领导们在那么大的雪中开宣传动员会，可群众的反应很淡，致使会议没有达到预期效果。这不能不说是个遗憾。但我们相信，在群众的家里会听到真话。我们希望像阿齐大叔这样在村子里具有一定威信的老人给我们建言献策。

"哦，对了。我们先到您家，主要还是带林美娇同志来看望您生病的父亲。她得知您的父亲还是个老党员，曾担任过合作社社长，想听听一个老党员对发展村集体经济的意见。"

我完全明白蓝红梅书记的一番苦心。她之前说过和群众打交道一定要讲究策略，任何事都不能带着强硬的指示或命令。再说，到自己的帮扶村看望一个生病的老党员、老阿爸是天经地义的事。我愿意零距离聆听他们的心声。

"对对。蓝书记说的没错。我们走访的目的就是为了听到老百姓的真实愿望。作为一名驻村干部，我只想实实在在干事。两年的时间，你们每一个人都是我的良师益友。以后还请您老人家多指点，多支持。"我的话发自肺腑。目前正在进行的这个话题好像没有更多的延伸空间。虽然我没有基层工作经验，但通过早茶间的对话，可以确定阿齐家的确不是牦牛养殖的最佳人选。

我想蓝红梅书记心中一定也有了答案。我们该去看看那位躺在床上很多年的老党员了。

阿齐大叔也看出了我们的心思。他把经筒和佛珠放到碗架下，说老父亲应该愿意见见我们。

我们跟在阿齐大叔的身后走进了南边的一间小房子，房里放着一张床，一只火炉，一台小电视。这个有着大面积森林的地方，烧火成了当地人不可或缺的重要事。

屋子里干干净净的，除了浓烈的药味外，没有其他异味。

阿齐大叔的父亲靠在高高的枕头上，他的精神不太好。桑科用汉语告诉我他得的是肺病，在床上躺了好几年。

我的心中闪过好几个疑问，躺了好几年？难道他们没有给他治病？

蓝红梅和桑科都用藏语问候了老人家。阿齐也给父亲说了我们是专程来看他的。

"我的阿爸觉悟很高，是个合格的老党员，你们想问什么都可以。他们那批村干部汉语都不错，林同志可以直接和他交流，我就不参与你们的谈话了。我出去帮老婆子带带孩子。午饭还是在这里吃，我让孙媳妇给你们煮珍珠面。"

蓝红梅告诉阿齐，上午还要去好几户人家，不用准备饭。她让桑科打开我们带来的水果罐头，然后放到老人的床头。

阿齐的父亲惊异地看着我，他说话有点喘。桑科把一碗温热的茶水递给他，让他慢慢说。

"欢迎新来的同志。一个女孩子，细皮嫩肉的哪经得起折腾！为什么就不派个男同志呢？村里条件差，你吃不了这个苦。"

我没有掏笔记本，主要是担心老人有压力。说真的，此刻我还有个天真的想法，就是希望这个屋子里只有我和阿齐的老父亲。那样，我们就可以毫无顾虑地谈想谈的话题。他可以给我讲讲俄洛村的历史，也可以讲讲他们这一代人的故事。

但我明白今天走访群众的目的不是为了追溯历史，而是要征求老百姓对推进村集体经济的意见。我不能为了满足自己的好奇心抛开主题打乱老人的思维。现在，我要以驻村干部的身份让这个躺在床上很多年的老人，明白我是真心实意想听听他的想法。

"谢谢您老关心。我会习惯这里的生活。不要为我担心。俄洛村是个美丽的地方，我很喜欢它。"我微笑着表达自己的感动。

"好，好孩子。你不会白来一趟的。农村多好啊。我一直都舍不得我的一亩三分地。如果不是年岁和疾病压垮了我，种地放牧都不是个难事。"

阿齐父亲的话多少是个鼓励。他让我们看到了一个老党员赤诚的内心和对土地的热爱。只是他无力支撑这个时代的扶贫重任了。对于一个生命进入倒计时的老党员，我们不该有太多的打扰。

想到这里，我坐到老人的床边，握住他瘦骨嶙峋的手安慰道："您有一个好家庭，全家人都很勤劳，你的晚年是幸福的。这次我们农博局为俄洛村争取了养殖项目，领导们要我们把工作推进好。所以，听听老同志的声音，我们做事也有底气了。以后我再抽时间来看您。您要安心养病啊。"

"既然来了，就不要急着走。虽然我常年躺在床上，可这双耳朵还是没有闲过。村里的事哪一件瞒得过我？"见老人挽留我们，我们又赶紧坐下。

"我知道你们今天来的目的。昨天村里开了会，可村民们没有表态，只是说了一大堆推诿的话。我知道村干部和你们都暗自着急。换作二十多年前，大家会争着干这个事。那时候穷啊，别说是八十头牦牛，就是八头也是天下掉下来的馅饼。谁都知道这是出油水的好事啊。"

"俄洛村的人也没有那么富，为什么就没人主动承担牦牛养殖呢？"我听得出来老人的心里亮堂着呢。

躺在床上的老人往上坐直了身。桑科和蓝红梅书记替他垫高了枕头，还给他喂了口罐头水。

"会上大家没有明确表态也不全是缺乏积极性。他们可能有所顾虑。八十头牦牛不是个小数目。在农区，有百八十头牛的人家算很富有了。这和牧区的几百头牲畜没有可比性。我们家养得最多的时候也没有超过五十头，所以大家担心不能胜任这个活计是可以理解的。"

蓝红梅书记在旁表示同意阿齐父亲的观点："您说的这些也是我们考虑到了的。如果我们直接定养殖人员，群众的意见会更大，他们会认为村干部办事不透明。可这样征求意见的结果等于是没有结果。"

"我不知道你们走访后的结果。但我想提几个建议。第一，牦牛养殖人员中应该有党员干部，这样他们的责任心比一般的村民强。第二，让年富力强的人参与，原因自然不必说了。第三，从建档立卡贫困户中选适当的人。他们作为一部分还未富起来甚至还很贫穷的人，得到了党和政府的关怀，也享受着国家的扶贫政策，如果他们都不参与进来，怎么能体现脱贫攻坚的号召力？第四，可以请一两个村里待业的大学生和'9+3'学生做村集体经济的技术顾问。如果能按这个标准去搞牦牛养殖，那么你们正在发愁的问题不就解决了吗？"

听到这里，我顿然开悟了。困惑了我们两天的问题经这个病重的老人一点化，所有问题都不再是问题了！

蓝红梅书记的脸上飞上两朵兴奋的红晕，她赶紧从罐头里倒出糖水递给老人。而刚好阿齐也提着给老父炖的肉汤进来了，他见我们面露喜色，会心地笑了笑又出去了。

从阿齐家出来后，我们就去了旺波家。他们家在村口的一块坡地上。桑科说旺波家是贫困户，家里就他老伴和老伴的哑巴姐姐。

旺波家的院子很破败，大门也是摇摇欲坠的样子。我们刚进去，桑科喊了声"阿爸旺波"，一只碗就飞了出来，差点儿砸到他的眼睛上。

接着，一声呜里哇啦的叫声伴着又一块飞出来的茶壶盖子砸向大门。桑科眼疾手快地拉住冲出来的一个老妇人，那老妇人又呜里哇啦地哭喊起来。

我想这个老妇可能就是旺波老伴的哑巴姐姐。可这屋里接二连三飞出来的东西是怎么回事？难道两口子在打架？

蓝红梅书记挡在我的前面，怕再有碗什么的飞出来砸到我。我们一前一后地走进屋子。

桑科站在一个怒目圆睁的男人跟前。那男人看起来并不太老，只是他站在烟熏火燎的房子里像个黑塔，让人有点害怕。刚才冲出去的哑巴老妇这时又跑进来，一边给我们打着手势一边捡地下砸碎的陶片。

桑科不好意思地解释，旺波的心脏病犯了，正在砸东西发泄怒火。

旺波的家用家徒四壁来形容一点也不为过。除了一个破旧的佛龛和粮柜外，就只有一个锈迹斑斑的大铁炉了。

蓝红梅书记毕竟是看多了这些场面。她帮老妇捡完了被旺波砸碎的碎片后拉着他坐到凳子上，问道："今天这是怎么啦？阿爸旺波。你们家联系的医生不是按时在给您开药吗？这病怎么就没有好转呢？阿玛拉姆去哪里了？"

怒气冲冲的男人听到这话更气了。他看到我站在门口进退两难的样子后稍微收敛了，于是对着空荡荡的大门翻了个白眼，愤怒地说："这么冷的天气，我想喝个早茶都不行。秋天我就问老太婆能不能给我弄点石磨糌粑，她死活拖到入冬。你们看看，你们看看，这么粗糙的糌粑我咽得下去吗？"

旺波用脚扫着被他踢翻的茶碗，看到老伴抱着一抱柴火回来又开始骂开了。

经过桑科的翻译，我终于搞懂了，原来旺波是为没有吃到水磨糌粑在发脾气。他说自从出现了电磨，水磨就基本消失了。很多老年人就是吃不惯电磨磨的糌粑，说根本没有糌粑的味道。

"我的爷爷奶奶也是这样说的。可水磨很多年前就被淘汰了。旧东西被新事物替代，这是社会发展的好现象嘛。"桑科接过老妇手中的柴火，往大火炉里扔了几根。

被称为阿玛拉姆的老妇把哑巴姐姐支出去后歉意地跟我们解释，老头子的心脏病加重后，味觉上的要求更高了。他经常念叨那些旧东西。不是嚷着要吃水磨糌粑就是喊家人给他煮酸菜面疙瘩，有时候还疯疯癫癫地闹着要去生产队守仓库。几十年前的大锅饭在他心底留下了磨灭不掉的记忆。

"不要说我们这个村，现在整个农区都没有水磨了。他一发病就拿这些事为难我。"旺波的老伴说着就流下了眼泪。

我不止一次地后悔，下村前什么都没有带，到了村民的家里才发现空手而来是件无法原谅的事。阿齐的父亲只是生病了，他们家条件还好。可这里就不一样了。贫困造成了一个老人在大雪天的早晨吃不到想吃的糌粑，他不发脾气还能做什么，我手里哪怕有袋面包也好啊！

桑科说出去打个电话。我和蓝红梅书记把凌乱的地面收拾干净，旺波的老伴拿了几个碗到水龙头前洗干净后给我们倒了茶。

从蓝红梅书记和旺波两口子的谈话中我了解到，他们家早就纳入了危房提升建设，可两口子一直拒绝建房，说家里没有劳力，工人请多了又怕费用高了。

旺波是上门女婿，他们没有孩子。哑巴姐姐一直没有嫁人。两姐妹过去也放过牧，可本来就不多的牲畜死的死，卖的卖，最后被偷牛贼偷走了仅剩的几头奶牛。姐妹俩心灰意冷地回到农田里，种点青稞麦子，将就着度日。旺波本来还干点木匠活，可在几年前，他去给别人立房时不慎从楼顶摔下来，两条腿都落下了不同程度的残疾，从此再也干不动木匠活了。

旺波的老伴抹着眼泪说自己上辈子造了孽，这辈子才受苦受难。

"我们有个孩子的话也不至于这样。哪怕是个女孩，可以招个女婿。这个家就有希望了。"阿玛拉姆用破烂的袖口擦眼泪时，我想下次回家一定要带几大袋衣服过来送给她。

桑科这时候进来了。他拿着两个塑料袋，兴高采烈地走到旺波面前，说给他带来了水磨糌粑。

"你小子就别骗我了，我们这里哪有磨坊，那电磨的糌粑全是皮皮！"

"阿爸旺波，您放心。这个糌粑是我老婆陪她哥哥住院时一个病房的人给的。R县的乡村也就只有他们那里还保存着水磨。您也知道，病友们谁先出院都会把剩下的食物留给后面的人。那天我阿妈也吃过，没舍得全部吃完呢。您赶紧尝尝。"

桑科往洗干净的碗里撒上糌粑，放好奶渣和酥油，再倒上茶，端给脸色愠怒的旺波。

"你阿妈的口粮拿给我，你小子会挨打的。"看得出来，旺波满眼的温暖。

桑科摇头说："不会不会，我刚刚打电话问家里还有没有水磨糌粑，阿妈就把剩余的全都送过来了。"

这个插曲太让人感动了。蓝红梅书记赞许地向桑科竖大拇指。旺波慢慢地端起碗，慢慢地喝着糌粑汤。他吃得很慢，很仔细。他把全部心思都放在那碗来之不易的糌粑中，每喝一口都念一声"唵嘛呢叭咪吽"。阿玛拉姆在旁也说起当年在磨坊中度过的那些岁月。

看着旺波细嚼慢咽的样子，我很想摸摸他暴满青筋的手臂。那双曾经强壮而年轻的手臂是怎样被岁月一点点啃噬掉的！

很显然，这个家庭的每一个成员都需要被照顾。他们在人生的迟暮岁月里相依为命，没有向社会伸手。在他们的眼里，只要有几亩薄田，老天就会给自己一口饭吃。

阿玛拉姆得知我们到她家来是为了看看有什么需要帮助的就说："政府要关照的人很多。像我们这样的家，没有孩子，修个新房也没多大的用处。我们三个有大病医疗保险和低保，日子过得去就行。只要老头子多活几年，我就满足了。哑巴姐姐虽是残疾人，好在没什么病，还能帮我干点农活。今年，如果村里搞油菜种植，我想把地租给他们。这样我们姐妹俩就可以转转经，晒晒太阳打发时间了。"

她送我们到门口的时候还愧疚地说："牦牛养殖我们有心无力了，我说点嘴上抹蜜的话也没意思。村子里能干的人多，一定能搞好这个事情。谢谢你们来看我，新来的甲姆好看得很。"

碍于语言障碍，我没法表达对这个三口之家的同情。这个时候任何语言都不能解决摆在他们面前的困境。

下一个走访的是个单身妈妈。其他组打电话问我们这边的情况，丹巴主任要我们回村委会吃午饭，这样方便汇总走访的情况。

应该说，最后走访的这个单身母亲颠覆了我对农村人的所有印象。这不仅因为她是一个未婚生育三个孩子的妈妈，更重要的是，她还是个大学生！

桑科因为中途有事先走了。蓝红梅书记在路上大致给我讲了单身妈妈的情况。我问她一个大学生怎么会甘愿待在农村，并且带着三个没有父亲的孩子靠政府的扶持生活。

蓝红梅没有正面回答我的问题。她望着村寨前面的山林喃喃地说："单身也有单身的乐趣。这个女人只有二十八岁，她叫华丹措。我当俄洛村的第一书记最先认识的就是她，后来我们成了朋友。"

出于强烈的好奇，我决定做谈话记录。像她那样有文化的人，直接与她交流应该没问题。

华丹措的家非常干净整洁。新修的砖房带了一个玻璃阳台，阳台里养了几十盆大大小小的花。一个大竹筐里晒了很多干菜和萝卜片。院子里有个小菜园。松过土的菜地被雪水浸润得黝黑发亮。

这时，一个女子从门帘后面探出了半个头："蓝姐，你们先去大厅等我，我给小泽穿一下衣服就来。你招呼好省上领导哈！"

清丽的面孔一闪而过。阳台里很暖和，星星点点的花儿开得比夏天还旺盛。

大厅的装修是藏式的。碗架、炉子、炕桌、电视、冰柜和温暖的火炉都被擦得铮亮。一个女人的所有勤劳都集中体现在这里了。

蓝红梅书记问我饿了没有，要不要喝点糌粑茶。说真的，今天走访群众我和糌粑结下了缘。旺波对糌粑的渴望让我对生长在高原的青稞有了很深的感情。水磨、炊烟、河水、木槽构成了它深远的文化背景，难怪这里的人那么根深蒂固地爱着糌粑。

我悄悄问蓝红梅书记，这个温馨舒适的家庭是贫困户？她微笑着点头，还补充了一句"特困户"。

我做了个困惑的表情，刚要问个究竟，华丹措就进来了。她身后跟着个七岁左右的男孩，男孩生得乖巧聪敏，穿着漂亮的小藏袍，看到我们也不认生，还亲热地喊"阿姨好"。

华丹措穿了条格子长裙，上身着黑色毛衣，面部轮廓柔和，长得健康红润，和蓝红梅书记竟有几分相似。

"这位就是省上下来的领导吧？昨天在会上看见了，真漂亮。知道你们要来，我给你们煮了牛奶和包子。"

蓝红梅脱掉外衣坐到火炉前把小男孩抱在膝前。

"想我没有啊小泽？阿姨今天给你带了好吃的。"她变魔术般地从口袋里取出一大包零食交给男孩。男孩在她脸上亲了一口，然后欢天喜地地跑到隔壁去了。

华丹措在倒满牛奶的碗里撒了一层糌粑，她说这样吃就不会拉肚子。可我这会儿真没有食欲。我只想知道这个看似殷实的家怎么会是贫困户？仅仅因为她是单身的缘故？

华丹措坐在一张小板凳上，她的手和脸都有风霜的痕迹。她把热腾腾的包子递到我们手上，说是腊肉蕨菜馅儿的，很好吃。

"昨天的会上我刚想说几句，就下雪了。村集体经济去年就说要搞。现在选个养殖人员哪有那么恼火，工资给高点谁都愿意去。如果不是这几个小不点，我倒是想去，搞一个规模不小的牧场多好。今年，我还想承包几亩地，种芍药或大黄呢。这个想法我去年就给你说过，你说要支持我的吧。任何产业哪有百分之百的成功率，不试试怎么知道行不行。"

华丹措吃了个包子，喝下两碗牛奶糌粑汤。我想她那么健康红润的脸色可能跟这些饮食有关。如果两年后我也带着两朵美丽的高原红回到城里，同事和表姐一定会笑掉大牙。

蓝红梅书记肯定地点头："我给分管县长都汇报了。领导的意思是要请专家来考察这里的气候和土壤条件，盲目地试种会浪费资源。像油菜、大黄、贝母之类的过去合作社也种过，应该没问题。但春耕前我们要把牦牛养殖的事情搞定了再说。我不同意你去搞养殖，三个孩子怎么办？不可能我来帮你带吧？"蓝红梅和华丹措的谈话让我找不准一个做笔记的主题。笔记本上除了"一个单身妈妈的故事"就再无下文了。

我只好端起放在前面的牛奶猛喝了一口，浮在上面的糌粑呛进气管差点让我断气。

蓝红梅书记拍着我的后背笑出了眼泪。这大半天我被糌粑的味道搞得五迷四糊的。

我哭笑不得地擦干净眼泪鼻涕，然后一本正经地问华丹措。

"看你家的情况，怎么会是建档立卡贫困户？你怎么会生那么多的孩子？他们的父亲呢？"当我问出这些问题时，心里有点愤愤不平。比起旺波家，这里简直就是个安乐窝。我咋就看不出她的家贫在何处，穷在何方？

"你这样问一点都不奇怪。只有蓝姐知道我的苦衷。我父母只生下我和姐姐，他们省吃俭用供我们读书。姐姐考起公务员后被调到外县和老公生活在一起。我也多次考起公务员和事业单位，但体检过不到关。我不想打工，因为打工养不活三个孩子。我喜欢农村，想在父母留下的土地上做点事情。可是，事与愿违。我的男朋友得知我回农村，就不顾我怀孕直接提出分手。"

华丹措讲自己的事情时很淡然，好像从她嘴里轻轻松松说出来的事与她无关。可她不是有三个孩子吗？他们也是前男友留下的，还是后来又和男友二、男友三生的？我无法排遣心中的不快和疑虑。

正在纳闷时，丹巴主任打电话问蓝书记走访结束没有，其他组都回村委会了，大家等着我们吃饭。

蓝红梅书记听后赶紧回复说走访结束。"我想起刚才阿齐的老父亲给我们提的建议。请本村的大学生做牦牛养殖的技术顾问，你不正是最好的人选吗？我们可以在村里组建一个牦牛养殖技术小组，具体负责防疫疫苗工作。再请县畜牧局进行技术指导，也可以派技术人员去省上进行短期培训。"

"技术顾问什么的就别找我了。现在的大学生知识面广，有他们就行了。我今年的任务是搞产业发展，不能分心做其他事。"华丹措连忙推辞。

"说得也是。如果你真要种芍药，哪有时间搞其他的。这事再说吧。不过，你为什么一定要搞芍药实验？我们这里从来没种过芍药。"

"就是因为没种过才要尝试。我就喜欢那些高贵的花卉，可以观赏可以制药，两全其美的事。"华丹措也是一脸的自信和坚持。

蓝红梅只好笑了："好吧。期待你的成果。"

在回村委会的路上，蓝红梅好像发现了我的郁闷。

"以后你有时间可以经常来华丹措家做客，听听你想听的一些故事，你会喜欢上她的。哦对了，其他组也该有一点收获了吧？"

我收好笔记本，带着迷雾重重的心情告别了华丹措。

第五章　疯子

在俄洛村的这几天，我们结合走访情况，终于确定了牦牛养殖人员和运作方式。龙处长他们在另一个帮扶村的工作进展也很顺利。小王打电话喊我晚上回县城和他们一起吃饭，可村里的事还没有完，我就没有上去。第二天他们就回省城了。

之后，夺吉局长也打过几次电话，问要不要把我房间的衣服带到村里，办公室还有一把钥匙。可我谢绝了。经过三天的走村入户，我的心与这个村寨完全融合了。我都忘记了自己在旅游局还有一个职务，忘记几天不换衣服对我是多么残酷的事。

蓝红梅书记借给我一双运动鞋，在村里，高跟鞋只能是一个讽刺。我得换上与乡村匹配的装束。巧合的是，我和蓝书记的身高尺码都一样，所以即使需要添加衣服，只要跟她说一声就可以了。她也把工作重点放到了村集体经济上。虽说牦牛养殖人选基本选定，但还有很多细节问题需要研究。

到俄洛村的第四天早上，我睡了个懒觉。因为担任牦牛养殖候选人之一的妇女主任中午才有时间参会。

又是一个飘雪的天气。丹巴主任说过，频繁的降雪对农区是件好事，即将耕耘的土地会得到雪水的滋养，但对牧区却是灾难。每年三月份，大雪会压死一大批牛羊，牧民群众遭受的损失很惨重，政府要大量供应饲草才能挨过三月的雪灾期。

昨晚睡觉前，我告诉门卫大叔不必喊我吃早饭。他是个热心的藏族老汉，每天一早就在阳光棚烧火煮茶准备早餐，无论谁先到阳光棚都会喝到最温暖的早茶。他对我这个省城下来的"甲姆"特别关照，总怕我不习惯这里的饮食起居。他送给我一包香薰，说那是活佛念过经的宝贝，每天熏一下房间会睡得更好。

乡村的一切打开了我的视野，我的适应能力也在超常发挥。秀秀在表姐的关照下一天比一天乖，她们睡前都会和我视频聊天。表姐说自从我走后，老公来得勤了，每次都会给秀秀买很多吃的用的穿的。我明白是因为自己不在家，那个负心汉就可以随心所欲地出入我家。但他能关照秀秀，我还是高兴。孩子需要爱，再亲的人也比不过自己的亲生父母。

我躺在床上，在手机上看了几则新闻。处室工作群里正在说明年机改的事。他们开玩笑说，两年后我回到省城很有可能找不到娘家了。

手机上还有几个陌生号发的短信，应该是广告或诈骗之类的，我就没有细看，一一删除。可我发现第三条短信竟然是老公发来的！字不多却句句如刀！

"你丢下女儿去高原驻村是为了做时代楷模？我想该考虑离婚的事了。秀秀就不用你管了。"

我不敢相信自己的眼睛。这个丢下我们母女俩长达两年之久的负心汉竟然在挑衅我！他有什么权利？

"给我闭嘴！马上给我消失！你敢动秀秀一根汗毛，我跟你拼命！"我掀开被子，气得浑身发抖，立即给表姐打电话，可无人接听。看时间，现在应该是送秀秀上学后在晨练。我又给她发了短信和微信，要她看好孩子，不许再让那个臭男人来看秀秀！

发完信息，我还是不能消气。好好的一个早晨被他破坏，刚刚适应的孤独和寂寞演变成怒火在我的心底燃烧。我不知道是该大哭一场还是该冲回省城撕烂他的脸！

我迅速穿好衣服，蓝红梅说自己准备到村里了。可我顾不上这些了，我得把心底的怒火发泄掉！

门卫大叔在窗口冲我打招呼。我勉强露出个笑脸后绕上村委会右边的水泥路。这条路的尽头是俄洛村的青稞地，田野顺坡而上，不太平整的灌木和沙棘树长到了半山腰。平时从阳光棚里就可以看到这座山的全貌。

降雪后的大地白得耀眼。天空飘浮着浅灰色的云，太阳阴郁地躲在云层背后。

我可以完整地看到对面连绵起伏的森林，高高的雪峰呈现出亘古不变的静穆和逶迤。

俄洛村在三月的雪地上像一幅素描，家家户户房顶上飘着缕缕青烟。

我转身继续往山上走去，一尺来厚的雪落进鞋里凉冰冰的。我弯腰从地上捧起两团白雪，把自己的脸深深地埋了进去，寒凉的气息瞬间穿过我的肌肤，穿透五脏六腑。

我酣畅淋漓地感受着这场雪的洗礼，随着这针扎般的刺激，我"哇"的一声哭倒在地上。

也不知道过了多久，麻木的肢体开始复苏。一块尖石在小腿下扎得我生疼。我的头上、衣服上全是雪！

我继续躺在雪地上，从云层中洞开的一小块蓝天正对着我的脸。上衣口袋里的手机响了很久我都没有接。我需要一个绝对不受干扰的环境把心中的痛苦洗刷掉、埋葬掉。老公在大清早给我发的消息不亚于一枚炸弹，把我仅剩的希望和爱彻底摧毁。

这一刻，我才陡然醒悟，自己的心底其实还留有一份幻想。我坚持到高原扶贫村驻村，不能否认有欲擒故纵的因素。我丢下秀秀和空空的家就是为了引起老公的注意和警惕，我想用这样的方式唤醒他对我和秀秀最后的一丝情意。

这下好了，我不用再有任何妄念了。老公执意要和我离婚，还要抢走我的女儿。他根本没有打算为孩子保留一个家。纵然我在这个遥远的村寨，哭昏死甚至上吊自杀，也留不住他的心了。

"太阳总会升起来！"我想起那句简单而富含哲理的话。是的，我该潇洒地告别昨天，冲破心的牢笼，在这个弥漫着古朴韵律的乡村修复爱的灼伤。

我站起来抖干净身上的雪。山冈上清脆的鸟鸣在召唤着我。我可以确定，所有悲伤的往昔都留在了印下我身体轮廓的雪地里，那枚尖石在我小腿扎出的淤青为我差点迷失的灵魂放了生。

从此，我将和俄洛村背后这片柏树林里的放生牛一样，有多长的生命就走多长的路。我会用两年的时间吮吸这片土地上的青稞和糌粑，用高原的阳光雨露诠释生命的真谛。

阳山和阴山的不同在于植被的差异。我在下村的路上听蓝红梅书记说过，太阳的光照会让花草树木吸收不同的养分。我现在看到的这些树木有着丝绸般的枝叶，老百姓对其尊若神树。

无论是寺院烧香还是民间的祭祀活动都离不开柏木枝叶。门卫大叔送给我的香薰就是用柏枝和小叶杜鹃碾磨合成的，从藏医学的角度来说是有杀菌除菌的作用。

蓝红梅书记的电话再次响起时，我已经走到了很高的山冈。她着急地问要不要接我，村干部们都到村委会了，吃过午饭就要开会，喊我赶紧下山。

我并没有往下走，山脊不断变化的植被引发了我的好奇。我居然找到几朵蓝色喇叭花！它们躲在晶莹的雪花中，把一个夏秋的美丽都收藏在严冬之外。

山上还有很多好看的灌木、干枯的野果和从草堆中悄悄冒出的嫩草。

我收集了很多好看的树叶，用小树枝给喇叭花搭了座小房子。我把"房子里"的花拍成抖音发给表姐，要她给秀秀看。

当我做完这一切，花叶在衣服口袋里散发着大自然的气息，我感觉内心非常轻松。乡村的宁静和包容化解了我心底的阴霾。

我知道自己再也不会受到感情的困扰。对我曾经深爱过的丈夫也没有留恋和怨恨了。我重新给表姐发短信，告诉她，老公什么时候想看秀秀都可以。我为自己气急败坏的脾气内疚。对付一个不爱你的人最好的方法就是藐视他的任何言行。

山林之外的清风带着泥土的气息，我看到了春意暗涌下大地坚韧的脉络。阿齐老父亲的病床和旺波家破败的院子，以及华丹措圆润丰腴的身影都在我的视线内。他们从未向苦难低过头。面对他们，我还有什么理由把个人情感问题拿到如此淳朴的村庄里来？

我在抵达最高的那座山冈后慢慢返回。蓝红梅书记推开窗子大声喊我。

突然，一声怪叫从柏树后面传来，接着一个人影跳到我跟前。

我吓得惊叫起来，拿着手机的手被那个人重重打了一下。

"甲姆甲姆！甲姆好看哦！"怪物是个五十多岁的男人。他穿着黑色棉衣棉裤，扎在腰上的牛皮绳显露出野性的蛮横。

我吓得惊叫一声就跑，一边喊救命！可那个人简直是个飞毛腿。他追上我，铁塔一样挡住了前面的路，举在手里的弯刀闪着寒光！

"你要干什么？快点走开！丹巴他们就在山上，桑科也在。他们会打死你的！"我看到周围全是沙棘树和灌木林，根本没有逃生的机会，就绝望地大喊起来。

我用尽力气爆发出来的吼叫把黑衣人吓住了。他的眼里流出两行泪水，肮脏的面孔突然抽搐起来。

"妈妈、妈妈！打火打火！"黑衣人扭曲着四肢向后退去。他用弯刀砍去前面的荆棘，然后拼命往山上跑去。可只跑了几步，就撞倒在一截树墩下。

我拔腿就跑，可黑衣人在背后发出了痛苦的哀鸣。那声音像从地狱里传出来的，听得我毛骨悚然！

我抖索着摸出手机，打通蓝红梅书记的电话，大喊一声"有鬼！"然后反身向黑衣人倒下的地方悄悄摸过去。

黑衣人的脸被树枝划破，血从脸上流到胸前。他倒在雪中，衣服上的泥巴在雪中砸出一个黑色轮廓。

我不敢靠近，怕他突然跳起来袭击我。我伸长脖子观察他是不是装疯。可过了好几分钟，他还是没有站起来。他的嘴里流出白沫，眼神散乱，只是抽搐的次数少了下来。

我找了根长棍子，试探着拨弄他的衣服。慢慢地，他的头可以转动了。他呆呆地看了我很久，凝固在脸上的血迹更加狰狞。

我故意大声咳嗽，以此考验他的反应。谁知他也跟着咳嗽起来，咳得眼泪鼻涕一把的，然后就清醒了过来。

"波么（女子），我又犯病了。吓坏你了吧？别怕啊！你是谁呢？寨子里没有见过你呀！"黑衣人说着就站起来，解下腰上的皮绳，让我替他拿好弯刀后进了林子。不一会儿，他就背了一捆柴返回来。

我不敢把弯刀交给他，刚才他发癫的时候真是太恐怖了。万一他一刀砍过来该怎么办！

我让出个道让他先走，自己小心翼翼地跟在他后面。桑科和塔青已冲上来了，蓝红梅书记也跑到田埂上大声喊我的名字。

黑衣人若无其事地跟小伙子们打招呼。恐惧使我忘记他居然是用汉语跟我说的话。桑科见我没事就松了口气，他让塔青牵着黑衣人下山，自己把那捆柴火背到背上。他告诉我这个疯子是外地人，他的儿子跟村里一个女子结婚了。疯子三年前到了俄洛村，除了认得自己的儿子外就什么都不记得了。

桑科的话让我后背发凉。原来自己刚刚在鬼门关上转了一圈！

我抱住蓝红梅哭了一场。从接到老公短信到山上遇到疯子，好像经历了一个世纪的磨难。我好不容易迎接涅槃重生的自己，却差点让一个疯子送到阎王爷那里。

疯子和塔青消失在村道上。可那张佝偻的背影、蓬松的乱发、肮脏的面孔和死灰般的眼睛都让我惊惧无比。

好在一切都过去了。能靠在蓝红梅的肩膀上哭出所有委屈，我不再觉得孤单。伙计们把我簇拥在比炉火更温暖的友谊中。我在心中祈祷，愿所有的痛苦不再重来！

阳光棚里依旧茶香袭人。丹巴主任给我拿了张凳子，让我坐到火炉旁边烤火。他说那个疯子是甘肃临潭人，他做木匠的儿子在村里做了上门女婿。三年前他突然跑到俄洛村，说家里遭到火灾，他从数丈高的火焰里冲出来保住了命，他的儿子儿媳就让他在家里住了下来。可没过多久，他又跑了。后来才知道，这个人已经疯了。村民们就喊他疯子。疯子的疯病时好时坏，他的儿子和儿媳带他到处治病，可就治不断根。

"不过，他还没有伤过人。他不犯病时是个挺好的老人，话也少。可一犯病，就满山乱窜，回来时就背一背柴火。大家习惯了也就不管他了。不过以后你不要一个人上山，警惕性还是要有。"我心有余悸地向丹巴点头。

晚上，我回到房间把今天的经历写成了一个故事，故事的题目就是《疯子》。我在故事中虚构了几个人物，有疯子的妻子和两个儿子。小儿子出门游走学会了一门手艺并在藏族聚居区安家落户，大儿子在临潭老家娶了媳妇还生了一儿一女。火灾发生地并不是黑衣老人的家，而是在他入住的一个小旅店。他和邻居老哥去镇上卖当归时旅店起了火，那晚他就吓疯了。凭着记忆中的地址，他竟然找到了小儿子所在的村子。

写完一个不长不短的故事，我就睡下了。窗外朦胧的月光把我带进了遥远的海边。我长裙曳地地在幽深的海里徜徉，美丽的海浪从我的脚背上滚过，秀秀跟在我的后边高兴地喊着"妈妈妈妈"。

第六章　朋友

这是第三次召开村集体经济专题会，参会的有刚刚回来的村支书和各组组长。根据俄洛村两个寨子的建议名单和村干部综合考察的结果，共选出六名候选人。其中建档立卡贫困户两名，党员干部两名，妇女干部一名，普通群众一名。今天的会议就要定出最后的养殖人员，还有工资和福利待遇。为保证公正公平，乡政府也派了一名纪检干部和副乡长参加会议。

经过两轮投票和举手表决，六名候选人中又选出妇女主任曼措、团干事周让、建档立卡贫困户扎当三人。这个结果村干部们都比较满意，因为党员干部和贫困户都在其中。

在商量养殖人员的工资和福利待遇时，我们又进行了慎重的讨论。村支书建议先由养殖人员自己提出要求，再根据实际情况定夺。他让建档立卡贫困户扎当先提要求。

扎当说自己是家里的顶梁柱，老母亲眼睛不好，老婆也体弱多病，家里的经济就靠儿子小两口外出打工，所以根本没打算去搞养殖，但他们这个组就推荐了他。主要是其他几个贫困户家境比他恼火。

"这些年政府很关心我们。涉藏州县'新居建设'下来后，我家住上了新房子。到户到人资金我和朋友用来种大黄了，三四年后可以回收经济效益了。省农博局争取的村集体经济是俄洛村的福音，我们有义务把它搞好搞大。可养牛不是那么轻松的事，折损也很大。不全力以赴很难搞好，所以最后不管落到谁的头上，该规定的事先就规定好。不管八十头牦牛是增长还是减少，不能与工资挂钩。我想工资方面领导们考虑能否丰厚一点？以前也听到其他乡镇搞过牦牛养殖，每年产的小牛五五开分了。我们不妨也参考一下其他乡镇的做法。"看似拘谨的扎当，说出来的话还是有分量的。

"那么我来说说自己的想法。"团干事周让是个俊朗的小伙。我听村干部们说过这个人很上进，在年轻人中有号召力。

"感谢大家对我的信任。村集体经济是省级帮扶单位为俄洛村争取的脱贫攻坚项目，我们没有理由不重视这件大事。这些年，我也在摸索俄洛村的发展前景。别看我们是个小村寨，耕地和草场没有周边几个村丰富，可我们也有别人没有的优势。我们村有保持完好的民居建筑和红色革命遗址，长征在我们这里留下了深厚的文化。说真的，我并不适合从事牦牛养殖。我想在村寨开发一个民宿观光区或避暑山庄，这也是我多年来的一个愿望。所以，我请求退出这次的养殖人选。"

周让的话引来一片哗然，沉默的场面泛起了涟漪。蓝红梅书记眼中一亮，她若有所思地看着放在桌上的一大堆资料，很快又恢复了惯常的微笑，等待下一个发言人。

妇女主任曼措我是昨天才认识的，四十二三岁，小学文化，党员。她家人口比较多，是典型的四世同堂之家。从人口结构来分析，她是最适合的人选。加上她还是个有魄力的女干部，村寨的妇女工作搞得有声有色，还多次被评为基层先进工作者。

曼措也看出来了，最后一轮的人选其实退出了两个。所有人的目光都聚焦在她身上。她终究是个干部，见识和胸襟也不同于一般妇女，她推心置腹说出的一番话也赢得了大家的首肯。

"俄洛村有四个自然寨，八十一户人家。能够被村民推选出来负责村集体经济的工作，我想这是全村人对我们的信任。上次召开动员大会时我一直在想，能不能在每个寨子中选一个精干的人，然后组成一个小畜牧队，声势浩荡地把这件事情推起走。可事实上，中国实行包产到户这么多年了，老百姓从热火朝天的合作社退到了自己的一亩三分地，在属于自己的小天地中习惯了寂寞的生活。这次从四个寨子里选出来六个人，似乎就可以组建一个小畜牧队了。但周让和扎巴的话也不无道理，年轻人有更适合他们发展的舞台。好在我也放了十多年的牧，对猪马牛羊很有感情。他们要退出就不要勉强了。"

曼措的话让村干部们刮目相看。她表现出来的责任和担当，让所有人的脸上都露出了发自内心的敬佩。

扎当和周让更是喜形于色。几个村干部用藏语对曼措说了一大堆赞扬和鼓励的话。

我把蓝红梅书记翻译给我的内容准确地记了下来。因为没有基层工作经验，我不好盲目表达观点，其实今天被选举出来的几个人的发言都很有见解。

对于城市中的我们而言，农村是个生疏的概念，更多时候是偏远和落后的象征。边缘地区的老百姓，曾经离我那么遥远，假如我没有到过这些地方，那么对农村的认知也只能停留在电视和书本中的描述了。

值得庆幸的是，我任性地背负感情的创伤，婚姻的破裂，孤身前往的这个藏寨如此地生动，撞击着我的内心，我将不可避免地沦陷于这里的蓝天白云、田园牧歌和流水小桥。

村支书和村主任低语了几句后请蓝红梅书记代表村干部发言。

"经过几天的走访、推荐、开会，我们总算把牦牛养殖人员确定下来了，这离不开大家的努力，特别是刚刚到来的林美娇同志，一直和村干部们一起走村入户，付出了辛勤的劳动。今天，我们对推荐上来的六名人选进行了面对面交流，大家也开诚布公地发表了各自的观点，整个流程是在公开透明中进行的。这里我也代表俄洛村领导班子对大家的支持表示感谢。特别是妇女主任曼措，以一个党员干部的责任担当冲在脱贫攻坚第一线。"蓝红梅书记边说边从会计手中接过一堆资料，"经村委会班子多次研究，决定牦牛养殖时间为两年，养殖人员工资为两万。八十头牦牛产下的小牛，由养殖人员和村集体对半分配。也就是说，如果一年产下的小牛有二十头，那么十头归集体，十头归养殖人员。如果没有意见，我们在会上签订合同。"

"没有意见，就是再加点钱，我们也举双手赞成。这么辛苦的活路由一个女人承担，真的不容易！感谢曼措对俄洛村的支持。"

"曼措，你是好样的。大家没有选错你！"

大家的感激之情发自内心，曼措自己也很激动。她说很多年没有去梦牵魂绕的牧场了。她想念青青的牧草、高高的山冈和牛欢马叫的草原。

会计宣读了合同内容后请曼措签字盖手印，可她说还有话要说。

我有点紧张，心想她是不是不满意两万块钱的工资。谁都知道，这笔钱如果按天来计算那实在是少了。

"我想说的是工资问题。我主动承担牦牛养殖任务的原因刚才也说了。因为周让和扎巴退出后，我就得考虑两个随从人员了。你们也知道，八十头牦牛一个人根本管不过来。现在我只能发动自己的家人，不管他们愿不愿意，我都必须得到他们的支持。说穿了，两万块钱要支付到两三个人的头上。这笔账，各位闭着眼睛也能算。"

啊！果然如我所料。曼措的这笔账我们之前在班子会上也反复商议过，但村里的财力也就那样，总不能让帮扶单位最后弄个倒贴吧？

曼措慢条斯理地喝了口茶水，她没有看大家复杂的表情，继续说："可我是一名党员，是一名妇女干部。如果我只打自己的小算盘，又怎么顾得上集体经济的大效益？脱贫攻坚能不能渗透到老百姓的心中，我们党员干部要树立个榜样。因此，我想说的是，两万块钱的工资多了，我请村干部减去一万。这不是我想唱高调，而是为俄洛村一千多村民的嘱托，我会竭尽全力管好八十头牦牛，争取两年后给村里上交一堆活蹦乱跳的小牛犊。"

会上沉静了好一会儿才响起热烈的掌声。蓝红梅书记的脸上飞上激动的红晕，她几步跨过来握住曼措的手喊了声："大姐！"

我仰头看着天花板，克制着波澜起伏的心绪。今天的会不仅有了圆满的结果。最重要的是，我彻底对这些普普通通的老百姓有了全新的认识。在来俄洛村之前，我一路都在想象将要抵达的乡村的模样。我还在心中塑造了几个农民形象。他们穿着简陋，面色晦暗，在贫瘠的田间地头艰苦跋涉。

殊不知，从我到乡村的第一天，进入视线中的人和事都超过了我的想象。我不能不换个角度来聆听这片土地上的所有声音。改革开放四十年，农村的变化和发展太快了。我知道这里有我学不完的知识，听不完的故事。

会议结束后，村支书说还要开个班子会，主要商量购买牦牛的事情。大家建议从每个寨子里选两个会看货色的老人跟村干部去牧区买牛，年轻人欠缺这方面的经验。

丹巴说找老人的事就交给他。四月初就必须完成牦牛购买的任务。周让说牧区他有亲戚朋友，可以先打探一下要卖牛的牧户，到时候请他们到现场帮忙。

"我也去吧，我想跟你们去买牛。"听说要去牧区买牛，我的兴趣就高了。我想那个场面一定很壮观，我何不趁此机会做一回"牛贩子"，这也是一次历练嘛，起码可以在秀秀和表姐面前炫耀一下。

蓝红梅书记和丹巴他们几乎异口同声地反对，说那不是我这样的城里小姐能吃苦的事。

"这里的三四月份都是降雪高峰期，我们很有可能跑遍R县的整个牧区，说不定十天半月都拿不下这事。你先回县里休息几天，熟悉一下旅游局的工作，下一步村里还有好多工作要做。"

蓝红梅生怕我一时冲动，赶紧制止我。但我真心想去。他们说的这些艰辛我当然知道。这几天在村里走访群众，我的鼻子就晒脱皮了，皮肤黑了一圈，手也变粗糙了，但我完全不在意，我乐意用这样的方式让自己成长。

但村支书的看法和他们不一样。他说甲姆想去就让她去，两年的时间很短，她应该去看看与农耕地区不一样的大草原，看看那里的人是怎么在严峻的环境里生存的。

我非常感谢村支书，他了解我内心的渴盼。我不想结束两年驻村工作后，带一大堆工作总结和组织鉴定就回去，我要把这段弥足珍贵的经历写成人生的座右铭，那么，无论风吹雨打，我都该迎难而上。

蓝红梅书记和乡政府的领导回去了。大家建议我回县里休息两天。就在我考虑要不要搭乘乡政府的车上县里时，华丹措打电话给我，说晚上去她家坐一坐，她准备了几样小菜，想和我聊聊。

蓝红梅书记担心我和华丹措不太熟悉找不到话题，要我先回县里洗澡换衣，待几天再下来。

可我觉得应该答应华丹措的邀请。那天走访她家的时候，我带了一肚子的疑问回到村委会。蓝红梅不是说她有很多故事吗？

我决定留下来，我要尽快和村里的人熟悉起来，尤其是那些留给我深刻印象的老百姓。无论是阿齐的父亲，还是旺波一家，他们身上体现出来的人格魅力一直吸引着我。我发现自己到俄洛村后思想发生了很大的变化。

蓝红梅书记抱歉地拥抱我，因为她在乡上还有事不能陪我。村干部们都邀请我去他们家做客，但我还是应该去我想去的地方，对华丹措我充满了好奇。

我在房间整理好今天的会议笔记，又为《我的新长征》写了两个章节的文字，其中重点写下一句话：新时代的长征没有草鞋和步枪，却有铿锵的脚步和宏伟征途——它就是脱贫攻坚。

冬日的白天还是那么短，太阳匆匆向西落去。我告诉门卫大叔，晚上还回村委会，让他留门。在去华丹措家的路上，我碰到了很多村民，他们热情地对我微笑招呼，放学回来的孩子们也向我敬礼。

华丹措的儿子小泽早早地在门口等我，见我到了，小家伙赶紧用一根棍子打跑了门口蹲着的一只小狗。他边打边喊："别怕，有我保护你，它不会咬你！"

我被小泽的孩子气给弄笑了，故意做出很怕的样子躲在他背后。

华丹措在阳台上守着两个女儿做作业，她们看到我后都羞涩地躲进了房间。原来今天是星期六，学校上了半天的课后就把学生放回来了。我问她，三个孩子都在读小学？她点头说是的。

"老大和老二分别读四年级和二年级，都在住校。每个周末我都骑电瓶车去接她们。忙的时候，邻居会用摩托车把她们搭回来。一个村子的人，平时都很关照我这个单身妈妈。"

华丹措把晒在院子里的被子收回去，又去房间把床铺好，从衣柜里取出一个枕头放到床上，说："今晚你就住这里。你不用担心，全部洗干净了。我睡地铺。"

华丹措的决定有点突然，我一时没有反应过来。

"什么？我我……"我突然想起上次龙处长让我留在村里的情景，当时我也是这样愣在原地。

"就别我我我的了。怎么？嫌弃我呀。你不是很想听我的故事吗？没有足够的时间，一时半刻我也说不完呀！"华丹措一脸的灿烂。我只好露出赞同的笑容。

华丹措做了几样特色菜，娘家包子，烧馍馍，凉拌胡豆，手撕香猪肉，酸菜粉丝汤，外加一壶马茶。

我奇怪今天怎么不上糌粑。下村第一天，每到一处都有糌粑上桌，为此我还半夜闹肚子。不过这几天在村委会，会计老婆怕我不适应藏餐，每天都炒几样家常菜，还别说，都是些山珍菌类和野菜，这要是放在大都市的某个餐厅，都是价格不菲的高档菜了。

吃饭的时候，孩子们围在炕桌上显得很亲密。小泽不怕生，他问我为什么要到他家来吃饭，还问我能不能帮他抓麻雀。他说下次我再来他家，他还要用棍子打跑那只癞皮狗。

　　华丹措疼爱地抚摸着小泽的头，说只要乖乖听话，林阿姨就会带他去城里玩。

　　我被这个家庭的温馨场面感动了。三个孩子个个眉清目秀，但却是一人一个模样。难道华丹措生的孩子都不是一个爸爸的？所有的疑问此刻又绕上心头。

　　蓝红梅说的对，如果想真正走进这个年轻妈妈的内心，了解她身后的秘密，就得坐下来和她谈。即使她只是我们扶贫的对象，我也有义务了解造成她贫困的原因，这样就可以为下一步脱贫攻坚全覆盖提供可信的依据。

　　晚餐的气氛非常好。温暖的炉火，喷香的马茶，精致的小餐，还有孩子们红苹果一样的笑脸。一切都是如此和谐美好。

　　华丹措的厨艺真是好，我吃得满口生香。以后，我得向她讨教这些美食的做法，回到城里，我要给秀秀和表姐做一大桌在 R 县学来的美食，也让她们夸夸我的手艺。

　　想到秀秀，我的心又被刺痛了。这几天，我特别想念她，几乎夜夜都会梦到她。我因思念秀秀而更心疼这三个孩子。

　　华丹措给我盛了一碗酸菜粉丝汤，又为我夹了个褶皱精致的包子。

　　"我给你讲讲娘家包子的由来吧。"可能华丹措发现我有点儿分心了，就找了个话题。

　　"很久以前有个女孩从农区嫁到了牧区，娘家和婆家之间隔着好几座山好几条河。女孩嫁过去后，非常想念家乡。她不习惯吃牧区用手推石磨磨的糌粑，也不喜欢带着膻味的手抓羊肉。女孩每年都要回一次娘家，娘家人就给她做很多农区的美食。临走时，女孩非常舍不得离开熟悉的故乡和亲人，她娘就给她包了很多包子，说包子里面是娘浓浓的爱，想家了想娘了就吃一口。女孩回到婆家后发现包子馅是芝麻和糖混合而成的，闻起来香香的，吃起来甜甜的，就像小时候吃过的娘的奶。从此，女孩每次回来都会带走娘亲手包的包子，以此作为念想。慢慢地，娘家包子就成了姑娘们出嫁时不可缺少的陪嫁。"

　　原来娘家包子有这么动人的故事，难怪那么好吃。华丹措说过去农村都很穷，芝麻都是很少见的粮食。有些人家就往芝麻里加点糌粑和猪油。娘家包子一直在民间流传，它所折射出来的文化底蕴意味深长。

我知道今天这桌晚餐是华丹措精心准备的，她让我体验的不止是味蕾上的快感，更是为我打开了一扇古老的餐饮文化之窗。

"烧馍也一定有说法，可不可以把它当作是藏式面包？"当华丹措把烧馍切成片，往上面抹上一层酥油放到我的碗里时，我以为自己的猜想是正确的。

可她摇头说不是。藏族人的烧馍就是锅盔。只不过锅盔是烤出来的，而烧馍顾名思义是烧出来的。

"过去走亲戚都会带几个烧馍。烧馍是由生青稞面做的，中间厚两边薄，正中间戳两个小'肚脐'，然后拨开灶灰，把馍放进去重新盖上灶灰慢慢烧熟。"

华丹措还说，现在农村都没有土灶了，用的全是铁炉，只能在烤箱里烤。可她有办法，就在火炉的灰箱里烧，效果一样好。

"那样不是沾满柴灰吗？怎么吃？"

"你看看，放在你前面的烧馍能不能吃？很多美食的做法你是想象不出来的。高手在民间嘛。"华丹措把眼睛笑成了一弯月亮。她是在为自己的手艺高兴。

不错，摆在我们面前的烧馍光滑油亮，看不出是从柴灰里烧出来的。她说的对，品尝美食的人不一定硬要追究美食的出处。别人给你耍厨艺，你只管耍嘴皮吃好就行。

"以后我慢慢教你吧，这样你就不会为这些问题困惑了。"华丹措说的正合我意。

结束别开生面的晚餐，天早已黑透。突然想起门卫大叔可能还在等我，于是赶紧打电话告诉他今晚我不回村委会了。

华丹措收拾餐桌时，我给小泽洗脚，我特别喜欢这个小机灵。他说的每句话都让我笑喷。他和两个姐姐交流时都是用普通话，看来，乡村的教育质量是大大提高了。

小泽的两个姐姐礼貌地跟我说了晚安，然后带弟弟睡觉去了。

华丹措洗碗的时候，我又烤了会儿火。其间给表姐打了个电话，把这边的情况跟她讲了一下，叫她不必牵挂我。她说秀秀现在适应了她的照看，基本把她当亲娘了。孩子的爸爸每天都回来看她，有时还会接送她上学，她还说那个女的有时候也会陪他去接女儿。

哼！已经迫不及待地为当后妈做准备了。表姐的愤怒胜过我这个直接受害人了。不管怎样，亲人永远会站在自己身边。只是我无心计较这些了，从我在俄洛村的冰天雪里为自己的灵魂放生的那天起，老公的一切就与我无关了。

秀秀在床上听到我和表姐在通话，就跑出来对着话筒喊"妈妈，快点回来"，不等我说话就又跑回床上了。表姐跟我道了歉，说秀秀这几天特别腻她，都不怎么提我了。然后就挂了电话。

华丹措收拾完碗筷，还拖了地板。她笑呵呵地问我："你会不会择床？我已经用香薰熏过房间了，应该睡得好。我们藏族聚居区有句话叫作'汉人吃时热闹，藏人睡后热闹'。这句话的意思你懂吗？"

我还真被这句话弄糊涂了，只好迷惑地摇头。

"意思是你们汉族人喜欢把事情拿到饭桌上讲，我们藏族人喜欢把事情拿到床铺上讲。老人们把睡觉时要谈的话叫作'睡话'，在家说的话叫'家话'，和家人以外说的话就是'外话'。'睡话'主要是不受任何干扰，想说多久就说多久。过去农村人都睡阁楼，邻里之间只隔一块薄墙，大家还可以隔墙闲聊呢！是不是很有意思？"

我听说过农村人睡棚子、睡地铺、睡吊床、睡草席，但和邻居隔墙聊天是个什么样的情景我还真想象不出来。蓝红梅和我下村时，她就说现在的民居和过去差别太大了。以前房顶下还有一个很大的空间，主要用来放草料和睡觉，还起到哨所的作用。试想在整个建筑的制高点，眼观六路，耳听八方。贼可能刚翻进门就挨到空中的飞刀！

"你看我们是说'睡话'，还是在炉火边聊？今晚的月光很好，说不定还能听到月光落地的声音。"

一个大学生，一个单身妈妈，一个藏族美人，她说出来的每句话都是诗情画意的，我那颗极其容易被煽动的心也随之飞扬起来。

"好吧。按照你们的规矩，我们摆'睡话'吧。如果你家有顶棚，我也愿意睡那里倾听八面来风！"我被华丹措的情绪感染了，披衣而起，幽了一默。

月光从窗外柔和地照在被褥上，卧室里散发着一股香薰味，这和我上次在山上闻到的柏树叶的清香是一样的。

我喊华丹措也睡到床上来，她睡地铺我过意不去。可她笑笑说没事，自己什么地方没睡过？

"以前读书时为了挣学费，暑假我们都要上山挖贝母。一个多月可以挣到几千块，为家里减去不少负担。有时候遇到暴雨天气，我们就躲在杜鹃林或松树下。雨不停大家就枕着各自的衣服睡在树根上，想想真是苦，现在的孩子比我们幸福多了。"

"是呀。我还听说你们州有个县，只要到了夏天，机关单位的人都会上山挖贝母、虫草，是真的吗？"我在华丹措的描述里听不出艰辛，反而觉得那些长满高山植物和名贵药材的地方一定特别美。大家在黑漆漆的夜晚睡在大树根下听大雨洗涤松萝的声音岂不美妙？

"是那样的。因为我们这里贝母、虫草的价格一直没有跌过。你说的那个县，的确有很多老师放假后都上山挖药材。如果你想体验，夏天我带你去挖贝母吧，反正咱们村的牧场就在贝母山上。到时候我们去挤曼措大姐的帐篷，跟她去挖贝母、过野餐怎么样？"

我的幼稚引起了华丹措的兴致。她为我盖好被子后钻进地铺，然后很正式地问我："你觉得我现在的这个房子怎么样？"

"干净整洁，温馨舒适。不像是贫困户的家。"这个问题我想过很多次，因此回答起来很自然。

"你认为的贫困户该是什么样的？"漂亮的华丹措被月光镀上了一层奶油色的光环。

我当然知道自己该怎么说。有句话是这样说的：造成一切贫困的原因都是大相径庭的。

贫困这个词放在当今社会，还不单是吃不饱，穿不暖的概念。在物质文明和精神文明高速发展的今天，吃饭穿衣不再是农村人的瓶颈。全中国农民正在奔小康，社会主义现代化建设进入了新征程。若是还有衣衫褴褛、举步维艰的日子，那一定是特殊的历史背景和自然条件造成的。

"在前往高原扶贫村的路上，我们的车子经过一个个藏寨，看到被封锁在冰天雪地中的民居，我就在想，这里的人到底是靠什么样的强大力量与恶劣的气候抗争？而在俄洛村，走访百姓之余我却看到了保持完好的生态环境，淳朴安宁的乡村风貌，古老深厚的人文情怀。这里的人即使住着破旧的房子，过着并不富裕的生活，可他们的思想已经跟上了时代的步伐，他们的世界观和价值观并不因贫穷而扭曲。我在每个人身上都看到了一种积极向上和不畏艰险的精神。所以，我对贫困的理解是，在现代化建设进程中经济收入相对滞后，没有达到富裕标准或离小康尚有一定距离的状态。比如你……"我望着华丹措的眼睛继续说，"从我进入你家院子开始，我就在心中说服自己，这是个特殊的家庭。一个单身女人抚养着三个孩子，没有固定的经济收入，没有支撑生活的产业和技术。可是，我看到的是一个流光溢彩的小家庭。除了新修的房子，电视机、冰箱、家具应有尽有。当时，我就对贫困户的认知出现了盲区。"

说到这里我故意打住了话头，华丹措很坦然地迎接着我询问的目光。

"是的，你一定在想，我怎么会有这么'好'的房子？又怎么会把小日子打理得滋滋润润？似乎所有表象都证明，我这个家是蹭了国家的扶贫政策得来的。不过，乡政府和俄洛村的人都知道，我没有靠任何人。

"我的这个房子是自己打工、挖药材挣钱修的，前前后后花了十多万。院子去年才铺了水泥，到现在还有七八万的债。"华丹措的声音在夜色中变得很轻很远。

乡村的月色真的很特别，整个大地仿佛被一只透明的玻璃球包裹着，世界触手可及。而我身体中的某个细胞也在脱离尘世的羁绊后，追随一线流影飞向不可知的远方。

我知道此来的目的是听一个女人的故事。做一个忠实的倾听者比什么都好。这个富有诗意的夜晚，我和一位陌生的朋友，睡在她的房子里倾心交谈。

"我父亲在伐木队砍树时出了意外。母亲含辛茹苦地把我和姐姐抚养长大。我们唯一能报答母亲的就是努力学习，考起一所大学。母亲是个识大体的人，她说女孩在农村早早地嫁人，生活很苦。母亲一直希望我们俩其中一个当教师，她说那样就可以回到村里教孩子们知识。后来，姐姐考起公务员，跟丈夫去了外县。她现在已经是两个孩子的妈妈了。可遗憾的是，我们还没有报答母亲的养育之恩，她就过世了。

"我读大学时每个假期都在打工，有一次因为感冒拖久了肺部受到感染，后来考公务员和事业单位时，每次体检都因肺部阴影把我刷下来，后来我也灰心了。我喜欢农村，喜欢这些可以亲手栽种粮食的土地。我在工地干活，在山上挖药，在餐厅当服务员，用拼命赚来的钱，在母亲的老宅基地修了房子。村干部们多次找过我，说给我争取一些扶贫政策。可我没答应。我觉得自己是个大学生，不好意思向社会伸手，我丢不起这个脸。我想用自己的辛勤劳动向抛弃我的男友证明，没有他，我照样活得精彩。"

"可你一个弱女子，这样多累呀！"

"我要么做一个合格的国家干部，要么做一个称职的农民。其实，农村才有我施展的空间。虽然我还有外债，但离自己的目标越来越近了。"

我和华丹措的"睡话"打开了闸门。关于她的"秘密"正在一点点揭开。说到最后，还是孩子和她独身的问题。我以为接下来的话题中会出现又一个负心汉，可答案却出人意料。华丹措告诉我，两个孩子都不是她生的。一个是收养的，一个是朋友的。

我从床上蹦起来！疑惑地看着美人鱼一样蜷缩在被褥下的她。

这怎么可能？这怎么可能？我指着隔壁房间不相信地摇头。

嘘！华丹措示意我小声点，她怕我的咋呼声惊吓到孩子们。

我重新躺回被窝，有点不能接受突如其来的变化。

"你以为我在编小说呀！至于吗？"华丹措终于把憋在肚里的话说出来了。她说对我有种特别的信任感，所以愿意在我面前开诚布公地说出内心的隐秘。

"从你第一次到我家，我就认定可以和你做朋友。这么多年，我忙着给孩子们修房子，忙着给他们一个温暖的避风港，没时间交朋友，也没时间说心里话。现在，你来了，你就是我命里的知己。谢谢你今晚听我的故事。谢谢！"

声音渐渐小了，低了。她居然睡着了。

到底谁是两个孩子的父母？或者说两个孩子到底是谁生的？

当睡意沉沉袭来，我还在迷迷糊糊地想，睡在地上的这个妈妈，比我苦，比我累。她没有老公却要养三个孩子。我虽然即将失去老公，但孩子的父亲依然爱她。在未来的日子，华丹措和我可能是惺惺相惜的朋友。对！朋友，真好！

第七章　同事

回到旅游局后，夺吉局长召集职工开了个会。除了上次报到时没有见到的出纳杨小娟和综合市场股的高俊，还有从旅游管理局和执法局借调过来的嘎玛、能措和马鹏。

夺吉局长说2016年旅游局从参公单位转为行政单位，原来的编制都划到旅游执法局了。十个行政编制被编办挖去两个。除开一正三副的领导岗位和一名副主任科员，就只剩下三个行政编制了。而在单位做事的在岗人员占的是执法局的参公编制。加上这两年抽调驻村的，人事调动的，生孩子的，就没几个人了。所以大家的工作压力很大。为了留住人才，局领导想了很多办法，解决了几个职工的身份问题，没有解决的也调离本单位到其他行政岗位了。单位事多的时候，就在旅游系统借调工作人员。

夺吉局长苦笑着告诉我："前任领导搞过两次抽签的方式，抽中的转行政身份，后来都没能推行下去，职工意见也大。我过来后，在人事局查阅了很多相关文件，尽量依靠套改政策内部消化。这样既能留住原班人马，也能顾全职工的切身利益。好在年轻人做事很上心，把工作都做起走了。遇到旅游旺季加班时间特别多，大家没喊一声苦。"

这次会上还有从德阳援建单位来的龚斌。他还有两个月就结束下派任务了。夺吉局长说幸亏每年都有下派干部，这为单位承担了不少工作。龚斌目前在旅游局挂职负责项目工作。

"会议结束后，你和龚斌移交一下工作。他下周要出去拍婚纱照，国庆结婚。

小龚到旅游局两年，工作上勤勤恳恳，很少请假。他回来后也待不了几天就回城了，以后就要辛苦我们的林美娇同志了。"

看得出来，夺吉局长很认可龚斌的工作能力。这个小伙子长得也很阳光。高原的紫外线已经完全把他晒成了一个草地汉子。若不是他浓重的口音，谁也看不出他是个汉族小伙。

龚斌移交给我的工作中有三个比较急，一个是两镇三乡旅游厕所点位勘察，一个是巴西纪念馆的收尾工作，一个是花湖创4A景区的修改方案。

夺吉局长明天要去州上参加一个安全生产方面的会，他让我先熟悉一下目前接手的几项工作，等他回来就到各点位开展工作。

我谢绝了局里安排的晚饭，答应和龚斌去县城一个小餐厅聚一聚，主要是想和他交流一下工作方面的事情。

上次到R县天差不多黑了，第二天也只是去姐妹牛杂店吃了个早餐就下村了。因此，我对县城的印象还停留在粗线条的印象中。

而事实证明，R县的寒冬还在浓墨重彩地演绎着。下了几个月的雪被风盖上厚厚的尘埃。街道两边停着长龙般的车，穿民族服饰的男男女女不是戴着口罩就是蒙着围巾。

在属于高原县城特有的环境里，冲击我耳目的不止是着装和语言，还有一种无法言说的文化底蕴在空气中流淌着。虽然行色匆匆的人们在两点一线的路上不做过多停留，可我能感觉到每个人足底生风的快乐和自信。

县城正街的楼层都没有高过四层，城市规划井然有序。店铺招牌多数用的藏汉双语，极少数用的英文或韩文。民族风是这个小城的主旋律。

我明白冬季恶劣气候强加给一个地域的艰涩。生活在这里的人，不能不用独特的抗生能力对付大自然的挑战。正与我同行的同事龚斌一边用见惯不惊的表情给我介绍县城情况，一边用冻裂的手指指着县城背后叫作俄尼的山冈，说那是R县政治、经济、文化的象征。

夏天，俄尼山是天然瞭望台，可将县城风光一览无余，龚斌甚至认定"天苍苍野茫茫，风吹草低见牛羊"是在俄尼山顶出世的诗句。

我们走过一条长约一千米的街道，在第二个红绿灯路口右拐，来到据说是县城最繁华的商业区。

龚斌说这里过去是县城车队的旧址，国有企业走下坡路后，车队也实行了个体承包制，原先被车队领导和下属占据的老房子被步步紧逼的商业用地吞没，废弃多年的老车队旧址被商家打造成 R 县第三个商业开发区。

老车队的名字并没有随商业的兴起而淘汰，县城的人依旧叫这个地方为"老车队"。步行不到二十分钟，龚斌就给我普及了整个县城的基本概况。

我正在名正言顺地融入这个县城，成为它万分之一的暂住居民。虽然我在 R 县东部的帮扶村走村入户近一周，认识了俄洛村的贫困户和村干部，并与一位可敬的单身妈妈成为朋友，可对于拥有一万多平方公里土地的大县来说，我需得从头认识。不太明显的时差和高原独有的空旷都给了我崭新的定位。

龚斌带我去的地方是新开不久的藏餐厅，生意非常火爆。他说小地方的人都爱往热闹的地方跑，县城谁若开了个新的餐厅或酒吧，大家都一股脑儿地往那里挤，所以商家之间的竞争也很大，要长久保持人气确实很难。

说话间，我们乘坐电梯到了五楼。大厅里已经很热闹了，靠窗的卡座坐满了喝茶和用餐的人。餐厅装修风格高端大气，全实木结构的布局和精致的壁画传递着浓郁的藏文化气息。

我看到右边空着一个小卡座，两步赶过去想占个位置。可龚斌说已经定好了包间，因为还有几个朋友要和我们一起吃饭。等我走进"花湖厅"才发现里面竟有五个人。

我迅速扫描了一下包间里的人，一个都不认识，只好把询问的眼光投向龚斌，他马上把我拉到餐桌前介绍道：

"林姐，不好意思，我没有征求你的意见就把大伙儿召集起来为你接风。这三个兄台都是从德阳过来的挂职干部。其中龙江、武生和朱海峰分别在发改局、扶贫移民局、文体局上班。索朗吉美女是辖唐镇的副镇长，安娜在县法院工作。我们在工作上多少有些联系，加上在职工食堂经常一块吃饭，就成了朋友。"

我发现自己到了高原以后，特别是在驻村期间练就了很强的记忆力，龚斌介绍的几个名字我强行记住了。索朗吉应该是个藏名，长得也很少数民族，五官轮廓很立体，还有一头黑漆漆的长发，是个落落大方的漂亮女人。

"很高兴认识大家。"我只好满面笑容地跟大家握手。

龚斌又把我介绍给在座的朋友们。他笑呵呵地说，林美娇同志的到来预示着他可以放心地去拍婚纱照，因此无论如何要请我吃个饭表达谢意，今天这顿饭是大家 AA 制请我的，绝不违反八项规定，让我放心大胆吃。

我说自己初来乍到，应该请朋友们吃一个"拜山饭"。可大家都不同意，一定要尽地主之谊，争执不下我便同意了。

点菜的规矩是每个人点自己喜欢的菜，这样不仅菜品齐全，而且也没有不合口味或忌口的现象。

我对藏餐不太熟悉，在反复看了菜单之后点了个烤羊排。在草原，牛羊肉是绿色食品，初次吃藏餐，肯定得以牛羊肉为主。

菜上得很快。精致的核桃木餐桌一会儿就摆满了食物，都是色香味俱全的美食。男同志喝了些啤酒，两个美女不沾酒。我说民族地区不都爱喝酒吗？可她们说自己是比较落伍的人，再加之安娜有胃病，所以不能喝酒。

晚餐气氛很好，与我在村民家吃饭不太一样。我想藏餐也要分很多种吧，现在我们正在吃的和尚包子、香猪肉、芥末生牛肉、烤羊排、五香土火锅、牦牛肉盖被、韭菜巴勒、糌粑烤蘑菇等在乡村还没有看到。用索朗吉的话来说，这些高档藏餐都是宫廷流传下来的美味佳肴，过去是王公贵族们才能吃得上的佳品。

我在餐桌上竟发现了糌粑的另一种吃法！糌粑烤香菇！

糌粑和香菇的结合是现代餐饮业的一次冲刺。这道菜的火候掌握得非常好，口感酥脆生香，用以佐料的酥油吃在嘴里像嚼着豆沙，舌尖上长久留着一缕回香。

龚斌见我吃得汗津津的很高兴，他端着酒杯跟我的茶碗碰杯："林姐，我真的很佩服你。夺吉局长说 R 县还没来过下派挂职的女干部。说真的，我第一次到这里也是冰天雪地的冬天。车刚过尕里台我就想哭。当时有辆大车翻在沟里，堵了几个小时。那天风吹得我耳朵鼻尖都冻裂了。我到挂职单位的第二天就下村，结果把脚也整崴了，女朋友和我视频时都心疼得哭了。"

龚斌说到这里碰了一下我的茶碗就把酒喝干了。他重新给自己倒了个满杯后继续说："你来那天我正好不在单位，但夺吉局长说你是个了不起的女汉子，比男人还坚强，这点我很佩服。这个地方你待久了就知道它的厚重。现在我的任期也快结束了，可真要离开心里还有点舍不得。两年的时间，我们能够做的事情很有限，但经历却是一生受益的。这个地方的人和事可以让你迅速成长，并感悟到高原人的执着和上进。所以，作为一名女性，你对这个地方的洞察一定比我们更深刻，我也衷心祝愿你在这里收获幸福和累累硕果！”

"R县欢迎你！我们也欢迎你！"龚斌的话引起了大家的共鸣。我感受到了来自异乡的同志友谊。

接下来的话题都很随意。龙江和朱海峰都将在六月结束挂职，武生竟是我们这批下派到地方的干部。大家谈起两年的工作很是感慨。城市与高原的距离在脱贫攻坚的路上缩短。他们用实际行动诠释了内地与高原的兄弟情深。

朱海峰说扶贫移民局的工作使他有了深入扶贫第一线的机会。他的原单位因为一时派不出接替人员而让他多干了一年。但他没有怨言，反而觉得最后这一年接触了很多新事物。他给我们讲了一个动人的故事。

有次他们单位去号称R县"四大监狱"之一的麦溪乡的一个村里慰问贫困户。其中一个贫困户家只有祖孙二人。七十多岁的奶奶和十岁的孙女住在一间简陋的油毛毡房子。

他们到村里的那天正在下雨，村干部带他们走进一条狭窄的入户路后，他看到了一个令人心酸的场景。一个弓腰驼背的老妪背着装满杂草的背篓，牵着小女孩蹒跚而行，她们在灰蒙蒙的雨帘下相互搀扶着向牛圈走去。小女孩的手中握着一把野花，很久没有洗过的小辫子上也插着一枝金盏花。

朱海峰说自己被祖孙二人的背影震撼了，手中的清油和大米掉在地上都不知道。村干部大声喊那个老人的名字，说县上联系领导来看望她们了。小女孩看到陌生人很羞涩，她遵照奶奶的意思把手中的花送给了朱海峰。

离开前，她胆怯地问朱海峰下次能不能给她带几个苹果，奶奶发烧的时候就想吃苹果。天真的孩子没有看到他眼中的泪光。

"我回来后好多天都不能忘记她们。我把情况反映给上级部门，并联系了乡政府和县扶贫移民局，用扶贫项目资金给她们修了座小砖房，还增加了阳光棚，给小女孩买了几盆植物让她养着。我的爱人和同事知道这个情况后给她们买了很多衣服和日用品。现在，女孩上初一了。村干部让一个公益性岗位的女人照顾着老人的饮食起居。"

朱海峰讲的这个故事让我们动容。几个女的开始唏嘘起来。我自然想起在俄洛村走访过的贫困户们。相比之下，他们的日子过得比这老少俩好很多啊。

"那么她们的家人呢？村里怎么没有把她们纳入扶贫对象？"大家关注的焦点都相同。

答案其实也很简单。女孩的父亲喜欢赌博，赌光所有家产后把妻子打跑了，自己东躲西藏好多年都没有回家了。村里也想给祖孙俩争取扶贫政策，到户到人资金也落实到手了。可一老一少能放牧吗？她们只买了两头奶牛，每天割点草喂养着。出牧前，左邻右舍还可以帮忙挤点奶，可出了远牧就没法照应。村干部曾建议老人把两头牛交给邻居养，可她不愿意，说万一死了伤了人家不会赔，留在身边好歹有个活物看着放心。

朱海峰还说涉藏州县"新居建设"本来计划给祖孙俩修两间房，可老人硬不让修。她说等自己哪天归天了，女孩的父母还得来接女儿。

老人把买牛剩下的两万块钱揣在身上，并提前跟寺院里的僧人打了招呼，等自己闭眼那天，帮她请活佛念经超度。因为接送困难，孩子上学也是三天打鱼两天晒网，没个准。

在辖唐镇当副镇长的索朗吉说这种情况在牧区很常见。前几年赌博风盛行，很多年轻人把家产败光了就宣告破产。有些地方有个不成文的规矩，谁若宣告破产，亲朋好友就得无条件凑钱帮他还债。条件好点的人家也有给几头牛羊的。债主会把欠债人抵债的牲畜圈进牛圈，然后召集双方谈判人员对牲畜进行定价处理。一般情况下，牲畜的价格比市场价高出几倍。

我对大家谈论的事情很不理解，这样岂不是助长了赌鬼们的嚣张气焰吗？索朗吉说有些事到了民间解决的方式就不一样，这也是法律知识欠缺造成的。近几年公安部门加大了打击力度，采取了强有力的措施，加上国家的扶贫政策也在深入推进，很多人都意识到不良的社会风气对经济发展起到很大的影响作用，所以都回到正道上了。

这顿晚餐使我品尝到味美色鲜的菜品同时，也听到五味杂陈的人间百态。知识的储备是多种多样的，八小时以外的时间我们能够从社会这个窗口观察到另类的生活动态。

龚斌说农区和牧区的文化差异很大。游牧地区的人都很富有，农区收入则相对单一。一个农民种好几年的粮食还不如牧民卖掉几头牛。就像自古豪门多纨绔子弟一样，雄厚的经济来源会让人滋生各种欲望，也比较容易堕落。

晚餐结束前，我留了大家的微信和联系方式。吃饱喝足，朋友们互道再见。外面又是一个雪天。纷纷扬扬的雪花被街灯映照成橘红色的飞蛾！它们成千上万地飞旋在我们的头顶，轻盈的羽翅发出沙沙响声。

龚斌说如果不怕冷就步行送我回宿舍。我正好想锻炼一下。第一次吃那么地道的藏餐，忘记了节制，这会儿感觉过量了，腹部像上了紧箍咒一样。

夜晚，酒吧和茶室的生意才刚刚开始，过往的车辆在雪地上刻下新的轮印，路上行人比白天还多。我的手机中又储存了好多关于雪夜的照片，相信秀秀和表姐看到后一定会惊叹！秀秀这几天老是喊我给她发照片，说她在课外之余向同学们炫耀我的美照。

我们从县城的后街步行过去。龚斌说后街有很多商铺和个体摊位，夏天，车站前面的水泥坝子上每天都有锅庄队跳舞，游客们都爱在这些地方聚集观赏夜景。

"林姐，后街有一家当地人开的倍康药铺，有正宗的川贝、虫草和雪莲花，以后你要买这些东西就去这家药铺吧，我给家人和朋友买了好几次。夏天，你会带老公和孩子到草原玩吧？你的孩子是男孩还是女孩？多大了？"

龚斌从地上捡起一团雪，使劲抛向空中又跳起来接住。他没有注意到问这话时我愣了几秒钟。

"你呢？你带女朋友来这里玩了吗？"我转移了话题。

"当然。她都来过好几次了。她特别喜欢草原，还说春夏秋冬都得来一次，她想在冬天堆个跟自己一样大的雪人。"龚斌在雪中快乐得像个孩子。也难怪，他本来就是个没结婚的大孩子嘛！说到雪人我立即想起蓝红梅书记。住在村委的第二天，她堆了两个雪人，说一个是她，一个是我。回到县城，我们依然保持着联系，每天早晚她都会惯常问候，还叮嘱我一定注意身体别感冒了。

如果去俄洛村，她又该堆两个雪人吧？我默默地跟在龚斌后面，心中涌来难以言说的苦痛。在龚斌问我那些话之前，我也想过，假如老公没有外遇，他会不会陪我到高原？会不会为了让我高兴，也堆一个大大的雪人，涂上红红的腮红，戴上鲜艳的围巾？

但老公如果没有婚外恋，我又会选择来高原驻村吗？既然一切只是假设，又何必自寻烦恼。我不是早在俄洛村的雪地里获得了新生吗，怎么能带着患得患失的心情接受又一个雪夜的洗礼！

于是，我的孩子气也不可抑制地爆发了。我抓起一大把雪，追打一只不知从哪里钻出来的流浪狗。

我一边追打流浪狗，一边大声喊叫："叫你不落窝！叫你不落窝！"

龚斌受到感染，也跟上几步。可怜的流浪狗哪里知道，两个吃饱了撑得无处发泄的人和它较上劲了。

作为畜生的它当然不知道我们是从两个不同的城市来到高原的异乡人！

第八章　黄河

夺吉局长回来后，我们在局里开了个班子会，对一季度要推进的项目做了统筹安排，紧接着出发前往项目建设点位进行现场勘察。

龚斌和施工方负责人带着图纸提前两个小时出发。随行的还有办公室小杨，他的任务是跟技术员测量点位之间的距离和打地标，还要收集村寨所在地的情况一并制作资料。

天气阴冷，厚厚的冬装抵挡不住刺骨的寒风。有了走村入户的经验，我把该戴的能戴的围巾帽子口罩统统用上，包裹得像去北极考察的科学家。

夺吉局长说我们大概需要两天才能走完所有点位。我觉得这是个好机会，正好看看沿线的风光和资源。蓝红梅书记说过，今年要在俄洛村开发旅游项目。我也好借此机会考察一下其他地方的开发情况。

按照习惯，我把今天要去的点位和即将开展的工作都记在笔记本上。重要的备注是：四川唯一一段黄河在 R 县，全长仅二百多公里。黄河从青海来复归青海去。这是继"七根火柴"后又一普及的新知识。

夺吉局长在车上跟我们讲，去年政府投资两千多万在旅游沿线修建了十三个生态管护站，旅游局也争取到"厕所革命"项目资金，规划在几个重要的服务站内配套修建旅游厕所。这也是为满足近年来旅游服务质量不断上升的需求。前期踩点去年就搞过了，这次主要是落实施工的具体程序。县上明确要求，确保旅游厕所在旺季到来前投入使用。

谈话中我了解到，汶川大地震对阿坝州的旅游造成了很大的影响。风生水起的服务行业曾一度陷入瘫痪状态，但通过近十年的努力，旅游业总算恢复了元气，中高端宾馆饭店和农牧家乐也如雨后春笋遍布在县城周边和各大景区。

夺吉局长说得不错。我们途经的地方可以看到不同规模的藏（牧）家乐。在漫长的冬季，这些别具一格的建筑群落孤独地等待着次年的春暖花开。

不难想象，夏花在这里极致盛放，牧歌在春雨洗涤后的第一株草尖上荡漾的浪漫意境。可夺吉局长说，国家出台环保政策后，位于保护区内的大部分建筑都被划入红线，属于拆迁范围。

前十年，全国上下都在发展旅游，景区的开发虽然给老百姓带来了明显的经济效益，但大规模的建设对土地、资源、矿藏、森林、湿地都带来了严重威胁，很大程度上破坏了生态结构。

恰巧，R县地处高原湿地腹心地带，被称为"地球之肾"；并且两大景区都位于国家级湿地保护区内，关乎着黄河下游的生存问题。再加之草原沙化严重，脆弱的生态面临危机，政府不得不采取强制性保护措施。

环保工作引起了国内外关注，已经上升到重要议事日程中。作为长期生活在都市的人，我感同身受。都市的雾霾越来越严重，全球气温越来越不正常，这都是因为人类对地球无节制的开采造成的。地震、泥石流和洪涝灾害足以警示人类，应该早日停止无休止的索取，一个千疮百孔的地球母亲，拿什么来喂养她的孩子？

得知这些漂亮的建筑物年底前都要拆迁，心中难免有些惋惜。我问夺吉局长，这些大大小小的的藏（牧）家乐当初是怎么建起来的？难道不是在政府的统一规划下打造的吗？

夺吉局长的回答是，R县的旅游是粗放型模式。前些年为了壮大旅游行业，为老百姓的致富增收扩大市场，提倡兴建藏（牧）家乐。有些政策性的东西没有深入研究，加上地方上对相关法律的宣传力度不够，很多牧民把草场使用权和所有权搞混淆了，以为分给自己的草场是终身制，私下把草场租让给商人，签订的都是私人合同，无形中掀起了一股"租地"热潮。大家只看到表面和短暂的利益，没有考虑到长远的损失。

夺吉局长谈起当地的旅游时，口气满是凝重与无奈："旅游这个新兴行业让很多商人进入了盲区，形成一股'跟风热'。汶川地震前，县城修起了上百家宾馆饭店，热热闹闹地搞起了旅游接待服务，可突如其来的地震使得这批创业带头人陷入了困境。好不容易等来了灾后重建后的黄金时期，所有人又盯上了这块市场，大家旋风似的去搞藏家乐，搞餐饮业，使一个原本就有限的市场很快饱和起来。很多人把心血付诸这些看似风光的产业上，可并没有获得预期的经济效果。其中有些人富起来了，也有个别人倒下了。行业竞争就这么残酷，谁也不能确保万无一失。"

我们到达第一个点位时，刚好十点。龚斌和董监理正在测量地基，小杨和技术人员也进入了工作状态。

我和夺吉局长先去看新建的白塔综合服务站。这个占地一千多平方米的服务站建在两县之间的交界点上，布局非常简单，停车场的路面硬化和观景台栈道都已完工，服务大厅被划分为商品区、展览区和休息区。之前听夺吉局长说过，综合服务站已经承包给旅行社经营，主要为往返于黄河九曲第一弯景区的游客提供休息场所，以便利用游客驻足停留的时间，向他们展示代表游牧文化的黑帐篷、马鞍、皮鞭、毡披、马刀、皮火筒等生活用具，推销地道的川贝、虫草、糌粑、黄河石、雪莲花等本地土特产。服务站还免费给游客提供藏茶、酥油茶和奶酪等小吃。如果时间充裕，游客也可以在周边骑马浏览草原风光，体验藏家生活场景和放牧时光。

在工地测量现场，我见到两个牧民小伙子，他们夏天和工作人员一起上班，冬天则留下来搞保洁和看管工作。这也是按照各乡镇脱贫攻坚的要求，为当地人解决就业的重要举措。

董监理见我们过去，把图纸摊开后对照施工要求一一讲解。夺吉局长表示一定要让工人尽快进场，四月上旬就要启动全县的所有工程项目。董监理说部分工人已经在来的路上，设备和人员会同时到场，让我们放一万个心。

我在服务站周围转了一圈都没有发现水源，就问旁边的小杨水从哪里引进。他说草原上本来就很缺水，旅游局以前建的都是旱厕，水冲式厕所在严重缺水的草原似乎是天方夜谭。

"可服务站是为满足游客需求而提供的场所，旅游厕所没水是什么概念？"我摊开手表示惊讶。

"当然不会没水。今年我们在全县境内规划的三个旅游厕所规格比较高，重点满足旅游景区的需求，投入的资金足以解决用水问题。白塔综合服务站距离白河比较近，所以规划上也是以白河作为主要的水源接入点。"蹲在地下和董监理看施工图纸的龚斌用手指着右前方解释道。

我的脸不禁一红，下车后一直把关注点放在工地，根本没有注意到白河就在不远处！

最不能原谅自己的是，这几天我在旅游局查阅过很多资料，所有旅游宣传资料上都出现过白河。正是它在辖唐草原为黄河注入了百分之四十的水流量，从而形成荡气回肠的"黄河九曲第一弯"。

我发现自己的工作还存在很大的缺陷，这是理论与实践的严重脱节。早上出发前我还牢牢记了几个关键词，可一到现场，感官和思维就出现了偏差。

与施工方交换了施工意见，确定工人和设备进场时间后，我们向下一个目的地进发。按照计划，上午要看完三个点，而点与点之间距离比较远，只好决定将午饭推迟到完成任务后再吃。

龚斌他们的事情多，耽搁得要久一点，不与我们同行。我们决定从乡道进入下一站，途中将经过R县最大的湿地草原和黄河九曲第一弯景区。

在选择走县道和乡道前，夺吉局长征求过我的意见。他说走县道路况好，走乡道风景好。我毫不犹豫地说走乡道。虽然今天下乡内容里没有景区事项，但我在得知将要经过黄河所在的风景区后怎么也按捺不住内心的激动。

在跟旅游局领导下乡的路上，我越来越体会到自己的肤浅和片面。大学里老师苦口婆心传授的专业知识在城市里尚能派上用场，可在这个远离现代文明的边缘地区，文凭再高、知识再丰富都没有实际经验来得可靠。

若不是资料上的文字和图片，我还不知道四川境内的黄河就在这片离天最近的高原上！

华夏五千年文明的摇篮，炎黄子孙繁衍生息的母亲河，原来她展现给世人最婉约深情的一面就在我一步步靠近的辖唐草原。尽管严冬的风雪把她囚禁在千里雪原，可她依旧如此风姿绰约！依旧如此超凡脱俗！

关于白河和黄河的传说有几个版本，可我更喜欢黄河女与白河郎千里相约的爱情故事。从黄河作为中华民族母亲河这个角度来说，她的母性身份也被定格了。

汽车驶离景区不到五公里后就进入了凹凸不平的土路，沿途到处是沙石和工棚。这条乡村公路北通甘肃、青海，南连州府、成都，是进出花湖和黄河九曲第一弯景区的必经之路，目前正在进行升级改造。

　　越往草原深处走，四周的雪就越深厚。连绵起伏的山丘和无边无际的荒原都在冬眠。漫长的途中，偶尔能看见一两间在风雪中飘曳如豆的小砖房，若不是黑色的牦牛和尾巴上打了彩色标记的羊群，这里几乎就是神秘莫测的无人区了。

　　但无论多么艰难，这个屹立于天边的高原，始终珍藏着地球上最干净的空气和充沛的阳光。它的腹地镌刻着上天遗留的藏宝图。我深知这片土地上的生存之难，正如周而复始的牧草，生生不息。

　　穿越了九十公里的湿地草原，看够了雪和阳光相生相依的神奇画面，越野车终于冲出坑坑洼洼的泥泞路，驶上了笔直的213国道。

　　油黑发亮的柏油马路瞬间让车上的人舒坦起来。穿过隧道，下行两公里便到达目的地。

　　纳果综合服务站停着许多车。一群陕西游客在观景台上拍照，女的大多搭着鲜红的披肩，男的口音和着装带着黄土高坡的豪迈。

　　这个服务站的地理位置十分优越，可以说处于交叉路口，南至成都、重庆，北至兰州、西宁，而东西两端则通往甘肃玛曲和卓尼等地，且四周围绕着降扎温泉、河它温泉、纳果神山、康萨寺、红石崖、白龙江源头等著名景点，客源地非常广。

　　工作人员带我们参观了服务站的功能区，产品基本相同，只是增加了本地制作的藏香和牛绒披肩。

　　龚斌和董监理赶到后，我们根据现场勘察的情况，考虑到纳果综合服务站将来可能成为国道上的一个重要驿站，就对图纸上的厕所进行了修改，并增设了三个蹲位。

　　对接完手中的工作，小杨他们开始拍照。我则趁这个空隙上了栈道，长长的栈道走得我气喘吁吁的。

　　观景台前游客们以纳果神山为背景尽情拍照。纳果神山是藏语发音，旅游介绍上称作热尔神山，这是因为R县湿地的腹心地带叫作热尔大坝。这座具有地标性的神山在当地人心中有着非常重要的位置。每年农历五月十五，村寨里的男人们都要上山举行隆重的插箭仪式，这座雄伟的神山一直庇护着一方百姓的平安喜乐。

刚才过隧道时，也听大家讲起，公路过去修在纳果神山上，蜿蜒迂回的盘山公路像一条巨龙，盘桓在草原和林区的过渡地带。夏天在山顶可以望见一马平川的大草原和散落如珠的高原湖泊，大可挥洒一回傲视天下的英雄气概。但终因山路陡峭，冰雪路段造成多起交通事故，在国道213建设中，纳果盘山公路改造成纳果隧道后，这条公路从此便告别了它艰难险阻的宏伟历史。

纳果神山的独特在于它是森林、草坪、巉岩和雪山的组合，阳光消融不掉它光芒四射的银色桂冠，横陈于神山脚下的草坪、村庄和羊群守候着上天馈赠的雨露恩泽。

站在观景台前，"狮子崖"在氤氲而上的雾岚中若隐若现。观景台下方，还有一大片草原，牛羊比途中看到的还要多。一簇簇枯草在风中摇曳出千军万马的阵势来。让我惊艳的是，雄壮的马群在牧人小伙的口哨中向山冈奔跑而去！我赶紧把这个难得一见的镜头拍下来，同时在一个女游客飘扬的红纱巾下抓拍了一组神山全景图。

午饭安排在路边的一个小餐厅。我们吃了西北风味的大盘鸡和炒土豆片，每个人前面还放了一碟大蒜。都说吃西北餐缺了大蒜就等于菜里少了盐，可我真不喜欢大蒜滞留在口腔里的气味，我很排斥过于辛辣的食品。但我喜欢热腾腾的盖碗茶，仅凭这个名字就能让我嗅到久远的茶文化。像旧时北京老巷子里的那些茶客，摇一蒲扇，品一香茗，听一京腔，于闹市外做一闲人，何其悠哉啊！

当然，我们所在的环境没法体会品茗的乐趣，只能把精致的茶碗握在手中权当手炉，甘洌的茶水喝在嘴里用于解渴。

餐厅里大多是跑长途的卡车司机和商人，他们咋咋呼呼点菜吃饭的声音压过了群雄，老板笑得只差没把嘴唇咬破。南来北往的各路人马往这儿一坐，一个小小的餐厅就成了他们的天下。

可能是太饿的缘故，菜一上桌大家便狼吞虎咽起来。男人们吃饭从来都是以速战速决为目的。夺吉局长说我细嚼慢咽只能吃大亏，事实证明，我的慢动作换来了一根瘦骨嶙峋的鸡爪和一盘干瘪瘪的辣椒。

龚斌还是很照顾我这个新人，总怕我拘束冷着饿着，几次试图给我挑菜都被齐刷刷的筷子挡了回去。对小兄弟的热情我非常感动，大家都是过惯了城市生活的人，相互间的关照都是发自内心的。好在我并不娇贵，在家的时候煮饭炒菜干家务哪一样不是自己动手，老公的大男子主义在我的迁就下最终演变成家庭危机。

按照原计划，我们返程时把剩下的两个点位定下来，明天再去另一个乡镇，但餐桌上，夺吉局长接了分管领导的电话后说要改变一下行程。

"吴县要我们去达摩山看一下旅游上的一个扶贫项目，过几天州上领导要下来检查工作。所以，我们对剩下的工作做个分工。"夺吉局长掏出两张钞票喊小杨买单。他说这么冷的天大家跟他下乡实在辛苦，他得犒劳一下我们。这顿饭，他私人请客。

我们争执不下都坐回座位。具体分工情况是，龚斌和施工方接着完成旅游厕所的点位落实。我和小杨跟领导去达摩山，明天从甘肃境内的一条乡道返回县城。那条线上还有几个扶贫项目要看。

夺吉局长见我挎包鼓鼓囊囊的就说："明天返程路上还有几个扶贫村的项目也去看看。林副局长不是很想考察一下其他乡镇的旅游开发情况吗？这次正好把要看的地方都走走，这对俄洛村今后打造旅游项目有参考价值。"

这正是我此番下乡想要的结果。虽然只是简简单单看个点位，确定几个旅游厕所的修建地，可我对沿线景区、藏（牧）家乐、乡镇、企业都有了近距离的接触。通过这次走动，我的脑海中对县城和景区有个大致印象，一路上算是收获颇多。

"成功的人永远在路上。"这句话是对那些事业上有建树的人而言，但可以作为对我个人的勉励。作为一个从省城下派而来的干部，我要利用好这两年时间，用自己敏锐的洞察力了解脱贫攻坚在这里留下的每一个印记。

上车前，小杨在我耳边悄悄说了句："晚上要住尼姑庵，你行吗？"

我来不及问"此话怎讲"，那小子便一溜烟上车了。

夺吉局长明明说了要去扶贫村看项目，怎么会去尼姑庵？他逗我的吧！

但无论去哪里，我都是有准备的，洗漱用品、睡衣和拖鞋都带了。即使不回县城，也不用像上次下村那样尴尬。

夺吉局长像猜透了我的心思，他回头看到我缩进衣帽里就问："衣服穿够了吧？第一次跟我下乡，可不能冻坏了，要不然下次龙处长会批评我。"

我不好意思地笑笑："没事，领导。我穿得可厚了。龚斌刚来高原的路上把耳朵都冻裂了，龙处还批评他娇气。再说晚上住宾馆也不会冷到哪里去。"

我故作不经意地把话题转移到"夜宿"问题上。谁知小杨和司机王哥都笑了起来。我想要的答案被两个人的笑声挤到九霄云外。

车在一个丁字路口右转进入了红星镇。红星镇由乡升为镇不到三年，因地处川甘两省交界而成为一个交通要道。纳果综合服务站属于红星镇管辖，听说我们即将下行的这条路在进行提升改造，路段由四川和甘肃的工程队分段修建。

我打开旅游手册，找到红星镇。从这里到目的地还有七十多公里，需要一个多钟头。从小杨描述的情况来看，我们将进入一个峡谷地带，途中会经过四川野生梅花鹿自然保护区和达恩神山风景区。

藏族聚居区是个遍布神山神水的地方，藏族民众自古信仰藏传佛教，他们崇尚神性的山山水水，认为大自然处处暗藏玄机，敬重神灵就是敬重山水。

就在我一边关注手册中的文字和图片，一边对照窗外的风景时，夺吉局长又说话了。

"这条沟里有五个乡，都是农耕地区，越往下气候越好，植被和物种都很丰富。特别是冻、崇、热三乡，有 R 县小江南的美誉，是长苹果和花红的地方，去年又成功开发了高原枣李园，听说今年还要扩大产业。脱贫攻坚带动了地方的新兴产业，给老百姓增加了经济收入。"

说到这里夺吉局长摇下车窗，我看到沿河两岸长满了类似柳树的植物。旅游折页中正好有这片红柳图片，丰沛的水源使一种茎叶偏红的柳树在这里疯长。"降扎"地名因红柳成林而得名。

也许是因为土壤和空气的缘故，这些顺河谷而下的植物和"七根火柴"故事地的红柳完全不同，多了几分妖娆，少了些许坚韧。

转眼便到了降扎乡，山势高了很多，树林和农田都在梯田式的坡地上。乡政府、学校、派出所、个体商铺整齐划一，真可谓"麻雀虽小五脏俱全"。

出乡政府一公里处有座桥，王哥停下车，夺吉局长让我随他到桥头看看降扎温泉所在地。

我明白领导是想把途中每一个重要的景点都介绍给我，于是赶紧拿手机把温泉方向的景色都照了下来。

"这个温泉非常有名,对皮肤病、痔疮、妇科病、胃病有显著的疗效,因此每到春秋两季,来这里洗浴的老百姓特别多。目前有露天池子和包间两种,当然,悬崖下到处是自然形成的水池,只是那里的住宿条件还比较差。"

"来这里泡温泉的主要客源地是哪里?政府没有投资修建规格高一点的宾馆和餐厅吗?"我们上车后继续温泉的话题。

"川甘青的老百姓来得特别多,都是冲着温泉的名气来的。温泉附近还有几个奇人:一个神医,一个活佛,一个唐卡传承人。"

所谓仙界总要有点吸引眼球和心智的人和事。降扎温泉是继纳果神山之后又一个被装进行囊的悬念,但愿在接下来的两年时间里我还能再探访这些风水宝地。

上天让我来到这个叫作天边的草原,不仅是为了带来新理念、新思路和新技术,更重要的是,定点扶贫将成为干部了解农村、密切联系群众的重要平台。我非常愿意用心去触摸这里的一草一木,我要把两年的时间凝聚成今生最美华章,用文字、镜头向它表达诚挚的情感。

听夺吉局长的意思,这个温泉好像还停留在简单的洗浴治病上,并没有打造成一个康养圣地。这是出于什么考虑?为什么不让更多的人走近它,从而让它造福更多人呢?

"降扎温泉由谁管理?为什么不招商引资把它打造成A级景区?我看这个地方风景秀丽,有山有水,有田有坡,多好啊!"

"以前政府一直想打造个温泉风景区,专家考察团来了一拨又一拨,可因种种原因都没有成功。旅游业兴起后,老百姓仿佛醒悟过来了,自家门口的青山绿水怎么能给别人,所以村干部积极发动群众,以村集体经济的形式重建了宾馆和餐厅,门票、停车费、洗浴费都很便宜,这几年生意越来越好。"

"老百姓自己经营管理,就不会有大规模的建造。这未必不是好事,保住了原生的自然形态。"

路上有足够的时间可以天南地北地谈。小杨给我普及了很多知识,比如铁布地区的风俗习惯、农耕文化、民居建筑、磨坊文化。

听着大家的描绘,我突然兴奋起来,有那么一会儿,竟有点期待到尼姑庵去看看。那个神秘的地方一定离星空很近，离月光很近。降雪的夜晚，说不定可以伸手从天穹接下一大把五瓣雪花撒向人间。

哎呀！多美妙的夜晚！

我是否会在某个时刻成为那个神秘之所的一缕轻风，随轻绡的袈裟，打坐、诵经、磕头、拜佛，于次日黎明前再回归尘世。

车上的人不知何时打起了盹，我也在浮想联翩中沉沉睡了过去。

第九章　高处

　　达摩山位于 R 县东部冻列乡境内，平均海拔两千九百米，是一处可以和峨眉山媲美的人间仙境。

　　四十三条弯道从降巴沟右侧的树林中蜿蜒而上。半山腰以上高山杜鹃和针叶林居多，丰茂的植被随着海拔的上升变幻出仙界般的景致。

　　车子完全呈 Z 字形向山顶前行。这才是盘山公路呀！谁见过如此险峻的山路，就凭四十三条弯道已够触目惊心！更何况路的尽头还耸立着一座仙气缭绕的尼姑庵！

　　小杨没有开玩笑，我们即将抵达一个远离人间烟火的世外桃源。我回忆不起睡梦中大家是否谈论起尼姑庵，小杨赌咒发誓说每个人都给我讲了比仙女还要漂亮的尼姑们。

　　天！我真想不起这些了。我什么时候睡得跟猪八戒似的？当大家说起在枣李园还略作停顿，和工棚里的值守工人打过招呼，问了今年何时栽种新品等，我才惊呼完蛋。原来这一路，我真的困倦到了极致。

　　夺吉局长说王哥按了十次喇叭都没有弄醒我，这话的艺术夸张成分虽然明显，但我知道这一睡睡了个千古一梦！不过挺有趣的。我在该醒的时候还是醒来了，没有错过山路弯弯的雄奇丽景，这也算大饱眼福了！

　　行进到一定高度，冰雪路段越来越多。路两边的马尾松婆娑多姿，这是生长在气候湿润地带的一种树种，木质十分高贵，在 R 县也就铁布地区才有。听说老百姓主要用于装修房子，颜色和质地都称得上极品。而过去乡村没有电灯，油松还有照明功能。农村人把油松砍成小棒，到了夜里，点一根木棒放在灶上，明亮的火光比煤油灯还亮，因此它又是极好的引火柴。

从早上出发到现在，王哥话一直比较少，我们谈论时他也只是扯扯嘴角。但到了乡村，他的精神突然亢奋起来。用他的话来说，牧区在冬天总是黄沙漫天，他喜欢农区和林地，有山有水才是大自然的完美组合。他对这些走过无数次的乡村很熟悉，对每一个地方的民风民俗也很了解，关于马尾松的知识就是他给我们讲的。

当然，我知道这些主要都是讲给我听的。我也领会到这个沉默汉子细腻的内心。他还给我们讲了铁布地区的磨坊文化。

磨坊历史悠久，它是农耕文明中的重要符号，五谷杂粮，哪一个都撇不清与磨坊千丝万缕的联系。

在蜿蜒蛇行的山路上，我听到的大都是十分冲击心灵的奇闻逸事。原来在乡村，青年男女的爱情故事很多就发生在磨坊里。如果哪位小伙子有了心仪的姑娘，他就会召集自己的好哥们儿一起守在磨坊外面，对着巴掌大的窗口对情歌。

那是一个漫长的斗智斗勇过程。姑娘往往会含沙射影揭露小伙子的缺点，从长相到个头，从谈吐到人品，从家世到根基，都会被姑娘说得一无是处。其实这就是在考验小伙子耐力和真诚，其间小伙子若是败下阵来，姑娘会更加看不起他。但对方一直坚持，用真情打动姑娘，磨坊的门就会打开，小伙子和他的哥们儿就可以进去向姑娘索要定情物。

王哥讲起这些民间趣事时，夺吉局长不时揶揄一下我。他问我要不要体验一下磨坊文化，小杨也随声附和地跟着开点小玩笑。这些闻所未闻的风俗让我心驰神往，我听得出来这些笑谈背后是民族文化闪烁着的一道道光芒。

我突然想起俄洛村，想起阿玛拉姆的爱人为没有吃到一碗水磨糌粑而愤懑不平。可惜的是，现在的乡村再也没有真正的水磨了，它们在日新月异的社会发展中渐渐退出了历史的舞台。

是呀！说起水磨，我想起了村寨里的人。我已经有些日子没有听到他们的声音了。

阿齐的老父亲病好了一点没有？华丹措和她的孩子们是否亲密无间地围绕在温暖的炉火旁？阿玛拉姆的爱人每天早上还在发脾气吗？

我走后的这些天，乡上的事情也很多，蓝红梅书记一直和我保持着联系，每天都给我发她的动态。她说俄洛村买牦牛的时间定下来了，具体的事情等我回村寨再面谈。

我收回远游的心绪，把目光投向离我们越来越近的天幕。所有的山河都低了下去，包括墨绿的松林、幽深的峡谷、清澈的河水，全都定格在一种幻影中。属于尘世的声音全部停止，只有画眉和云雀在山冈上追逐。

夕阳从雪峰上洒下万缕光辉，远山近景瞬间变幻出一座熠熠生辉的世界来。

我们眼前展现出一块极其洁净的台地。除了白，依旧是白。白主宰了这里的一切。从两座雪峰中碰撞而来的夕阳余晖，缓缓西沉。大地深处的所有躁动，复归于静寂。

我们没有说话，静静地看着黄昏缓缓消逝。

终于，当我们的目光接触到远处一座依山而建的房舍时，一个鲜亮的红点出现在所有人的视线中。红点慢慢变大变多，并且从点变成了线，从线变成了曲线玲珑的人影。

车继续前行，路两边的坡地又高了起来，萦绕着鸟鸣的树影密集起来，车速和力道都减弱了。在驶过一道阴湿的水泥路后，尼姑庵便到了！

刚才看到的红点、红线、红衣人仿佛人间蒸发了。除了肃穆的白塔群和同事们争着洗眼的神泉外，什么都没有。

下车后，王哥把车开到尼姑庵停车场，我们跟着夺吉局长走路过去。想到有可能真要夜宿尼姑庵，我把旅行袋取下来扛在肩上。

前来迎接我们的是一个三十多岁的红衣人，她用藏语和夺吉局长打招呼。小杨悄悄告诉我她是寺管会主任，叫华丹拉姆。

哦，原来和我的朋友，美丽的华丹措的名字有点接近！

经过介绍，我该称呼她为师太了。我赶紧大步走近想跟她握手，谁知红衣人一个优美的旋转竟躲过我的手。

我冷不防遭到拒绝，十分难堪。大家都不作声，跟在师太后面往前走。

我只好忍住委屈，轻轻咳了一声，把不快逼回肚里。人家是世外高人，我是凡夫俗子，可能怕我玷污了她的清雅吧。

寺管会门口迎着几个小尼姑。有了刚才的教训，这回我故意落后几步，等所有人鱼贯而入才低头跟进去。经过通道时，一缕暗香从红衣人飘曳的长袖下拂面而来，这样的幽香也只有修行人或天界的仙女才有吧。

寺管会是个单层四合院，院子里铺的全是青石板，玻璃阳光房散发着白天的余温。和华丹措家的阳台一样，几十盆花草把春天都收集到这里了。喜爱花草应该是所有女子的共性。

客厅里准备好了简单的茶果。我们坐在藏式炕桌上喝着酥油茶。华丹拉姆吩咐厨房开饭，几个女尼忙前忙后地进进出出，不一会儿，餐桌上就摆上了尼姑庵的斋饭。

在省城，我也和朋友吃过文殊院的斋饭。一律的清茶淡饭，不带一点油荤，糕点和面食都是手工做的。

但达摩山上的这个尼姑庵，所有的食物都来自山野。捡柴、种地、挖沟、排水，是尼姑们必须学会的生存技能。她们过着自给自足的简单生活。

据寺管会主任华丹拉姆讲，寺管会有严格的规定，每个到达摩山上修行的尼姑，无论年纪大小，都要自食其力，不能向社会和家庭伸手。平时大家的生活很清贫，把采集到的野菜、野菌和野果集中放到寺管会，再按人均分配下去，这样就能照顾到年岁较大的尼姑。

华丹拉姆说话轻声细语，她几乎不看任何人的脸，说话的时候总是看着手中的佛珠，对我这个汉族女人的出现也没有表现出特殊的好奇，只是一味地跟我们讲山上的情况。大致意思就是，她们是脱离了红尘羁绊的出家人，一尘不染的山野是她们肉身和灵魂皈依的地方，平时下山只为亡者诵经超度。

晚饭食物是就地取材的山珍，光是小麦面皮包的馅就有三种：蕨菜、松菌和野葱。还有荞面烤饼、酥油馍馍，陶罐里熬了松茸汤，铜壶里煮了藏茶。一个小尼还给我上了一盅野玫瑰花茶，喝一口唇舌生香，吞进肚里脾胃生津。

如此考究的茶饭也只有这些活成神仙的女子才能烹制。一茶一果，一花一木都与大自然的阳光雨露息息相关。

夺吉局长称赞了她们的厨艺，他替在场的所有人对华丹拉姆的盛情款待表达了谢意，然后把我们这次上山要开展的工作告诉了华丹拉姆。

"去年政府给达摩村修建了功能房，旅游局也在争取修建栈道和观景台的资金，准备完善配套基础设施，并为尼姑庵解决三头奶牛的钱。启动经费到位时已经是下半年的事情了，不过好在建材都基本进场了，估计功能房和步行道都可以同步完成。我们的计划是秋收后竣工。这次过来，就是再去看看哪些材料还没有到位，再确定一下开工时间。"

"非常感谢县上领导关心。这些年依靠村寨建设，达摩山得到了很多实惠。不仅修了寺管会和接待房，就连水电交通网络都解决了，而且今年还要修停车场和辩经广场。政府给达摩村修的旅游功能房，我们也能沾光。每年上山的游客很多，其中大部分是来写生画画的，他们经常到寺里听讲经、画寺院、画风景、采访我们，有时一待就是好几天，但我们又不方便提供场所，夜里他们就只能露营在外。有了功能房，就可以把客人们安排到后山夜宿。这样，大家想在山上待多久就待多久，无须再为住宿发愁。"

华丹拉姆依旧不看任何人的眼睛，只是微微地倾着身子，用一个出家人特有的淡定轻声交谈。

我痴痴地看着她白皙纤长的指间滚动着的佛珠，刚刚长出的新发光泽黑亮，一双美丽的丹凤眼上卧着柳叶似的黛眉。

突然，我似乎明白了什么。我们所处的地方不仅是地理位置上的高度，更是一个修行场所的高度，在这里，她们的境界根本不在吃饭穿衣这些俗事上。

在我们这群喝酒吃肉的俗人面前，华丹拉姆和达摩山上的行云流水一样高不可攀。我原谅了她的冷漠。不止是我，所有到过这里的人，都无法用世俗的眼光来衡量她。你只需埋头饮食采撷于山野的甘露和仙果，不问来去，不问因果。

"今晚，大家就在寺里歇息吧。客房已经收拾干净了，被褥和床单也都晒过了。等会儿，你们再品尝一下我们的野果酒，全是山风催熟的果子酿制的。平时用来给生病的尼姑做药引子，很是养生。"

华丹拉姆轻轻抬了一下眼皮，几个候在门外的女尼渐次退去。

品尝野果酒时我们换了场地。华丹拉姆留下一个小尼姑照顾我们，自己带着弟子们上晚课去了。

小尼把我们带到一个所有陈设都是木制的房间。这座木屋落地木格子窗有点像日式建筑，小小的木墩刷上清漆铺上氆氇垫子就是原生态的凳子，而且外墙连接着一个露台，白天应该可以观赏到对面山上的雪景和日出日落。

下酒的菜品比晚餐还要多，煮胡豆、拌野芹菜、烧酸菜、炒蘑菇、蒸鸽子蛋、炸人参果。一个小陶罐放在茶几中央。每人面前都摆放着一套精致的碗筷，酒杯是小小的木碗。小尼说这些都是她们用老树根加工出来的容器，上山的游客经常向她们讨要这些精致的木制品。

陶罐里的酒是三年前一个到达摩山传经的青海尼姑亲自酿的，总共三坛。两坛用于调配藏药和老尼们养生，一坛用于施舍香客。今年的新果子酒还未开坛。

小尼给大家介绍了酒的来历，接着给每个人倒了一碗。我们不敢大口开喝，悄悄耳语这才是长生不老的玉液琼浆，只能闻不能喝。

小尼倒完酒便抱着酒坛走了。我们面面相觑，喝也不是，不喝也不是。沁入肺腑的酒香早在木屋里弥漫开来，小经堂里低沉婉转的诵经声在万籁俱寂的夜空下时远时近。

晚课是一个小时，小尼来通报师父马上过来。我们把桌上吃剩的酒菜收拾干净，再往火炉里添了几根柴火。等了许久也不见华丹拉姆过来，大家把最后一滴酒也喝干了。王哥和小杨露出一副意犹未尽的样子。他们不会以为喝的是二锅头吧？我说你们干脆把碗抱回床上，闻着酒香睡觉。

晚餐上出现的几个尼姑们过来请大家去客房休息。三个男人困得眼睛都睁不开了，听说要带他们安歇，打着哈欠乐呵呵地走了。

我傻愣在火炉旁，回味着夺吉局长说的那句"仙姑要和你聊聊，等会儿吧"。他说的仙姑肯定是寺管会主任华丹拉姆，她怎么会想和我聊天？

正纳闷时，刚才给我们倒野果酒的小尼走了进来，用半生不熟的汉语说师父叫我过去，还示意我把包拿走。

我们穿过木格子落地窗，又经过摆满花草树木的阳光房，再从一排转经走廊进入了华丹拉姆的禅房。

华丹拉姆站在一只铜盆前净面，旁边一个小尼姑给华丹拉姆递完面巾后便端起铜盆出去了。

见我进去，华丹拉姆也没说什么。我发现刚才一脸淡然的华丹拉姆此刻有了点变化。她脱去上衣，将绛红色的坎肩束进黄色腰带里，重新披上一件夹层上衣，然后盘膝坐在炕上招呼我。

"坐吧。耽误你的休息时间了吧？如果你不介意，今晚就在我这里歇息。"

我脱了鞋坐到华丹拉姆对面，刚才出去倒水的小尼回屋给我上了一碗茶。茶的颜色很深，还带着一种木香味，我喝了一大口，顿觉五脏六腑通透清凉。

华丹拉姆自己也倒了一碗，她说终年不化的雪山上生长着一种植物，过去在山上修行的老尼们经常采摘此物，晒干煮茶，不仅味美甘甜，而且还有驻颜长寿的功效，后来一个老尼给那种可以煮出茶水的植物取名"木茶"。只是其生长的地方太高太险，采摘困难，所以产量非常低。但每年，胆大的尼姑还是会攀岩雪山采几袋回来。

原来我喝的这个茶竟然是罕见之物，心中自然不只是感动，更觉是一种缘。我何其荣幸得此厚爱。

华丹拉姆告诉我，这个茶遇到有缘人才能喝到。她一年也就煮这么一次。昨晚的梦使她想起了要在接近春天的某个时刻煮一壶木茶，谁知茶刚好，我们就上山了。

我知道这样的宝物只能品，权当仪式，喝到第二碗我就知趣地收碗谢绝。

华丹拉姆只是笑笑也不勉强。收拾完茶具，她让小尼带我去洗漱。

璀璨的星空压在黑黝黝的山顶上，显得神秘莫测。院子里的气温很低，空气中流动着刺穿骨髓的寒气。回到屋子，榻榻米上已经铺好了地铺，毛茸茸的被子和床垫看着很暖和。小尼用藏语跟师父道了晚安，又向我鞠了个躬就拉门出去了。

说真的，让我睡在一个尼姑身边，还是有点忐忑。虽然我是喝到木茶的有缘人，但想起刚见面的冷漠我仍心有余悸。再说，我们能聊什么？如果是工作方面，我还是一个刚刚面对基层工作的新人，再说夺吉局长都已经交代过了，我还能补充什么呢？

不管今夜话题有多别扭，我都得面对。唯一庆幸的是，华丹拉姆可以用汉语和我交谈，语言的沟通没有问题。

钻进被窝，我又闻到了熟悉的木香味，比我们喝的茶还要清爽一点，这个味道冲淡了我的不安，我的肌肤和嗅觉都进入了舒适愉悦的状态。

华丹拉姆关了灯，说可以看着外面的星光入睡。我这才发现，原来睡在这里可以看到一个方方正正的天空，院子里那棵巨大的柏树伸开茂密的枝叶，把夜空分割成一块块动感的画面。天地之间再也没有了距离，很多颗星星落到了地面，很多颗星星又落进了屋子，甚至我们的被子上、鼻梁上、睫毛上都有闪烁的星光。

不知道华丹拉姆是否有这样的感觉。她一年四季都睡在这里，看到和听到的一定是最美的夜空。我觉得自己找到了一个话题，可以把自己感受到的幻影告诉她。

"为什么星星可以洛到我们的被子上？"我把"星星在我的鼻梁上跳舞"变成了一句不太唐突的话。

"俄色拉姆第一次睡这里也是这样说的。你没有说错，如果是有雷雨或月亮的夜晚，你看到的比现在还要神奇。有时候，后半夜醒来，我总觉得月亮就在怀里，所有光芒都挤进了屋子。下雨时，闪电像蛇一样跳进室内，仿佛要把屋顶掀翻，雷声却在极深的谷底游走。清晨，我睁开眼睛，看到天空在下，大地在上，树木和庄稼都长在悬空的地球上。这种幻觉让人如痴如醉。"

俄色拉姆是谁？也是和我一样喝过她的木茶，睡过她的榻榻米的幸运儿吗？华丹拉姆给我讲的这些话使这个夜晚更加神秘了。幸好现在还是冬季，如果今夜是个雷雨夜，出现她说的这些情景，我岂不是吓得魂飞魄散。

女人的想象力的确很离谱，即使是超脱尘世修行的出家人，思维仍充满了浪漫色彩。但我们睡在一个房间，除了观赏神秘莫测的夜晚外，是否还有更吸引人的话题？

华丹拉姆的声音还是那么轻，仿佛她的身体和灵魂都飘向了深不见底的浩瀚夜空。或许倾听夜空，也是她修行的一部分。

这是我第二次被主人家要求睡在一个房间里谈心，且她们的名字都是那么的相似。一个是俄洛村的月夜，一个是尼姑庵的星空。它们之间有没有必然的关联？

"冒昧请你到寒舍歇息有点失礼。但我们都是女性，我总觉得有种熟知感。看得出来，你的心中有很深的伤，你来这个地方一定有原因。"

我吓了一跳，华丹拉姆的话直接点到了我的心病。她真有那么强大的洞察力？她难道看出我是一个失落的女人？我该怎么回答她的话，沉默或敞开心扉求解脱？

不等我开口，华丹拉姆又说："我先给你讲个故事吧。有一个浙江的汉族女人，她和老公非常恩爱，婚后生有一子，后来这个女人得了一种难治的慢性病，夫妻俩去了很多大医院，但都没有效果。几经周折，他们打听到 R 县的尼依寺有个医术高明的活佛，便千里寻医请求医治。活佛答应为其治病，经过几个月的调理服药，那个汉族女人的病好了很多。活佛建议她到达摩山尼姑庵疗养一段时间，后来他们就离开了。可没过多久女人的病又复发了，夫妇俩再度到尼姑庵吃药治病疗养，病况明显好转。可等他们下山回到家里，病又复发。如此种种反复无常。奇怪的是，那个浙江女人只要到了尼姑庵，病症就会全部消失，一旦下山病又复发。于是，浙江女人到尼姑庵请求剃度，说上天已经安排好她下半辈子的归宿。她的老公也在同一时间在尼依寺剃度出家。转眼，两口子出家也有十来年了。如今浙江女讲一口标准的藏语，这就是佛缘。

"她第一次到达摩山，晚上就睡在你那个位置，记得也是这样一个星光璀璨的夜晚，她说的话几乎和你一模一样。"华丹拉姆在床上翻了个身，轻盈的话语竟也带着木香的味道。

华丹拉姆讲的这个故事太不可思议了，这是一个虚构的故事吧？她是在暗示我什么吗？难道我的后半生也会在这个地方定格？她不会想让我也出家为尼吧？

不不不！我在黑暗里摇着头。我怎么可能出家？虽然我的婚姻面临破裂，但我还没有看破红尘，怎么能丢下心爱的秀秀出家呢？我到高原扶贫县驻村，虽然有逃避感情的因素，但在到达俄洛村的那天起就已经大彻大悟了。我不会因为一个不可靠的男人而把自己变成一个看破红尘的高人。为了秀秀，为了表姐，也为了自己，我都得活出一个样子来。我悄悄咽了口口水，把要说的话在心中默默温习了一遍。

"如果从轮回角度去分析，浙江女人本来应该投身这里，可能是阴差阳错到了别处。所以，上天用生病的方式把她送回这里。但这样一来，他们的孩子怎么办？她的老公怎么非得跟着出家呢？"

"他们都是大学生，有着很高的文化层次和知识结构，出家完全是对佛门的虔诚。剃度前俄色拉姆对师父说：'若不是这场病，徒儿竟不知道会沦落红尘多久。如今总算皈依了！'当一头青丝落地，师父赐名她俄色拉姆时，她喜极而泣。而今他们的孩子也长大了，每年都要到这边陪伴父母几天。"

听到这里，一段玄幻的故事以平淡的结尾告终了。华丹拉姆好像也没有要我仿效浙江女人出家的意思。一切不过是我的错觉而已，我实在是天真过头了。

我把被子拉到脸上，让木香的气息淡化我的妄念。如果我们的话题就此结束，今夜我或许会有一个完美的睡眠。

可是，对面并没有传来入睡声。柏枝摇曳的星光又在我们的被褥上闪烁，我下意识地抖了一下被子，想把满眼的幻影都抖出窗外。

华丹拉姆的声音风一样飘过窗外，停留在我目光无法企及的暗夜深处："我刚来山上做尼姑时，师父就告诫我，不能因为在生活中遭遇了挫折才生出剃度的念想。寺院不是失败者的避风港，来这里的人都要从零做起。我用了整整十年的时间才领悟了师父的这番话。"

我对华丹拉姆说的这些话并不是很感兴趣。我是否该问问她为什么做尼姑？对于拥有美貌和智慧的女子，为什么选择把生命交给与世隔绝的大山？她说的这些话最终对我有什么启迪？但我不能冒昧打断她的话，既然她安排我睡在她的房间，一定会有我想象不出的深意。

此刻，我的身体我的思想都开始喜欢上这个夜晚了。屋子里弥漫而来的木香味把我簇拥在极其舒适的状态。有时候，我会让自己的灵魂随心所欲地放纵一下寂灭甚久的欲念。

不过，华丹拉姆的沉默不会超过一分钟，带着木香的语气很快又把我从思想的碎片里拯救出来。

"其实，我对你很好奇，或者说对这个尼姑庵和有关它的所有都很好奇。我知道自己只是一个过客，和你们的联系也是基于工作。明天我们看完工地就走了，下次来或许就是竣工验收的时候了。"

果然，我的提醒起了作用。华丹拉姆在黑暗里发出了一丝叹息，然后讲了自己出家前后的经历。

原来华丹拉姆也有恋人，十六岁那年，家里给她订了婚，男方家境殷实，公公婆婆待人和蔼。按照当地风俗，男女订婚后农忙时节女方得去婆家帮忙。每次华丹拉姆去婆家时，未婚夫都会接送她，两人的感情也越来越好，就在双方家长商量婚期时，未婚夫却出了意外，这个毁灭性的打击差点让她轻生。

一年后，婆家提出让她嫁给未婚夫的弟弟，但还要等他再长大几岁。在她家乡，兄弟俩娶一个老婆是传统习俗，即使女孩嫁的是家中长子，但他的兄弟都可以成为她的丈夫。老人说这个风俗是老祖宗传下来的，最初是为了不让兄弟分家分财产，久而久之就成了婚姻的既定模式。善良的父母希望她像女儿一样孝敬公公婆婆，承担起儿子和儿媳的双重责任。从那以后，华丹拉姆照常在农忙时节去婆家劳作，也像大姐姐一样照顾着比自己小八岁的弟弟。

未婚夫一周年忌日，华丹拉姆陪公公婆婆一家去达摩山上给尼姑庵做斋饭，他们在山上待了三天三夜。华丹拉姆和婆婆做完斋饭后都会去大经堂外面跪经（跪着听讲经或诵经），每当听着如泣如诉的诵经声从经堂内飘出来，华丹拉姆难以言说的悲伤就会从心中涌上来，她和婆婆好几次哭晕在寺院门口。

在尼姑庵，华丹拉姆认识了一个德高望重的老尼姑，她已经七十三岁了。老尼姑十分心疼年轻貌美的华丹拉姆，她把哭成泪人的华丹拉姆请到自己禅房，像慈母一样安慰她，劝导她，使她一次次从情感的魔障中清醒过来。

下山前的那天下午，华丹拉姆的公公婆婆说要和寺院的师太交代一下供奉的事，喊她和小未婚夫去转经磕头。之后，小未婚夫说一起去看看后山的神湖。

神湖就在一大片草甸中央。三面环林的湖水像巨大的宝镜，把偌大的天空和四周的风景都收进清澈的湖中。华丹拉姆和小未婚夫坐在一个小土坡上，远远地看着碧蓝的湖面被风吹出一朵朵莲花状的波浪。看到未来的丈夫，她的心里五味杂陈。他和哥哥长得完全不一样。哥哥英俊高大，弟弟秀气内向。

"姐姐，你喜欢这里吗？"沉默了很久的小伙子打破了僵局。

华丹拉姆点了点头。她疼爱地看着一脸稚气的小男人，不知道说什么好。

小男人接着说："大哥走了一年了，希望你慢慢走出阴影。活着的人总得继续生活，阿爸和阿妈还不是很老，弟弟和妹妹也会长大，你不要为他们耽误自己的幸福。你应该嫁人，应该追求自己的幸福。"

华丹拉姆听到这些话出自一个十四岁少年之口，非常震惊。她不明白那些话的意思，是在暗示要解除与他的婚约吗？是不是他的父母要求他这样的？他们是在尼姑庵改变了主意吗？

小男人温柔地看着湖中不断绽放的涟漪继续说："我知道我的家人给你提了要求，本来兄弟们娶一个媳妇也不是稀罕事，长辈们都是这样过来的。可我不想这样，我们不能老是被旧思想、旧传统束缚。何况我们年龄悬殊，你只能是我最尊敬的姐姐，而我也要娶自己喜欢的女孩做妻子！"

"你知道吗，我听到小弟弟说出那些话的第一反应是什么吗？"

华丹拉姆从不着边际的黑夜回到了现实，我竟分不清是她在讲自己的故事，还是另一个强大的磁场把我们都抛向了多年前达摩山上的神湖。

一个强烈的念头突然扼住了我的咽喉，我真想伸手把窒息的黑夜撕碎，把太阳从悬崖下解救下来，再还人间一个完整的结局。我们不能陷入情感的魔障，就像白天我无论怎么坦然，夜晚的梦境仍旧会有窒息的悲伤和无助。失去深爱的人到底有多痛苦？何况华丹拉姆与挚爱的人阴阳两隔！

我突然坐直了身，把汗津津的睡衣脱下来甩到脚边。不知何时星星从树枝间跌落了，窗外，黑沉沉的夜停止了诡异的躁动。

"你要不要喝口水？如果那些往事让你伤怀，可以不说。"我说完这句话直接钻进被窝，忍着胸口被挤压的疼痛，暗自祈祷这句话不要引来华丹拉姆的不悦。

"你只是对照了自己内心才会有这样的反应，我可以理解。告诉你吧，当他说出那些话时，我感觉自己被救赎了。恰好一个小尼姑背着一捆柴从山上下来，经过我们跟前时，礼貌地合掌致意。师太说过，她是山上唯一不需要上课的尼姑。因为家里遭遇火灾，母亲和妹妹都没能逃脱死神的魔爪。她疯了后村里人管不住她，后来便自个儿上山了，师父看见她孤苦伶仃就收下了她。疯尼姑记性特别好，只要是师父教过的她都过目不忘。但她特别怕火怕红色的物体，如果发病，谁也控制不住她，疯癫起来甚至会用剪刀把自己的袈裟剪成碎片。"

华丹拉姆转过身去，我知道故事还要讲下去，就屏息静气地听着下文。

"背柴的尼姑走过去了，我和小弟弟痴痴地看着她的背影。我突然醒悟过来，转身握住弟弟的手告诉他我找到自己的归宿了，而他只是含泪点头。第二天，我请公公婆婆给家人带个口信，就说我已经剃度出家了，拜在依西卓玛师太门下为徒。对于我的决定，师父没有一点惊讶，她拿出一套崭新的袈裟，说一直等自己的徒儿上山。她从贴身的香囊里取出早已拟好的法号'华丹拉姆'放到我的手心，亲自为我沐浴净身。

"三年后，小弟弟带着新婚妻子上山给我送粮食和衣物，说我往后余生的吃穿用度都由他来负责。我没有拒绝，虽然山上戒律很严，但我知道不接受他的好意他会愧疚一辈子，因此我说只能带糌粑和简单的衣物，若是给钱，我就不认他这个弟弟。他答应了，把准备给我的钱都捐赠给了寺庙。我们的感情已经胜过亲姐弟了。他每个季节都来看我，每次来都带着他的儿子和女儿，还说再生一个女儿给我做徒弟养老。"

我的泪水已经打湿了枕头。对于这样一个得道的修行人来说，人世间的悲欢离合已经很难打动她了。她可能因为体察到我的内心才生了悲悯心吧。

我把很多想说想问的话都咽了回去，沉默是我表达懂得的唯一方式。她在山上生活了这么多年，尘世的琐事早已远去。选择青灯古佛成全与爱人生生不离的夙愿，这是多么超脱的境界啊！

华丹拉姆是懂我的。正因为懂我，才请我喝木茶，住她的禅房，给我讲那么传奇的故事。对她的珍视我唯恐此生难以报答了。

达摩山一百五十多个尼姑，尤论曾经有着怎样的辛酸或荣辱，在这个充满仙气的地方，她们已经埋葬了七情六欲，用佛学的最高境界诠释着生命的另一种价值。

"我传承了师父的衣钵，把自己彻底交给大山。后来上山的女子越来越多。逃婚的，逃难的，好逸恶劳的，各种各样的都有，但更多是真心拜佛学佛的。也有中途放弃下山的，不甘寂寞还俗的。我们从不勉强她们的去留。我用师父教给我的道理开导和曾经的自己一样迷茫的女子。所幸，尼姑庵香火旺盛，上山的年轻人慧根不浅，都是极有佛缘的人。

"你们刚才上山时看到了对面的县城了吧？那是甘肃省的一个小县城，那里每年都会有一些女子上山出家。她们在山上每天都能看到自己的家乡，尤其是晚上，灯火通明的县城和山上的孤寂形成鲜明对比，如果没有一颗真心修炼的心，很容易就会产生还俗的念头。因此留在这里的，都是经得起考验的人。"

我在黑暗里默默点头。谈到这里，我也明白了，一个寺庙，无论是和尚还是尼姑，修炼的目的和方式是一样的，积德行善是他们修行的终极目标。

"明天有时间去看看达摩村吧，看看生活在'海市蜃楼'中的村民是怎么书写着自己的历史的。过了今夜，你也该回到尘世了，经营好自己的人生吧，这里看到和听到的一切权当一次梦游。晚安！"

我以为还有一段对话或交流，但华丹拉姆还是道了晚安。她也知道，真正要打开话匣子，可能比天方夜谭还要长。一座颇有名气的尼姑庵，一座极其传奇的仙山楼阁，仅凭它的美景和文化就可以给纷至沓来的人们留下无尽悬念。

我知道，今夜的梦境会有缭绕不绝的梵音和菩提花开的芬芳。

第十章　净土

当我从木茶的馨香中醒来，小尼姑已经生了火，煮了茶，用一根拂尘清扫着佛龛上的尘埃，低沉的诵经声从酥油灯后面的小音箱中缓缓流出。

华丹拉姆的床上只有一张氆氇坐垫，一卷经书整齐地放在案几上，院子和走廊里不时有红衣飘过。

"下早课了！下早课了！"匆促的脚步夹杂着清水撞击铜盆的嗡嗡声响。

我慌乱坐起。都几点了，怎么没人喊我起床？夺吉局长他们呢？

小尼姑帮我把衣服拿到床前，示意我穿好衣服后出去穿鞋。等我走到走廊，铜盆里已经放好了毛巾和温水，还有一次性牙具和倒好温水的漱口杯。

我趁漱口的空隙观察情况，那几个爷们难道还在赖床？看天色也该起床了。

"在尼姑庵，睡得可好？"就在我仰头喷水之际，一个温柔的声音从门帘后面响起。随即，一个着绛红色袈裟的女尼站到我面前。

她不是华丹拉姆，而是比华丹拉姆年长很多的另一个女尼。

我赶紧放下漱口杯，用手背擦干净嘴角的牙膏泡沫后回礼。

"睡得非常好。承蒙华丹师父抬爱，只是打扰了她的清净。"

"你的气色看起来不错，这是喝了木茶的缘故。你很幸运。我到山上后，也就看到她给一位云游的师太喝过木茶。毕竟，那东西实在太少了。哦对了，我是俄色拉姆。昨晚你们一定谈到了我。"

啊？原来她就是浙江女人！我真没想到会见到她。惊喜和感动瞬间又包围了我。我暂时忘记了同事们，对这个眼角已经有了鱼尾纹的汉族尼姑产生了好感。

"你的普通话还是如此流利。在山上的日子好吗?"我发现自己竟有些许哽咽。

"怎能不好? 我把前世遗忘的东西都找回来了。我都快记不住前三十年的事情了。在这里,我才是一个有灵魂有思想的人。我过来就是看看你,想请你去房舍喝早茶,再给你一份小礼物。"

"太谢谢你了。已经够打扰师父们的清雅了。昨夜歇在尼姑庵真像一场梦。华丹拉姆师父讲的那些事给我很大的启迪,使我感悟到了生命的无常。只是此生身在俗世,不能了然的实在太多。能得到师父们的指点真的很感恩,哪能再索要礼物。"

"青灯古佛伴一生,不负如来不负卿。我和先生能把余生交给这片净土,也是前生佛缘深厚的缘故。用尘世的眼光来看,很多人会唏嘘不止,长叹可惜。但正是这块与世无争的净土才能安放我的病体和纷扰的思绪,一切是如此地恰到好处。"

"俄色师太,师父请您和客人用早茶了。"小尼姑掀开门帘一角,露出一颗小虎牙微笑着招呼。

早茶在寺管会旁边。和昨晚不同的是,这里的陈设几乎都是石头,圆的,方的,长的,短的,椭圆的,并且都刻着经文。这些石头的摆放看似散乱实则有序,每一块上面都垫着正方形的氆氇垫。

我们进去的时候,华丹拉姆正在给夺吉局长讲石头经文的出处。每个尼姑圆寂前都会在山里找一块属于自己命相的石头,再把六字箴言刻在上面。这些石头其实就是一个离世的出家人留给后人的最后遗物。

正式喝茶的地方在"石头经"隔壁,室内除了生活用品外,没有任何佛家物品。

早茶是珍珠面和蕨菜包子,其间还上了一道牦牛奶和油炸人参果。

华丹拉姆略带歉意地说,山上只有素食。俄色拉姆师父用最地道的藏语和夺吉局长交谈。我感觉从昨晚到清晨,已经听两位师太讲述了很多传奇,就没有再多言。

出发前,夺吉局长才告诉我,他们已经去后山看过工地了,为了让我多睡一会儿就没叫醒我。他哪里知道,我有多想去看看后山的神湖,想看看是什么样的一个湖让华丹拉姆顿悟了余生。

但既然大家是一番好意，我哪里还有借口跑上去耽误时间呢，反正项目验收时我可能还得来，那么继续留点悬念给自己吧！这一路我不就是在一次次的回望和不舍中前行吗？

春天尚未到来，两年的工作才拉开帷幕。

上车前，俄色拉姆把我拉到一边，交给我一个小礼品盒，说里面是她读大学时在海边捡的贝壳，她已经穿成了一条项链，送给我做个纪念。

"在你的眼里，我看到了曾经的自己。你能选择到高原驻村，就证明了自己的不平凡，努力吧！我会为你祈祷！"

两位红衣尼姑合掌向我们告别，我听见寒风吹卷她们衣衫呼啦啦的声音。

夜里，寒气把空气都凝结成了冰霜，而此刻，东边的霞光把尼姑庵染成了橘红色，达摩山愈发晶莹剔透。

我深深地吸了一口冰冷的空气，让这扑面而来的寒凉钻入五脏六腑。若不是碍于寺院的肃穆，我真想对着空旷的山谷呐喊。

当车行驶到距离达摩村最近的一个弯道时，我从车窗里探出头回望，以雪峰为背景的山冈上，两个火焰似的红点在移动！

红点慢慢地变小了，模糊了，直到我的泪水和从半山腰漫上来的晨雾彻底抹掉了她们！

我只能看着背后的雪峰越来越大，越来越亮。当太阳从金色的霞光里挣脱出来，在层层叠叠的迭山山脉绽放出绚丽光芒时，达摩山突然绝尘而去。

第十一章　征途

　　我们没有在迭部县停留。沿河而下的公路宽阔平坦。大家说甘肃省的公路建设一直都走在前列，多年前很多县还只是土路时，甘肃就有柏油路了。

　　要让一个地方快速致富，首要问题就是解决交通问题。特别是近些年来，道路建设对经济建设的推动是立竿见影的。

　　其实旧时的"铁布"和"迭布"在属地上是个大区域，藏语中都叫"铁吾"。但在今天，一步之遥的"铁布"和"迭布"却是两个大省的分界线，边界上的老百姓便以四川和甘肃的称谓来界定各自的身份。

　　冻列、崇尔、热尔和迭布一带的语言、风俗、民居、服饰大同小异，白龙江文化分支在历史的演变中枝繁叶茂。

　　迭县的东部海拔低气候好，连接着红色圣地腊子口和舟曲、岷县和武都。

　　村庄和山林相生相依着向东绵延，依山傍水是乡村繁衍生息的重要标志。

　　三十公里后车在 U 字形的弯道进入迭求路——一条破损严重正在改造的县级公路。但需要重点标注的是，这条蜿蜒穿行在崇山峻岭中的公路曾经是松（松潘）甘（甘肃）茶马古道。据说中华人民共和国成立前从成都平原往返至甘肃，以及北进敦煌都要经过此道，茶马互市的文化在这条路上延续了几千年。

　　更重要的是，这条路上印刻着中国工农红军二万五千里长征史上具有浓墨重彩的一笔。

　　在旅游局查阅资料时，我对这里的红色印记印象深刻，只是没想到返回县城时会经过这里。

夺吉局长特意安排从这条路上返程，就是为了让我看看途中的红色旅游景点。说到红军长征方面的历史，夺吉局长和小杨有说不完的话题。

用险峻来比喻蜿蜒蛇行的迭求路真不为过，狭窄的公路两旁是万仞绝壁，咆哮的白龙江撞击着幽深的谷底。桦树、油松、荆棘、灌木在千丈崖壁间交错成密不透风的天然屏障。可想而知，八十多年前的茶马古道有多艰险，历史的天空曾在这里记录了多少波澜壮阔的英雄事迹。

据夺吉局长讲，中华人民共和国成立前这条古道只是条羊肠小路，马帮经过这里要提前几天派信使通知对方，商定好上行和下行的时间。如果传信有误，半途遇到另外一队马帮，则必有一方坠入万丈深渊。由于没有退路，被推下悬崖的必定是势力弱的一方。而在月黑风高的夜晚，强盗、杀手、土匪蛰伏在暗处，杀人抢劫的事情时有发生。

尽管这样，松甘茶马古道上的传奇和它所承载的文化一样神秘悠远。高原紧缺的大茶和盐巴源源不断地从这里转换为地道的牦牛肉、羊皮、酥油，流向全国乃至世界各地。

途中，我们还看见修筑拦水坝电站形成的三个人工湖，每个湖之间隔着一座小岛屿。比起前面经过的险峻路段，这里的地势开阔了很多，不时有村舍和农田散落山脚，植被和松林也越见丰茂。这个沟谷中有迭部县的一个乡，叫达拉乡，一座格鲁派寺庙"格加寺"和本教寺院"卡让寺"矗立在青山绿水之间。

经过卡让寺对面的岔路时，夺吉局长说往右三公里是俄界乡。长征中最后一个会议"俄界会议"就是在那里召开的，至今俄界乡还保留着当年召开会议的旧址。

谈到俄界会议，小杨也给我讲了个红色故事。大概在十年前，他还在电视台当记者时，曾跟党史办和旅游局的人拍摄过"寻找革命英烈"的纪录片。

红军长征时期，在 R 县境内牺牲的最年轻的高级军官有两个，一个是二十四岁的王佑军军长，一个是二十三岁的龙振文团长。王佑军是在"包座战役"分战场"求吉寺战斗"中牺牲的，牺牲的时间、地点以及埋葬地都有确切记载。1936年红军三过草地时，徐向前还在王佑军墓前献过鲜花。但龙振文团长的牺牲地一直不是很确切，相关的记载也很模糊，年代久远后更是无从考证。

县党史办蒋主任热衷于党史工作，对长征文化很有研究。她和当地文化人士曾多次深入乡村，走访探寻长征路上的百姓和僧侣，先后考证出"巴西会议"之"阿西牙弄紧急会议"会址、班佑前敌指挥部等重要革命遗址。她带领着"寻找革命英烈"拍摄组，冒着雨季，用为时一周的时间寻找了龙振文团长的牺牲地。

原来党史记载，龙振文团长牺牲的地方有个卡让寺，因为卡让也叫恰让，这个口音上的差别为确定烈士牺牲地造成了极大困扰。

拍摄组一行进入甘肃境内的达拉沟后，打听到卡让寺所在位置，沿途采访了很多老百姓，并通过与寺内活佛、高僧的交谈，寻找到很多珍贵的线索。

据党史记载，当年红军大多是星夜行军。龙振文团长带领的部队行军到一个藏寨后绕到半山腰的一条羊肠小道，谁知刚走出半里路，便遭遇武装分子的袭击。骑着骡子的红军战士被猛推下来的巨石砸中，龙振文团长遭受重击，当场牺牲，与其一起牺牲的还有八名小战士。

拍摄组把烈士牺牲的地方缩小在卡让寺附近的密林、山坡和农田，却始终没有收获。关键在于找不到记载中的"藏寨"和"羊肠小道"，寺院前后也没有类似的村庄和险峻山路。

后来，卡让寺一位七十多岁的老僧带拍摄组去了距寺院两公里远的农田。老僧童颜鹤发，精神矍铄，说话幽默睿智。他对革命英烈的事迹非常钦佩。当大家从开满胡豆花的田野经过时，老僧指着胡豆地里的一座小土墙满怀深情地说："那是卡让寺旧址。当年俄界岔路口的卡让寺毁于一场火灾，不少僧人还得了怪病，经上师打卦，寺庙需要迁址，于是就搬到下面这个地方。1983年班禅大师到藏族聚居区讲经，他的宝座却设在卡让寺原址，老僧们断定那是佛的旨意，于是又把寺院迁回最初建寺的地方。"

老僧的话让拍摄组恍然大悟。大家苦苦寻找的"卡让寺"和长征中记载的"卡让寺"相距甚远，这是因为那座历经劫难的寺庙搬迁数次。

虽然寺庙旧址只有一堵小小的土墙，可它四周的地形和龙振文团长牺牲的地方非常相似，恰巧新修的公路旁边就有个叫"果泽"的寨子。

大家对照党史记载，测量出巨石滚落的高度，模拟当年英烈牺牲的场景，最后在一片白桦林中确定了龙振文团长的牺牲地。

小杨讲起这段历史时，眼中闪着泪光。"我因为负责拍摄，就走在队伍的前面。当我们进入胡豆地旁的白桦林时，静静的白桦林中突然吹来一阵风，那风鸣咽着从我们头顶吹过，又从树梢间扑簌簌吹下一大片枯叶。所有人都被突如其来的风声震住了。大家看着一阵旋风从地上卷起落叶和灰尘凄凄戚戚地飘向河谷。突然，树林中恢复了死寂，我们猛然醒悟过来！是烈士的英魂在指引我们！他们知道自己的亲人来了，飘荡了七十多年的魂魄将有归宿了！"

"快，快去摘花来！"最先醒悟过来的是剪辑米刚。

河岸上杏花开得正旺，每人采摘一大束杏花，并在一棵高大的白桦树下垒起石堆，搭起一座临时墓碑。米刚在石头上写下"龙振文团长永垂不朽"九个大字。

拍摄组成员依次把鲜花敬献给烈士，场面肃穆而庄严。纪录片播放后，引起了很大的轰动。

"我至今还记得当时的情景，只有身临其境才能领悟那种感觉。的确有一种力量在牵引着我们，那是上天垂怜英雄。我相信，从那以后，龙振文团长可以安息了，他的魂魄再也不用漂泊了。那片白桦林就是他为后人留下的丰碑。而对于我个人来说，那次拍摄意义也非常重大。"

寻找英烈的故事深深地打动了我。悠悠驼铃，漫漫长路，战火弥漫，沧桑不复。成千上万的革命先辈为建立新中国抛头颅、洒热血，才换来今天的繁荣富强。这是每一个炎黄子孙都该铭记于心的事。

R县境内留下了很多可歌可泣的长征故事，这一路还会有更多故事和历史场景撞击我们的心灵。毫无疑问，这次下乡，我最大的收获就是走进了一段特殊的革命征途。

从我第一天出发到高原，看到"七根火柴"纪念碑到今天，所见所闻都与长征有关。我的驻村工作，注定要在这个宏大的历史背景下诠释它所担负的伟大使命。

迭部县把一个木材检查站作为关卡设在两省边界上，一步之遥的距离会造成两种不同的地理单元。进入R县境内，山冈树林田野都特别灵秀润泽。

我们经过的村子叫然安寨，这里遗留着一座古代城池遗址。这些依山而建的藏寨整齐漂亮，只是现在农村民居建筑融入了很多现代元素，砖瓦结构的房子替代了旧时的土墙木房，蓝色彩钢瓦和红色铁门让村庄少了几许古朴韵致。

夺吉局长说2009年全省实施牧民定居行动计划时，出于防雨防漏的考虑，大面积使用彩钢瓦，没有考虑到保留村庄的原貌。原生态的杉板顶和木门消失了，取而代之的是大红大绿的村寨。后来打造幸福美丽家园时，对村寨的风貌进行了提升改造，多少恢复了村庄该有的风情。

到了桃花寨，穿过一片青稞地后，我们来到河谷南边的坡地上。这里居高临下，可以看到一座盖着杉板的长桥，乍看像是一座小木屋在河上飘摇，看得出来有些年份了。河谷两岸的树木和经幡弥漫着冬日的苍凉。

桥那头，桃花寨的旧址依偎着静穆的山林。在少数民族地区，依靠密林修建家园是一种生存法则。用老人们的话来说，就是为了在强盗和土匪来袭时，可以在最短的时间逃进山林。

我们顺着一条便道走到桥上。寒风从河面凌厉地吹上来，我忍不住打了个激灵！

夺吉局长指着严重腐朽的桥柱说："重点说说这座桥的历史。这种盖有杉板的桥在过去叫风雨桥，为了防止风雨侵蚀就盖了顶。桥两边筑有容纳三四个人的放哨洞，放哨洞有窗口和射击孔，如果有入侵者，守桥人就会开枪击毙敌人。"

这座充满玄机的风雨桥桥身腐朽得很严重，"放哨洞"几乎不复存在。

夺吉局长告诉我们，它不止是一座桥，更是一种文化，保持原貌很有必要。桃花寨和县文化局已经多此申报维修加固桥身。

沿着田埂走了一段距离，一座高大的雕塑矗立在我们面前，雕塑上刻着"元帅桥"三个字。

"中华人民共和国成立后风雨桥改叫元帅桥了。这座桥见证了红军将士浩荡北上的场面，在长征文化中有着举足轻重的地位，也是我们县重要的革命遗址之一。这条路上红军留下了很多感人的故事，往上还有巴西会议会址、周恩来旧居、包座战役遗址。但因为时间原因，我们今天不能一一去看，下次吧。"

"夺吉局长，从地图上看，我们这次是绕县城走了一圈吧？也就是说，从迭部县的达拉沟一直到七根火柴那边都是长征路线吗？"

"对。当年红军从松潘毛尔盖进入草地，在我们县停留的时间最长，也是最艰苦的时期。"

末冬的萧瑟和历史的伤痕在这里合二为一。短短两天，我就走完了大半个 R县，这一路都在接受红色革命的洗礼，尽管这并不是我驻村工作的重心，可我却获得了太多惊喜。从另外一个角度来说，我其实是在行走的过程中感受着乡村的变化和与时俱进。

我们直接去了嘎哇寨。这个寨子是 R 县打造的第一个旅游民俗村，规划得很整洁，入户路两旁是高大的阿根廷柳，寨门上写着"嘎哇民俗风情村"。

老村支书和他的家人已经等在门口了。我们被迎进院子，一个老妈妈坐在藤椅上摇着经筒。老支书在老妈妈耳边说了什么，她立即露出没牙的瘪嘴冲我们笑。看到她满脸沟壑一样的皱纹，我的鼻子有点发酸。我突然想起父母，想起秀秀和表姐她们。

这个漂亮的四合院特别吸引我，四四方方的院子里铺着青石板，左边码着整齐的柴火，右边是原生态的小木楼，正屋前面有个狭长的花台，想必夏天是座缤纷多彩的小花园。

老支书热情地跟我握手，他说自己家也是旅游接待户之一。房屋是按民俗村要求建造的，楼上客房，楼下餐厅和厨房，一次可接待五十人左右。

"2006 年，县旅游局在我们村打造了八个旅游示范户，修建了嘎哇农家乐。当时国家正在推行乡村旅游，我们村有幸成为九环线上最有特色的一个乡村旅游景点，每年都会有很多团队到这里瞻仰革命历史，重走长征路。旅游业推动了经济发展，因此旅游示范户也由原先的八户增加到十二户。但汶川大地震后，旅游业受到很大冲击，加上若九路严重破损，使得进入乡村比较困难。这几年，除了县城下来的一些客人外，几乎没有任何人流量。"

老支书的汉语讲得非常流利。夺吉局长也说，老支书是个很有才华的人，年轻时还是"革命宣传队"台柱，不仅人帅，唱歌跳舞样样在行。他每年在州县人代会上的发言让很多机关单位的干部都望尘莫及。

进屋后，老支书见我四处观望就笑着说："先坐下吃饭吧。你们走了大半天的路，都过了午餐时间。美娇同志第一次来嘎哇村，如果不嫌我啰唆，我可以给你简单地讲点历史。不过，前提是吃饱喝足。"

我的心又一次热腾起来。老支书的老婆和儿媳已经把饭菜摆在炕桌上了，让我惊喜万分的是竟然有娘家包子！自从华丹措给我讲了娘家包子的故事后，我对那种褶皱漂亮的芝麻馅包子有了强烈的好感。

饭菜很丰盛，有风干香猪肉和手撕野兔，铁炉上还煮着一大锅香气扑鼻的珍珠面。司机王哥看到这些美食，兴奋得秃脑门上冒出一粒粒汗珠。老支书亲自给我盛了碗珍珠面，一股诱人的蒜香味冲进我的鼻孔。我赶紧喝了一大口面汤，果然是汤浓味美！

"珍珠面在藏语中叫'热泽'，是用生青稞面做的，放上风干牛肉、土豆块和酸菜，起锅前再放入辣油炸熟的野蒜做佐料。你好好闻闻，面汤是不是特别香？"不等老支书说话，王哥就把话题抢了过去。

老支书的老婆也能用普通话跟我们交流。她一直站在火炉前，不停地为我们添饭续茶，搞得我们很不好意思。吃到一半，老支书问我是想听红军的故事还是嘎哇寨的历史。我说都可以，因为这两个我都很感兴趣。他笑呵呵地喝了一口马茶后就打开了话匣。

"中华人民共和国成立前，嘎哇寨有两个部落，一个在河谷，一个在山顶。据老人们讲，两个部落关系特别好，长久以来都共用一个火种。你知道什么是火种吗？"

我刚听得起兴，老支书就抛出一个问题，我只好羞愧地摇头。正好他的老婆用火钳从炉子里夹了几块炭火，于是他指着盆中的炭火说，那就是火种。

"过去没有火柴，老百姓在睡前把火炭埋在灶灰下，再用铁片盖严，这样火种就能保留到第二天，早起的媳妇们只需刨开灶灰，往红彤彤的火炭上放上柏枝轻轻一吹，火苗就燃起来了。在更早之前，整个部落只有一块火种，山顶和河谷之间轮流派人接送火种，后来有了打火石，两个部落就把传递火种的任务交给了一只训练有素的小狗，山上山下的部落就靠一个火种延续着春播秋收的日子。当然，这种说法多少有些传奇色彩，却寄托了老百姓对部落之间和睦共处的美好愿望。

"嘎哇寨曾经历了两次火灾，今天你们看到的是一座涅槃重生后的年轻村寨。

"1935 年，国民党为了堵截红军，事先占据了嘎哇寨，他们以百姓家的院墙作为工事阻击红军，后来在红军的强攻下弃寨逃往求吉寺，并烧了整个寨子。不幸的是，时隔五十多年后，因为电线老化嘎哇寨又引燃了一场特大火灾，八十多所房子瞬间化为灰烬。

"沉痛的教训让村干部对寨子的重建工程进行了科学规划，他们站在烈火洗劫后的废墟上，苦口婆心地做老百姓的思想工作，请求他们打破固守老宅基地的观念，支持全村的重建工作。看着乡党委和村两委班子顶着寒风，冒着大雪穿梭在临时搭建的帐篷前，老百姓纷纷站出来表示放弃老宅基地，积极配合重建寨子。"

老支书说起嘎哇寨的两次火灾，语气凝重。他说只有经历苦难才知道幸福来之不易。

"我们在废墟上挺过来了。鉴于两次火灾的警示，我们对房屋的防火通道和储藏室都增设了火源隔绝墙。你们刚才进来时应该注意到了通道全是泥墙，一旦有火情发生，只要关上铁门，拉下天窗盖，火就烧不进来。"

不错，在进屋的时候，我好奇通道怎么那么老土，似乎与院子和室内的装修不太协调，原来机关在这里。这不能不说是劳动人民的智慧结晶。虽然烈火烧毁了他们的家园，但却给了他们重生的机会，让这里成为一个令人瞩目的民俗风情村。尽管，他们面临着很多困难，可他们从未放弃心中的理想，只要脚下的土地还在，他们追求幸福生活的希望就在。

交通会好起来，旅游业会好起来，一切都会好起来！我在心中为这个了不起的村寨祈福。

饭后，老支书带我们上楼参观了客房，客房所有用品都是木制的，也只有乡村才会有如此听风望月的木格子窗吧。不用说，春天睡在这样的房子里，一定可以听到青稞抽穗的声音。假若那时表姐和秀秀能来高原，我一定带她们来这里住上几天。我要让她们感受城市里少见的蓝天和白云，还有村庄和大自然的气息。

"等青稞一尺来长的时候，你们到这里来做客吧，那是一年中最好的季节，能听到万物生长的声音。"

老支书看懂了我的心思，我恰好也在想象春天的浪漫光影，那时，这里应是绿意盎然的天然花园了。

老支书讲完故事，村主任也来了，我们便跟着他们去看生态停车场的建设点。

老支书说修农家乐那年，村民投工投劳修了个简易停车场，每次下暴雨都会冲垮堡坎和坝子，但地基一直都在那里，只要在原有基础上提升加固就可以继续使用。

夺吉局长补充说，停车场还要增加个门卫室，便于看管农家乐和进出车辆。

之后，我还刻意去看了一下农家乐。不知是季节的原因还是这些房子的确有点斑驳，怎么都看不出它们曾经的风光。希望随着春天的到来，河谷和山冈都披上绿装的时候，这片沉默多年的旅游之地也能重新焕发它原有的生机。

关于长征在这里留下的印记，可谓无处不在。村寨对面的格尕山和山上的碉堡就像无声的历史，无论时光怎么流失，岁月永远铭记于心。

此刻，我想得最多的是，战争的伤口早已结痂，我该记住的是战火烙在这片土地上的关键词：元帅桥、求吉寺战斗、格尕山、烈士墓……

第十二章　牧区

在有地暖的房间睡了几天，我渐渐习惯了夜间汽车的喇叭声。有时候，我会睁眼到天亮。不开手机，也不多做思考，安静地缩进被窝，听黎明前的风声从窗前掠过。老医院惨白的墙体不再让我惊悸，反之，我对那栋遗弃的废墟产生了几许敬畏。那里曾是救死扶伤的场所啊！

回到局里，我把这次的调研报告写好后又接手了龚斌的工作。龚斌推心置腹地跟我谈了很多工作经验，之后就回城拍婚纱照了。

我建议他夏天在草原上再补几张，为他的挂职生涯画个完美的句号，同时将工作两年之久的高原用另一种方式留在身边。

龚斌高兴得摩拳擦掌，他说自己早有这个计划，只是要等到春暖花开的时节才能拍照。他调皮地冲我眨眼："林姐姐，下次我来就是客了，你这个主人要帮我借几套漂亮的藏服啊！"

"没问题，下次我请你和新娘子吃藏餐吧！"我从内心深处喜欢这个阳光男孩。初来乍到，他就带我去吃了县城最好的藏餐，把最温暖的友谊分享给我。这个小弟我认定了。

蓝红梅书记几次来县里办事，约我去见乡上领导，她说我的"首脑机关"还是在乡政府。不巧的是，每次她约我的时候我手头正好有一大堆事情，只好请她替我致歉，我想把局里的工作弄顺手了，就去乡上正式报个到。

秀秀和表姐亲密得似乎忘记我了。距离真是个好东西，它可以让每个人公平地反思。我发现，自己正在快速地适应着目前的环境和工作，这里有太多可以充实自己的东西，我甚至都忘记了自己是为了逃避婚姻危机来到这里的。我相信每个人一生要经历的事情都是命中注定的，有些痛苦会带给你意想不到的收获。

每晚我都坚持写几页文字，把《我的新长征》继续写下去。通过这次行走，我对长征有了新的立体的认识。一路上看到和听到的红色革命故事足够我写成一部长篇，虽然我没有信心写好它，但我会写出自己最深刻的体会。

考虑到我的工作重心在村里，局领导便不再给我安排更多的事情。旅游旺季前，我可能得多跑几次工地。之后，我根据下乡情况把今年要实施的所有项目资料整理成一个专卷，正要和夺吉局长商量下村的事，蓝红梅书记和村干部们到县城了。

我们约定在一个茶楼，一共八个人，除了村支书和村主任，还从俄洛村抽了五个人，都是经验丰富的相牛高手。

我这才知道，俄洛村买牛的时间提前了几天。因为每年的三四月是草地的雪灾期，村干部们担心雪大了不好走，就想趁这几日天气晴朗准备去买牦牛。

我们在茶楼吃了面，蓝红梅书记看到我黑了瘦了，很是心痛。她建议我在局里等消息，说买牦牛是男人们干的事，我大可不必受此辛劳。

"这段时间村民们在忙春耕前的选种、松土、施肥，你下去也没什么事，就在局里上班。你都黑了一圈，要做好防护工作哦。这次去牧区买牛的人都是经验丰富的，有他们就够了。等他们回来后，你再去村里吧。"蓝红梅边说边从包里拿出一支防晒喷雾，说专门给我买的。

回到县城，我的物资比较齐全，的确不好意思一而再地接受她的东西。不过关键的还不是这些小事，在俄洛村我就表示自己要跟村干部一起去买牦牛，村支书当时也很赞成我去。

我知道，自己有可能成为大家的累赘，可这是我下派挂职后的第一份考卷。龙处长走前也一再叮嘱我搞好村集体经济的推进工作，我得找个合适的理由说服他们。

"牦牛养殖是农博局倾力打造的村集体经济项目，我有责任参与每一个环节。我知道自己不能出力，但我会如实记录所有进程，这样也好给上级领导汇报我们所做的工作。请大家给我一次锻炼的机会。"

我不知道这样的表达是否合适，只希望大家不要觉得我很任性。

村支书最先点头，随即大家也跟着点头了。蓝红梅书记半喜半忧地说道："你这样连带我也要受累了。村里选上来的都是精英，我们两个女的少不了要拖大家的后腿。不过也好，毕竟这样的历练不会再有第二次了。"

　　我听后诧异地问："我们？你也要去吗？"

　　"呵呵呵，你一个女的，我能放心吗？现在我们分个组。你回宿舍收拾衣物，我们吃完饭就出发。"

　　我哑然失笑，好像每一次去留都是突然之间的决定。这样也好，少了些烦琐。

　　我和蓝红梅书记分在第四组，目标是最远的麦溪乡。因为不去最艰苦的地方就谈不上锻炼。别看我们是柔弱的女性，可面对具有挑战性的工作，我们同样激情四溢。

　　村支书也在我们这组，外加从羊均寨和木桃寨挑选的两个五十多岁的汉子。因为临时加入两个女同志，我们这组算是人数最多的。

　　我穿了足够厚的衣服，还换了双雪地靴。有了上次的下村经验，口罩、围巾、手套、护膝样样没有落下。

　　半新的面包车坐上五个人刚好挤个暖和。比起越野车，这个老式车就太落伍了，特别是过了国道进入乡村公路后颠簸得厉害。

　　我很佩服两个上了年纪的村民，他们上车后一直用藏语交谈，丝毫没有对凹凸不平的公路表现出不适。看得出来，他们对村民们委以重任感到自豪。

　　麦溪乡的北部和西部分别跟甘肃玛曲、碌曲两县接壤，黄河水在两省边界孕育出古老的玛曲文化。

　　上次跟夺吉局长基本围绕R县走了一圈，但重点在沿线的点位，把称之为"四大孤岛"的乡镇都绕开了。而这次我们要走进真正的牧民家里，还极有可能去更偏远的牧场选牦牛。

　　大家在车上交谈的话题很丰富，据说十多年前牧区的牛贩子经常潜入农区作案，偷牛盗马活动很猖獗。有一次，一个农户的牛被偷走，失主就去牧区找牛，也不知转了多少牧场，总是打探不出消息，后来在一个牧人的牛圈旁准备向主人家打听一下情况，可还没有进去，一群牛就欢哞着奔过来了。失主当场就傻眼了，他根本不认识那些奔向自己的牲畜，因为被盗的牦牛全部被染了颜色，把之前的特征掩盖了。可牲畜通人性，它们认出了喂养自己的主人，纷纷跑出圈向主人撒欢。那是一次戏剧性的破案过程。后来公安通过协调，处理了那件案子。

"牛破案"的事情太有意思了。我笑着问大家，这次我们去买牛会不会遇到这样的事情，把三类畜染成毛色上好的抬价格？

两个中年男子说，现在社会进步了，很少有这样的事了，但卖家会把性情暴烈的牲畜先挑出来卖掉，特别是母牛，一定要看准看好，否则有可能买到产量不高的牦牛。

"看牛不仅要看皮毛，还要看牙和蹄。这里面学问多，我也说不出个所以然，要不然怎么劳烦扎西大叔和供秋大叔他们出面呢。"蓝红梅的脸蛋红扑扑的，嘴角始终飞扬着愉快的笑意。临时决定参加"购牛团"的她，兴奋程度丝毫不亚于我。

"这次我们去的是真正的牧区。"她看着窗外灰色的大地补充了一句。

真正的牧区？我一时没有明白过来，但我没有问她什么是真正的牧区。

我把目光投向窗外，之前还算晴朗的天空又变得灰蒙蒙的了。对于瞬息万变的高原天气，我有心理准备，这一趟我们少则也要耽误三五天。四个组平均要完成二十头牦牛的采购任务，谁都知道这不是件轻松的事情。

前面的山丘渐渐成为一望无际的荒原，光照的深浅造成原野上积雪的融化程度不一，南部和北部呈现出两种不同的世界。越来越多的牛群和羊群珍珠一样撒向天边。

有时候，狂风会卷起漫天黄沙扑向我们，车窗玻璃上很快便印上了斑斑点点的污渍和泥沙。

我有些明白了"真正的牧区"所指什么。这个地区特有的苍凉和博大造就了以游牧为主的生存方式。在这里，冬季主宰着一年中最漫长的日子，绝大多数的时间都在风雪中度过。资料上显示出来的"四季不分明"足以说明高原气候的恶劣。

扎西大叔还给我们普及了玛曲河的知识。中华民族的母亲河黄河在这里叫作"玛曲"，意即红色河流。我们将要抵达的麦溪乡处在一个特殊的地理位置上，即在"玛曲"和"麦曲"的交叉口。那里除了是两大河流的交汇处，还是格萨尔王童年生活的地方，民间有很多脍炙人口的说唱就是在那里流传的。

快到乡政府的时候，我们接到电话，陪同相牛的工作人员已经过来了，要我们就在路边等他们。

大家下车方便，顺便伸展一下麻木的四肢。我观察了一下周边地势，这里并无村寨，一条宽阔的公路从我们所在的位置向西延伸，草原上扬起的大风差点把我们掀翻在地。

蓝红梅凑近我问需不需要上厕所，可眼下这情景怎么上？我面红耳赤地说不用不用！

可能是看出我的窘态。蓝红梅回头对几个汉子说了句什么，大家齐刷刷地后退几步，背对着我们大声说笑起来。

我羞愧得不知所措，蓝红梅拉起我往前猛跑，在距离车十多米的地方停住，然后说了句，快点蹲下！除了风谁都看不见咱们。在草地上，你若憋尿，一定是脑子有毛病！说完她就在一丛矮得可怜的灌木后面蹲下了。

没办法，越是想内急的事越是急。我回头看了眼伙计们，他们依旧整整齐齐地背对着我们，而一辆车从远处驶过来了！没得选择！我只好学着蓝红梅的样子蹲下，红着一张脸解决了内急问题。

接应我们的是乡政府的副乡长和干事，还有一名派出所警察。他们是支书的朋友，彼此介绍后他们上车在前面带路。

就在我们行驶了六七公里时，一个女人冲过来挡下了我们的车。女人的帽子、围巾和口罩上充斥着一股尘土味，只露出一双眼睛。她等司机摇下车窗说了一大堆我听不懂的藏语，并且用手指着前面的一个小院落，示意我们过去。

女人见我们没有下车的意思，就来拉车门。跟在她后面的小男孩也来拉车门，还一个劲地喊："我家有牛！我家有牛！"

副乡长和警察温和地劝那个女人放手，谁知小男孩捡起一块石头就砸向他们，而女人回身给了男孩一个盖顶掌，继续抓住我们的车门不放。她大概看出我是个汉族人，就跟我说："我的牛卖给你们。老支书家的牛不好，我的牛好。支书家的牛打人，脑壳上打啊！"

"我们家的牛是英雄，洛泽家的牛是坏蛋！他们全是坏蛋！"男孩虽然挨了妈妈的打，可还是憋红了脸为她助威。

我被母子俩半生不熟的汉语整蒙了，悄悄问蓝红梅怎么回事。她说这个女的想把家里的三头牦牛卖给我们，怕老支书不让她卖，于是就跑到路口挡车，还说老支书自私，只想自己挣钱，不管老百姓的死活。

这话听起来有点严重。我有点同情眼前这对弱势的母子。女人的背后是破败的院子和低矮的砖房。不会又是一个单身妈妈吧？华丹措的家却不是这样的。她的院落整洁干净，房屋温馨舒适，她的孩子们温顺听话。

副乡长见劝不动那个女人，就在前面慢慢走着，我们的车也跟着慢慢前行。我从那个女人的眼睛里看到了对生活的失望。

我们要找的卖主在村寨西边的一个山坡下。带路的乡干部说卖主是这个村的老支书，他的儿女们都是国家干部，家里的几百头牦牛一直是两口了在看管。

最先迎接我们的是一只凶猛的藏獒，从一群牦牛中冲过来就要咬人，幸好被几个男人用石头打了回去。

我吓得浑身发抖，腿上的肌肉瞬间僵硬起来。大家说那只是一只牧羊犬，比纯正的藏獒温驯得多。但我知道，狗也是欺软怕硬的。如果你怕了，哈巴狗也能咬人。

不一会儿，屋子里走出个黑脸大汉，对着山冈打了个响亮的口哨，一个骑马的小伙子突然赶着十多头牦牛冲下山来。

黑脸汉子走到乡干部们跟前，用浑圆的拳头一一擂过他们的前胸，接着，他又过来和大家握手。

副乡长说黑叔当了多年村支书，为曲克村发展畜牧业出过不少力，只是现在年纪大了，家中又只有他和老伴，只好分批卖掉牦牛。下一步，老两口有可能考虑到孩子身边养老了。

黑脸大汉带我们走到栅栏前，他的眼里流露出明显的不舍和遗憾，指着毛色光滑的牦牛说："哪怕我再年轻五岁，都不会卖掉它们。跟牲畜们打交道久了，就有了感情。它们通人性着呢。唉！一个牧人不能在草原上放牧就等于是半个残疾人了。"

"听说今天到我这儿来的都是些高手，你们谁能一眼看出这些牦牛的性情，皮毛上的功夫我可看不起。等你们选好了，再进屋喝茶。"黑脸大汉说完便退到一边。骑在马背上的小伙子忽然挥舞缰绳追打起牛群来，腾空而起的黄沙立即把我们卷进一个浑浊的世界。

我和蓝红梅被尘土呛得差点发呕，眼里嘴里鼻孔里全是灰尘。可男人们却像没事似的，特别是俄洛村的两位大叔，他们看着栅栏里受惊奔跑的牛群，淡定老成的表情像在观看一场赛事。

我赶紧捂住嘴躲到一边，蓝红梅见状跟过来递给我一包纸巾，说远远地看着就可以了，这些事我们都插不上手。

"但愿大家没有白吃这么多的灰尘。大叔他们看得认真，心中应该有数了。不过为什么要追打牛群让它们撒野，是为了混淆大叔他们的视线吗？"我吐出一口带沙的唾沫，不解地看着灰头土脸的男人们对着栅栏内的牦牛指指点点。

蓝红梅苦笑着摇了摇头。她说自己当了六年第一书记，可以说对基层工作无所不知，但参与买牦牛还是第一次。她总感觉这件事卖家肯定埋下了什么伏笔，或者在挑战大叔们的底线。能不能在发狂的牲畜中选出好品种，她心中根本没有底。

不过，很快结果就出来了。扎西大叔和供秋大叔跟黑脸大汉说了几句话后转身向车子走去。很显然，他们没有看上那些牦牛。

我们赶紧跑过去准备和大家一起上车。黑脸大汉几步追过来挡住我们，说道："你们一声不吭地走人，是表示我的这些牦牛达不到你们的标准喽？我敢说，走出曲克村，你们不可能找到比我家更好的牦牛。今天若不是俄洛村的老支书打了电话，我不会把上好的牲畜赶进圈让你们选。"

"是呀！老支书，想你当村干部那会儿，啥事不是亲力亲为，虽说我们在农区以耕种为主，可放牧这事也是老祖宗传下来的基业。半农半牧地区的老百姓很辛苦，可他们起早贪黑放牧种地的收成合起来都没有你们多。现如今，国家的扶贫政策好，一亩三分地上可以做很多挣钱的文章。种植业、养殖业都在改革创新。俄洛村搞集体经济，是省级对口援建单位的爱心工程啊！我们不能拿几十万资金给上面交白卷。既然你这里只有三等牲畜，我们还是到别处再考察一下！"

我以为跟黑脸汉子对话的是两位大叔，结果是一直少言寡语的村支书在巧妙地拒绝。陪同在旁的警察和副乡长脸上都有点讪讪的。

我不知道大家的心思，但为了表明我们的目标和立场一致，就跟着使劲点头，并拉开车门做出请两位大叔先上车的手势。

黑脸汉子见我们真要走，就用藏袍的袖子搭住村支书的肩膀，接着回头对着骑马的小伙子使了个眼色。小伙子像得到了军令，曬曬曬地抽打马屁股向山冈奔去。

"都说姜是老的辣，我看未必呀！你一个年轻的村支书，居然如此见多识广。既然你认定栅栏中的牲畜是三等货色，不妨看看山那头的！我是怕大家舟车劳顿就选了几头还没有跑远的牲畜。"黑脸汉子没有放下勾住村支书肩膀的长袖，他明显听懂了村支书故意说出三等牲畜的用意。

村支书趁点烟的空隙对两位大叔扯了下嘴角，他们会心地钻进车内。蓝红梅过去向黑脸汉子伸出双手，迫使他放开村支书的肩膀与她握手。

或许是蓝红梅冻红的鼻尖引起了黑叔的怜悯，他的黑脸竟然泛起了红潮。他轻轻拍打蓝红梅冻得通红的手，歉意地说道："看把你给冻的。买牛这样的粗活把女同志都喊上是不是不近人情了。阿喷喷！我老伴早备好了茶啊！我怎么就忘了这事！大家过来过来！进屋喝个热茶再走不迟呀！"

黑脸大汉担心我们要走有点着急了。他可能算定我们会买他的牛，以为能够在一顿热腾腾的午茶中卖掉第一批牛。

蓝红梅客气地抽回手，说："您不必客气。这次时间很紧，我们要去别处再打听一下。我这人是不懂这些事的，实在不好意思。俄洛村的集体经济能不能搞好全靠我们了。我们得谨慎啊老支书！"

"唉唉唉！也是我心急出手这些牲畜，没有考虑到这是村集体经济产业。眼看着就要离开热爱了一生的牧场，和这些朝夕相伴的牲畜分离，心里就着实难过。谁都扛不住岁月哟！这样吧！你们也别着急走，我让侄子阿东再赶一些牦牛过来吧！"黑脸大汉走到车前，给两位大叔耳语了几句后他们都下车了。

"如果是在去年秋天，你们能选最好的牦牛，而我也能卖个好价格。不过，说这些又有什么用？"

就在我们商量要不要进屋再谈谈时，黑脸汉子的老伴出来招呼我们去吃午饭。她在围裙上擦着手上的面粉，用生疏的汉语叫我们去吃包子和手抓肉，当看到我拉下围巾后竖起大拇指说："你好看，好看！"弄得我瞬间脸红脖子粗不自在起来。

黑脸大汉叫洛泽，他的老伴叫次仁吉。他们房间的布局简单凌乱，牛粪烧开的奶茶散发着诱人的气息。靠窗的炕桌上摆好了饭菜，几样家常菜立即勾起我们的强烈食欲。

次仁吉大妈给我们倒上奶茶，自己在火炉旁的羊皮垫子上半跪着往火炉里加牛粪。我想起蓝红梅说的：我们要去的是真正的牧区。从生活的角度来说，我知道了真正的牧区没有柴火，只有牛粪。牛粪既是肥料也是燃料。

自从进入以黄河流域为主的西部大草原，也就是跟随县旅游局领导第一次下乡的那天起，我就开始认真地观察着牧区的所有地理特征。这里除了浩瀚的大草原，恶劣极致的自然气候，就是牧人与他们一生相伴的牛羊了。

洛泽大叔说今天的菜是小女儿专门回来给客人们准备的。她在乡上教书，平时周末才能回家。她做好菜没有等到大家到来就赶回学校上课去了。

洛泽老支书谈起曲克村的情况如数家珍。这个拥有两百多户牧户的村子其实并不富有。相反，与周边的几个村相比，这里的草场沙化严重，畜牧业的发展步伐一再滞后。后来政府出台了脱贫计划，圈养、畜产品加工、牧家乐都搞过，但成效不大，村里的贫困户比比皆是。再加上游牧生活居无定所，从远牧场回到冬房又得重新修补空置了大半年的房屋，重复投资、重复建设给老百姓带来很多困难，久而久之，大家便疏忽了对冬房的管理。反正再好的房子还是要弃置大半年。上面检查的来了，乡政府的领导就挨家挨户通知牧户提前回家搞卫生。

洛泽大叔摸着光洁的下巴，咂了口奶茶："过去大家搞形式主义搞惯了，只要能应付检查组就可以了。可现在不行啊！不只是上面对扶贫工作要求得严，老百姓的觉悟也提高了。这样也好，基层干部工作就踏实了。只要大家都认真，还有什么事不能让老百姓满意呢？"

"洛泽！洛泽！"就在我们的谈话进入实质性层面时，突然院子里有人火爆地喊起来。

洛泽的老伴赶紧起身向院子走去。她刚和外面的女人说了几句话就吵起来了。洛泽见状推开窗户，又对着外面喊了几句藏语。

蓝红梅悄声告诉我，刚才在路边拦车的女人来了，她似乎铁了心要把牛卖给我们。

看到大家尴尬的表情，我猜那个女的一定又用不友善的言语在外面吵架。

洛泽的老伴折回屋子，她为我们倒上奶茶后又坐回炉子跟前。谁知那个女人扑到窗口用汉语结结巴巴地喊："我家有牛，牛这么样地好！洛泽不让我的卖。

他的想卖。他的牛这个的是!"女人一会儿伸出大拇指表示自己家的牛好,一会儿比出小拇指说洛泽家的牛不好。

我们哭笑不得地面面相觑,生怕老支书发火。那几句半生不熟的汉语我是真听懂了。跟在女人后面的小男孩和刚才一样,不停地嚷"洛泽家的牛是坏蛋!我们家的牛是英雄!"只是他准备拍打玻璃窗的手被女人死死拽住了。

洛泽耐着性子说:"有什么话进来好好说。这里不仅有乡干部和村干部,还有省里面来的挂职领导。你这样又吼又闹的难免让人家误会。进来喝茶,有什么困难当面说清楚就好,别让孩子在外面冻着了。"

洛泽的话让怒气冲冲的女人收敛了一点,她迟疑着走进屋。

洛泽的老伴板着脸给她倒了碗茶,又递给小男孩两个热包子。谁知那个女人从孩子手中抢下包子放回盘中说:"包子我们的不吃,我的想卖牛。我家房子不好,牛卖了修房子,娃娃读书要买衣服和书包。老支书不让我的卖,他想自己的牛卖了,钱有了就去县上耍。我有意见。"

女人的汉语说得让大家提心吊胆。我憋着一口气,生怕她说出让洛泽冒火的话。

其实,她完全可以用藏语跟大家交流。在座的除了我听不懂,其他的都是藏族人。我想她之所以坚持用令人费解的汉语,可能是为了让我这个唯一的汉族干部听明白她的诉求。

我仔细打量了一下这个女人,三十出头的样子,摘下围巾后露出一张鹅蛋脸,浓密的眉毛下有双清澈透明的大眼睛,一排长睫毛给那双眼睛增添了灵秀的光芒,若不是乱糟糟的头发和简陋的衣装,其实还算漂亮。而小男孩几乎和母亲一模一样,虽然他横眉怒目的样子很可笑,但我内心很心疼这孩子。这对母子是不是有什么苦衷。

这个女人用夹生的汉语不顾一切地想要卖掉自家的牛,并表明卖牛主要是为了修房子,给孩子买衣服和书包,说明她很缺钱。

是的,男孩的校服很脏很旧,甚至脚上还穿着一双雨胶鞋,这让我的心又疼了一下。牧区的气候如此恶劣,即使穿上厚厚的皮袄也难以抵抗狂暴风雪的侵袭。

我注意到大家的表情都很尴尬,担心那个女人说出什么不得体的话让洛泽下不了台，但我们又不好说什么，我们只是到牧区买牛，其他的事情无权插手。这个女人的出现可能会带来不小的麻烦，他们铁了心要和洛泽较劲。

解铃还须系铃人。洛泽不开口，大家只能低头喝茶保持沉默。但作为曲克村的老支书，他在任时不知面对过多少类似这样的事，只要没有个人恩怨，我相信，老支书应该知道怎么处理这样的事。

果然，洛泽迅速打破了难堪的局面，他温和地笑了笑，亲自给母子俩递过去一碟包子和油饼，解释说吃了他家的饭并不影响接下来要谈的事。他保证公私分明。

女人这才放松了紧绷的表情，低声给男孩说了句什么后，孩子用手背擦了下鼻涕吃起包子来。

洛泽清了清嗓子说："卓吉，我不让你卖牛是为你好。你们家的情况全村人都知道，总共就只有那么十头牛，其中四头是用'到户到人'资金买的，这个是建档立卡户的扶持项目，也不允许卖。如果你卖掉那些牲畜，以后的生活靠什么？你倒是当着大伙儿的面说说，你卖牛和我卖牛扯得上什么关系？何况我早不是支书了。那天经过你家门口时，我是对村支书说了不要让你卖掉牲畜，但那是因为我担心你们母子今后的生活没有着落啊！"

"我可以打工，可以去村集体干活出力。不卖牛我们住不进新房。冬天，我们冷啊！"

洛泽和那个女人说话时，蓝红梅把他们的对话翻译给我。

"那么，你说说，政府给你家修房子的钱去哪儿了？如果我没有记错，你们家享受的扶持资金可不少，为什么至今还没有见一砖一瓦卸在你家门口呢？"洛泽显然是掌握了卓吉家的情况，不露声色地追问着那个女人。

"还有，去年村里考虑到你们家的困难，通过县扶贫移民局给你家扶持了两万块钱。那钱呢？"洛泽故意喝了口茶停顿了几秒。

那个叫卓吉的女人完全蒙了，洛泽的话像一本账单，清清楚楚地摆在她的面前，可她还是不甘心就这样放弃卖牛的打算。她抬起黑亮的眼睛看了看大家，然后又低下头来："那些钱我买沙买钢筋了。村支书说了，修不起房子，明年我们村就摘不掉帽子。他骂了我，说不要拖全村人的后腿。"

卓吉的声音低得几乎听不见。这时候洛泽的老伴从外面兜了一围裙的牛粪回屋，生气地白了眼还在犟嘴的女人："政府给你的钱吃了喝了，还养了男人，脸皮厚厚的就是。你牛卖了，泥巴的吃！"

蓝红梅第一个忍不住笑起来，她故意学着老人家的口气说："阿玛次仁吉，你包子的好吃，汉语也是这个的。"她竖起大拇指，借此给卓吉考虑的机会。所有人跟着就笑起来，坐在地上的母子俩也笑起来。

这下气氛缓和了不少。陪同我们的副乡长和派出所干警也对卓吉做了思想工作，要她放弃卖牛的念头，经营好目前的生活。钱花起来容易，挣起来很难，以后的生活会越来越好，日子也会越来越好过。洛泽语重心长地嘱咐她，要把国家的扶持资金用在刀刃上。

想大闹一场的女人灰溜溜地走了。洛泽这才告诉我们，这个女人是全村出了名的懒人，结婚不到三年就被丈夫抛弃了，原因也是因为她太懒。两人自立门户时双方家里出资出力，还给了不少牛羊。可好吃懒做的性情没有让他们富起来，反而越来越穷。最后，男的跟一个富家女跑了，卓吉就带着孩子有一顿没一顿地过着日子。

"有些人穷，不是没有原因的。老弱病残谁都理解和同情。可像卓吉，年纪轻轻就靠国家养着，也实在不像话。平时村里发放个什么物资，她跑得比谁都快，可要遇到个出工出力的事，不是头痛就是脚痛！每次上面来个检查组，她第一个站出来哭穷闹意见。唉！"

"那么她为什么非要说你家的牛不好呢？"我冒出这句话后懊悔得很。说穿了，这件事跟我们没关系。不过是一场闹剧，何况那个女人已经知错而退了。

洛泽听到我的傻话竟红了一下脸。虽然他的黑脸影响到了他的表情，可我还是捕捉到了这个小小的细节。

不等洛泽说话，他的老伴又幽默地笑起来："卓吉钱喜欢嘛。她卖牛钱多多的有了，她又睡觉吃饭活路不干嘛。"

我们都跟着笑起来，洛泽干咳一声后恢复了严肃："这样说吧，大伙儿一路风尘来到我的牧场，俄洛村的第一书记、村支书、挂职干部，还有两位年长的高手都出马了，我洛泽一生与牲畜打交道，说句大话，我闭着眼睛都能从牲畜的走动声中判别出它们的好坏。眼下，牧场里只剩下二十头牦牛，其中只有十二头母牛，等会儿我让侄子把山外头的牲畜也赶到圈中，你们得看准看好，选中的立即圈好，我替你们养着，七天内开车运走。如果看不中，那么吃饱喝足，我洛泽不留你们过夜！"

"好！就这么定了！"大家异口同声表示赞同。扎西大叔和供秋大叔的笑意足够表明他们对洛泽的信任，而我也明白了其中的秘密。看来，真正的好牛还在山那头！

等洛泽的侄子再次赶着一群牦牛从山顶扬起漫天黄沙时，男人们的眉头舒展了。

透过黄沙弥漫的斜阳，一群毛色纯正的牦牛被赶进了栅栏。骑在马上的小伙子没有停止挥舞手中的皮鞭，直到整个西边的天空都被牛圈内扬起的沙尘遮蔽了，两位大叔才喊了声"好"！

我和蓝红梅躲在洛泽家的牛粪棚里，看着惊心动魄的"选牛"场面。我们不知道大叔们靠什么来判断疯跑着的牛群中有他们想要的目标。

牛圈周围的沙尘慢慢散去了，停止跑动的牲畜们有的血红着眼睛，有的吐着舌头，有的撅着尾巴，仿佛随时都会掀起一场决斗。

蓝红梅从帽檐下向我眨了眨眼，那是胜利的眨眼。我们顾不上拍去身上的灰尘，赶紧从牛粪棚中冲出去。

我们看到了更为壮观的场面。扎西大叔和供秋大叔变戏法似的从怀中掏出长长的牛皮绳，然后隔着数丈远猛然向圈内的牦牛抛去！

随着呼呼呼的风声，三根皮绳套住了三头牦牛，而另一根竟是村支书抛出去的！紧随牛皮绳发出的还有一声响亮的口哨！如此来回几次，六头牦牛被牢牢地套在了男人们的皮绳下。洛泽无不惊诧地瞪大了眼，他的老伴在旁不停地发出"啧啧啧"的赞叹。

"怎么样，老支书？我带来的两位大叔还行吧。如果我们套住的是你的宝贝，那可对不住了！"村支书笑呵呵地从刚刚圈好牦牛的另一个栅栏走过来，他见洛泽一副心悦诚服的表情后放下心来。

洛泽用拳头擂了村支书的胸部，说："一个字：高！敢问俄洛村的各位高手，你们是不是事先派了暗探侦察了我的牧场，连我的'王牌皇后'都给选走了，我是又服又不服！本来想顺带卖掉几头不好使唤的老家伙，这下没戏喽！"

"如果时间允许，我是真想派人侦察，可村里哪有那闲工夫，都是临时抽人来完成任务啊！这样说来，我们是碰到好运了。"

"幸亏卓吉那个懒婆娘闹了一场使我改变了主意，要不然，今天你们非得选走几头'孬种'不可！唉，卓吉这一搅和，我倒是清醒了很多。她也是个可怜的孩子。比起她们孤儿寡母，我们老两口的日子好过多了。孩子们争气，也孝顺我们。一对半截命埋进黄土中的人，还生出那么多的贪婪干吗呀？如果她愿意，我把剩下的这些牲畜承包给她养，三四年后，也能产下十多头小牛犊吧，死伤的一概不计，也不用给我们承包费，给点我们日常所需的奶渣和酥油就行了。以后她想卖掉，也随她了，就看她愿不愿意。"

洛泽的决定太出乎意料了，我和蓝红梅同时扑过去握住他的手大声说："洛泽大叔，太好了。您这是个大善举呀！卓吉一定愿意，一定愿意！"

"她钱喜欢嘛，劳动不喜欢嘛。牛，她不放，不放哦。"洛泽的老伴在旁边使劲摇头，还使劲向洛泽翻白眼表示反对。可我们看得出来，洛泽凝望远方的眼神表明了他的态度。

第十三章　大雪

在我们向下一站出发的时候，接到了其他组的电话。会计那组只选到四头比较满意的，民兵连长那组目前成绩是零。他们都遇到了比较精明的对手，主人家急于出手的牦牛都有着这样或那样的毛病，稍微好一点的价抬得又很高。

大家在电话里商量着下一步的计划。购买牦牛的路还长，我们不好确定接下来会遇到什么样的困难。此刻，天空又阴沉起来。风呜咽着在干瘪瘪的草原上卷起十多米高的沙尘和草屑。各种迹象表明，一场恶劣的暴风雪就要来临。

蓝红梅书记上车后，一直把手放在我的腰部。每当车子严重颠簸时，她就环住我的身子减轻震颤。她的细致和关怀像一只冬天里的火炉，让我倍感温馨。这趟任性的远行，对她和我都是新的体验。

渐渐地，天边的云影和山峦被灰蒙蒙的浅雪拉远了，车子吭哧吭哧地拐进了一条更为破烂的乡道。刚才在洛泽家获得的喜悦感随着风雪的降临烟消云散了。

村支书看着望不到边际的荒原，有点担心地说："这个鬼天气会坏了我们的事，卡机村还远着呢。如果天黑前我们不能达到，不仅完不成任务，连今晚住哪都是个问题。"

蓝红梅指着远处依稀可见的山冈对我说，牧区经常给人造成视觉上的误差。看似很近的地方其实很远，那是因为无边无际的草原没有任何遮挡视线的东西。过去很多人在沼泽地和沙化地带迷了路，没有经验根本走不出大自然的迷宫。

暴雪的速度快得难以置信，刚才还是轻烟薄雾的大地瞬间就变成了混沌世界，天空和大地突然被卷进一团白中，铺天盖地的雪花瞬间挡住了我们前进的道路。司机凭着感觉掌握着大致方向，可行驶不到几公里，就没法再往前了。不巧的是，陪同我们的副乡长因为有急事，派出所干警只好开车送他回去。

没有向导，前方突然变得遥不可及。虽然卡机村村支书一直和我们保持着联系，可突如其来的大雪让我们根本没法前进。老旧的面包车霎时被大雪包裹得像只北极熊。

怎么办？怎么办？村支书急得团团转！当得知我们还需要翻过一道山梁，他气恼地用拳头捶打自己的大腿。

两位大叔此刻也没那么淡定了。扎西大叔望着车窗玻璃上比棉絮还厚的雪说："只要停止降雪，我们可以徒步赶到卡机村！"他的话让一车的人更加显得无助了。谁都明白，这场雪停下来的概率几乎为零！

就在大家一筹莫展之际，我的电话突然响起来。是表姐。看时间应该是她和秀秀吃饭的时候，我赶紧按下接听键。

"美娇！你这会儿在哪里？秀秀发高烧了！我正在往医院赶！你那个陈世美今天也不知死到哪里去了，电话提示不在服务区！"

我的心顿时一凉！秀秀怎么在这个关口生病。这段时间秀秀逐渐把对我的感情转移到表姐身上了，对于这样的变化，我除了有些心酸，更多是感激。假若没有表姐，我就不可能来到高原扶贫村驻村，也就不可能体验到这些人生经历。或许，我会继续把自己推入婚变的水深火热中不能自拔。

"那可怎么办呀？我现在在乡村，信号也时有中断。要不要喊个同事帮帮你呀？"我急得不知道怎么办，声音带了明显的哭腔。

这一刻，我才发现，原来生活了几十年的城市，除了父母，我竟没有一个随喊随到的朋友！结婚以后，我把自己完全交给了家庭，像一只寄生虫似的依附在了那个背叛我的丈夫身上！

多么残酷的现实！泪水顺着脸颊流进我的嘴里。我听到了表姐奔向医院的脚步声和喘气声。幸好，离我们小区不远有个妇幼保健医院，表姐最先想到的一定也是那里。

全车人都听见了表姐的大呼小叫。蓝红梅立即坐直了身子，她用眼神传递着来自心底的关切。

"孩子爸爸呢？出差了吗？"蓝红梅用疑惑的目光看着我。我懂她的意思。从见到她的那天起，我就没有谈起过自己的私事。确切地说，是我自己还没有勇气把内心的伤痛过早地吐露给刚刚认识的人。这于我正在修复的创伤来说，毫无用处。

我惊觉到自己的失态。蓝红梅的话足以表明没有听清楚表姐口中的"陈世美"所指何事，但愿她什么都没有听出来。

大家停止了埋怨和交谈，用无声的陪伴表示着对我的关心。

我迅速调整好心情，把已经挂掉的电话重新拨过去。我告诉表姐，妇幼保健医院的副院长是我的高中同学，多年来我们一直保持着联系，如果有需要，请她过去帮个忙。孩子只是发烧，可能只是轻微感冒引起的病症。秀秀一年中最少会生几次这样的小病，自小她的身子就有些单薄。

表姐吃了我给她的定心丸，稍微松了口气。之后，我给老公打了电话，他秒速挂断我的电话后发了条"正在开车"的短信，我忍住内心的愤怒回复：秀秀生病了，表姐正送她去医院！

谁知他仍旧以秒速回复我：你这个扶贫大使坐镇指挥的确不费事！

刚刚强压下去的火再次爆发了，我真想对着话筒吼一声畜生！恰好蓝红梅的电话也响起来了，我趁她转头接电话之际，发了条：明天我回城跟你离婚。你永远别想再见秀秀！

给蓝红梅打电话的是俄洛村的主任丹巴，他们在往目标村出发的路上遇到了暴风雪，现在被困在路上了！原来大家都遇到了相同的困境。这场雪早不来迟不来，偏偏在我们以为是晴天的时候突然来临。

我内心的焦虑无法用语言表达，心情恶劣到了极点！秀秀的病情彻底击垮了我的意志。虽然她并不是第一次这样，可我不在她的身边，因此加重了内心的担忧，为此我痛恨起老公来。前段时间他和新欢不是天天和秀秀套近乎吗，怎么到了关键时刻消失得无影无踪，若不是遇到这样的特殊情况，我会包个车冲到城里，把他那张伪君子的脸抓个稀烂！

然而，所有的愤怒和痛苦都是枉然。别说是冲回城里，现在就是赶到一个小小的村寨都这么困难。在暴虐的大自然面前人类是如此的渺小。

风肆无忌惮地吹进我们裹得厚厚的衣服里面，车里渐渐冷了起来。而大雪不仅没有停止，似乎还更猛更烈了。

大伙儿一会儿用藏语交谈着，一会儿又为了照顾我，掺杂着几句汉语。

雪的光泽把刚刚降临的夜幕重新照亮了，我们仿佛置身于一座巨大的玻璃球里，动弹不得，又无可奈何。而饥饿也不合时宜地冲击着我们的胃壁。车上可以充饥的，除了一袋饼干，就是各自水杯里的水。

长时间的围困让我的心开始麻木。表姐那边没有任何消息。我拉黑了老公的电话，自然也收不到他的任何信息。此刻，我想的最多的是，离婚后得到秀秀的监护权，怎么阻止他见到孩子。如果利用女儿来报复他的背叛，我算是掌握了一张王牌。我为可以抓住他的软肋让他懊悔而获得了一丝快感！

"大家喝口水吧，最要紧的是保存体力。好在还有一袋救命的饼干。来，都吃一点。"蓝红梅的话打断了我的胡思乱想。

我从幻影里清醒了过来。外面的风声似乎有些小了，司机摇下车窗想看看外面的情景，谁知飞花一样的雪立即扑了进来。

特别庆幸的是，保温瓶还保持着温度，滚烫的茶水把我僵硬的血管软化了，舌头和嘴唇也有了温度。两片小小的饼干给我们饥肠辘辘的胃部增添了张力。

两位大叔的水杯中只剩见底的水和膨胀的茶叶片，可他们仍旧乐呵呵地仰头喝，还咂巴着嘴说了几句笑话。我突然感觉到集体的力量，这种力量来自全车人的共同守候和陪伴。

我想表姐可能已经得到了我那位同学的帮助，她们已经办理好了秀秀的入院手续。我在心中祈祷秀秀只是发烧感冒，只需打一针就可以和表姐回家。

村支书在前排晃着手机说都七点半了，这雪咋还不停。外面越来越白的光亮给我们造成了很大的错觉。冬天的白天非常短，假如今天是晴天，此刻该是漆黑一片了。

为了不让车子冻着，司机时不时发动一下马达。沉闷的轰鸣声多少是一种安慰。万一车也出现问题，那么我们将会陷入彻底瘫痪的局面。

"我们怎么不向乡政府求救，或者向最近的村寨呼救？我们可以通过洛泽大叔要联系方式呀！"我看到车灯穿过白茫茫的大雪射向无边无际的暗夜时，突然想起怎么就死守着这要命的天气呢。

"哎呀呀！你倒是提醒咱们了！怎么这么傻呀，请乡政府再派几个援兵，派出所民警也可以帮助我们！"蓝红梅漂亮的黑眸一亮，大家如梦初醒般地又是咋舌又是唏嘘。

"我先给卡机村村支书打电话，他们离我们最近，乡政府离这里有好几十公里呢！"村支书第一个抢先拨电话。

"啊哈！咋打不通？没有反应！"村支书懊恼地皱起了眉头。

"你手机信号弱吧？把号码给我，我来打。"蓝红梅打开自己的手机，等村支书念号码。谁知，一句"倒霉，手机死机了"把刚刚涌上来的希望全部浇灭了。因为一直跟乡政府和卡机村村支书联系的是俄洛村的村支书，我们都没有他们的联系方式。

全车人再度陷入令人窒息的沉默，大家紧绷着脸不说话。我悄悄掏出手机，想看看表姐那边有没有什么消息，哪知手机上显示的是没有服务信号。

这才知道，原来我们陷入了一个与世隔绝的空间了。没有通信讯号，怎么能求得别人的帮助呢？这次我们到麦溪乡买牛，计划是买够二十头牦牛后，再通知运输车前来接应。至于途中遇到什么样的困难，本以为是可以解决的。大家把考虑的焦点集中在买到好品种的牦牛身上，却忽略了瞬息万变的天气。

"我的手机没有信号，不知道你们的有没有？"我弱弱地缩进羽绒服帽子里，冻僵的脚在雪地靴里毫无知觉。

沉默良久的局面被我打破了，全车人都赶紧查看各自的手机，连村支书都拿起已经关机的手机看了看。

"难怪没有人和我们联系。牧区经常停电，估计卡机村和乡政府都没有信号，要不然他们也不可能不闻不问。"

"是的。我们被这个该死的暴雪给整晕了，竟然忘记很多细节问题。说不定那边有信号，他们可能打了很多电话。"

大家你一言我一语地说着各自的想法。心中的迷雾散了，疑团解了，但雪却越下越大。

也不知过了多长时间，我在蓝红梅的肩头打了个盹，梦到自己在省城医院和表姐疯狂地寻找我的同学给秀秀治病时，一阵狂风猛地灌进了衣领。

我打了个激灵，神经质地痉挛了一下。

"雪停了！雪停了！"是司机摇下车窗后的狂风把我们吹醒了。这次，同样睡过去的还有蓝红梅和两位大叔。在无力抗争大自然的淫威时，大家都选择睡觉保存体力。

"几点了?"我们茫然地望着四周的雪原,有点置身梦境的恍惚。

"九点半了。雪完全停下来了。"

"可手机还是没有信号。"

"如果今晚待在车里,一定会出事。大家打起精神,看看水杯里还有没有水,我们得徒步赶到某个寨子才行!"

这句话把我们都震醒了,我把滑到一边的水杯捡起来。感谢上帝!居然还有大半杯滚烫的水!我拧开杯盖分给大家。蓝红梅的保温杯也有一大半的茶水。这样分配下来,大家都补充到了足够的热量。

为了尽早赶到卡机村,我们让司机尝试开过去。大家鼓足劲在后面推,马达声加油声响成一片。

明晃晃的车灯把厚厚的雪原照得惨白。黑夜给了我们无尽的力量,我们一边推车一边唱歌一边喊口号,麻木的手和脚,脸和背开始发烫了。男人们的汗水顺着黝黑的脸颊往下滴。

我和蓝红梅一次次滑倒又一次次爬起来,浓重的尾气灌进我们的喉咙,可我们依旧拼命地推车,拼命地喊口号,生怕一停下来就会被黑夜和大雪吞噬。

司机被我们的干劲感染了,从车窗探出头用藏语喊了句什么后猛地加大了马力。只听一声轰鸣,大家挥舞着手臂喊着"使劲冲,别停下来!"终于,我们看到车屁股上的两盏红灯呈 S 形冲上了山梁。

"我们胜利了!我们胜利了!"大家高兴得手舞足蹈。扎西大叔和供秋大叔甩动藏袍的长袖,高喊着"快点前进"的口号。

车能够行驶,表明我们接近卡机村的希望很大。我们顶多再徒步半个小时就可以抵达山顶,相信下山的路会比现在好走。

面包车压出来的车轮印减轻了我们行走的阻力。可是,就在我们快要到达山坡时,大雪深处突然传来几声恐怖的嗥叫。

那嗥叫尖锐凄厉,像来自狂野的幽灵,带着令人惊惧的挑衅意味。

我的头皮一麻!可别遇到什么野兽!再走几公里,我们就该看到卡机村如豆的灯光了。

"狼,是狼群!"最先发声的是村支书。

"啊！狼群！"蓝红梅的声音跟着就带了颤音。一向沉稳的她此刻却显得无比柔弱。

正在大步前进的两位大叔也停下来，他们警觉地辨别着声音的来源，并且同时把手伸向腰间。

扎西大叔先说了话："大家别说话，狼群离我们很近，估计有十多条。它们像在追赶着什么猎物，或许是狐狸。"

扎西大叔的话无疑像一枚炸弹，把我们推向了危机四伏的绝境。大家好不容易冲出大雪的包围，正靠近胜利的垭口，却突然要遭遇狼群的攻击。谁不知道，困顿的野兽有多凶猛，它比暴风雪还要恐怖！

我们已经看到了带着血腥味的狼群冲过一道又一道山脊向我们逼来！

村支书低声说："能够打开手机电筒的都打开，狼最怕火和光，我们要制造声势吓退它们，要不然后果不堪设想。"

"我听老百姓经常讲'狼群食人'。这可咋办啊？"蓝红梅一直握住我的右臂，她的身子抖得像筛糠一般。

我绝望地想，今夜注定凶多吉少，这场要命的大雪困住大家就是为了把大家送进狼嘴！

可是，再大的恐惧也不能解决眼前的危险。好在我并不是孤身一人，还有这么多人陪在我身边。狼群再可怕终究敌不过人类的智慧。

"大家快打开手机电筒呀！你们没听到狼群已经离我们很近了吗？"村支书的吼声带着愤怒。

我战战兢兢地摸出手机，第一个打开手机电筒，刺眼的光亮瞬间照亮了四周。接着，扎西大叔的，供秋大叔的，齐刷刷的灯光把原本就很白的雪原照得通体透明。

我们重新鼓足勇气，高举着手机。男人们放开喉咙唱起古老的出征歌，他们雄浑的声音穿过夜空撞击着远方的山峦。

凄厉的狼嚎停了一下，然而，短暂的停顿之后更加肆无忌惮地狂嚎起来，我们甚至能够听见它们在雪中奔跑的喘息声。带头的那只狼一定亮出了獠牙，人体散发出来的气息使它们暴露出嗜血的本性。

"咕喔喔！咕喔喔！咕喔喔！"男人们用一声高过一声的吼叫驱散着心中的恐

慌。我和蓝红梅高举着手机，彼此牵着手向山梁跑去。

就在狼群与我们近在咫尺时，山梁上的面包车突然加大了马力，只见车屁股上的红灯急速一闪，惨白的车灯冲开夜幕向着狼群奔跑的方向射去！接着，司机充满雄性的怒吼和音响里发出的枪炮声划破了静寂的夜空！

山谷中的狼嗥突然静止了，雪地上零零散散的黑影也停止了奔跑。

"同志们，快向山梁跑啊！狼群被吓退了，我们安全了。司机终于知道远处有狼群要袭击我们！小伙子好样的！"

也许是对生的渴望战胜了内心的恐惧，我们用尽最后一点力气冲向山顶。而破旧的面包车依旧在原地打转，那束震慑了狼群的车灯看起来那么威武，那么气壮山河！

司机见我们平安到达山梁，立即跑出来接应大家。我和蓝红梅紧紧地拥抱在一起，泪水和汗水沾湿了我们的衣服。

经历了生死考验，我才发现团队的凝聚力有多么重要。我对所有人产生了从未有过的感激之情，有生之年能够结识这样优秀的队友，真是幸运。

我无暇顾及秀秀了。在医疗条件先进的城市，感冒咳嗽算得了什么。如果表姐知道我差点被狼群吃掉，她会怎么想？她会不会恨不得冲到我跟前，又哭又闹地骂我不该到如此艰苦的高原来驻村。

我努力不去想那个臭男人。此刻，说不定他正守在新欢身边，百般献媚讨好。而他像丢掉旧衣服一样丢掉我，或许连起码的愧疚都没有。今天他对秀秀生病的态度，足以让我痛恨他一辈子。

司机拍打着两位大叔袍子上的雪，紧张得舌头都有点打卷："我说你们咋个走得那么慢，后来听到了狼在叫，我才慌了，就放音响开车灯吓它们。哎哟哟，真的好吓人哦！"

"我们哭都不敢放出声来。这个夜晚太可怕了！"

"有你们，被狼群吃了也不孤单。"我们七嘴八舌地说着"劫后余生"的感触。

"快看！下面好像有动静！"村支书的警觉总是先于大家。果然，山脚下有车辆在移动。

我的心又紧了一下！莫非又遇到强盗了？可我不敢说出来，我怕说出口的话成为事实。

就在这时，蓝红梅的手机响了起来。山梁上居然有信号了！

"喂喂，哪位？"接电话的速度和语速一样急切。

"啊啊！是的，我们就在山梁上！"蓝红梅挂掉电话后哽咽着说，"卡机村的人来接我们了。"话音刚落，她就扑在我的怀里。

原来大雪前麦溪乡全乡停电，所有通信中断。卡机村村支书见我们没有按时到达，等到天黑也没有动静，电话又联系不上，感觉情况不妙，就带着村里的人开着两辆皮卡车来接我们了。

我抱着蓝红梅，让她痛痛快快地宣泄了一场。我明白，她的泪水代表着惊险后的放松。我看着山脚下正在靠近的车辆，悄悄擦掉眼角的泪珠。

在卡机村村支书家，我们受到热情的接待。桌上放着早已准备好的晚餐，我们顾不上矜持，狼吞虎咽地扫光了桌上的食物，滚烫的茶水和温暖的炉火慢慢过滤了所有的惊恐，村支书一家人的热情让我们感觉到家的温馨。

村支书告诉我们不用为睡觉的事担心，他家最不缺的就是被子褥子毡子垫子，就是来一个班的人都有的住，并且保证让大家住得舒服。他看到我和蓝红梅惊魂未定的表情，心疼地说："女同志真是不容易。这样的粗活你们大男人们好意思让她们干？啧啧！特别是省里来的女同志，哪里经受得了这样的苦头。万一被狼吃掉了，你们怎么向上面交代啊！"村支书一边拨动佛珠一边喊家人给大家倒茶。

我赶紧解释说是自己硬要来的，跟他们没关系。事实证明，两个女人的确有点拖累大家。

这一天的经历简直像做梦。我的心不知道碎了多少次，痛了多少次。直到在热情的村支书家喝上滚烫的茶水，烤着火红的炉火，我才慢慢恢复过来。

男人们终究见过大风大浪，刚才的遇狼记对他们而言不过是个小插曲。村支书见大家兴致很高，即刻叫儿子搬来一箱五粮春，说一定要给大家压压惊驱驱寒。

大家的豪情一触即发。村支书带头坐在地毯上，摆出大块吃肉大口喝酒的姿态。并且给我和蓝红梅也摆上了酒碗，说到了他家，不喝点酒就等于没有招待好客人。我犹豫了几秒便点头了。我确实需要用一种方式抚慰一下内心。蓝红梅也大方地接过酒碗。

这是我到高原后第一次喝酒。从洛泽家出来后，我们就陷入暴雪和狼群的险境。这一天的经历足够惊心动魄，所以这场酒安排得很及时，可以暖身，也可以暖心。

从不喝白酒的我刚喝下两杯就感觉浑身火辣辣的，可依旧一杯接一杯地喝着，除了酣畅淋漓，并没有多大的醉意。

村支书切下大块羊肉递给我们，还不时跟大家碰杯。白酒配手抓肉的味道真是美极了。

蓝红梅喝得眼睛都发红了。她大概也是第一次这样狠命喝酒。我们都知道，只有把身体和思想都麻醉了，才能彻底催暖受寒的身躯。

我索性放纵了自己，不去想任何破坏自己心境的人和事，也不去想秀秀是否身体康复。隔着这千里之遥的距离，我别无选择。但愿上天垂怜我们母女，不要给我的心里增添烦恼。

喝到飘飘然，我和蓝红梅提出要休息。男人们谈兴正浓，他们说难得到牧区做客，要和卡机村的村支书聊个够。村支书的老婆把我们安排到有地暖的房间。我们躺在厚厚的毡垫上，感受着从地板上氤氲而来的热气，又累又困地坠入了梦境。

第十四章　冰湖

　　太阳透过窗帘暖暖地照在被子上，我和蓝红梅几乎同时睁开眼睛。房间里流淌着一阵阵浓烈的酒气。

　　我赶紧把被子拉到脸上，只留眼睛和蓝红梅进行无声交流。

　　"我们是不是睡过头了？外面怎么静悄悄的没有动静？"

　　"我懒得看手机，猜猜几点了？"蓝红梅还没有从舒适的梦中清醒，慵懒地看着陌生的房间，眼里全是醉酒带来的困倦和迷惑。

　　我扭头看了看窗帘缝隙中的一线蓝天说："起码九点了。"我一觉睡到自然醒，生理反应和作息时间比较吻合。

　　蓝红梅哼出一丝讥笑："敢和我赌一把吗？直觉告诉我，到了正午。"

　　"如果你输了，发红包给我。我得买够途中的零食，万一再遇到昨天那样的情形岂不是活受罪。"

　　"拜托，别那么夸张。虽然我不是本地人，但生理钟还是准确的。你听听，外面什么声音都没有，说不定那几个爷们儿还在床上打呼噜呢。"我话音未落，一阵恶心涌向喉咙。我立马拉开窗帘，炫目的阳光照得我睁不开眼睛。

　　"把窗户打开吧，我感觉房间里的空气十分浑浊。只有男人们的房间才会有这样的气味。昨晚我们真的是喝多了。"

　　"我倒是感谢那台酒，忘记了烦恼，化解了恐惧，驱散了寒冷，饱和了食欲。只是那梦境有点凄切。"等眼睛适应了光线后，我把两扇窗统统打开，清爽的空气和屋檐下滴答作响的雪水立即冲淡了身心的困倦。

我伸了个懒腰，重新躺回被窝。被阳光簇拥着真幸福，我想好好享受一下被太阳爱抚的感觉。

蓝红梅打了个酒嗝，她的脸颊泛着潮红，被风雪摧残后的皮肤出现了点点的红斑。

"院子里没有人吗？你看看太阳升到哪里了？估计大叔他们早干活去了，他们是在给我们休息的机会呢。"

我闭着眼睛没有搭话，刚才开窗的时候我观察了一下外边，院子里晒着很多被子和羊毛毡垫，想必是我们队友们用过的。

站在窗前，可以看到家家户户的屋顶都冒着白烟。目光触及的地方都是白得刺眼的雪光。唯一不能确定的是太阳从什么地方升起来的。在草原上，你站在任何地方都会感觉到太阳就在头顶。当然，这是严重的错觉，起码是我这个来自城市的人的主观错觉。

就在我再度昏昏欲睡时，电话响了。我一看是表姐，赶紧接听。

"妈妈，我想你了，你好久回来看我？你不要秀秀了吗？爸爸正在给我削苹果。"我听到秀秀弱弱的声音心里一酸。

"秀秀乖，妈妈现在在很远的乡村。我们在路上遇到了暴风雪，还遇到了狼群。你好好吃药，我过几天回去看你好吗？"

在安慰秀秀的同时我的怒火也在燃烧。他怎么也在医院？昨天他还在讥讽我是扶贫大使，今天怎么又假惺惺地跑去看女儿。

你等着，早晚有一天，我会让你后悔的！

不等秀秀说话，表姐把手机接过去了："美娇啊，秀秀这会儿病情稳定了。昨天是急性肺炎发作。前天晚上我俩在床上打闹，她可能受了凉。都怪我，我不该让你担心的，你急坏了吧？你就安心工作吧，医生说再观察两天就可以出院了。"

"她有啥不放心的，能够丢下这么小的孩子去驻村，真是想得出来！"老公的冷嘲热讽我听得清清楚楚。我握住手机，压制着怒火。在蓝红梅面前，我不能表露出任何失态的举止。

"不都怪你啊，好好的一个家被你搞成这样。哼！如果那个烂货敢来医院，我非得用鞋子砸烂她的厚脸皮不可！"表姐毫不客气地回敬着老公。这让我的心头稍微好受了一点。可怜的女儿，是我们做父母的亏欠了你！

蓝红梅坐起了身，关注着我的表情："孩子怎么样了？我们竟都忘记她生病了。你要不要回城一趟，需要的话今天我就把你送回县城。"

我赶紧摇头，说秀秀只是小感冒，已经没大碍了。结束了通话，我才看到手机上的时间是十二点半！

"天哪！我的生物钟紊乱了！"我羞愧地跳下床穿衣服。

"这不能怪你。昨晚又累又困还喝了不少酒，睡过头很正常。也好，我们正好恢复一下体力。"蓝红梅用手摸着自己泛红脱皮的脸颊，还用手指指着我同样干裂的皮肤幸灾乐祸地大笑。

"我带了面膜，要不要修复一下？"我心疼地看着龇牙咧嘴的朋友。

"唉，还是晚上再敷吧。都快一点了。若再赖床，主人家都不好意思喊我们吃饭了。"

村支书的老婆见我们走出房间，冲着屋子喊了几句藏语，一个十五岁左右的女孩端着洗脸盆和热水壶出来了。

蓝红梅接过孩子手中的脸盆，一边和村支书老婆说话。原来村支书一早就陪我们的人去几个小牧场相牛了，这会儿正在返程路上。

我们进屋后村支书的老婆把热好的饭菜端到桌上，又给我们倒了一碗糌粑汤。在俄洛村吃过这玩意后，我几乎都要忘记糌粑的味道了。

蓝红梅说她太想吃糌粑解解馋了。对于长期生活在高原的人来说，最具营养的早餐莫过于喝一碗滚烫的糌粑水。藏人说的喝茶其实就是喝糌粑汤水。

俄洛村村支书和两位大叔带着一脸笑意回来了。他们精神抖擞地坐在卡机村村支书开的皮卡车上，完全没有昨天的颓废。

"两位女同志睡好没有？我更登甲没有说大话吧，保证让你们睡得和在三星级酒店一样舒适。早上，我说不要再让两个花朵一样的女子受罪了，她们哪里懂得牦牛的好坏，就当是来牧区旅游旅游。"卡机村村支书的幽默让我们兴奋起来。

大家的表情说明了今天的结果。原来他们在卡千、卡琼和窝地牧场选中了十头肥滚滚的母牛，而且都是腹中孕育着牛犊的牦牛。

"你们这次算是买回了二十头牦牛，价钱上也只是多给了五百。值！"更登甲村支书笑呵呵地带大伙儿去洗手，然后吩咐家人带我们进屋吃饭。

乌云散去必定是晴天。看到大家满载而归的开心劲，我由衷地高兴，相信我的秀秀在那边也会康复。

我突然就不恨那个男人了，只要秀秀没什么事都好。记恨一个抛弃自己的男人有什么意思，再说老公对我抛下秀秀心生怨恨也在情理之中。只要他真心疼孩子，我可以不计较他常去看秀秀。

来去如此匆匆，只有在告别的时候，才发现自己对只有一面之缘的牧人有了很深的感情。我忘不了洛泽、更登甲这样有血性的草原汉子，哪怕与他们只接触一次，也会记得他们的淳朴和善良。

上车后，我和蓝红梅在脸上涂了厚厚的防晒霜，再戴上帽子、口罩和手套，毕竟女人都不愿意把自己的皮肤搞得粗糙不堪。

村支书说最后一站在四十多公里外。有了昨天的经验教训，今天我们准备得非常充分，带上更登甲村支书家的羊肉和锅盔，蓄满各自的水杯，还在路过的一家小卖部买了一大堆食物。

昨天那场雪下得实在是大，但因为是四月的春雪，只要太阳升起来，融化得还是比较快。加之我们出发时已过正午，路上的雪基本都化为泥浆了。

司机罗科小心翼翼地掌控着车速，过往的车辆把泥水溅到挡风镜上，有时候他不得不停下来擦拭玻璃上黄乎乎的泥水。

我没有再查阅口袋里的资料，大家在车上讲的我都记在心中了。

蓝红梅和我一样，似乎也在努力保存着元气。我们把头靠在彼此的肩上，戴着墨镜望着外面的雪景。

男人们的话匣子彻底打开了。扎西大叔又哼了几段格萨尔的传唱，就连寡言少语的司机也不时地插话或吹几声口哨。这也难怪，下一步我们只需选出四头牦牛就完成任务了。

大约前行了二十多公里后，车子驶上了一条上坡路，这里的地形呈现出与众不同的广阔和雄伟。左边是连绵起伏的雪峰，强烈的光照把雪峰铺展成巨大的素锦。右边是一望无际的雪原，游动的牛群在雪原上点缀出散漫的图案。

令人兴奋的是，山坡和公路上不时蹿出野兔和狐狸。它们飞快地穿过雪地，然后在安全地带回头看着我们。我在车里急得手舞足蹈，恨不得跳下车去逮住这些可爱的小动物。特别是当两只毛色混杂的狐狸横穿公路跑向山坡上的一丛灌木时，我大声喊："快停车快停车！我要逮狐狸！"我的幼稚搞得全车人哈哈大笑。

也许是为了满足我的好奇，车到坡顶停了下来。扎西大叔笑着说："姑娘你快去逮只狐狸回来啊！"

女孩子都有顽皮的心理，在这点上我和蓝红梅书记总是不谋而合。我们连滚带爬跳下车，远远地看着往雪原上飞奔而去的野兔，高兴得又跳又叫。

让我们欣喜的不只是这些小动物，原来走完这段上坡路，远远地还可以看到三个晶莹剔透的湖泊！可能是湖周围的雪太大，加之太阳的光照氤氲起白茫茫的雾气，使湖有点仙气缭绕的神秘感。

我和蓝红梅站到公路下面的一块巨石上，好像这样就能离熠熠生辉的神湖更近一些。我眼睛望着远处的湖泊，心中却念着刚才从眼皮底下逃走的狐狸和野兔，那尖尖的嘴脸和狐媚的眼睛分明就是"狡猾"的写照。

男人们说说笑笑地从山坡后面出来了。我赶紧招手喊村支书和两位大叔站到巨石上。

"我们现在到哪里了？手机没有网，搜索不出位置。那边是个海子吗？谁能告诉我那三个海子的名字？"

"是呀，扎西大叔。那海子真的太美了！看起来真不小呢！我怎么就没有听说过呢？"蓝红梅摘掉墨镜，对着空旷的雪原大声喊叫。

村支书一步跳到巨石上，抖了抖脚上的泥浆后严肃地盯着我们说："你们真不知道那三个湖泊的名字？美娇同志，你可是在旅游局上班的人哪！"

村支书的话让我愣了一下。莫非那是花湖？不可能啊，这里怎么可能看到花湖？再说不止一个湖嘛。反正我和蓝红梅断定有三个海子。

村支书站在岩石上说："我还是把刚才大叔讲的一个故事说给你们听听。大家顺便在这里休息一下，吃点东西喝点茶补充一下能量。"

好主意！惊喜之间，司机罗科已经搬出了垫子和食物。我们脚下的这块巨石是个天然亭台，形状有点像扇贝，五米高的石壁牢牢地顶住了它的底部，岩石的缝隙中已经长出了坚韧的灌木，上面还有冬天没有脱落的红色果子。夏天，这里应该是路人驻足休息的好地方，也可以是一座免费的观景台。

我们围坐在食物四周，边吃边望向远处的海子。村支书和两位大叔又嘀咕了好一会儿才开始讲故事。

"你们觉得三个海子哪个最大？"讲故事的人总是故意吊我们的胃口。

"当然是中间的那个。很明显嘛。"蓝红梅趁我喝水的空隙抢着回答。

"不对，这只是我们所在位置造成的错觉。最大的海子其实是离我们最远的那个，它叫哈秋。我先说右边的第一个海子。据说啊，在这片草原还没有人烟的时候，东部喇嘛岭的龙王有个貌若天仙的女儿，小龙女听说遥远的热尔草原有位英勇善战的纳果山神，心中便生出爱慕之情。龙王爷每年农历五月十五都要去会见老山神，小龙女就缠着父亲带自己去看看传说中一望无边的大草原和纳果山神父子的英武。老龙王拗不过爱女的请求，便驾着祥云去了纳果山神家中。"

我们听得简直入迷了，真看不出村支书在讲起故事的时候，声音竟有如此魔力。

"你倒是别停下来呀。水等会儿再喝。快讲快讲。"蓝红梅急得脖子上的青筋都在跳动。

"唉唉，我怕关键的情节讲不好，还是请扎西大叔给你们讲吧。"村支书竟然在我们心驰神往的时候不说了。扎西大叔赶紧摆手说自己汉语说得不好，怕我这个汉族人听不懂。

"你前面都说得那么好，后面怎么就讲不好了。这不是故意气我们吗？快讲快讲！"我和蓝红梅不依不饶。

村支书只好继续讲下去："小龙女随龙王到达纳果神山那天，正是草原上百花齐放的吉祥日子。天上的彩虹，地上的凤凰，蓝色的水流，红色的花朵，构成了仙界一样的美景。纳果山神亲自到果木唐来迎接龙王父女。龙王父女在那里待了三天三夜。小龙女和小山神一见钟情，偷偷留下定情信物，等着双方家长托媒说亲。所以当地一直流传措拉坚是玉藏龙王最美的女儿龙么央措出嫁时，因思念父母流下的泪水化为的小湖。"

"措拉坚的神奇我来给你们讲吧。"一直没有说话的司机罗科突然开口了。我丝毫不怀疑他的语言表达能力，出发前就知道他是个高中毕业生，而且路上他偶尔和我交流时，汉语说得很流利。于是，我们把热切的目光投向了他。

"措拉坚在藏语中的意思是有堤坝的海子。这个湖的神奇在于它周围有两丈多高的堤坝，而且是自然形成的。听老一辈人讲，天气晴朗或月光之夜，有缘人能够看到一位白胡子白眉毛白长衫的仙翁坐在白帐篷里悠闲地喝茶吹笛子，迷人的仙乐经常从湖底传到湖面，令人心旷神怡。如果谁故意推垮堤坝，仙翁就会悄悄把它修好，第二天一切完好如初。"

因时间关系，我们只得继续前进。我想象着美丽的龙女，想象着她的绝世之恋，想象着她与心爱的纳果山神对草原旷日持久的守护和忠贞。

"你只说了两个湖的名字，那么中间的呢？"

"那是花湖。"供秋大叔在这场故事会中一直没有发言，始终露出憨厚的微笑。

"啊？花湖？这这……怎么回事？"我语无伦次地说着。

"对呀，花湖是三座湖中最小的一个。哈秋是老大，措拉坚老二，花湖老三。"村支书的这句话接地气，真是应了那句"不识神湖真面目，只缘身在此地中"。

我知道女性方位感比较弱，这是通病。我和蓝红梅互抛一个白眼后自认浅薄。

山重水复疑无路，柳暗花明又一村。昨天遭遇的险境已成过眼云烟。今天这一路，老天似乎在不断地补偿犒劳我们，不仅让我们看到了纵横千里的自然美景，而且感受到了民间传说的独特魅力。

在离乡政府不远的一条岔路上，一个骑摩托的男人已经等在路边了。看到我们的车他挥了挥长袖，然后在前面带路。

村支书说那就是他的表哥，很多年前到牧区做了上门女婿，现在是五个孩子的父亲和三个孙儿的爷爷了。他说表哥生了四个女儿后才得到儿子，为了这个幺儿，他被罚了款，但总算如愿了。因为在藏族聚居区，没有儿子继承家业总不像回事。

我们要去的村寨叫康雅寨，是个有着六十多户牧民的大寨子。从路过时的情形看，这里的居住条件比卡机村好很多。红砖绿瓦的建筑散落在广阔的草坪上，家家户户房前都搭建了阳光棚。对于风沙严重的牧区来说，阳光棚是最科学的制暖措施，它给牧人的生活提升了不少幸福指数。

雪天之后空气中弥漫着几许春意，人们穿着盛装在院子里热气腾腾地煮着大锅饭，看样子是在办婚庆或乔迁。对于我们的出现，大家露出一副见惯不惊的表情，倒是表哥经过，大家都跟他打招呼。

出了寨子，表哥继续往一个山坡上驶去。村支书说卖家可能在一个小牧场，因为牦牛喜欢在高寒地带生活，有些牧民到了冬天会继续在小牧场放牧。

过了一个小弯道就能看见山坳里的两座小房子。到小房子前，表哥跳下摩托跟主人家打了个招呼，然后热情地跑过来跟几个男人握手。出于客气，对我和蓝红梅他只说了句"辛苦了"。刚才站在小暖棚前的两个男人也过来了，他们请我们到屋里喝茶，说一会儿就把牦牛赶进圈让我们选。这情景和我们去黑脸大汉洛泽家是一样的。

暖棚内设施非常简陋，除了简单的生活用具和床铺外，几乎别无他物。主人挽起袖子，用粗壮的手从屋角端来一口大锅，把香气扑鼻的手抓肉装到铝盆中，跟着进来的年轻小伙立即给我们倒上满满一碗牛奶。

我奇怪自己到了牧区后，经受了几场颠簸和饥饿，胃口出现了很大的改变。原先对大块吃肉大口喝酒有点恐惧的我，突然食欲暴涨。虽然我们在观赏哈秋和措拉坚的美景时打了尖，可此刻一看到主人家把热腾腾的牛肉和牛奶端到我们面前，我的舌尖和胃部都在剧烈地颤动。事实证明，所有人跟我一样，对那盆手抓牛肉已经垂涎三尺了。

扎西大叔和供秋大叔盘腿坐到狗皮垫子上，细心的司机把一张干净的羊皮垫子拖到火炉跟前，请我和蓝红梅坐到上面。

我注意到，年长的那个男人腿有点瘸，他坐在唯一一把椅子上，右腿一直伸着，给我们倒奶茶的小伙子等男子坐下后在他的腿上盖了毛毯。

我有点慌了，不知道怎么坐到垫子上，打盘腿根本不会，跪坐更是不方便。之前无论去哪家都有凳子或炕桌，最少也有一只木墩。我还没有遇到这样的尴尬场面。

"两个女孩子坐呀，坐。肉很新鲜，专门给你们煮的。牛奶不喜欢就喝马茶，茶壶里有马茶。"椅子上的男子热情地招呼我们吃肉。

"哦呀！谢谢，谢谢！"蓝红梅爽快地坐到羊皮垫子上了。她见我还站着就拉了一下我的手，我只好学着她的模样往右边斜坐下去。哪知没有找到支点，直接摔了个大后翻。

满屋的哄笑让我羞得满脸通红。年轻的主人把我扶起来，重新拿了块垫子裹成一个筒状后递给我。

蓝红梅换了个坐姿，让我靠着她保持平衡。

"哈哈哈！真正的'甲姆'！小牧场条件差，不好意思了。我老汉腿不好，只能坐椅子。哈哈哈！大家吃肉吃肉！喝茶喝茶！"

我的心脏都要蹦出胸腔了，蓝红梅用鼓励的眼神看着我，把一碗鲜香的牛奶递到我面前，大声说了声"好香"，就把大家的注意力转移到吃食上了。

幸好饥饿感占据了上风，地道的牦牛奶喝得我满嘴生香。男人们用匕首割肉，就着一大碟辣椒面吃下去。椅子上的瘸腿汉子不停地喊他的女婿给我们添肉续茶，简陋的屋子里飘满了大家的说笑声。

瘸腿汉子叫嘎让降措，他的女婿叫茸迪甲。他说自己是表哥老婆的舅舅，两家多年来都在一个牧场放牧，亲戚关系维系得十分融洽。他们每年都会卖掉一部分牲畜，牧人的经济来源就是靠这些珍珠一样的牦牛和羊群。

嘎让降措一直用一个大水杯喝着茶水，他满足地看着我们吃他亲手煮的肉。

"你们怎么不买羊呢？这个来钱很快呀。一头牦牛三四年才能出栏，而羊只需一年。我们牧区很多人就是靠牧羊富起来的。既然是搞村集体经济，为什么不搞个经济效益更快的路径呢？"嘎让降措知道我们跑了好几个地方，还遇到了暴风雪的袭击，吃了不少苦，就直言问道。

村支书说放羊是个很麻烦的事，需要人每时每刻跟着。牦牛不一样，放到哪里都会认识回家的路，一个人也能看管得过来。加上村里好不容易选出养殖人员，如果买羊，大家的劳动量就会加倍，所以养牛比较符合村集体经济的要求。

嘎让降措捋着下巴上的山羊胡子笑了："依我看哪，是你们俄洛村没有实地调研。一年可以翻一番的经济算盘你们不打，反而去投资虚无缥缈的长远利益。既然是扶贫项目，多召集几个贫困户去放牧呀！这样几年下来，就有一笔可观的收入了。你们农区人还是懂得牛和羊的区别吧？"

几句在理的话让大家陷入了沉思，但我们心里很清楚，但凡有一拨人愿意站出来搞养殖，也不用一个妇女主任来担当大任。

村支书苦笑着说："是呀大叔，我们何尝不想这样。您不知道我们村的具体情况。贫困户们就是些老弱病残，身强力壮的又没有几个愿意去放牧，都想去打工。大家总是把致富的希望寄托在外面的世界。"

"说的也是个理。不是我瘸腿老汉说难听的话。一些贫困户就是些好吃懒做

143

的人。现在国家政策好，哪里能饿死勤劳的人。这次也是难为你们了，还分四个组分头行动，把女娃娃也带上了，可见村干部对集体经济是用了心的。希望我们的牦牛能给你们带来希望。"

瘸腿老人对事情的分析很客观，对时代发展的认识很深刻。我在每一个人的身上都能发现他们的闪光点。

我们吃完一大盆牛肉，喝够了牛奶和马茶，山冈上传来了追赶牛群的声音。

嘎让降措用拐杖支撑着瘸腿站起来："伙计们，我给你们准备了八头'候选牛'，你们自己看好看准。好不好全凭运气。如果看中选好了，一头牦牛在市场价的基础上我让两百。这个完全看在我外甥女婿的面子上。你们也跑了几个地方，应该清楚价格。"

不愧是个草原汉子，句句在理。我们擦干净弥漫着肉香的嘴巴，赶紧从垫子上起身。麻木的双腿让我险些又献丑，幸好聪明的蓝红梅让男人们先出去，她等我的双腿恢复正常才挽着我一同出去看牛。

和在洛泽家不同的是，没有人追打牦牛了。刚刚把牛群赶进圈的小伙子完成任务后吹着口哨打马跑回山冈了。

两位大叔勾着头说着什么。凭着这几天积累的小知识，我和蓝红梅对牦牛的成色也算有点肤浅的认识。平心而论，圈中的牦牛个个都很壮实，毛色和眼睛也都很年轻。有两头花牛看起来很有灵性，看到主人家还亲昵地哞叫了几声。

我暗自高兴，心想这次的"选秀"一定很轻松。嘎让降措是个厚道的牧人，加上有表哥牵线搭桥，他不会为了考验我们看牛本领而故弄玄虚。

司机罗科从车上取下绳子。时间一分一秒地过去了，也不见两位大叔做出决定。村支书焦急地抽起烟来，后来干脆退到离牛圈好几米远的地方冷眼观察着。

两位大叔再次低头说了几句话后，扎西大叔一脸灿烂地对拄着拐杖的主人说："我们现在只需要买够四头牦牛。看在我们两个老汉在雪地里奔波的分上，把山后面的赶过来吧。男人们吃点苦受点罪算什么！可怜了两个女娃娃，一个是省里来搞扶贫的干部，一个是长期帮助我们的第一书记。多不容易啊！"

我有点不敢相信，难道刚刚还让我们肃然起敬的牧人也在戏耍我们？

嘎让降措微笑着捋了捋山羊胡子，不露声色地看着扎西大叔，大声回敬道："俗话说'打狗尚看主人脸'，你们这是认定了我欺负外甥女婿的亲戚和俄洛村的高手了?"

扎西大叔丝毫不生气，仍然挂着灿烂的笑容："都说'鹰飞千里不拘羽翅，蛇行百步自毙方寸'，像嘎让降措这样在万亩草场上放养过百匹良驹的大丈夫，怎么会在慕名而来的远客面前玩小伎俩。哈哈哈！这不过是在考验我们的眼睛是否老花了！"

"哈哈哈，既然拿两个女娃娃来说事，我还有什么可说的。算你们厉害。眼看着日头就要落山了，我的牧场又提供不了夜宿。好吧！"

就在我们听得云里雾里的时候，表哥突然起身跑到砖房背后吹了个响亮的口哨。随着那声魔幻般的口哨，我和蓝红梅傻眼了。落向西天的太阳从白雪皑皑的山峰间反射出金色光芒，而那群被骑马人追赶的牦牛变戏法似的出现在我们的视野里。

一头、两头、三头，数到四的时候，扎西大叔做了个好的手势。村支书和司机赶紧跑过去，齐刷刷地把长长的绳子抛向锁定的目标。而表哥也参与到行动中来。

瘸腿汉子铁塔一样伫立在余晖下。还好，他依旧微笑着捋胡子，没有一点恼怒的样子。

大家照常给选中的牦牛拍照，打记号，再把定金交到瘸腿汉子手中。

"等等！你们选中的可都是'双身牛'，还是按市场价吧。"嘎让降措犹豫了几秒钟后做出了让大家不可理解的决定，好像他亲口说的"每头牛少两百"的事根本不曾发生。

"成交！"两位大叔做出的决定更是让我们大吃一惊！不过我和蓝红梅恍然大悟，所谓的双身就是有了牛崽的意思。多两百块，真的值！

上车后，我实在按捺不住心中的好奇，就问两位大叔是怎么看出圈中的牛不是他们想要的，而卖家为何又要玩那么多的心机为难大家，反正我们终究会买走最好的牦牛，何必费力费神地要套路。

蓝红梅在旁不停地点头，表示我们的疑问是一致的。两位大叔笑而不答。还是精明的村支书告诉我们其中的奥秘。

"你们没见过这样的场面，心中不解是可以理解的。我们先看到的那批牦牛如果只是用来宰杀卖肉，的确也是很好的。但我们要的是能产下一个又一个牛仔的母牛啊！牧区人最爱用这样的方式考验一个人的智慧。他们并没有坏心眼，而是习惯在较量中达到目的，特别是跟真正的牛贩子打交道，那可真是斗智斗勇啊。过去社会治安不太好，经常还会出现调包的事，遇到厉害的商人，甚至会有火并的危险。他们的口才也特别好，一句话一个谚语，把你绕得晕头转向。没有经验的人一般买不到好货。"

村支书的话解开了谜团。看来，若没有两位大叔这样的高手，恐怕会事倍功半。

我为大叔们的精明由衷喝彩。蓝红梅也伸出大拇指对大叔们说："高，实在是高！简直神乎其神！"

"那他们会不会调包？你们能认识那些牦牛吗?"蓝红梅转眼又忧心忡忡地问道。其实一开始这句话就在我的心里嘀咕着。

"对啊，我看所有的牛都是一个长相，他们会不会把记号毁掉?"我跟着补充道。

大家的回答是不会，因为牧人说话算数，调包这样的事绝对不会发生。不过村支书说还是要尽快安排大车运走这些牦牛，免得夜长梦多。最关键的是，春耕已经临近了。

原计划是要回县城，但因为其他组还没有完成任务，他们请我们帮忙打听一下沿途有没有要出售牦牛的牧民，正好司机罗科说他的高中同学索郎在微信群里问过有没有要买牛的。

索郎的家在我们返程经过的一个寨子里。那是个只有十五户牧人的小寨子，当地人称他们为"麦溪卡"，也就是把他们仅仅归为一个小部族。在实行牧民定居行动计划时，政府给十五户牧人修了定居房，还配置了家具和夏天出牧时的帐篷八件套设备，可他们离不开看着星光听着雨声的帐篷生活，住在坚固结实的房屋里反而缩手缩脚。因此，这个小小的部族式群体还是把一年中的大半时间放在了野外，只是临近春节才搬回定居房，打扫烟尘，备置年货，像模像样地过两三个月的现代牧人生活。

罗科说起他们的游牧生活时，我又想起了途中看到的那些神奇的海子，说不定麦溪卡的人就在那些世外桃源般的海子四周放牧牛羊。谁不喜欢在仙界一样的地方书写生命最美的乐章呢！

罗科打电话确认索郎在家，让全车人高兴的是，索郎邀请我们在他们的定居房留宿。

因为已经临近傍晚，对于同行的人来说，夜宿某个牧场或乡村客栈是常有的事。可我不一样，我所经历的每一个点滴都是弥足珍贵的，对于我来说，或许仅仅只有这一次机会。两年的时间非常快，我不想为了完成下派任务而忽略这个过程带给自己的挑战。特别是对处于感情洪荒时期的我而言，参与的每一件事都可以填充生命的苍白。并不是每个人都有这样的机会来转变自己，我要为自己的"新长征"画上一个完美的句号，并用它来献礼自己将要步入的中年。

因为要去同学家买牛，并夜宿充满浪漫寓意的麦溪卡，罗科的高兴劲儿全表现在脸上。

"我这个同学跟我一样，也是家中的长子，高中毕业后家里就不让升学了，早早地娶妻生子。唉！他放了好多年的牧，现在终于得到老父亲的允许，换一种自己喜欢的生活方式。"罗科说起老同学索郎，口气中颇多惋惜。

我们听得出来，他其实是为自己或为他们这一代人惋惜。在俄洛村，我经常听到"当家"这个词，它像一道紧箍咒，牢牢地禁锢着一个人的生活方向。这与我们汉族人延续香火是一个道理。好像血统和根基的继承比什么都重要。为此，家中的老大，只要是个男孩，就得义无反顾地做出牺牲。

罗科又何尝不是这样一个具备才智的男孩呢？相处几天，我才知道他是个能干的画师，画的唐卡在当地很有影响力。然而，因为他是家中老大，高中毕业后就回到了农村，一生只能与泥土和青稞打交道。这并不是说做一个农民是件坏事，但如果给他升学的机会，他极有可能被培养成一名艺术家。

麦溪卡散落在冰雪雕琢的草原上，夕阳的余晖和袅袅飞升的炊烟把小小的寨子簇拥在一片迷蒙的光影中。

索郎轮廓分明的脸庞上有着一对可爱的酒窝，一头鬈发在他时髦的彩色头巾下轻轻地飘逸着。帅气、阳光，略带野性，几乎是草原小伙的象征。

"我在前面带路！"索郎丢下一串爽朗的笑声后跨上了摩托。

别看末冬的天气将这座小小的村落囚禁在千里冰雪之中，可这里仍旧飘散着一种梦幻般的色彩。十五户人家像十五枚棋子，排列有序地镶嵌在即将消融的白雪深处，低矮的山丘诗意地连接着飘带似的河湾，晚归的牧人在暮色深处打马回归，几只牧羊犬撅着尾巴在栅栏前与孩子们戏耍。

索郎指挥罗科把车停到院子里，然后喊家人出来迎接我们。

一个丰腴的老太太用围裙擦着手上的水渍说着"辛苦了辛苦了"，两个男孩跟在她后面笑出了酒窝。

房屋的结构和我们去过的牧户基本一样。只是索郎家是二层砖瓦房，装修和风貌都很复古，有点小城堡的气派。室内的实木家具和藏式榻榻米看起来很温馨很洋派。

女主人穿着一件黑绸面料的加厚藏袍，戴着两串珊瑚项链，咖啡色的高领毛衣衬托着白里透红的肌肤，手腕上的金链子则增添了几分贵气。

我们被热情的老太太安排在炕桌旁，柔软的地毯传递着家的温暖。

索郎取掉头巾后露出瀑布一样的黑发。两个男孩羞涩地抱着他的大腿偷偷地看我们。不用说，这是他的孩子。索郎给我们倒了茶，说今天送阿爸到亲戚家办事，自己也是刚回来不久，要不然会到路口迎接我们。他一边往炉子里添牛粪，一边催促媳妇看看火锅煮好了没有。

原来他们还有单独的厨房，这对于牧人来说是很大的进步。藏族人的客厅是多功能的，红白喜事都会在大屋中举行。

漂亮的女主人温顺地说了声"哦呀"，随着一股诱人的火锅味飘出，我们的舌尖又绽开了强烈的食欲！

火锅！仅凭这个名字就够我们心痒难忍。几天的奔波劳累让我们对食物产生了巨大的渴望，虽然所到之处主人家都非常热情，用最好的美食来招待我们，但肉吃得多了就想念起能够刺激胃口的菜蔬和米饭。

我想都没想过，在牧人家还能吃到火锅，这的确是件令人振奋的事。

这一路我都对世外桃源般的麦溪卡无限向往，到了这里后，看到的要比想象中的美妙百倍。正因为这里有凛冽的寒风，有令人望而生畏的恶劣气候，才保留了最为原始的自然环境和美丽风景。

罗科和索郎起码有十年没见过了。在单位上班的同学建了同学群后他们才得以联系。所以这次碰面，他们有说不完的话。

"如果你们来得早一点，我就可以带你们参观一下我们的村寨和牧场。在大鹏神山可以看到天边的神湖。只要是晴天，夕阳落下地平线的那一刻，三个神湖像金光灿灿的三面铜镜，美得简直不能用语言形容。"索郎很健谈，语言组织能力很强。他用藏语跟大家交谈后必定会用汉语再复述一边，这都是因为我的缘故。

我来不及联想索郎描述的风景，因为一锅香气扑鼻的火锅已经摆放在案几上了，肉和菜煮得恰到好处。两个可爱的孩子一直帮妈妈拿菜摆筷子。老太太为我们做了烙饼，让儿媳妇切好装盘放到我们面前。应该说，这是一顿让满屋生香的美食大餐，犒劳了我们被寒冷侵蚀的身体。

吃饭时，婆媳俩都低调地坐到了屋子的角落，温暖的炉火让她们的脸上泛起红润的色彩。孩子们守着小方桌吃妈妈端给他们的饭菜，乖巧的样子让我想起了华丹措和她的孩子们。最近忙于奔波，都忘记给她发微信了，回到县城后我一定要给华丹措的孩子们买点东西带下去。

索郎说起卖掉牲畜时，口中有点不舍，他说自己很喜欢放牧，这里有祖宗传下来的广袤草场，用老一辈人的话来说，就是"你抓住了牛，就是抓住了天地"。一头牛给予你的是生活的全部。它的肉，它的奶，它的皮，它的粪便，所有一切都是上天赐予你的礼物。

"那么，你为什么要放弃自己的牧场？"罗科和多年未见的同学丝毫没有生疏感，他们亲密地肩靠肩、腿碰腿地挤在一起吃饭，话题自然亲密无间。

索郎放下碗筷说："这并不是我个人的选择。如果你每年跟随一批牛羊，看着它们在天地间自由行走，每一个水草丰美的地方都有它们憨厚可爱的哞叫，就该知道这是多么幸福的事。虽然它们不会说话，可它们懂大自然，懂四季轮回对它们的意义。即使被宰杀，被卖掉，它们也会把骨骼和粪便献给你作为最后的回报。"

"是的，是这样的。老同学，我懂你的感觉。就像我每天面对青稞地，面对油菜花，听庄稼拔节的声音，闻麦子抽穗的馨香，我都觉得自己是天底下最富足的人，因为我懂泥土的芬芳和粮食的厚重。"

如果不是亲耳听见，我会怀疑这样的生活场景是书中或某个电影里的台词。我难以相信一个农民和牧人竟有如此深邃的思想。

两个命运相同的人以不同的生活方式坚守着人生的意义，也许没有期望中的成功，甚至距离理想十分遥远，但他们如此深爱脚下的这片热土。

蓝红梅完全听入迷了，几乎忘记了到这里来的目的。两个青年的对话也是一个时代的对话。我们忍着心中的好奇，尽量不去打断他们的倾心交谈。

供秋大叔和扎西大叔细心听着年轻人的谈话，偶尔也会和老太太聊起国家实行包产到户后的各种情况。从经济发展这个角度来说，牧区比农区致富得快，因为一头牦牛和一亩地带来的经济效益完全不同，但牧人的生活环境更加恶劣，他们一生都在游牧和迁徙中奔波。

"每个人的心里都有一个梦。对于麦溪卡的人来说，他们有时候也想去看看外面的世界。特别是现在的年轻人，都想换一种角度看世界。"说这话的时候，索郎漂亮的眼睛望向窗外的夜色，仿佛那里正是他想要去追逐的目标。

"我说儿子，你不要老是谈麦溪卡小屁孩们的那些个调皮话。上天赐给你一只金碗，你为何闹着去找泥碗呢？你早早地不是给客人们备下了酒吗，这会儿话比牛毛还多。饭吃到一半了，酒怕是要在瓶子里生气了。唵嘛呢叭咪吽！唵嘛呢叭咪吽！"索郎母亲不仅热情还很幽默，她的话让所有人开怀大笑。

"哎哟哟！看我看我，什么记性，这样的天气不来点酒等于菜里没盐，马背缺鞍。"索郎急得直拍脑门。勤快的女主人已经起身去拿酒了。

两位大叔见酒杯放到他们面前就连连摇头，说这两天着实有些疲累，吃完饭想早些歇息。谁知老太太不答应，佯怒道："如果不是为了买牛，我麦溪卡十五户人牵十五匹马都未必请得到你们这样的贵客。我外婆的外婆也是从农区嫁到牧区的人，我们家多少也算和农耕地区的人有些因缘。今天我也陪你们喝一盅。媳妇呀，给客人们倒酒！"

两位大叔被老太太的气势镇住了，面面相觑不好推辞。村支书趁机也劝他们喝点酒解乏。

我和蓝红梅自然没有理由拒绝。好在这里有融洽的氛围，地道的火锅佐以小酌不失风雅。正如老太太所说，过了今天，我们能否有缘再见都是未知数，那就让所有的感激和谢意都斟满酒杯吧。

老太太说自己年轻时在供销社当过售货员，迷人的散酒让饥荒的岁月充满了遐想。那时，供销社主任每个周末都会在家中煮一锅土狗肉，再打一斤酒，请大家小酌几杯。改革开放后生活越来越好，各种饮食琳琅满目，可以说要什么有什么，但散酒留给她们那代人的记忆却是根深蒂固的。

"夏天，我们几个老姐妹也会搞个野炊，顺带晕上几口老白干，重温一下旧时情愫。那个年代呀，经常饿肚子，所有人的脸都是菜青色的，一口白酒可以驱散苍白的生活。"

老太太的话赢得两位大叔的共鸣，大家的话题又在围猎土狗上绕了很久。

酒过三巡，说不清是感怀青春岁月，还是为了未能启航的理想，罗科和索郎拉着彼此的手泪眼迷离。蓝红梅动情地看着他们，她说自己在当第一书记的几年里，也接触过像罗科和索郎这样的青年。命运这东西有时候由不得自己，她能做的，就是尽最大努力说服那些思想传统的家长，让孩子们继续读书升学。

其实，罗科和索郎已经很优秀了，他们有的是机会实现人生抱负。我和蓝红梅组团向老太太和索郎媳妇敬了酒，又跟两位大叔和村支书碰了杯，最后向罗科和索郎也敬了酒，祝福他们在人生的旅程中再接再厉。

"嗨！索郎！你能不能告诉我，你的这座庄园式楼房为什么和寨子里其他牧人的不一样。我听罗科说，你们居住的冬房是在牧民定居行动中修建的。"我眯着眼睛故意岔开了话题。

索郎不好意思地擦了擦眼角，又歉意地笑了笑，说道："是的。当初修建定居房的时候，我和家人争执了很久。原来我们的居住点很分散，大家以自己草场为中心搭建了简易的房屋。夏天，帐篷就是牧人的房子。实际上我们住在冬房的时间很短。"

"刚开始搬进定居房，我们热得难受。"索郎刚喝了口茶，幽默的老太便插话进来。她耸了耸肥硕的肩膀，裂开嘴巴笑得颤巍巍的。

"是的，大家都觉得憋气。"索郎笑着接话。

"那和帐篷简直没法比。你们习惯了风吹雨打。"罗科故意开索郎的玩笑。

"我原本想给麦溪卡修座茶楼和餐厅。在我们这样偏远的村落，连个小卖部都没有，冬天大家没地方娱乐，想去混一下时间只能去路口的小茶室或乡政府，挺远的。"

在争取到村委会的同意后，索郎把卖掉羊和酥油的三十多万投入到茶楼和餐厅上，开始扩大地皮，用自己的草场换了邻居的一亩地。他一直想拥有一座城堡式建筑，既能居家又能搞接待服务。在他很小的时候，爷爷就爱给他讲祖辈的故事，那个故事一直烙在他的心里。

索郎说，每到夏天，爷爷总爱敞开他那被晒成深褐色的胸脯，把象征贵族的尖顶毡帽放在身边。当夕阳凝聚成最后一线光束，将天边的神湖映照得美轮美奂时，他就会换上一种苍劲的声音召唤索郎。

"嘿嘿！我的小白马！放下你手中不中用的石子。草原的男人只能挥舞牧鞭。你小子整天握着鸟蛋大的石子是为了打落一只云雀还是吓唬一只蚂蚁？来吧！来看看我爷爷的爷爷他们是怎么主宰这个辽阔的草原的！"

爷爷看着被夕阳染红的草原，开始讲述一段荡气回肠的历史。

祖辈们从喜马拉雅山的某条河流一路南下，经历了无数场战争杀戮后踏上了漫长的游牧之路。若干年后，部落里出现了一个智勇双全的青年，他率领着部族历经无数磨难，最终抵达了散落着珍珠般的牛羊和马匹的草原。他确信是上天指派自己做那里的主人，为了给后人留下一个具有纪念意义的标志，他把部落迁徙到水草丰美的措拉坚神湖边，并打破牧人只住帐篷的习俗，建造了一座城堡。建造城堡的石材全部取自附近的湖泊和河流，五彩宝石使落成后的城堡像一块巨大的贝壳，在绿草红花中绽放着神性的光芒。

"爷爷，那么祖爷爷的祖爷爷他们建造的城堡在哪里？你带我去看看嘛！"幼年时的索郎总是喜欢学爷爷，把手放在额前搭成凉棚状，望着天边铜镜似的湖泊慢慢收去最后一缕光耀。

"直到爷爷去世，他都没有带我去那座神秘的古堡中看看，连他自己也无法确信这个传说的真假，但他的话却给这片草原的牧人留下了无尽的遐想。"

"所以，你想完成童年萌生的心愿，建造一座城堡？"蓝红梅睁着一双大眼睛问索郎，她的脸红得像天边的晚霞。

索郎点了点头，他说自己用了两年时间才把房子建成。为了将来发展旅游，还建造了很大的后花园和野炊区。但事与愿违，九寨沟地震后旅游业受到重创，并且环保警报也随之拉响了。

"投资这么大，却根本没机会经营，你有没有后悔?"罗科碰着老同学的酒杯，用布满血丝的眼睛看着索郎。

"从来没有。就算是给自己圆个梦吧，或者是给爷爷那一辈人圆个梦。你看，这样多好。我给麦溪卡的人提供最好的环境、最地道的藏茶，他们不用再去那些破败的茶楼喝廉价的茶。寨子里的乔迁婚庆也可以在这里举行。每年我们还搞赛马活动，搞野炊。寨子里的大学生寒暑假还可以到这里体验生活，学习民族文化知识。

"还有，我的父母也想有个可以安享晚年的好地方。母亲爱极了那座后花园，不仅在四周种满了高原柏杨，而且还到处要花籽种花。如果夏天你们能来，一定能看到她亲手打理的花园。"索郎指着略有醉态的老太太，流露出赞美的目光。

老太太被儿子夸得兴高采烈，她指着黑夜深处的某个方向告诉我们，这里的冬天也有看不完的风景，尤其是天边的冰湖！

说起冰湖，我的心跟着怦怦跳起来。她说的就是今天途中的三个湖吗？我忘不了静卧于云端下的那一抹白，还有那块晶亮的蓝。第一眼见到时，我就给它们下了"冰湖"的定义，也只有高原才有这样勾魂夺魄的手笔。

"夏天，蓝幽幽的湖面洒满云霞的倒影。而冬天，它们则像孩子般沉睡在日升日落中。那种宁静与祥和，只有牧人才懂。"

我觉得所有人都成了诗人，只要记录下他们的话，就能组成精美的诗文。此行给《我的新长征》又添补了新的内容，只要脚步不停，征途就会长远。

索郎最后告诉我们，他和麦溪卡的十个年轻人争取到了一个小型畜产品加工项目。牧人们需要换一种方式经营这片草原，这也是时代的需要。脱贫攻坚的路上，每一个挑战都会是一次新的机遇。

如果有可能，我会再来这里看看。看看夏季的牧歌是怎样在这里迎风飘扬的，看看索郎家花园里的蝴蝶是如何采撷春天的。关于这一切，我充满了期待。

回到县城后，大家临时开了个碰头会。索郎的十头牦牛填充了其他组没有完成的量。为确保春耕前把八十头牦牛运回村子，我们又在县城周边租了辆大车，丹巴和各组组长负责运输。

前期村委会还规划了今年的油菜和中药材基地，蓝红梅早早赶回乡政府参加春耕部署会，我心里也很着急，但秀秀如果还在住院，怎么着我都得回趟省城。对于那个男人，我不抱任何希望，我最担心的是他带着新欢去看秀秀，那样一定会伤害孩子的心。

人最大的悲哀就是经常要把心灵和肉体剥离开，让最真实的自己在尘世中继续拼搏。下乡这几天，我随心所欲地欣赏着草原和神湖，但现在，只能把自己从各种幻影和遐思中解放出来。无论如何，我都得打起十二分精神，暂时忘记冰湖，忘记传说中的五彩城堡，把眼前的工作继续做下去。

办公室同事得知我要回来，提前做好了准备工作。细心的小杨还重新摆放了两盆绿叶，把地板和桌子都擦得干干净净。

回家的感觉真好。单身宿舍弥漫着午后阳光的丝丝暖意。油绿的叶片上滚动着几滴水珠，我感觉到了它们传递给我的生机。

我给表姐打了电话，但被挂断，正准备再拨时她发来视频。

"妈妈，我想你了！你好久回来？"秀秀嘟着小嘴，眼睛里噙满泪水，乖巧的脸蛋把屏幕都占满了。

"秀秀乖，妈妈也想你！"我心一酸，眼睛跟着就湿了，赶紧转过身抽了张纸悄悄擦掉眼泪。就在我调整好表情时，却看到秀秀背后有只粗壮的手臂扶着她。我的心一惊！直觉告诉我那是老公的手。他怎么来了？是带着新欢来的吗？表姐怎么不骂他，她不是特别憎恨这个陈世美吗？

怀疑很快得到证实。那只手从秀秀背后移开，又递给她半个削好的苹果。表姐低声说了句"不要让美娇知道你在"，却被我听得清清楚楚。我的火一下子蹿出来了，不知道该不该当着孩子的面说两句难听的话，万一那个小三也在我该怎么对付？

表姐啊表姐，难道他跑了两趟医院你就心软了？我可是你打断骨头连着筋的亲人啊！

"妈妈，爸爸来看我了。他给我买了好多好吃的，还说不要打搅妈妈，妈妈很忙。有他和姨保护我就好。"秀秀把小脸伸到镜头前，声音弱弱的，让人心疼。

"秀秀是个懂事的孩子，妈妈尽快回来看你。"我心里想着应该先给夺吉局长打个电话，把要回城看女儿的事情跟他讲讲，还要跟村委会打个招呼，给蓝红梅通个气。

表姐接过电话紧张地说："给你打电话就是要给你个定心丸。秀秀只是肺炎，输了液就好了，下午就办出院手续。你可别回来呀！她都适应了跟我一起的生活节奏，你一回来，她又会黏着你，不要我这个姨了。"

好吧好吧，我亲爱的表姐。你爱秀秀我成全你，再说我在这边还有一大堆的事，若不是迫于无奈，我也不愿意奔波。

"我感谢你都来不及。这两年，就靠你了。爱你！"电话线那边传来表姐激动的声音。真是服了她，如此疼爱我的孩子。

第二天，夺吉局长正在安排办公室做春季旅游营销方案，我把村里买牛的事情跟他汇报了，他说接到州委新的文件要求，因为明年是全县脱贫摘帽的关键年，有可能会把我派到乡下长期驻村。县委要求把部分干部充实到脱贫第一线，做好迎接省检的各项准备工作。

"你们平时住在乡政府，日常生活还是比较方便。局里就不给你分配更多的工作了，项目方面也给你配了个助手。"

我明白了，其实就是脱离局里的工作，坚守到脱贫攻坚的前沿阵地。不过，这不正是我来此的目的吗？

"没问题。我正想请示局领导，这两天就下村，至少完成春耕以后再回局里。"

夺吉局长的脸上满是赞赏的笑意。他说生活上有需求可以告诉办公室。他哪里知道，我的心早已飞到了俄洛村，飞到了村委会，飞到了单亲妈妈华丹措的身边！

下午，我把俄洛村购买牦牛的事写成报告发给龙处长。他说下周还得再过来一趟，把扶持给村里的油菜种子和芍药花苗带过来。

记得上次蓝红梅说龙处长欠她芍药花种，想必她已经知道了这个消息。回村后，恐怕还要在田边地头转转，看看哪里适合种芍药。

尼姑庵的华丹拉姆也发来微信，她托民宗局的人给我带了一个新做的香袋，说自己要去青海湖云游，估计秋后回来，届时再邀请我去达摩山观赏秋景。

下村前，我把项目方面的资料重新过了一遍，再把这几天去牧区买牛的过程整理成文字，特别在《我的新长征》中增加了点小内容。标题是：大自然的秘籍。

你见过天边的冰湖吗？正如一首歌中唱到的那样：是仙女打碎了宝镜还是上天遗落了明珠？如果你不知道大自然会给你多少惊奇，那么，请到这里来吧！它可以颠覆你积累的所有知识和自以为是的阅历。

购买日用品时，我特意买了个大大的蛇皮口袋，给病床上的阿齐老人买了套纯棉的内衣内裤，给华丹措的三个孩子买了书包和零食，还给主动承担牦牛养殖的妇女主任买了长筒雨鞋和雨衣，再给蓝红梅和自己买了相同款式的鞋子和手套。在给华丹措买礼物时着实为难了一番。我不知道她的喜好，更不知道她的尺码。吃的穿的好像都不合适。最后，想到她每天起那么早给孩子们做饭，我给她买了个电磁炉。

第十五章　感动

乡政府比我想象的要小一点，三栋楼房构成了半四合院的建筑体。可能是为了扩建办公区，旧房和新楼之间有些距离，乍看像个脱节的车厢。原先坐北朝南的旧楼前有一座花台，花台上落满了枯枝败叶。院坝的硬化有些粗糙，好在有十来株松树给苍凉的末冬增添了些许绿意。

蓝红梅带领一帮人等候在石阶前，见我下车，大家笑容满面地依次过来给我献哈达。场面显得隆重了些。算起来这是第二次给我献哈达，我不好意思地连声说谢谢。

最先与我握手的是乡党委书记蔡庆生和乡长俄色，蔡书记和俄色乡长对我的到来表示欢迎。

"你从省城下来就直接去了村里，在冰天雪地里参加村民大会，后来又挨家挨户调查民情，真是辛苦了。我们一直忙，也没能去看望你。这次听说你和蓝书记还亲自去牧区买牦牛，吃了不少苦。作为一个女同志，特别是从大都市来的女同志，真是太难得了。我代表乡党委领导班子对你说声谢谢！"个子瘦小双眼炯炯有神的乡党委书记说话干脆利落。

俄色乡长是个俊朗的藏族男人。看起来不过三十六七岁，或许我们年纪相仿，我暗自猜测。他说自己籍贯甘肃，老家在玛曲县，难怪他有西北口音。

书记和乡长亲自陪我到办公室。蓝红梅悄悄告诉我，乡政府只有一个大的综合办，三十多人都在一间办公室上班。为了照顾我这个省城来的女同志，他们专门腾出一间资料室给我用，而两位领导至今还没有一间独立的办公室，平时他们坐在办公桌前的时间也很少，除了开会就是在村里。

这个完全没有必要。我想拒绝这样的优待，期望跟大家一起办公。在省城，我们也是几个人一间办公室。

蓝红梅解释道，驻村干部以后还会陆续回到乡上，这间办公室其实就是为他们准备的。办公室跟我在旅游局的宿舍有点相似，虽小却阳光充盈。宽敞的窗台上摆了十多盆花草。我惊讶自己与花的缘分，走到哪里都会有它们陪伴。

蔡书记笑着说："乡上的条件就这样，跟省城没法比。听蓝书记说你喜欢清净，也特别爱干净。综合办人太多，害怕影响你工作，就临时腾了个小房间供驻村干部们用。希望不会太委屈你。"

我的脸有点发烫，感觉这样实在过意不去。但俄色乡长跟着解释说，所有安排都是临时性，后面下派的干部也会安排到这里跟我共同办公。

"这些花花草草是年轻人养的。冬天综合办晒不到太阳，他们就搬到资料室了。如果影响你的视线，可以让他们搬走。"

"不不不！千万不要麻烦大家。挺好的，我喜欢它们，还可以照料它们，给它们浇点水剪剪枝。"我谢绝了乡长的好意。

"你的住宿问题还要等一段时间。有个男同志快要调走了，他走后你就住他的房间。蓝书记让你暂时住在她那里。"

蔡书记微笑着指了指蓝红梅，蓝红梅像要证明书记的话，使劲点了点头。

"我……我不用住到村里吗？那里挺好的，上次我就住了十多天。"我的脑子有点转不过弯。

从村里到局里，从局里又到乡里，这一来二去的变化让我有点犯晕，到底哪里才是我最终的革命根据地。

"啊，是这样的。"目光炯炯的蔡书记理了理整洁的头发，"下派干部和驻村干部平时都住在乡里，这样便于统筹工作，也便于交流沟通。白天去村里开展工作，晚上就不必住在那里。特别是女同志，在村里方方面面都不方便。"

"那好吧。但农忙或特殊时期，我想住在村里，那样就多一点和村民在一起的时间。"我的痴劲还在井喷，但面对三道关切的目光，我怎么能说不。

蓝红梅也笑了："我那里很宽的，你完全不会受到干扰，就放心吧。好了，办公室已经看了，现在去看宿舍，如果不满意，晚上我送你去俄洛村。"三个人都哈哈大笑起来，我也傻傻地跟着笑了。

下楼梯时，蓝红梅挽着我的手臂狐疑地问："所有驻村干部都住乡里，你是真喜欢上了俄洛村还是不愿意跟我挤一间房。现在村委会修得漂亮，可基本上是空壳一个，晚上没人住那里呀！"

"我不是那个意思。我是驻村干部，工作时得跟村民交流。住在村里很方便，上次我们不就住了那么多天吗？"我赶紧解释。

蓝红梅被我的话搞得无语，甩了甩额前的刘海，调皮地对我点头："是的。以后我们继续'同床异梦'！"

就在我推着行李箱跟着哈哈大笑的蓝红梅下楼后，一个女人的声音从院坝里传过来："林局长！林局长！你回来啦？"

我还没有看清楚声音的来处，一个人影就闪到了面前。

"啊呀！是你？"原来是华丹措。

"就是我。今天乡上分洋芋种子，我就上来了。你今天去不去村里？晚上我给你煮饭吧，这里快要结束了。"华丹措的话像倒豆子一样。她一边回头看立在小四轮前面的口袋，一边说帮我把箱包扛到楼上。

"乡里可能还要开会，过两天我就回村里。你和孩子们都好吧？我回村就去看你们。这里不用你帮忙，你快去忙你的事情。"我听到那边有人喊华丹措，就谢绝了她的好意。而蓝红梅已经跑下楼来帮我提箱包了。

"哦哦，蓝书记也回来啦？你们到了村里一定去我家，我给你们做好吃的。"华丹措风风火火地跑开了。

蓝红梅的宿舍虽然很简朴，却弥漫着一个女子所有的勤劳。大到餐桌、沙发、木床，小到窗帘、纸巾盒、拖鞋，都是一尘不染且整洁有序，就连桌上的书和笔都齐齐整整地放着。客厅东角有一只圆形火炉，边是金色的铜皮，炉子上放着一把小茶壶，干净得可以照见人影。

圆炉里烧着火，屋子里温暖如春，铮亮的茶壶中氤氲着类似黑茶的香气。

蓝红梅领着我去一间小卧室，精致美观的木地板、木床、木衣柜，就连窗帘也是我偏爱的带暗花的浅紫色。我故意把嘴巴夸张成大大的"O"形，表示对房间陈设的喜爱和赞美。

"我知道你会喜欢这里，我们有很多喜好是相同的。怎么样，没让你失望吧？"蓝红梅把我的箱包推到衣柜旁，又补充了一句，"只是每天烧火有点麻烦。这里没有地暖，以后你得学会用柴和煤炭烧火，但刚开始很容易把自己搞得像个伙夫。"

按照蓝红梅的介绍，我把衣服一一放进散发着木香味的柜子里，心里却想着俄洛村的房间和旅游局的宿舍。

在俄洛村，最吸引我的还是降雪的夜晚。黑黝黝的山脉和透亮的雪，村委会门前零星的路灯和偶尔从山林中传来的鸟鸣，让每一个夜半和清晨充满了梦幻的意境。而旅游局宿舍外则是另一番景象，老医院惨白的墙体，夜半车灯阴森的扫射，黎明前风敲窗棂后的静寂……

"你的眼神告诉我，你的心已经飞出这间屋子了。在想什么呢？"蓝红梅靠在门上，双臂抱在胸前调皮地看着我。

"刚才走了一会儿神。我太喜欢你这里了，你的柜子里弥漫着的森林气息把我带到了白雪公主的故事中。瞧瞧！多温暖的炉火啊。我会学着烧火的，我还带了咖啡和黑茶，我们可以边聊天边小酌！"

我陶醉在遐想中。蓝红梅回到客厅，正在给我倒洗脸水。

"在这里，你可以找回一点旧时光的感觉。如果不介意，夏天还可以在河里游泳。对了，秋天我们去摘野果吧，想象一下，采野果是多么惬意的事，在那么一个大森林……"

蓝红梅突然打住，吐出舌头猛拍一下后脑勺，惊呼："糟了，我让一个村民在院坝等我。我忘了！你快洗漱，我去交代一点事！"

我还以为烧穿了茶壶呢。再文静的女人也有咋咋呼呼的时候。哼哼，总算暴露了！

我会在这住多久？看着蓝红梅火急火燎的背影，我仰头问天花板。

为了谈点村里的事，我们把伙食团的饭菜打回宿舍，面对面坐到小餐桌前，在挨近炉火的地方用餐。室内灯光柔和温馨，两个女人的世界因为炉火和迷蒙灯光的簇拥而充满了诗意。

"把窗台上的花搬回室内，夜里会冻着。"我喝了口酸菜粉丝汤，习惯性地看了看窗台。伙食团的饭说不上好，不过，我很喜欢牦牛肉烧莴笋，只有高原的绿色食材才能烹制出如此纯正的味道。龚斌请我吃饭时就说过，这里的食品都是绿色的。

蓝红梅吐掉一块骨头，看了看窗台说："你看见花了吗？我不怎么喜欢养花，唯独这个与你不同。我发现无论你走到哪，只要有两株绿叶，你的眼就直了。不就是些花花草草，至于那么勾魂吗？又不是情人！"

我还没有回过神，蓝红梅已经笑得梨花带雨了。我举起筷子佯装打她："你倒是给我表演一下看情人的眼神。傻痴痴的。真不能理解不爱花的女人心里都装着什么？难怪没人爱你！"

"我有自己爱就够了。快吃快吃！自从去了趟牧区，你的胃口严重膨胀。再这样下去，不出两个月，你就变成猪八戒了！"

"还不是被你带坏的，你大口吃肉大碗喝酒的样子让我后怕！"

蓝红梅见我不依不饶地缠上她，就做了个暂停的手势。

"等会儿有几个朋友到这里。你不介意吧？他们都是各个村的第一书记，并且还是娘子军。"

"寄人篱下，我能介意吗？客随主便吧。"我做出一副可怜状。

蓝红梅出去洗刷碗筷时，带回三个叽叽喳喳的女人和一大包零食。其中两个今天迎接我时已经见过面了，只是当时人多，没有记住她们的名字。

女人们嘻哈打笑地进来了，我赶紧站起来给大家让座。

"嗨！美女，吃了吗？"四川人打招呼的方式一下子把我们拉近了。

我很欣赏高原人的豪爽和真诚，不像城里人，人与人之间总是保持一定距离，即使门对门都懒得打招呼。长此以往，大家不得不披上"都市色彩"了。

"吃过了，吃过了。快坐，坐火炉跟前。"我拿出一点主人的姿态。

等大家围着火炉坐下，蓝红梅打开零食说："重新给你们做个介绍。虽然她们都给你献了哈达，但估计你也没有记住她们的名字。"

我尴尬地说："要得要得。大家再加深一下印象。"

"这个是李红，以前在县科技局，现在是桃园村的第一书记。这个是卓玛，藏族美女，从畜牧局下派到达果村的干部。这个是马小丽，县妇联下派的干部，担任索龙卡村第一书记。"

"我叫旺秀，是邓均村的第一书记。"蓝红梅的话还没有说完，一个人影带着冷风推门而入。那情景使我想起第一次到俄洛村，大伙儿正在开会，蓝红梅风风火火闯进来的样子。

"哇，又迟到！罚款罚款！'一枝花'经常这样。哪个不晓得你在度蜜月，炫耀个啥？炟耳朵！"

小伙子站稳了身子，"嗖"的一声把一包塑料袋甩给微胖的李红。

"我度蜜月惹到你们啦？几个馋猫！拿去！你们这些资产阶级只晓得剥削我这个工人兄弟！"

"口头表扬一个，快归座！"

李红去碗柜中取出几个碟子，撕开旺秀买的牛肉干放进碟中。

大家身上那种蓬勃向上的朝气立即感染了我。

蓝红梅给大家倒上她钟爱的黑茶，说今天喊大家到宿舍聚会主要是为我接风洗尘。她强调，这是私人行为，掏的是自己的腰包，再者是为了增进大家的革命友谊。

"林美娇是个很敬业的同志。她对驻村工作的用心和付出让我十分感动。之前，她在俄洛村走访群众，调查民情，搜集整理的信息为推进扶贫工作提供了可行性依据。省上下派了这么优秀的干部来帮扶俄洛村是我们的荣耀，我们要懂得感恩和珍惜。两年后，我们几个第一书记任期也满了，我希望结束时大家都能带着无怨无悔的心情离开。"

"说得好。像蓝书记、卓玛书记她们都在村里担任了五年的第一书记，放弃了很多到重要岗位工作的机会。她们说过，全县摘掉贫困帽子的那天，才是她们离开村寨的时候。她们的努力大家有目共睹。我相信，有了像林姐这样从省里下派的优秀干部和我们的第一书记们，我们一定能打赢全面决胜脱贫攻坚战！"被称为"一枝花"的旺秀激动地说。

"哎哎哎！停停！我本想隆重推介一下林美娇同志，'一枝花'咋又开始自吹自擂了。"

"蓝书记，平时我们几个说话没个正经，干工作都要带几句玩笑话。今天林美娇同志来了，欢迎的仪式还是要整正规一点嘛，趁机也给我们自己做个总结性发言。"马小丽笑眯眯的样子很有亲和力。

"听说林姐在旅游局还任了职，这次又派驻到脱贫一线，真是身兼数职。我们这里从来没来过下派的女干部，厉害了。"

"以后你还要多指点我们的工作。毕竟省级部门平台高，见识广。"

大家七嘴八舌地争着发言，把我搞得又高兴又紧张。我明白，在这批第一书记面前自己只是个小学生，以往十多年的工作经验在这里毫无作用。这种交流方式非常好，我可以从他们的发言中汲取养分。我清了清嗓子，诚恳地表明自己的态度："说真的，来到这里以后，我才明白自己在原单位积累的工作经验不值一提。我理解的乡村和贫困完全不是现在看到的这样。农田、庄稼、百姓是我要面对的新课题。我需要从零做起。两年的时间很短，短得有可能什么都做不到，但我可以努力学习，让自己参与到每一个细小的事情当中。一个驻村干部的真正使命是贯彻党和国家的扶贫政策，听从上级部门的安排，把各项工作落实到位。以后还请大家多多赐教。我们一起努力。"我起身给大家鞠了个躬。

"好，我们一起努力！"在座的人以茶代酒，六个茶碗，代表了新的友谊，新的奋斗目标。

接下来的话题比较随意，大家谈起各村的春耕安排和产业发展方向。

李红说，桃园村今年准备搞个小型大棚蔬菜基地。她想用一半的地试种草莓。因为在巴西地区，野草莓长得非常好，这说明人工种植草莓也有可能性。村里的挂职干部已经回德阳援建单位争取项目资金了。

漂亮的藏族美女卓玛是达果村的第一书记，她说达果村是全乡最偏僻的一个村，村子建在高山上，进出仅靠一条崎岖的山路。村民们已经习惯了与世隔绝的生活，很难下一次山。而且达果村的搬迁问题也耽搁了很多年，老年人担心下山适应不了外面的喧嚣生活，舍不得离开村寨。后来还是搞精准扶贫时，村子才得以搬迁。但达果村的耕地依旧在山上，村民们耕种和收获都得跑上几十里。好在现在道路加宽了，小四轮和小型车辆都可以上山。

"山上具备山猪的养殖条件，我们在原来的'花果山'上搞了个山猪养殖园，养殖人员都是从贫困户中挑选出来的。现在产业发展得很好，经济收入已经超出了预计数额。"

第一书记们的谈论对我很有启发。在听他们谈论各自工作的时候，我也在想俄洛村的情况。目前，村集体经济算是搞下来了，但八十头牦牛要让一个村达到增收致富的目标还是很难。我们还要在种植、旅游等方面做点文章才行。

在我刚到俄洛村的时候，蓝红梅曾向龙处长索要芍药花苗，那就是说，今年村里会开发一些新项目。我清楚，这些都不是此刻急需摆到桌面上的事。

我只需做好一件事，那就是多听大家的交流。他们都是有好多年基层实践经验的干部。

一直没插上话的马小丽笑眯眯地问我："俄洛村的牦牛都买回来了吗？牦牛养殖算是大产业了。八十变一百六，一百六变三百二，如此再翻翻，经济效益不可小觑。"

在座的第一书记里面，马小丽算是年龄比较大的一个。我知道她问这些不过是给我个说话的机会。蓝红梅肯定告诉了他们买牛的艰难经历。于是，我问她能不能谈谈当第一书记的感受。马小丽笑眯眯地说当然可以。

她说自己当初是为了完成单位的驻村任务才到的索龙卡村，想着完成两年的驻村任务就可以回单位，谁知两年后，单位人手紧缺，领导请她再坚持一年就找人替换她，这一待又是两年，可领导仍旧没有找到替代她的人。后来顺其自然，四年的驻村工作使她爱上了这里的老百姓。她越干越起劲，越干越精神，并通过自己的努力，给村里购买了菜籽油加工设备，给贫困户争取公益性岗位，给孤寡老人争取到低保。渐渐地，她舍不得离开了。每次换驻村干部时，索龙卡的老百姓都会跑到乡政府，拉着她的手说能不能不要走，我们舍不得马书记。

"年底我回单位汇报工作，局长歉疚地说：'小丽，今年又不好意思了。单位调走两个人，实在没人顶替你。'听到这话，我说不清是高兴还是失望。回到村寨，看到村民们惊喜的目光，我终于明白，为了这些朴实的村民，我没理由不留下来。"

第一书记们的话匣子一打开就像奔流的河水，滔滔不绝。直到夜深人静，大家才意犹未尽地各自回房。

这个充实的夜晚带给我新的思考，我将在《我的新长征》中写进这批第一书记们的感人事迹。相信这条长征路上我们会走出属于自己的通途。

此刻秀秀早该进入梦乡了吧。我忍住心中的思念，不去打扰表姐想要的生活。她曾经那么渴望有个孩子，可流产后再也没有做母亲的资格了，而她的丈夫在留给她一笔足够过上富足生活的金钱后也离开了。为了能够得到我这个至亲的关照，表姐辞掉工作后把家迁到离我最近的地方。我一直劝她再婚，毕竟独身女人有很多难处。

至于我的个人问题，两年的时间会有个结果。

看着蓝红梅用那双迷人的眼睛回复我晚安时，我忍着没有问她老公的事。她的房间里没有一丁点儿男人气息，这个奇怪的现象使我没有勇气问出心中的疑问。

以后有的是时间，还是等等再说吧！说不定这个聪明的女人同样洞察了我内心的伤痛。

第十六章　筹备

昨天村干部通知我们要开会，除了安排春耕的相关工作，还要传达牦牛养殖的具体措施和新产业的落实方案。

我和蓝红梅九点到达村里。本想村民开会的积极性不高，又会和上次一样等大半天。不过今天情景有点不一样，首先是天气很好，山上和公路上的雪化了很多，被雪水润泽的田地里充斥着泥土气息，一些久不出门的老人也拄着拐杖在小佛堂里转经。

村委会的院坝里堆满了油菜和大黄种子。早到的村民在院坝里站着，不是背着背篼就是拿着绳子。对于即将开垦的土地，他们表现出亘古不变的热忱和期待。

在闹哄哄的人群中我一眼就看到了妇女主任曼措。她看到我们后招了招手算是打了招呼。

村干部们一早就在阳光棚里对照花名册上的户数和即将分下去的物资。没过多久，村支书他们下楼了。因为要传达的事情不多，等村民们聚拢到跟前，我们就站在院子里开会了。

先由丹巴主持会议并清点人数。他要求村民们严格按照村两委工作要求，做好春耕前的相关准备。

村支书"扫把"（这个有趣的名字是刚才在路上从蓝红梅那里求证得知，过去农村孩子在读书的时候，很多教师把他们的藏名写得很滑稽。在俄洛村四个寨子里，就有"扫把""簸箕""板凳"之类的名字。之前我一直没敢喊出口是怕自己听错了。这次去牧区，我都省去名字直呼"书记"）向村民传达了三件事：一是这次去牧区购买牦牛的经过和养殖牦牛的最终目的。二是四月二十日的春耕安排。按照惯例，第一天每户派一个劳力为"特殊户"（指家有丧事或失去劳动能力的农户）耕地。三是要完成今年规划的五十亩油菜和五十亩大黄的种植任务。至于之前计划打造俄洛村旅游休闲山庄的事，等春耕结束后，向县旅游局申请后再定。

蓝红梅书记简单解读了乡党委对全乡产业结构的具体规划和调整思路。她说在推进好集体经济的前提下，需要带动一部分新型产业来实现脱贫致富。现有的建档立卡户要加紧完成脱贫步伐，不能拖全乡的后腿。

大家讲完后要求我说几句。我围绕农博局为俄洛村打造村集体经济的总体部署，重新宣讲了一下实施牦牛养殖的初心。八十头牦牛五年内必须实现人人有份，户户有利。这个集体产业就是要在村里起个带动和稳固经济链的作用，以四两拨千斤的功效助推全村脱贫摘帽，从而为俄洛村奔小康起到推波助澜的作用。

最后是会计宣读分给农户的油菜和大黄种子斤数，对照无误后按照名单上的顺序依次领取。会场气氛再次活跃起来，相互招呼的，喊话的，找工具装东西的，顿时响成一片。男人和稍大的孩子们都参加了搬运，离寨子比较远的都开了小四轮和电动车来装货。

我和蓝红梅一边帮村民确认他们的东西，一边跟会计对账。分配之余，我一直在人群中找华丹措，我已经跟村支书说了，要用村里的架子车帮她把东西送回家里，但始终没有看到她。昨天我还给她打了电话，说好今天开完会就去她家看看孩子们，她高兴地说晚上就在她家住，很想继续上次的"睡话"。

一个小时后，所有东西都发放完了，村民们陆陆续续离开了村委会，但华丹措的三袋大黄和十五袋油菜籽还在原地无人领取。给她打电话不在服务区，刚才点名时好像还有人答应，这会儿不知是怎么回事。我们只好等她自己来领取东西。

发放完东西，已经到午饭时间了。丹巴的老婆把饭做好了端到阳光棚。蓝红梅给妇女主任打了电话，请她到村委会一起吃饭，顺便商量一下牦牛养殖的后续工作。我心里一直牵挂着华丹措，担心她遇到什么紧急的事。她不可能无缘无故地不来参加会，即使有事也会跟我打个招呼。

午饭是馒头和酸菜面块，味道很地道。土豆片、新鲜牛肉和手撕面块熬出了一大锅香气扑鼻的浓汤。馒头也非常香，村支书说他老婆没这个手艺，是从县城买来的。我们连声称赞。

吃饭时，我们针对宣传部近期要拍摄的春耕主题活动开了个小会。

"蓝书记为了争取这个片子，跑了好几次宣传部。改革开放以来，农业走上了现代化。现在基本没有传统的二牛抬杠，全是机械操作。这次宣传部拍这么一部片子，正好是对传统文化的一种追述和保护，我们要积极支持。"扫把书记很有把握地表态。

村支书也开口了："如果在我们村拍，要做的准备工作不少。首先是人选，谁来掌犁？谁来牵牛？谁来播种？谁来唱赞牛歌？这些在民间是有讲究的。现在离春耕只有一周左右，这之前我们得做好所有准备工作。"

"对。阿齐老人年事高了，过去村子里就是他来开犁的。齐布大叔和卓尕大叔都老了。唉！"会计放下手中的饭碗，点上一根烟后陷入了沉思。

大家正在苦思冥想的春播盛景对我而言是个盲区，尽管我对刀耕火种的岁月充满了敬畏，相信传承千年的春播场面一定很震撼。可我必须承认，这件事上我真的没法发言。不过，他们说的开犁人一事倒也提醒了我。这次跟我们去牧区买牛的供秋大叔和扎西大叔不是最好的人选吗？

蓝红梅和我总是心有灵犀。在我用问询的目光看向她时，她也用那双漂亮的眸子对我会心地微笑。

"大家都把目光锁定在俄洛村，怎么忘记了俄洛村是由四个寨子组成的呀。"

"对对对，我们考虑的范围太狭小了。其他寨子倒是有好几个人选，且都是寨子里受人尊敬的长辈。平时哪家有个红白喜事都少不了他们操持。好，既然只是为了拍片子，我们不妨从其他寨子把人请过来。"

有了初步人选，下一步就好办了。大家你一言我一语地谈起古老的春耕场景。因为基本是用藏语交谈，我只好又陷入不着边际的神游中。晚上，蓝红梅会把所有经过用她富有逻辑的语言讲给我听。

此刻，我又开始蠢蠢欲动了。我不想直接从理论层面了解春耕知识，而是想给自己留下一个想象余地。然后站在零起点，从开犁的第一轮泥土中倾听播种的声音。我相信所有细节都会给镜头前的人们带来视觉和心灵上的震撼。

蓝红梅同意我的想法，她说的那句"你会为泥土和种子喝彩的"已经在我的心底翻卷起层层涟漪了。

妇女主任过来时，还没来得及换掉背过大黄种子的藏袍。她的左脸颊上沾着一些灰尘，一只手拿着半块烧熟的土豆。

会计让出自己的位置，并亲自去给她盛饭，我也立即起身给她倒茶。面对这个主动站出来承担牦牛养殖的女性，我是真的敬佩。

"今天忙里忙外没个完。老头子又到县上买东西去了。我边走边吃了大半个洋芋，都可以不吃饭了。"爽快的妇女主任说话也很干脆，但那一锅香喷喷的面块还是让她忍不住吞了口口水。

她接过会计递给她的面块顺带开玩笑："不吃不吃一碗吃，客气没得三碗吃。我客气的话还没有说完就已经把饭端到嘴边了！"

"你就吃吧，喊你过来就是要你吃午饭，跟我们还客气啥呢。这次多亏有你撑这个大梁，给村里解决了难题，我们感激着呢。"会计的话发自内心。

我用纸巾替妇女主任擦去沾在脸颊上的尘土，真诚地给了她一个赞美的微笑。

"这没什么。你们千辛万苦把八十头牦牛从那么远的地方买回来，送到门口的好事不接招是不是太不知好歹了？这几天我夜里睡不好，白天吃不好，生怕这群大宝贝有什么闪失，半夜三更我和老头子打起电筒还在给它们喂草料。"

原来我们从牧区买回来的牦牛目前都关在村委会背后的老牛圈。村里规定春耕结束后正式出牧，为了保障八十头牦牛的安危，村里每户人家轮流值守。好在去年秋天老百姓储存了不少草料，现在正好用在刀刃上。

"你们一家人的确为村集体经济付出了不少辛劳，今天把你喊到这里，正好第一书记和省上下派的扶贫干部都在，我们面对面进行一个交流，你有什么要求都可以讲出来，我们尽量满足你的愿望。"扫把书记代表村两委班子感谢曼措。

妇女主任把碗放到桌上，用围裙擦了一下嘴角。

"要说要求，我还真有一个。这几天我就在琢磨放牧这事。你说八十头牦牛由我们夫妇和孩子去养也不是太难的事。上次开村民动员大会时，大家的表现你们也看到了。说句不中听的话，就是伸手做事的少，张嘴吃饭的多。特别是个别贫困户，一天好吃懒做，你把米倒进锅里他还嫌没柴煮饭，你给修了房子，他还说缺了电视沙发洗衣机。唉，有些人看起来可怜，实际上可恨得很。哦哦，我的话好像又扯远了。"妇女主任笑着喝了一口马茶后继续说，"人家省农博局花了这么多钱，让我们搞养殖业增收致富，主要就是助推全村的脱贫工作。所以，我想在建档立卡户中带两个年轻能干的人跟着放牧，目的是要让他们懂得致富要靠自己的劳动去换取。只有付出辛劳，才会有收获，这样也不辜负对口援建单位的脱贫初心。"

在动员大会上妇女主任提出由她去养殖牦牛时，我就感觉她是一个很有个性的人，此刻更证明了她的确跟一般的农村妇女不一样。她有思想，有远见，还有宽厚包容的胸襟。

"村集体经济本就是全村人的事，让建档立卡户参与进来就是为他们提供就业和脱贫的机会，一举两得的事，只可惜上次的会上群众积极性不高，贫困户中老弱病残和孤儿寡母占据了大多数，抽个养殖人员也难。"蓝红梅告诉妇女主任，无论有什么要求，村两委一定支持。

妇女主任说："这几天寨子里有人找我，想跟我去放牧。都是比较规矩的女人，如果你们同意我就带她们去。"

"你说的是兰卡吉和波丑玛吧，其中一个是特困户。她们都享受了扶贫政策，春节前搬进了新房，条件改善了很多。但波丑玛的腿脚不怎么好使，会不会帮不上你什么忙还拖累了你?"村支书有点担心地问道。

"这个没问题。只是她的老母亲和读初中的女儿还得有人照顾，但她说自己的姑妈答应关照她们。"

丹巴主任解释说："牦牛养殖的福利是一年产下的牛犊由养殖户和村集体对半分。确切地说，就是假如一年产下三十头小牛，你十五头，村集体十五头。这个话我们上次也说得很明确。但现在还有两个人参与进来的话，那分配上可能得重新调整。你得想好。"

"我决定带她们就是想让她们享受到这个福利。我的家境比她们好，她们的报酬也从我的工资里支配，我少拿一点没关系。"

"这不行。不能因为人多就把你该得的劳动报酬减少了，每人工资一万五不变，我们来想办法，就这么定了。"

"我也会尽量争取一些渠道来保障你们的工资。"

"俗话说'羊毛出在羊身上'。我们去养牛就不会只停留在待产小牛这件事上，还可以挤奶，卖酥油，卖牛奶，这也是笔不薄的收入。"妇女主任充满了信心。

"那么你们要在三天内到村委会把养殖合同签了。三个人都要到场，合同一式三份，由个人、村委会和乡政府各留一份。你们同意后要按手印。"

"行，就这么定了。明天我找她们再碰个头，把村干部们说的这些话给两个伙计也传达一下。"

妇女主任见事情差不多谈完了，就起身告辞。我和蓝红梅把她送到村委会门口，她高兴地跟我们说，夏天去她的牧场野餐，她会给我们煮最纯正的牦牛奶。

正准备上楼时，电话响了。是华丹措！她在电话里带着哭腔，说自己早上起来后腹部很痛，撑到九点受不了，就搭乘出租车去县医院检查，结果发现有个子宫肌瘤，已经做了激光手术，这会儿刚回家。她问我能不能找几个人把她家的东西帮忙搬回去。

其实根本不用找其他人，楼上几个大男人不就闲着嘛。

蓝红梅把大家喊到院子里，说明了情况。正好会计的车停在门口，男人们装上东西，我和蓝红梅本来就要去华丹措那里坐坐，就一起上车了。华丹措的院子里静悄悄的，男人们把东西放到屋檐下就各自回家了。

"小泽！小泽！你在吗？蓝阿姨和林阿姨来了，妈妈呢？"蓝红梅掀开门帘，屋子的门开着，炉火烧得还是那么温暖。

过了好一会儿，才听到外面关大门的声音。华丹措蜡黄着脸进来了，她虚弱地跟我们笑了笑，示意我们坐到炉子跟前说话。

"你们别把自己当客人。锅里有烙饼，茶壶里熬了奶茶，你们自己动手吧。蓝姐，帮我盛一碗铝锅里的人参果稀饭。"华丹措一边招呼我们，一边躺回事先铺好的毛毯上。

我替华丹措盖好毛毯，又去脸盆中拧干毛巾给她擦脸。蓝红梅端过盛好的稀饭就要喂她，华丹措摆了摆手。

"就一点小病，哪用得着喂饭。你们下次要替我谢谢村支书他们。刚才我躲在厕所不好意思出来，是不想让他们看到我这个样子。"

华丹措说着直起身子，自己端过碗开始喝粥。我说你这哪里是小病，起码该在医院躺着休息两天，或者该喊上我们其中一个陪护呀。

华丹措说病发作得突然，根本来不及通知我们。再说村里又要开会，不好耽搁我们，就自己去了医院，在手术台上躺了一个多小时，抓了点药得到医生的同意后就回家了。

蓝红梅给我们倒了奶茶，又把热腾腾的烙饼切好放到我们面前后，诧异地问："小泽呢？"

华丹措苦笑了一下，不屑地撇了撇嘴："那个冤家趁我不在，把小泽带走了。小泽气得一只鞋子都蹬掉了。"

蓝红梅眉毛都扬起来了："啥啥？哪个冤家？小泽的爸爸吗？"

"除了他还有谁，你也知道，他去年就在打这个主意。"华丹措的虚弱和愤慨表现在脸上。

"他有什么资格抢你的孩子？以前不要你们，现在自己没孩子又来抢小泽。他怎么会来俄洛村？"

"也是赶巧了。他好像去求吉寺办事，回来的路上车坏在我们村公路边。我把小泽寄放在秋甲大哥家里，那个冤家到村里找帮忙的人，正好遇到秋甲大哥带小泽倒垃圾，他就说带小泽去县城买衣服，下午跟我一起回村，还骗秋甲大哥说我已经同意了。"

蓝红梅的眼睛闪着火，显得很烦躁，干脆就不说话了。我听得一头雾水，也不好主动打听怎么回事，就赶紧安慰她好好休息。

"听你们的谈话，小泽既然是被他爸爸带走了，也不是外人。目前你的身体要紧，其他的暂时别操心了。好在两个女儿在学校，周末才放假，我和蓝书记可以把她们带到乡上去住。"

"去年我就喊你去县医院检查一下，你就是拖，现在呢？有病要早发现早治疗。你还小，怎么能落下个病根呢。唉！我想小泽肯定会闹着要回来的，他待不了几天，不行就我出面去接孩子。"

蓝红梅的语气让我想起了表姐。她们似乎都特别喜欢孩子，对孩子的关切是那么地相似。

华丹措倒是慢慢恢复了平静，她说这样也好，让那个负心汉体验一下带孩子的苦衷，这两天正好也落个清净。她希望我们留下来住一晚上，说原先想弄点美

172

食的计划只有改天了。

看着她的样子，我们真是不忍心丢下她离开。好在乡上也没什么事，我们就决定在华丹措家里住下来。

"你们能陪我说会儿话比什么都好。虽然我不得不躺着，但嘴巴还是能活动的。我也想把今年要做的事情跟你们商量一下，你们替我拿个主意。"华丹措说自己先休息一个小时，然后再和我们聊天。她说在阳台晒太阳舒服，让我们提上奶茶和烙饼去那里坐坐。

华丹措的建议正合我的心意，这个有着温暖阳光的午后的确适合品茶和聊天。蓝红梅把茶壶、烙饼、瓜子、水果放到一个小篮子里提出去了。我给华丹措喂了药，让她重新平躺盖好毛毯，又往炉子里添了柴，看着她舒坦地闭上眼睛，我才出去。

这个小茶室其实就在一间小阁楼上。换上普通人家，可能用来堆放杂物，但爱干净的华丹措却把它布局成一小块温馨的空间。曾听她说过，这是做针线活的地方。缝缝补补的日子虽然孤单，但却充实。孩子们不在家的时候，她往往一坐就到天黑。

蓝红梅把两张厚厚的地毯铺在地上，又在柏木小茶几上摆好了茶果和龙碗。我知道藏族人喝茶最爱用就是龙碗。她见我露出了欢喜的微笑就示意我坐她对面。

"农村的朴实和宁静能让所有烦恼都沉淀下来。"我点头表示赞成，然后坐到地毯上享受着阳光的爱抚。

季节这东西真是奇妙，短短二十多天，山川树木都刻上了时间的痕迹。虽然山峰上还有未曾融化的积雪，但所有物种的颜色已经开始变深，仿佛春天的消息已经不胫而走。

"眼下看起来还有些萧条，但太阳和泥土却告诉着人们，该播种了，该迎接新一轮岁月了。"我剥开一个小橘子，掰一半递给蓝红梅。

"这样对话真的很美。在乡下待久了，接触的都是实实在在的事，浪漫和诗意早丢之脑后了，我甚至忘记了自己的画笔。不过，在群众中我却能找到一个全新的自己。每当跟村民们面对面交谈，聆听他们的疾苦，力所能及地帮他们解决困难时，我就会有一种成就感。平时在部门里天天跟材料打交道，好像隔空看世界，有时候挺无聊的。"

"对。但按部就班的工作还是得有人干。城市和农村最大区别就是同一个太阳下的人奔跑的速度不一样，生活的节奏不一样。在单位上班久了，除了公交线路和附近的地铁站外，什么都不知道。就是带孩子去哪里玩，都找不到个合适的地方。"

"城里人真的很现实，没有我们山里人朴实无华。"蓝红梅说了这话后用我懂得的眼神告诉我，她说的并不是我。当然，此刻完全不需要任何解释，大家都能听出言辞中的坦然和善意。

"老百姓对季节的把握真是充满了智慧。他们会根据某个山影的变化来推断春播秋种的时间节点，或者根据风向和河流的颜色断定天气变化。阿齐的父亲虽然躺在床上，但他可以根据阳光投放到院子里的影子说'该打土包了，该施肥了，该选种了，该把家里的皮袄拿出来晾晒了'。这就是农村人的时间表。"

蓝红梅说的这些是我在城里永远都听不到的，我挪动了一下有点麻木的双腿，看着她端坐在地毯上一脸的迷醉。

前几年流行瑜伽时，我也在小区旁边的健身房办过卡，有了点基本功，但随着跟老公感情的裂变，我就什么兴趣都没有了。除了上班下班，接送孩子，几乎把自己的精气神都交给了没完没了的争吵。

我侧身扯掉花盆中的一片枯叶，放在手心把玩了很久。在这个弥漫着淡淡春光的午后，品茶，看对面正在向纵深阶段过渡的林木和天空，偶尔会有块蘑菇状的云朵遮住太阳。但我得恪守约定，我要站在春天的第一束阳光里，听勤奋的农人唱响犁地的老歌，看辛劳的农妇从手心抛撒出弧形的青稞种子，看古老的仪式为大地献上四季中最美的颂词。如果我通过他人的语言描述得知了春耕的细节，到时候就会少了很多惊喜。我有耐心等待这个宏大农事的有序展播。

蓝红梅看透了我的心思，她为自己续上奶茶，换了个姿势斜倚在靠垫上。

"从你的眼里我看出你对乡村的着迷。当然，时间久了你也会觉得不过如此，甚至会厌倦它的孤寂和单调。好在你只有两年的时间。以后，这个地方就只能是你梦中的冰山一角了。"

我觉得自己不会忘记这个地方，不仅不会忘记，这个地方说不定还会成为我今后人生中很重要的一部分。只要时间允许，我还会带着秀秀和表姐再来。我毫不怀疑，将来有个替代我老公的人陪伴我，那时，我会首先让他到这里看看。

"龙处长他们下周要来，他会带上芍药，正好也可以看看我们的春耕盛景。华丹措今年想种芍药，我们要支持她。"

我们从漫无边际的遐想中回到现实。我正好也想到了华丹措说过要种芍药的事。

"是的。俄洛村的人对种植芍药没有信心。不明白那些看似只能观赏的花卉能换来什么好处。但是，我们也不能保证它一定就好。"

"她行的。她是个大学生，对农业科技知识有一些了解。我已经对接好了县科技局技术人员，到时请他们来指导种植。"

我端起龙碗，喝了一口发凉的奶茶，然后望着停歇在院子外面一株柳枝上的麻雀说："龙处长既然带来了芍药种子，就不可能不带种植技术，他会有自己的计划。"

"这里到处是麻雀，有没有什么原因？"我收回目光，把一个并没有多少意义的问题抛给蓝红梅。

"麻雀在我们这里很常见，牧区和农区都多。牧人管它叫山雀，体形跟我们这里的略有区别，叫声也不一样，但总归都是雀类。我们小时候见得最多的是老鸦，大人小孩只要听见老鸦叫就会拿石头打，还附带上恶毒的咒骂。不过生态环境破坏后，乌鸦少了很多，曾经以为不祥的鸦声倒让人想念了。"

蓝红梅微闭的双眸勾起了我的顽皮心，我又想起了村支书等人哭笑不得的名字。"还有你的名字，是藏语音译还是本就是汉名？会不会是老师笔误，搞成扫把书记板凳连长簸箕队长之类的笑话。"

"至于我的名字，说来还有一点渊源。我父辈那个年代流行取红兵、红岗、红梅、雪梅之类的名字。当时有个社教组的汉族干部见我妈妈漂亮，就给她取了红梅这个名字。不过没用到多久，就被我的外公怒气冲冲地否决了。他说一个藏家女子，取什么舌头都打不圆的汉名。所以，母亲有了我以后就悄悄给我取名红梅。蓝其实是我们的家族号，确切说，是郎仓家族。大概是为了书写方便，读书报名时就写成了蓝红梅。真是可笑，红梅怎么是蓝的，哪有蓝色的红梅？哈哈哈！"

正在我们俩哈哈大笑时，华丹措来了。她推开门看着两个女人放肆地张牙舞爪，也跟着笑了。她的气色明显有了好转，眼睛也有了光亮，不过我还是很为她担心。

"你怎么起身了？还没到一个小时吧？"我从地毯上起身，赶紧把她扶到椅子上坐好。

华丹措说，她都睡了两个钟头了，哪有那么娇贵，一点小病睡一觉就好了。原来我和蓝红梅把一下午的时间都轻松打发走了。

"给你打电话说病情时有点紧张，把小息肉说成肌瘤，吓坏你们了。那个药真的很神奇，我这里跟没事似的。"为了让我们放心，华丹措把我的手拉过去放在她的腹部，我们三个又立即笑起来。

"又不是怀孕，摸能摸到什么情况！"

"太阳快落山了，这里凉，我们回屋烤火吧。家里有鸡蛋吗？我给你做点营养餐。"蓝红梅对华丹措家里的熟悉程度我是知道的。在我没到俄洛村之前，蓝红梅也会经常来她家住，要不然俩人的友情也不至于这样。

"后院的几只母鸡还在下蛋，我都给你储存了一篮子了，也没见你来拿。我们再坐会儿，等太阳完全落山再回屋。小泽该想我了吧。"

提起孩子，我们都有点不自在。

华丹措望着门外的农田说："我跟几个贫困户商量了，今年租他们的地种芍药，但他们的地不在同一个地方，不知道有没有人愿意跟我换。我在网上查过了，芍药还要种在排水良好的朝阳斜坡才好，土不能太肥，碱性重了也不好，我就看中了后山下的那些梯田。花开出来不知有多美！"

"芍药种植大概需要四五年，投入成本比较大，要花点功夫。不过能够把农业和旅游观光结合起来，发展前景还是比较乐观的。"我想起那天开会时提到的旅游方面的打造。

华丹措点头说道："我也是这样想的。这两年其他乡也看好农旅观光项目。我在宣传部的宣传图片中看过，阿西茸在青稞和油菜地里做了创意图案，有龙凤呈祥和孔雀展翅，真的很漂亮。你们想想，如果在秋天，俄洛村的层层梯田上开出几十亩芍药会是什么景象？我们四周的风景本就这么好，是不是锦上添花了？"

"不过，怎么才能把芍药集中种在一个地方？我们得找找土地的主人，看看他们是否愿意出租或者调换一下。"蓝红梅托着两腮，陷入了思考。

"目前我知道的几个贫困户的土地位置都不错，但也有十多亩属于家境富裕的人家，实在不行就建议他们也参与进来，一起搞芍药种植。"

"等你好一点了，我们陪你去看看，再跟村支书他们商量一下，争取得到大家的支持。唉，这样一来，不知道夏天是该去妇女主任的牧场野炊，还是该在你的芍药花中拍照，想想心都飞远了。"

"明天就去看，春耕马上开始了，我得抓紧时间。等人家把青稞和麦子都种下了，我怎么去争取？"华丹措的焦急表现在脸上。

太阳落下去后，红彤彤的霞光给大地披上了一层朦胧的色彩，几只麻雀再次跳到门口那棵柳枝上叫个不停。我们收拾完东西回屋，我问华丹措要不要关上大门时，她说自己习惯了开门等小泽回家。

因为有一大篮的土鸡蛋，蓝红梅便给我们每人煮了四个醪糟荷包蛋。锅里的烙饼还多，只需要加热就行。我们还煮了羊肉萝卜汤。我开玩笑说沾了华丹措的光，让大家享受到坐月子的待遇。

夜里睡得比较早，大家说今天就免去"睡话"。床上用品全部换成了棉质的，柔柔的，暖暖的，香香的，很舒适。我窝在被窝里和秀秀视频聊天，告诉她妈妈睡在一个漂亮阿姨的家里，下次带她来看看两个小姐姐和弟弟。表姐在旁不停地催促秀秀得睡了，我只好关掉视频。

第二天吃过早饭，丹巴主任打来电话，让我和蓝红梅去趟村委会，是跟宣传部拍摄春耕片子的事。我们只好喊华丹措待在家里。她今天的状况比昨天好多了，一早起床就跟平时一样烧火煮茶，打扫卫生，而且她联系的三家贫困户已经答应随时过来跟我们去看地。

我们刚到村委会门口就听到院子里传出爽朗的笑声。这个未见其人便闻其声的正是宣传部的白玛部长，握手寒暄后，她把一起下村的副局长和电视台的记者介绍给我们。随后，我们带领导们去了阳光棚。没想到供秋大叔也在，自上次去牧区买牛后我还是第一次见到他。

丹巴主任说村支书去乡政府开会，今天的会就由他来主持。他说县委很重视这次春耕宣传片的拍摄，要求村委会做好相关准备，从耕地到播种人员都要精心筛选。丹巴主任请宣传部领导对拍摄工作做具体安排。

白玛部长翻开笔记本，环视了一下到场的人后说："今天我们跟电视台的记者一起到俄洛村，主要是传达一下县委决定拍摄这个春耕宣传片的要点，其次把拍摄的程序和要求跟大家做个交流。R县跟州内其他县不一样地方就在于我们既是畜牧大县，也是农业大县。农耕作为我县重要的文化载体，有着丰厚的根基。东西两部截然不同的地理单元造就了多姿多彩的游牧风光和田园美景。外界对R县的认识还停留在草原和马背文化上。在旅游业不断壮大发展的时代，我们要全方位挖掘和推介我们的游牧、农耕、湿地、田园、森林、矿藏的立体资源，以旅游带动文化，以文化促进旅游。现在的人不单把目光锁定在自然风光上，更想在游览山水之余聆听一个民族、一个城市、一个乡村悠远的历史起源和文化背景。当然，随着现代化建设进程的步伐，农村人的传统劳动方式也在不断提升。耕地、播种、秋收都靠机器了。'二牛抬杠'正在退隐，人工播种的场景也在弱化，但我们还是可以通过镜头、影像、音乐来定格千年不朽的文化根基。从而把正在消失的文化拯救起来，传承起来，壮大起来。"

白玛部长的讲话赢得大家的阵阵掌声。她说自己从小生长在农耕地区，对土地和庄稼有很深的感情。她每年都会回到乡村，听听春播中的细雨，看看麦苗上的露珠，走走乡间小路，闻闻松林和蘑菇的清香。

对于春耕拍摄工作，白玛部长做了以下几方面要求：一是安排好参加人员；二是选好地点，最好是能体现山野气息的农田；三要表现出仪式感；四是耕牛的挑选，播种者的服饰，一切按照最古老的仪式进行。最后她强调，这部片子会在四川各大网络平台上进行播放，还有可能上央视，因此大家要高度重视，不敷衍，不做作，不夸张。

"这就是我们今天下来跟大家传达的工作要点。听村主任说，到场的这二十几个人就是目前选出来的春耕人员，你们具体是怎么策划的？大家说来听听。"白玛部长的话干净利落，一点不拖泥带水。

丹巴主任把人员组建做了个介绍："今天到场的总共有二十个人，都是从俄洛村的四个自然寨中选出来的。其中五十岁以上六名，负责犁地。青年六名，负责祭祀仪式。年轻媳妇六名，负责撒种。姑娘六名，负责牵牛。但实际开播那天，全村群众都要参加，那样才能体现春耕的隆重和盛大。过去一直是这样的。按照本地习俗，全部劳作人员着盛装。"

白玛部长开心地笑了："是的，这个我知道。都说一年之计在于春，老百姓对春耕的重视程度决定了秋天的丰收成果。过去老百姓虽然穷，但家家户户都还是有几件压箱底的好衣服。我记得春耕那天男人们都要穿上绸拉（氆氇藏袍），藏式白衬衫，系鲜红或深蓝的腰带，还有地道的牛皮藏靴。大家还要煮肉炸油饼，在田间地头休息的时候开始春天的第一场野炊。那情景真是太壮美了。"

蓝红梅跟着也说开了："耕地那会儿正是人参果出土的时候，翻卷的黑色泥土上挂满了白生生的人参果，孩子们追在牛屁股后面翻捡人参果。"

蓝红梅的孩子气引发了一屋子人的欢笑。春耕会议在大家轻松愉快的笑谈间结束。

供秋大叔和到场的扶犁人都表达对春耕活动的赞赏。大家对久违的劳动场景充满了期待。

"本以为这双老手再也派不上用场了。"

"老婆子一早翻箱倒柜地找我那件氆氇藏袍。她说要上电视了，要我好好唱一回赞牛歌。"

"我儿子也赶去县城，说要买最好的绸拉和镶边靴子。这些孩子呀还真来劲。"

"我昨晚梦到了我的耕牛，它们还是那么健硕，我高亢地吼一声'世间最听话的牛啊，请在那丛迎春花开的尽头拐弯'，两头老牛却回身抵我！哈哈哈，有趣极了！"

"我们都做好了准备，播种那天，用最漂亮的褡裢装青稞种子。"

每个人的快乐都挂在了脸上。看着兴致高涨的场面，我对即将到来的春耕产生了无限向往。

白玛部长表示这会儿就去看现场。来都来了，她不能带着一纸会议记录回县城。

下楼时，我看了一下时间，快十点半了。华丹措可能还在等我们去看地，怎么办？村委会选中的地点会不会和她的芍药地有冲突？如果选在一个地方，那就只能以春耕为重了。

蓝红梅的眼神表明我们担心的是同一件事。先去看看再说，凡事都有灵活性。

我们绕过村子背后的田埂，向着东北方向的山冈走去。田野里已经撒满了黑色的肥料，有几个农妇在小四轮上卸着最后几袋化肥，她们见到我们都喊"让司果让司果"。

越往上我的心中越有一种对土地的敬畏感。记得刚来俄洛村的那几天，我到过这里。我在满地大雪中号啕大哭，哭老公对我的伤害，哭我在异乡的无助，哭我为褪色的爱情远走他乡的艰辛。而疯子的出现差点让我伤痕累累的心彻底崩溃。只是今天，山冈和柏树林显得特别静谧，高远的蓝天和云朵都变成了柔和的春意，所有不快的往事都因悄悄到来的春天而沉淀消散了，甚至像什么都没有发生过。

突然，一个人影在灌木丛中若隐若现，仿佛背着斧头，腰系长长的牛皮绳，他的疯劲可能刚刚平息。我没有告诉任何人我看见了疯子，直到那个黑影在葱茏的林木间变成了一线光影后，我才松了口气。

村支书带我们去的地方是个难得一见的世外桃源。弧形的农田被一层层柳林和柏树环抱，从上俯瞰，这些农田像一张张铜制的盘子，错落有致地叠放在苍劲的山野中。这里少说也有上百亩的耕地。村支书说这些地是在土改那年开垦出来的，实行退耕还林后，好多地方都种上了树，不过从前年开始，部分农田种上了油菜，因为这里的海拔和土壤都适合种植油菜。

白玛部长高兴地说："就这里了，层层叠叠的梯田太适合拍摄春耕大片了。你们觉得怎么样？在这里耕地有没有困难？姑娘们牵牛有风险吗？种子的抛撒度是否合适？"

"没问题，请部长放心，比这更陡峭的地我们都耕种了大半辈子。"在场的人都被大山和农田吸引了，好像这才发现自己生活的地方是如此美丽。相信他们一定能用农人特有的敏锐捕捉青稞拔节和麦穗翻香的悸动。

蓝红梅跟白玛部长说了村里的一些打算。她说经济效益是首要问题，村里已经规划好了中药材的种植区域，这里除了种青稞外，还得种上更多的油菜和大黄。

原来大黄、油菜和其他诸如川贝、柴胡、黄芪的药材适合在这样的高度种植。这些名贵药材需要在风雪中成就生命，低洼地带反而没有它们的生存条件。

"如果把农旅观光打造出来，这里必然会成为一个著名的观赏区。绿青稞、红大黄、金油菜，以及周边的山林树木交相辉映，所有生命将以绚丽多彩的方式展现出来。游人们不必走近，就在我们现在的位置进行观赏就能领略万紫千红的多彩世界。"我被山野的美感震撼了，就把心中的设想告诉了大家。

白玛部长高兴地鼓掌："越想越令人激动，未来俄洛村一定会在旅游业上占据一席之位。只要迈出第一步，后边就可以平稳渐进地发展了。"

选好春耕地点后，我心想，这么美的地方如果种上芍药会怎么样？那岂不美翻了天。不知道华丹措要的地在哪里。

刚翻过山梁，就看到几个女人站在不远处的田埂上指指点点。原来华丹措和贫困户也到山上看地来了。华丹措看到我们后招手喊我们过去。白玛部长说还要去几个乡转转，就跟大家分别了。

虽然华丹措的脸色还是有些苍白，但比昨天振奋了很多。她看着白玛部长他们走远了才说："我真的担心你们会把我要的地作为拍摄点。佛祖保佑，虚惊一场。"

丹巴主任跟着笑了："你要在村里带头搞这么大的产业，我能从你的嘴边拽下肥肉吗？村里本来就把中药材种植纳入计划了，村支书和蓝书记他们已经报上了。再说，把芍药这个东西种在这里非常合适，路过和进村的人都能看到满山遍野的花卉呀。"

"真是太好了。阿卓大姐和白科大叔他们也愿意把地租给我，在身体允许的情况下，他们愿意到地里干点除草施肥之类的活计，这样我也好给他们一点劳动报酬。"

"华丹措说的没错，我们这些瘸子拐子使不上劲，可也想靠双手养活自己。好在现在政策好，村干部们想着我们，我们高兴着呢。"

丹巴问华丹措，能够集中种植芍药的地有多少。华丹措说有两家人想和她一起种，加起来大概二十多亩。

"我看这样，我们把初步计划再改变一下。"蓝红梅站到华丹措背后的一个土坎上，把手搭在额前观察周边地形。

"要不我们把芍药基地再缩小一点，今年就种十五亩。四年出成果还是比较慢，万一失败了怎么办。就用十五亩搞个试验区，尽量把成本和风险压到最低。"

"我同意蓝书记的建议。毕竟是个未知数，没有尝试过的事情都不好说。"华丹措自然能考虑到这个问题，只犹豫了几秒就答应了。

"这样也好。好坏与否我们都得考虑。虽然以后农旅观光肯定会成为乡村旅游的一个亮点，但我们这里的交通还在提升改造中，估计搞旅游两三年之内还是难。就种十五亩吧。"

上午的时光转眼即逝，好在最要紧的事情都落实下来了。几天后春耕就要开始，村民们就要全身心投入到一年中最繁忙的劳动上了，接下来的脱贫攻坚新任务还得同步跟上。

晚上回到乡政府，我跟蓝红梅打了个招呼后回县城了。我想在县城等龙处长他们，明天他们就要到 R 县了。这次一起过来的还有在夏德村驻村的同事高一平，他是办公室的"一支笔"，这次下派是为了替换患病的唐杰。

到高原快两个月了，自己也算是这里的半个主人了，明天我得请农博局的同事吃个饭。

回到县城单身宿舍又是另类的感觉，回想我的高原生活，住过村委会、牧民家、农户屋，还与蓝红梅共居一室，仿佛家的概念在不断地丰满。我不由得想起秀秀经常画的那幅画：一座木房子被长满牵牛花的栅栏围住，弯弯曲曲的石板小路连接着一条小河和森林。她还在屋顶上画了两只燕子，给木屋前面的草坪安了把秋千，秋千旁有圆桌和茶具。

秀秀说妈妈坐在桌前看她荡秋千。这个孩子真是充满了想象。或许她无意中已经为我勾画出一幅远游图。她想象中的乡村跟我现在所在的地方是那么相似，我明白有些事情是有预示的。

办公室的同事大都在景区检查开园前的准备工作，只有小杨依旧在没完没了的资料中埋头苦干，他见我突然回来担心有什么事："林局，你回来也不提前说说，我好给你开地暖。水已经开了，等会儿给你提一桶过去？"

"谢谢。现在没有那么冷了，我就在这里喝一杯。你忙，不管我。明天龙处长他们要过来，我回来接他们。夺吉局长应该知道这事。"

"对，他说了。我今天替他们订了房间。要不要告诉领导你回来了？"

我赶紧摇头，表示没什么需要惊动局长的事。

"听说这次龙处长他们带了一车什么中药材。"小杨在我出办公室时抬头补充说。

"对，芍药花。"我提上一桶水，把门轻轻拉上。

宿舍里很温暖，打开窗帘，炫目的阳光扑进屋子，窗台上的两株绿植又长高了很多，小杨没忘记照顾这些小生命。掀开床上盖着的床单，没有多少灰尘。我把折叠好的被子摊开铺在阳光下，天黑之前它们会被晒得松软柔和。

时间还早，我在电话里确认了龙处长一行的行程后，准备继续写《我的新长征》。对于二万五千里长征来说，那些普通的青稞成就了新中国的伟大基业。我要把巴西的青稞作为重点写进长征文化的篇章中。

　　凡是有泥土的地方就有生命的根基，听吧！一把种子就要在这里被撒下。它们会落向山间、地头、山野。即使只是一粒青稞、一颗大豆，它们也会从丰饶的泥土里开启自己的征程和使命。跟随一粒青稞，你能追随到一个国家的历史，一座由庄稼和粮食来命名的革命丰碑。

等我写完时，天色已经暗下来了。蓝红梅给我发了几条微信，都是要吃好睡好的关心话。她说自己上山时有点伤风感冒，太阳落山前就睡下了。我们互道晚安后，我突然没兴趣上街了，就给一个熟悉的餐厅打电话送盒饭，我要好好享受一下这个难得的宁静时空。对老医院院墙上的灯光，我已经有了免疫能力，我只想让自己全身心融入越来越深的夜色中。

第十七章　春耕

　　龙处长他们到达县城时，已经下午六点了。我们在预订好的一个中餐厅吃晚饭，大家争着掏钱，这个我没有答应。一个小小的饭局纯属同事间的情分，不存在违规违纪。再说高一平初来乍到，怎么都得由我这个当姐的接风洗尘。

　　吃饭时，我把宣传部要在俄洛村拍摄春耕的事情跟龙处长详细汇报了。他说明天先送高一平到夏德村，顺便还要把香猪养殖的事情落实下来，后天再送芍药花苗到村里。芍药下苗时间在五月初，可以和春耕隔开一段时间，秋天再进行移栽，到时他们会请省里的技术人员过来指导种植。

　　"牦牛都买回来了？村里满意吗？"龙处长推了推鼻梁上的眼镜，目光还是那么犀利。

　　"是的，全部买回来了。目前在村里圈养着，我参与了整个过程。"我笑着回答。

　　"全局都知道了你的壮举，你让我们刮目相看呀。局领导要我转达他们对你的问候和表扬。你们还有群狼历险记吧？嘿嘿，真是不可思议！"

　　高一平一脸天真地问这问那，我明白他的心境，对一个陌生的地方任谁都会生出好奇心理。他下派的地方可能跟我们这里一样，也是个农耕区。之前听龙处长他们说过，占哇乡虽属"四大孤岛"之一，但风景却出奇地美。上次若不是参加村集体经济动员大会，我第二天就会跟他们去看看。

　　没等龙处长他们回县城，蓝红梅便打电话要我提前下村。因为我们要准备的春耕拍摄工作，村干部是中坚力量，凡事要亲力亲为。于是我打了个回村的出租车，匆匆忙忙去了村里。

村干部们都在。蓝红梅说春耕结束前我们都住村委会。她替我拿了换洗衣服，还给我找了套藏袍，说开拍那天我们都出个镜。

这倒是给我出了个难题。我担心扮演不好一个标准的农妇，惹来老百姓的讥笑就麻烦了，可蓝红梅的眼神总是可以让我几秒内降伏。她故作神秘地将我上下打量了一番后转身而去。

因为担心放野了很久的耕牛生疏了犁地技巧，或者听不懂久违的赞牛歌而尥蹶子踢人，所以会上决定，明天我们用半天时间进行彩排，试试耕牛们的性情。

我们先去院子里检查了所有的农具和祭祀所需物品。六把木犁整整齐齐地放在屋檐下，六个崭新的褡裢鼓鼓囊囊地装满了青稞种子，每个犁上都挂上了洁白的哈达，一只背篼里装满了煨桑用的柏树枝。

清点完东西，村支书又在村工作群里跟各寨子负责人联系，对接了春耕人员的最终人选。除了一个媳妇临时被换外，其他的都没有变。

拍摄这天，我们起了个大早。负责接待的组长们在阳光棚里摆上了丰盛的美食，大家说春耕是根据藏传佛教天文历算定的日子，非常吉祥。二十多个参加春耕拍摄的人都换上了盛装。我看到扎西大叔和供秋大叔也在，他们戴着塔式白色毡帽，穿着酱红色氆氇藏袍和白衬衫，藏靴上除了鞋尖那只高傲的"靴鼻"外，还镶嵌了一圈彩虹似的氆氇，整个人显得异常精神矍铄。

"哇！真是太隆重了！"我惊艳地看着他们的装扮。年轻媳妇和牵牛姑娘们的服饰也有点区别。播种者和开犁者一律是氆氇藏袍，只是女子们的服饰更为考究，袍领、袖口和边角都有手工绣的工艺。最让我爱不释手的是她们的首饰，银带、奶钩、项链、手镯、戒指，以及嘤咛作响的针线筒，这些在我眼中不亚于一场服饰展演。平时穿着朴素简单的老百姓，此刻却显得那么出彩。他们的脸上有着阳光一样的灿烂笑容，他们的眼中荡漾着对泥土的无限深情。

扫把支书和丹巴主任以及所有队长组长都换上了盛装，他们的面色因春耕的到来而更见红润自信。

下楼前，我央求蓝红梅先不忙穿藏袍，等吃过饭根据实际需要再定，毕竟我们还是要做好县级领导的接待及拍摄的相关工作，我最担心的是自己笨手笨脚会破坏整个拍摄节奏。当然，我完全支持美丽的第一书记蓝红梅穿上氆氇长袍，或者被称为"玛泰尔"的大红镶边藏衣。无论她是否戴上那些散发着古朴韵味的金银首饰，她都会成为这众多播种者中最美的一员。

大家在阳光棚吃过早餐，宣传部白玛部长和电视台的人也到了俄洛村，跟他们一起来的还有分管旅游的副县长和夺吉局长一行人。

龙处长他们还没有消息，打电话提示不在服务区，莫非他们拉芍药的车开慢了？八点就要开机拍摄了呀！

好在没过多久，龙处长就打来电话。因为夏德村的书记他们还在对接养殖的事情，他可能一时半会儿到不了俄洛村，让我代他向村干部表达歉意。那一车芍药花苗他已经安排下午送到村里。我只好抱着些许遗憾把龙处长的话转告给了村干部。

"林大美女，你今天也该穿上我们的藏袍啊！蓝书记没有帮你找一套来穿吗？"爽朗的白玛部长在下楼时搭着我的肩膀问。

夺吉局长闻声马上说可以帮我借用，我解释说蓝书记已经替我找好了，只是我还在想要不要穿。

"要穿呀！多隆重的春耕活动，以后你想穿都没有机会。参与到我们当中吧，做一名春天的见证者。"领导们的话又激起了我的兴趣。

正好，蓝红梅和村干部们给耕牛挂上哈达后，就催我上楼换衣服。如果继续坚持就太拂大家的好意了。在这个充满新生寓意的日子，何不穿上漂亮的藏服，为自己开启一场美丽的春天之旅？

"好吧。走，换衣服！"在白玛部长鼓励的眼神下，我们拉了一个漂亮的姑娘到楼上帮我们穿藏袍。

蓝红梅说，给我找的是最具代表的"玛泰尔"藏装。因为碦鲁的确有点沉，春耕的地点又在山坡上，怕我不方便。

"这样最好。你想得很周到。"我举起双手，让藏袍特有的布料气息穿透鼻孔。

年轻姑娘的动作很麻利，她熟练地束紧了我腰间的深红色腰带，把精巧的银腰带、奶钩和珊瑚项链统统给我戴上，她还让我试着大步走路，看松紧是否合适。直到我央求她可以了，她才匆匆下楼。

作为一个藏族女子，蓝红梅自然不用劳烦别人。不过，她说长期不穿的话，还是不习惯，束手束脚地不方便走路。

"你真该嫁到我们这里。你穿上这身藏袍有多美自己都不知道吧？"蓝红梅把我拉到镜子跟前，往脖子上洒了点香水后又给我乱喷一阵。

"我们吮吸自然气息多好。"我闪开一点，给自己补了点防晒霜。

村委会院坝外面，春耕人员整整齐齐地等在那里了。

六组耕牛一黑一白配对有序，弯弯的牛角上挂上了象征吉祥如意的哈达。

为首的是扎西大叔，他的脚下放着木犁，塔式毡帽和牛皮藏靴使他显得神采奕奕。姑娘们已经牵着各自的耕牛，年轻媳妇们肩挎褛裢站在犁地人背后。

记者们跑到制高点支好了摄像机，村支书拿起对讲机指挥大家准备出发。

八点整，白玛部长宣布春耕开始！由村支书带队的六名青年在祭祀台上点燃了高高的柏树枝，随着一束巨大青烟升起，坡上坡下的男人们放开嗓子唱起了雄壮的祈福词。洁白的龙达从男人们手中抛向天空，纷纷扬扬地落向朝阳初升的大地。

站在最前面的扎西大叔扛起木犁，对着耕牛吆喝了一声，牵牛姑娘便迈开了脚步，跟在后面的开犁人也跟了上去。

我跟在春耕队伍后面，用一只手提起藏袍的下摆。好看的藏袍并不好对付，今天走路付出的脚力要比平时多，我只走了几步就感觉气喘得厉害。

蓝红梅和村干部们都在前面带路，浩荡的人群开始向山上走去。赶来参观春耕拍摄的群众越来越多，他们跟在拍摄组后面唱起古老的劳动号子。

我忍住想拍一段视频的冲动，紧紧跟在最后一组开犁人后面。这组人员是俄洛村本村人，所以放到后面压阵。

我记得掌犁人好像是阿齐家的邻居，在寨子里算是能够说得上话的。前面牵牛的女子和后面播种的女子也都是熟人，她们腼腆地夸赞我穿藏装好看。

太阳从东边慢慢升起，山冈和树林沐浴在柔和的阳光下。很多老人拄着拐杖，站在村委会前面的坡地上，目送着春耕队伍走向他们曾经耕耘过的大地。

到了开拍地点，春耕人员按照划分的区域各自准备。

领导们站在昨天踩点的位置，这里居高临下可以看到春耕的盛况。几分钟后，六名青年再次举起吉祥八宝盘，把堆尖的"斜玛"（祭祀用品）撒向天地间，祈祷来年风调雨顺，五谷丰登。

祭祀仪式结束后，美丽的姑娘牵着六组耕牛走向灰褐色的田野。

"种子要从最低的土壤播撒，桑烟要从最高的莲台点燃。"这句古老的谚语折射出劳动人民对宇宙万物的敬仰。

最先开犁的是扎西大叔。他走到最下面的地里，将藏袍长袖在腰上系了个结，熟练地把木犁套上耕牛的脖子，然后握紧坚实的犁把，把锋利的犁尖深深地扎进了泥土。

试过泥土的松软后，扎西大叔从腰下抽出皮鞭对着天空潇洒地挥舞起来。

只听一声"曲——曲——"！扎西大叔的耕牛前进了。随即，一把金灿灿的青稞种子从年轻媳妇的褡裢里呈弧形撒向了黑色的泥土！

紧接着，层层叠叠的田地中响起了赞牛歌和种子抛撒的唰唰声，宛若金盘重叠的田野里瞬间勾勒出宏大的春耕写意图景。这是我见过的最美的一幅农耕图。

一粒种子到底承载着多少刀耕火种的岁月？它们带着对土地的忠贞，年复一年地支撑着大自然无穷的生命力。

记者们站到了更高的地方，相信他们从镜头里看到的已经不只是简单的农耕文化，而是对土地和庄稼的深刻解读。

我没有拍摄耽误我感受这场盛况的照片和视频，我只想静静观赏这极富动感的春之舞蹈，为种子将要成就的累累硕果喝彩。

这一切真的太好，太美，太值得珍视了。

白玛部长的确是个性情中人，她看着一对对耕牛在山野间来去自如，兴奋得手舞足蹈。她说自己太想去撒一把种子或者牵一次耕牛，挥洒一把劳动的快乐。

开犁人娴熟的耕地技巧赢得了我们的一次次掌声。刚刚还是一片灰褐色的田野慢慢地变黑了，变深了，一道道笔直或椭圆的黑色浪花像悄然舒展的玫瑰花瓣，慢慢向中间蔓延，直到硕大的花瓣彻底占据了大地的所有颜色。

蓝红梅躲开所有人的目光，竟跟在扎西大叔的耕牛后面做了回播种人。她汗津津地提着一口袋人参果回到人群中，若无其事地俯视着耕地的人们。

我站到她旁边，接过她手中白白胖胖的人参果，丢进嘴里咀嚼，甜甜的果汁在我的舌尖氤氲开来，我吞下这枚春天馈赠的第一个果子。

盛大的春耕活动结束了，但这只是播撒种子的第一步。俄洛村的人会在接下来的几天时间里完成所有耕种任务。油菜、胡豆、芜根这些农作物将按照其生长规律——种进泥土。

春耕拍摄很成功。当浩浩荡荡的队伍再次从山冈走下来，山上山下的人都激动地欢呼起来。那些等候在村寨前的老人泪光闪闪地对着胜利归来的开犁者伸出大拇指，不停地说着"卡卓，让格呀"！（谢谢，太好了！）

为了答谢这批勤劳的春耕人，我们在村委会设宴请大家吃饭。看着他们脚底沾着泥土，脸上挂着汗珠，手心磨出红印，在场的人无不感动得热泪盈眶。

午饭期间，原本晴朗的天空突然打了个响雷，淅淅沥沥的春雨突然从天而降。但阵雨很快就停了，天空恢复了更深的蓝。村支书扫把高兴地举起茶碗，说这是吉祥之兆。

"今年一定是个风调雨顺的好年份！让我们举起洁白的奶茶，为来年的丰收祈祷吧！"

白玛部长离开前特别强调，乡村的传统文化一定不能失传，要借助电视画面和摄影镜头来传播。她让我们注意收看县台和川报观察的动态，晚上就能看到相关媒体的报道。

夺吉局长得知龙处长带的芍药花苗已到村里，嘱咐我们一定保护好苗子，过几天他再到村里来看我们。

送走春耕人员和县上领导，我们也回房换下衣服。虽然拍摄工作告一段落，但更多的事情还需要我们去处理。

我们请村里的年轻人把芍药花苗放到一楼保管室，并用迷彩篷盖严实。因为听村干部们说，春耕前后的天气有时会很反常，雪说不定哪天夜里就来了。我们不能让这些宝贝花苗白白冻坏了。

州里的督查组想了解全乡脱贫攻坚全覆盖情况，所有第一书记都得回到乡上，蓝红梅被乡长喊走后，我一个人住在村委会。我不确定龙处长他们是否还会来村里，就决定在这里等。再说，我还有些自己的小打算，我想抽空再去贫困户家中看看，多了解一下在他们物质和精神方面的需求。

华丹措知道我留在村里，就怪我没去她家吃饭。她说你一个女人孤零零地住在村委会不害怕吗，到她家多好，有炉火，有睡话，有陪伴。

华丹措的心里到底还有多少秘密？小泽已经被那个男人带走了，不管是暂时的还是永久的，都给她造成了伤害。我想等蓝红梅有时间了，我们三个坐下来谈谈解决问题的方法。

我告诉华丹措，不要担心，自己住在村里是因为喜欢这里。也许在别人眼里，我的行为很离谱，乡上也没有要求我住在村里，但我得把足够多的时间用在村庄和老百姓身上。在乡政府，我们每天面对的是一堆资料和各种会议，只有站在老百姓当中，看他们修房子，搞产业，听他们讲真话，说道理，陪他们渡难关，搞扶贫，我才觉得自己活得很充实。

我喜欢住在村里，前提是不能给村委会添麻烦，不能给村委会正常的工作运行造成阻碍。我在乡上交了伙食费，但很少在那里吃饭。在这里，我也准备了足够我生活的粮食、菜蔬和肉，不仅自己煮饭，还会给偶尔来村委会的卫生员和农技员送饭。

春耕忙过了，我们这里也会热闹起来。为了完成明年脱贫摘帽，驻村工作组都会进驻到各自负责的辖区推进具体工作。

回到房间，我用滚烫的热水泡了半个小时脚，直到全身都热乎起来，才上床休息。

微信上有白玛部长发来的消息，是"川报观察"关于今天"二牛抬杠"拉开高原春耕第一犁的报道。白天的热闹景象再次回到眼前，镜头下的春耕场景更加诗情画意，浓郁的文化气息扑面而来，精美的文字和视频展示了农耕文明的漫长历史。

我给白玛部长回复了三个赞，表示喜爱这段片子。

龙处长恰好也给我发来微信，他说忙了一天才把夏德村要搞的藏香猪养殖点选好，下一步还要购买猪仔和种猪，修建圈棚还要一两个月。他明天就回省城，让我保管好芍药苗子，并转告蓝红梅他完成了对她的承诺，能不能种出效果就靠大家了。

龙处长还说，高一平还有点高反，需要观察一段时间，让我们彼此关照一下。我自然是欣然答应。

我给父亲发了几组照片，说自己在扶贫村经常在老百姓家中聊天谈心，过得非常有意义。我还告诉他，自己派驻的村子在当年红军长征的路上，这里有许多动人的红军故事和长征遗迹。

父亲就是父亲，永远相信自己的女儿是最棒的，包括他眼中的女婿一直都是那么地称职。他说弟弟家有很多衣服，他和母亲也还有一些没舍得穿的新衣，都给我邮过来送给这里的贫困户。

"他们还住在烟熏火燎的土房子里吗？他们是不是把茶壶吊在空中烧茶？村子里有电灯和电视吗？"父亲的可爱和固执从未改变。他眼里的乡村难道还是四十年前那样？

我不知道怎么给父亲解释现代农村的贫穷。对于这里的老百姓来说，贫穷就是尚未达到小康生活，与富足还有很长一段距离。

"我今天参加了藏族人的春耕，'二牛抬杠'啊！我还穿了漂亮的藏服。父亲，你知道吗，您的女儿正在用一颗少女般的初心体验着一场崭新的人生。两年后，她会脱胎换骨，带着对农村的认识，把最朴实的乡情带回城里。她会告诉自己的孩子，我们一生该回望的就是身后那片广阔的乡土。"

夜渐渐深了，稀疏的路灯和落过春雪的大地都安静了下来。

我把手机调成静音。今夜，我又将梦到松软的泥土，铿锵的劳动号子，我会在缠绵悱恻的拂晓中看到又一轮朝阳升起。

晚安，俄洛村！晚安，期待明天的自己！

第十八章　记忆

"林姐！林姐！你在房间吗？"谁在喊我？我睁开酸涩的眼睛，把思绪从浑浊的梦境中拉回现实。屋子里满是阳光的味道，放在床头的水杯被打翻在地，窗帘上的花纹刚好投在地板上的水渍里。

哎哟哟！几点了？我拿起手机，天！十一点半！

竟然睡过了头！设成静音的手机成全了我漫长的睡眠。昨夜的梦很乱，一会儿秀秀生病，表姐火急火燎地背着她满医院乱跑。一会儿跟老公和小三大打出手。最后，我看到自己的灵魂从肉体中飞升成一朵白云，恍恍惚惚地飘向了遥远的戈壁荒漠。

我猛地推开窗子，村寨下面好热闹。今天是全村的正式春耕，平坝和农田里穿梭着耕作的人们，小四轮在平整的田地里突突突地来回奔跑。

我怎么会睡得如此深沉？是昨天太累了还是放下了心中的什么事？楼下有人叫我的名字吗？

一连串的问题把我睡得昏天黑地的大脑搅得更浑了。我拖了个枕头垫在脑后，以便看到窗外的春耕现场。

手机上一长串未接来电和短信通知。

"电话无人接听？下午到村。"蓝红梅的。

"想喊你吃早饭，怎么不接电话？没有生病吧？我去乡上办个事。"华丹措的语音。

"妈妈，我看到你们的春耕图片了。你好漂亮。"秀秀的嘟嘟嘴。

"我们回城了，争取再来。"龙处长的微信。

真是要命！一个懒觉，貌似全世界都在呼叫我。

我拨通蓝红梅的电话，告诉她我梦魇了，差点儿没醒过神。

她说督导组抽查了几个村，没有抽到俄洛村。她下午到村里后再说工作。

院子里静悄悄的，门卫大概也回家了。他的任务是守夜，白天这里几乎没啥事。他专门在阳光棚烧了火，往暖壶里加了水，还用铝锅装了几个煮鸡蛋放在火炉旁，糌粑和昨天吃剩的牛肉油馍都在看得见的地方放着。

我往炉子里添了几根柴，用陶瓷水壶煮了点木茶。看到放在木盒里的糌粑，思索片刻便决定吃碗白糖糌粑糊。

华丹拉姆的木茶真的是天地之物，滚烫的开水刚刚浸泡到卷叶状的茶叶上，一种勾魂夺魄的暗香就四散弥漫开来。我一边吃饭，一边品茶，一边关注着外面的动静。现在看到的春耕已经是现代化模式了，这样的劳作方式既节省时间又减少人力投入。

听村民们讲，过去的春耕和秋收都要花很长时间，可现在三四天就能把所有农活都干完。这是何等飞跃的发展啊！

我在电脑里翻阅了一些资料，重新整理了近期的工作要点和推进情况。我还想去农家书屋转转，找几本农业科技方面的书看看。

刚下楼，就碰到了满身灰尘的门卫。他说自己刚从田里回来，担心我没有吃饭就准备回阳光棚重新烧火。

"娃娃们没人管哦，我回去帮忙看火烧茶，今天的地已经耕完了。"我老是记不住门卫大叔的名字，那一长串藏族名字很让人费力。

"大叔，您是叫索什么央吧？我老是喊错大家的名字。"

"我叫索郎央周，村里人都喊我索郎或央周，老婆子喊我格波。你叫我老头子就可以，喊守门的也行。"

门卫大叔知道我吃过饭了，就从一楼保管室拖来两张椅子放在门口，他用袖子擦了擦上面的灰尘后要我坐下喝茶。

我赶紧去楼上提了一个暖水壶，给门卫大叔倒上水。

"你一个女娃娃，住到这里不好耍吧？你去乡上嘛，吃饭睡觉都方便。"

"不怕得。我喜欢村子，住在这里很舒服。"我尽量用好懂的川话和大叔交谈。

"好耍的没得哦,甲姆,你多多的住就想跑了。"

"我不跑,我天天住。"我和门卫大叔开心的笑声传满了小院。

在和门卫大叔说话时,我忽然来了兴趣。虽然他的汉语有点夹生,但认真听还是没问题。我想一个年近七十的老人在这个村庄也算是见多识广了,或许我能从他的嘴里了解到想要的东西。于是我又去房间拿了一袋红枣和普洱送给索郎老人,他见不能拒绝就高兴地收下了。

"大叔,俄洛村一直就这么大吗?村寨有没有搬迁过?你们种过地也放过牧吧?"

我问完这些后慢悠悠地喝茶,尽量让他感觉答案不重要。

"以前的村子挨到山林的。旧社会的人怕强盗,房子都在林边上,坏人来了就往山上跑。"大叔回身指着村寨后面的山林,也就是我们昨天去看农耕的那座山。"包产到户后,有条件修房子的就一个一个地搬下来了。我们离公路也越来越近,寨子里每天都听得见汽车的喇叭声,灰尘也越来越大了。你看看下面的公路,那么烂那么破,但好像明年要修了。"

"就是,大叔。听说政府已经立项了,一定会修。以后就不怕灰尘了。"

门卫大叔谈起俄洛村,还是很动情。他说不止是俄洛村,过去整个乡都很穷,十里八乡的姑娘都不愿意嫁到这里,周边的几个乡条件都比这里好。那时候还流传着一个小段子:山高路陡俄洛村,缺衣少粮巴西沟。好看姑娘不愿来,多情小伙干瞪眼。

"我们这里就只长青稞,产量又低,搞副业没出路,做生意没有本钱,放牧种地又缺技术。吃了不少苦啊,摸爬滚打了几十年才熬到今天。"

"现在是不是好了很多,起码有吃有穿,通电通水,还看得起病,有些人家还有车。"我试着问大叔。

"哈哈哈,那些车都叫车?就四个轮轮加个顶棚也是车?我家就有一个,坐到里面像架子车,空哐空哐响得很。"

不过,大叔对村寨的发展还是很认可。他说这些年国家给了农村人很多创业机会,调整产业结构,助农资金,结对帮扶,打造旅游,推广技术,引进项目,只要是对农民有好处的都在搞。比起过去,现在算是翻天覆地的变化了。家家户户有新房，村村寨寨创增收。

大叔还告诉我，因为家里没有多余的劳力放牧，所以三代人都在种地。当初分到户的二十多头牛羊请亲戚照看了几年，后来，亲戚不是把酥油奶渣的价格降低，就是提高牛羊死亡的百分比。大叔一家也就接受了事实，几张牛皮一坨酥油外带半袋奶渣为放牧的日子打了总结。他说贫穷年代，即使是亲戚也会隔着肚皮做事。谁叫那是个挨饿的年代呢。

我理解大叔说的这些无奈。每个人心中都储存着一个账本，无论它属于个人还是集体。

俄洛村并没有因为时代的发展而扩大多少。原先二百多户，现在只增加了六户，这六户中有另立门户的，有在外地破产回来的，也有个别离异返回村子的。形形色色的人在曾经熟悉的乡村里寻找着绝处逢生的机会。这些新增户普遍存在一个共性特征，那就是他们虽把户口迁回了村子，却没有土地和牲畜。

原来，实行大包干时分到户的责任田再也没有改变过，无论农户家的人员是增加还是减少，当初分到户的农田有多少就保留多少，不会因为新增或死亡，嫁出或娶进就重新规划土地。这个不是俄洛村的现状，而是全国的农村都存在的事实。农村有农村的规定，土地有土地的政策。

大叔摩挲着脸上的皱褶感慨地说："村子里有地有牛的就先富起来了，单靠种地的农民就落后了，穷就是这样穷出来的。好在现在不一样了，不一样了。"

我知道大叔家不是建档立卡户，他的儿子和儿媳在种青稞的同时还在种药材。夏天，他们会用两个月的时间去草山挖贝母。他们家还开了个榨油铺，收入不多，但给村民们提供了不少便利。

大叔讲完俄洛村的情况后，我放下茶杯，告诉大叔出去走走。走出村委会，我直接去了后边的老牛圈。八十头牦牛静静地吃着草，田野上小四轮奔跑的声音在天空回旋。

在牧区买牦牛的时候，听大家讲过，农区和牧区的牦牛担负着不同的重任。牧区的牦牛只负责驮运，而农区的牦牛还要耕地，拉木材，运输物品，可谓任重而道远啊。

我的出现并没有让圈养了一段时日的牦牛们出现慌乱，它们安详地凝视远方，仿佛正在回忆自己从何而来，又将从何而去。

我从墙根下的草料里揪出一把草扔进圈中，想看看牲畜们对草料的钟爱程度。可是效果不大，除了一两头毛色较差的牦牛吃了两口，其他的看都不看一眼。

我继续往山坡走去，踩着松软黝黑的泥土，穿过一片刚刚撒下种子的青稞地。青紫色的青稞在泥土中隐约可见，它们会在一两场降雪之后，从大地上生根发芽。

大叔几句简单的话勾起了我对乡村的无限迷恋，看着四周葱茏的森林，冷峻的山峰，孤寂的田野，以及因四季流转或消瘦或丰腴的河流，它们都有着磨灭不掉的记忆。我正踩着的这块土地，自从有了人烟，就跟随每一粒种子和粗犷的劳动号子走过了千年万年。

这里的一草一木，一石一山，哪一个没有铭记沧桑巨变的历史和波澜壮阔的岁月。生产队，合作社，改革开放，包产到户，精准扶贫，脱贫攻坚……历史的万花筒足以让人类向时光鞠躬。

再看眼前这座代表新农村的建筑群落，大红大绿的彩钢瓦可以挡住风雨侵蚀，坚实的油漆铁门可以经年不衰，现代牧人的帐篷可以收看电视收听广播。那么，我们念念不忘的小桥流水和古朴水磨在哪里呢？我们魂牵梦绕的麦浪和蒲公英是否还在村庄的尽头摇曳生姿？

村庄的记忆也有伤痕和断裂，动乱和迁徙会使一个地方的历史重写。

岁月长河中的俄洛村，曾经一贫如洗，曾经艰难困苦，但村庄和名字从未消失过，它们只是从古人幽居的山林中慢慢靠近大地，慢慢靠近种子，慢慢在日积月累的智慧中继续书写生命和生存的真理。

突然间我懂得了一种生命勃发的力量，像一个巨人，吸纳天地灵气。你不能不感叹时间的神奇魅影，叩谢无时不在的感召和启迪。

蓝红梅已经在回村的路上了，她说一块儿去阿玛拉姆家里帮忙选芜根和马铃薯种子。我打消了往上走的念头，把蓬勃而出的村庄记忆压下。是该去看看旺波大叔和阿玛拉姆了，他们是否还会为苍白的日子争吵不休？

蓝红梅和我几乎同时到了阿玛拉姆家。她和哑巴姐姐在院子里挖地，旺波大叔一早转到外面看春耕去了。

院子比以前干净了很多。阿玛拉姆说，干部们天天来家中看她，她不好意思总让大家看到破败肮脏的一面。

"哑巴姐姐最近也爱干净了，早晚都去水龙头前洗脸洗手。我这几天把家里的衣服都收拾出来，能洗的洗，不能用的都丢到垃圾桶了。"蓝红梅帮老人晾晒洗好的衣服时，阿玛拉姆高兴地给我们介绍情况。

"爱干净好呀，这样细菌就少了，细菌少了病就少了。"蓝红梅用藏语跟两位老人交谈，哑巴在旁又是点头又是拍手。当她知道我们说的病菌是"虫"时，不知从哪里抓来半截蚯蚓，然后裹在一片枯叶中拿到门外去了。

我问这是做什么，蓝红梅说哑巴大妈怕我们会把"病虫"弄死，就拿出去放生了。我听后觉得太有趣了，她大概以为我们说的病菌就是条蚯蚓。

阿玛拉姆回屋取了个沉甸甸的布袋子，放到我们跟前，然后又去柴垛旁拖了个大筛子。我们知道她的意思后，帮着把口袋里的东西倒进筛子，原来是深紫色的种子。

"油菜？还是别的什么？"我抓起几粒放在手心摩挲。

蓝红梅说是芫根种子，油菜籽和芫根种子看起来没啥区别。

阿玛拉姆说自己很多年没有种过地了，早些年把地包给亲戚了，亲戚每年会给她们足够吃的青稞和少许清油，加上低保，一家三口的生活还是能应付过来。

"你们想不想住新房子呀？"我抬头看着阿玛拉姆，微笑着问。

她的回答是，前些年还想，现在不想了，半截身子埋在黄土中的人，不用浪费国家的钱。

"可扶贫资金他们应该拿到手了吧？"我问蓝红梅。

"是拿到手了。到户到人资金谁敢扣？可她家这情景，修个房还是困难。他们又不能贷款，没法还嘛。"

我明白蓝红梅的意思，她说的也是很多贫困户普遍存在的问题。

不能新修，但纳入危房改造总应该可以吧，再增加个阳光棚，既干净也实用。

蓝红梅说当然可以，特殊人群可以用特殊扶贫方式。春耕结束后，村里就把这事作为专题进行研究。

阿玛拉姆说想在院子里种点芫根和洋芋。种芫根是为了用芫根叶子做酸菜，乡村的生活离不开酸菜。还有洋芋，就当是冬天的蔬菜了。她还说今年身体状况好一点的话，会到华丹措那里打工，帮她除除草守个地什么的。

"芜根就给村里的牦牛吃，不要钱不要钱。"老人家心里还想着村集体经济。

我们离开拉姆家时，她的老伴还没有回来。听说他的脾气还是那么暴躁，每天都会摔几次碗，只是不怎么再提水磨糌粑的事了。

阿玛拉姆说："老头子明白了河床上那条蚯蚓一样的河水再也载不动巨大的磨盘了。"说这话的时候，她的眼神中滞留着一丝伤感，那是对岁月的一种缅怀吧。

我们顺路还去了阿齐家。他的老父亲竟然在院子里，大孙子正拖着一个玩具车缠着他玩耍。

老人家气色很好，消瘦的脸颊上染了一层红光。他看到我们也不惊讶，而是喊孙儿去拿凳子。

"听说省上的干部一直在村里，辛苦你了。习惯吧？你可以住乡上，大家都住乡上的，老百姓没啥意见。"老人家好心地规劝我。

我告诉他住这里是我的选择，不是领导们的意思。我只是想和老百姓走得近一点，时时听一下他们的心声。

阿齐的父亲听后很高兴："这样就好。一个女子能有这样的心思，老百姓高兴啊！"

老人接着说："我很高兴还能听到春耕的劳动号子。现在虽然看不到耕牛犁地的劳动场面，但这季节的变更我还是能听见。村庄的记忆在这里。"阿齐父亲把瘦骨嶙峋的手指放到胸前，表示岁月的轮轴就在心里。

"你们看看，当房檐上的影子拉长到那个位置，就该种胡豆和菜籽了。只是现在没种这些农作物了，地里的农作物也在变化呀！"

我们看到了老人指着的那个点，它不就是这个时日不多的老人的生命时钟吗？

剩余的时间我们做了几件重要的事。整理出近期要汇总的俄洛村建档立卡户的图像资料，翻阅了农家书屋中几本急需用的科技书籍，帮华丹措完善了信用贷款的相关手续，拟定好近期要走访的贫困户对象。

晚上，我们回到乡政府，在蓝红梅的宿舍和几位从村里回来的第一书记交流了工作经验。

第十九章　使命

　　妇女主任赶着八十头牦牛在春耕结束后的第二周走了。全村的人都来为她们送行。有些人炸了油馍装进她的褡裢，有些人炒了胡豆煮了牛肉让她们在路上打尖。细心的小媳妇们还装了白菜和小葱的种子，说在牧场可以开垦个小菜园，大家在山上能吃点新鲜的蔬菜。

　　村里"9＋3"实习生和大学生主动到村委会递交了一份技术扶贫申请，要把村集体经济作为社会实践的主要课题。他们会和畜牧员定期去牧场宣传防疫知识，免费给牦牛注射疫苗，还会传授科学配种技术。这一切都让妇女主任感动得直掉眼泪，她说自己养不好这些牲畜就对不起乡亲们的重托了。

　　田野里开始长出了淡绿的青稞和油菜苗子，墨绿色的树林中冒出了一簇簇淡青或翠绿的枝叶，沿河一带的草坪和山坡开满了金色的太阳花。

　　一个多月以来，我们把工作的重心放到了脱贫攻坚的推进中，全村二十六个建档立卡户的脱贫计划进入了倒计时。县上要求驻村干部和第一书记都驻守在村里，攻坚克难，全力打好这场脱贫大战。距离全县脱贫摘帽，迎接省上检查验收只有一年半的时间，可谓任务艰巨责任重大。

　　在我们接手的工作中，有效推进油菜、大黄等中药材产业发展，带动贫困户提高自身"造血功能"是扶贫工作的重中之重。乡上明确要求各村认真对照情况，梳理出当前最难攻破的难点，并采取补救措施。因此，白天下村，晚上补资料成了家常便饭。

　　这期间，我们也以村委会的名义向县旅游局打了报告，要求打造俄洛村的红色文化旅游及农旅观光线路。但夺吉局长说，自从 2017 年国家出台环保政策后，全县的旅游规划要重新布局，之前建在红线内的永久性建筑和违规经营场所都得拆除，包括我刚来 R 县时跟旅游局领导去踩过点的生态服务区，也得严格按照新出台的环保政策来修建。

夺吉局长还说，新规划将根据各乡镇提供上来的点位进行设计。我们可以先向乡上申请，再由乡政府根据村寨的资源优势向有关部门提供可行性依据。

俄洛村依山傍水，风景清幽，位于长征途中出川北上的重要路段，境内散落着诸多会议遗址和战斗遗迹，从而比其他村寨多了一道文化光环。但基于目前正在大规模整治草原旅游乱象，再加之紧锣密鼓的脱贫大战也使我们无法把时间分散开来，就只能把旅游设想暂时放到后面了。反正，发展旅游是长远的事，相信以后会打开新的局面。

村干部们把所有精力都放到了扶贫工作上，由扫把书记和丹巴主任带队的工作组每天都奔波在村寨之间。为了便于和村民交流，我一直跟蓝红梅在一个组。上周我们走访了所有贫困户，实地调研目前存在的困难和阻力，其间发现有三家的问题比较突出，我和蓝红梅汇总了走访情况后，又和村干部们研究了三家贫困户快速脱贫的具体办法。

羊均寨是俄洛村最远的一个自然寨，与村委会隔着一座大山和一条河流。五公里的路程，往返没有交通工具简直寸步难行，好在蓝红梅把自己的"粉嘟嘟"开上了，这辆小巧的铃木二手车载三四个人不成问题。

有时我们也会开上支书的皮卡或会计的小面包，与乡政府领导一起下村自然就由乡上安排车子，但实际情况是大家都用自己的私家车。私车公用在乡下太普遍了，破旧的公路不仅耗油，而且更磨损车辆，但没有一个人抱怨。

羊均寨虽远，但它占据的地理位置可以说得天独厚。首先从历史渊源来说，这个只有四十多户人家的小寨子在中华人民共和国成立前的旧部落中有着举重若轻的分量。

羊均寨紧紧挨着古老的班佑寺，是茶马古道上的必经之途。寨子四周遍布着茂密的森林和肥沃的农田，横陈在后山脚下的广阔草场为发展畜牧业提供了天然舞台。无论大自然怎么变幻莫测，这里的土地年年都会给村民们提供丰厚的馈赠。人杰地灵也是羊均寨从古至今的象征，这里不仅流传着羊均寨先祖们的英勇故事，而且二万五千里长征在这里也留下了举世瞩目的壮举。

我们在走访贫困户的过程中，听不少人讲述着寨子里的许多传奇故事，用现代人的眼光来看，羊均寨的确有着"深山秘境，犹抱琵琶"的神奇魅力。

蓝红梅把资料拿在手上不时地对照翻看。她的皮肤随着春草的萌发而冒出细密的湿疹。当地人爱说，草儿冒尖的时候，人身上的湿气和病症也会破土而出。这是大自然的一种妙语，身临其境的人才懂其意。

我欣慰自己有超强的适应能力，经历了末冬和初春的几场风吹日晒，我的胃口、皮肤、睡眠、嗅觉都完全适应了高原的节奏。

蓝红梅从后排递给我一张表格，说第一个还是去达瓦家。

达瓦两口子都有点残疾，女的夜盲症，男的跛脚，都是娘胎里带来的先天病症。两口子的经济来源就靠几亩青稞地和夏天挖的贝母换钱。到户到人资金发到手后，他们却把钱借出去放利息，结果没收回来，原本计划修座带阳台的平房，结果只砌了一米多高就没钱修下去了。

达瓦夫妇整天和工人们吵架，气得人家丢下半截活路直接走人。俩人又把怨气撒到对方身上，吵架成了他们每天的必修课程。

"我们看今天能不能把担保借款的人喊到现场，以村委会的名义问清楚，让他尽快追回借款。"担任驾驶员的丹巴主任跟我们一个组，他说对习惯赖账的人还是得敲个警钟。

达瓦的小儿子在接自来水，看到我们，对着屋里大声喊："他们又来了！"

这句话让我们忍不住笑了。蓝红梅帮孩子提过水桶，故意问道："小朋友，你不欢迎我们吗？"

"我喜欢阿姨们来。你们有好吃的东西。但阿爸说你们来了又要骂他。阿妈说活该，你该骂！"

真是童言无忌。说话间达瓦出来了，他做出恼怒的样子把孩子赶出门外。

"他就爱出卖我，老婆面前也是这样。"

"没事的。当着孩子你们还是别吵，对孩子的影响很大。"

"你们进屋吧，院子里还是有点凉，有时候六月份还会下雪。"达瓦走到砌了一半的砖墙下，顺手抱起几根柴火就向屋里走去。

村支书让他把担保人喊到家里，说大家面对面谈一下解决的方法。

电话很快打通了，对方答应过来，大概二十分钟后到。

我取出笔记本垫到表格下面，把今天走访的时间、地点和人员填上去。

蓝红梅问达瓦："总共借出去多少？"

"三万。一万五买了水泥和砖。"

"有多长时间了？"

"两年。连利息该还四万五。"

"你应该知道，这样的行为是要追究责任的。"

"以前不知道，现在知道了。但这几年大家不都这样吗？想到可以挣个电视和沙发的钱，我就被人家说动心了。我还想带老婆去治眼睛。"

达瓦的头都埋到两腿之间了。这些话我们之前都问过很多次了。村支书急了的时候也会骂几句粗话，说国家给你们修房子的钱，你们当儿戏，太不像话了！

达瓦的老婆在场的话，则会狠狠地抱怨一下丈夫，然后眼泪汪汪地跑出去。

担保人没耽误多久就来了，一个四十多岁的干瘦男人，初夏之际还穿着厚厚的藏袍。他说骑摩托过来的，风大。头上还蒙着头巾，有点像佐罗。

他看到达瓦就说了一通话，神情和表情都像在责怪。看到我，又用汉语说："他自己喊我找个人借款，就想吃点利息。现在人家大车出了事，人瘫了，钱也没了。唉！中间人不好当呀！"

担保人的话不假。运输业这几年不景气，贷款或按揭的大车赚不到钱。但司机没法停下来，跑也亏，停更亏。听说那个借去三万块的大车司机也负债累累，但同情不能解决任何问题，该面对的还是要面对，该承担的还是要承担。

穿藏袍的男人说话的语气慢慢平和下来。丹巴主任就事论事地给他讲了达瓦家的情况，讲了俄洛村贫困户的情况，他请求担保人尽快追回款项，院子里一米多高的墙还得砌上去，全村脱贫摘帽的任务还是得如期完成。

担保人犹豫了一下，从怀里掏出一沓钱放到达瓦面前，说把家里仅有的钱拿过来了，这个事情他有不可推卸的责任，他负责一万，目前他也只有这个能力。

"司机正在处理后续问题。他的车买了保险，还是有赔偿。我尽快催要，不管能不能全拿回来，这一万算我的。再不行，你就送我去监狱，我无能为力了！"

事情总算有了好的进展，达瓦的脸一下子舒展了。他的瘫腿不住地抖动着，谁都看得出来他内心的激动。送担保人出门时，达瓦的老婆追到后边不停地说

"卡卓扎西卡卓扎西"（感谢感谢）。

接下来我们对达瓦家的新房建设进行了规划，让他尽快采购所需建材，最迟五月中旬开工，入冬前完成施工。我们负责找工人和采购点。两口子高兴得连声感谢。

达瓦两口子今年种了五亩油菜，五亩大黄。油菜长得好年年都有点收入，但大黄还得经营几年。只要辛勤劳动，就有回报。

"夏天，我还可以去菜老板那里打工，人工费一天一百。达瓦在家负责监工，也可以顶一个劳力。"

都说人逢喜事精神爽，那三万块有希望追回来，达瓦两口子眉间的愁云惨雾消散开了。我们又把一些民间借贷涉及的法律知识给他们讲了一遍，希望他们吸取教训，千万别再做糊涂事。

"把家里的卫生也搞起来，农村人要有农村人的干净整洁。人穷志不穷，钱少手不懒。我们随时来看你们，有什么困难就提出来。"

院子里到处堆放着杂物。砖，水泥，农具，篷布，垃圾，水桶，猪食，遍地开花。丹巴顺手捡起几块砖放到墙角。达瓦老婆马上跑过去收拾，口里说着自抱自怨的话。

我们继续向下一个目标出发。

珠姆老姐妹住在寨子的东口边，跟大寨子隔着一片地。据说她们现在的宅基地曾经住过一个叫"西波仓"的大富人家。

"西波仓"在藏语中是富贵之家的意思。俗话说"穷不过三代富不过三代"，当地的很多传闻里，往往富贵人家都会缺少子嗣，盛极必衰是每个富贵之家必然要经历的坎。在民间，庞大的家族慢慢衰落后，他们引以为荣的文化根基不会变，宅基地也不会变。因此，变通延续血脉的方式就是找一个与自己家族沾亲带故的贫寒人家的孩子过继到家中，让他们结婚生子，延续香火。如果不能找到如意的男孩，女孩也可以，招个上门女婿，生儿育女。再不行就会有一对嫁不出的老姐妹，她们会主动要求去继承某个富贵人家的基业，把一生的心血都奉献给别人。

珠姆两姐妹就是这样的家庭组合。她们一生未嫁，当姐姐珠姆与情人生了孩子，妹妹珠卓就心甘情愿做姐姐的好帮手。姐妹俩含辛茹苦地支撑着没有男人的家，在类似"西波仓"这样的家族光环里度日如年。

丹巴说珠姆两姐妹很不容易，都是快七十的人了，身体还算硬朗。种地，捡柴，喂猪，养牛，什么都干。她们今天的困境主要是女儿造成的。

丹巴主任给我们说了句藏族谚语：上午靠父母，下午靠儿女。珠姆生个私生女就是为了给姐妹俩养老，谁知女儿后来竟和别人私奔了，嫁到离她们寨子很远的一个村。姐妹俩哭天抹泪也没能唤回女儿的心，只好守着幼小的孙女度日。

我问丹巴，孙女是什么意思？因为上次走访时珠姆她们不在家，所以我们只掌握了一点资料上的情况。

蓝红梅替丹巴回答："之前为了拴住女儿，珠姆早早地给女儿招了女婿。可那个男人有点智障，还搞家暴。他们生下一个女孩后，女婿被赶了回去。过了几年，珠姆的女儿跟喜欢的男人跑了。三代人的命运都一样苦。她们的孙女智商也有点问题，招了三个孙女婿都因这样那样的理由离婚了。这不，今年春节又招了个外村小伙子，好像是个还俗的和尚，比女孩大十一二岁呢！"

我的心咯噔一下，像被呛了一口水，嗓子眼干干的，很难受。可怜的老姐妹怎么那么背运！

听说我们要来，珠姆一家老早就等在门口了。她们手里拿着哈达，说要给省里来的女干部表达心意。看到她们老老少少高矮不齐地候在门口，我的鼻尖就开始发酸。其中一个年轻女子见我们走近了，竟捂住嘴巴笑得花枝乱颤。

"两位老人给你献哈达，你要做出很高兴的样子。她们很可怜。"蓝红梅在旁边提醒我。这还用说，我快步迎过去接过哈达，然后深深地拥抱了两位老人。

那个笑得有点离谱的女子让我眼前一亮，难道她就是珠姆的孙女，传说中的痴美人？

女孩长得的确美。一双大眼睛配在瓜子脸上，端正的鼻梁下是自然含笑的红唇，而且皮肤白皙嫩滑，一对金耳环在俊俏的脸颊旁左右晃荡，更显得楚楚动人！

农村有这样的丽人真是让我咋舌称奇，只是女孩过分地大笑和偶尔从眼神中流露出的恍惚又让我心中一紧！上天真是捉弄人，没有给美人聪明的心智。

等我们进到屋子，她们家三岁的重孙跟着闪进来。小女孩同样长得天生丽质，大眼睛，鬈发，比芭比娃娃还要好看。

女孩不认生，看到我们就缠着玩耍，可年轻的妈妈却像提着一只小鸡一样把她拎出去放在院子里，喊她自个儿玩。

珠姆大妈让我们坐到还没有刷漆的炕桌旁，她的妹妹珠卓马上拿碗给大家倒茶。

珠姆家的房子是去年年底修完的，内装修还没有彻底完工。一百多平方米的房间分为三个区域，客厅占据了大部分面积。左边是储藏室，右边是卧室。储藏室整齐地堆着去年的青稞和退耕还林补助的大米面粉。右边的卧室则是孙女的婚房。

我看了一下资料，家庭人口：4；识别时间：2014 年 12 月；脱贫年度：2018年底；识别标准：国家标准；致贫原因：缺劳力，缺资金，缺技术。

丹巴主任把我们走访的目的跟两位老人交代了。明年全县要完成脱贫摘帽任务，现在各乡都在加紧扶贫工作的进展速度。他让两位老人说说目前存在的困难。

珠姆大妈有点羞怯地看了看自己的妹妹，然后说出去抱点柴火就躲开了。珠姆的妹妹倒是淡定，她用围裙擦了一下手，坐到一张残疾人方便椅上。

老人的眼角闪烁着泪光，她说这几年全家人都享受到了国家的优惠政策。她们属于易地搬迁户，所在的小寨子原先在山林中的一个台地上，只有六户人家。旧社会这个小寨子倒是占据了靠山吃山的优势，富饶的森林和农田给小寨子带来了流金溢彩的日子。牧民定居行动计划那年，小寨子因为太偏僻，交通和通信难以解决，就与大寨子合二为一了。

"政府搞牧民定居行动那年，我家如果纳入新修范围，就得垫付三万五的资金，我们拿不出，也不敢贷款，只好参加了维修扶持。外面那排砖房就是牧民定居时修的。"

刚进门时我就注意到这个四世同堂的家庭，坐西朝东的房子低矮窄小，左边是简易的牛圈和作坊，右边靠门搭了个猪圈，紧靠猪圈的是小小的狗窝，一只小毛狗对着进来的人发出沙哑的狂吠。

珠卓说，去年年底竣工的房子是涉藏州县"新居建设"项目。两姐妹拿出家中仅有的存款买齐材料，打算把房子修大点，外面还要加阳台，准备这个月请工人来修。

珠卓还告诉我们，现在就是太缺钱，孙女打工的钱全用在全家人的生活开支上了，家里几乎没有任何收入。她们缺的不是土地，而是土地上可以用来换钱的经济作物。

丹巴说，珠姆的性情有点内向，头脑也不灵活，除了给两姐妹添了个女儿外，大事小事都由珠卓做主。但能干的妹妹毕竟老了，加之前几年生了场大病，从那以后，可怜的老姐妹日子也就每况愈下了。

我们说话时，珠姆一直低头烧火，偶尔用藏语跟丹巴他们说点什么。那个美得像山桃花的女孩不停地进进出出，有时听到她大声地呵斥孩子，不时夹杂着拍到孩子头顶的巴掌声和哭闹声。

我悄声问蓝红梅，这家现在实际人口是五人吧？不是说招了个孙女婿吗，孩子都这么大了？

等等！我又犯糊涂了。这对年轻的夫妇不是春节才结婚的吗，最多也就五六个月，孩子咋都三岁了？孩子的父亲在哪里？

我问这话的时候，一辆摩托突然骑进院子里，正在逗小毛狗玩的小女孩哭着跑回屋里。珠卓心疼地把孩子抱在怀里，不停地安慰着她。

珠姆对着窗外摘掉头盔的男子生气地翻白眼，谁知她们的孙女却喜笑颜开地缠着男子的手臂从我们面前若无其事地进了卧室。那个男的看到我们只是笑了笑，然后两个人进屋关上房门又说又笑起来。

大家都傻眼了。老姐妹俩不好意思地向丹巴解释，他们都太孩子气了，不懂事。我想这个小伙子可能就是新上门的孙女婿了。

正准备继续前面的话题时，卧室门"砰"地打开了。珠姆的孙女红着一张脸把一口袋的衣服倒在地上，然后哭哭啼啼地又摔又踩。大概意思是男人买了她不喜欢的衣服。

我终于明白过来，这个美若仙女的姑娘的确有点不对劲。上天在创造如此尤物的同时却没有给她一颗智慧的头脑，这真的太讽刺了。

蓝红梅见珠卓在残疾人方便椅上欲起不能的样子，马上把资料放到一边，然后帮漂亮的姑娘把地上的衣服都装回蛇皮口袋。她还提起一件有条纹的毛衣在自己的身上比画，故意赞叹衣服好看。女子见状跟着就破涕为笑了，她的老公这才敢过来替她拿包。我发现他的眼眶中竟然镶嵌着一只玻璃眼珠！

为了平息尴尬的局面，我们就说去院子看看。那个男的大概也从窘迫中恢复过来了，打算带我们到院子里一一介绍。他说原先的老房子还要粉刷，增加藏式碗架和铜锅铜壶，堂屋中要安一个现在最流行的铜皮大火炉，以后老人过世时没有堂屋根本没法请和尚念经。

男子还带我们看了破损严重的作坊、猪圈、狗窝，他说猪圈得搬到后院，免得搞乱了卫生。狗窝可以保留，但也得搬到比较隐蔽的地方。作坊可以隔出两个区域，一个煮猪食，一个炒青稞。最后，他停在一间小房子跟前，玻璃眼珠竟然透出些光彩来。他说自己和妻子住在漂亮的卧室，可两位妈妈却挤在一间破房子里，等有了条件，他还要给妈妈们修间亮堂堂的睡房来。

"哦，对。可以在阳台里给两个阿妈隔出卧室，一个睡东边，一个睡西边，床买实木的那种！"男子越说越激动，好像愿望已经实现了，他的漂亮妻子在后面边听边笑。

离开珠姆家后，我在车上沉默了很久，总也说不出个滋味来。我本来想多待几个小时的，想替两位善良的老人收拾一下屋子，重新整理一下凌乱的客厅。我还想找出她们的脏衣服，全部洗干净晒在院子里，然后再检查一下小女孩的书包，看看下次来时给她带点什么才好。可这一切都被那个新"主人翁"打乱了，虽然他滔滔不绝地给我们描绘了一幅治家致富的宏伟蓝图，可我总觉得别扭，感觉他专门在我们面前表演。

蓝红梅看出了我的心思，其实她又何尝不是这样想的。她比我还了解珠姆一家的情况。我不过才接触到一点皮毛。

"造成贫穷的根本原因就是文化的落后。"我不得不想起这句话。之前去过很多村民家里，有那么多让我感动的，有那么多让我震撼的，也有那么多让我深受启发的，可今天在这对老姐妹家中，我却感到压抑。我无法释然萦绕在心底的悲伤。

"物质扶贫和精神扶贫要双管齐下。"蓝红梅在我的扶贫手册上勾出这句话，轻轻拍了一下我的肩膀。

珠姆一家并不是特困户，虽然她们目前很缺钱，但我总觉得她们面临的不止是经济上的瓶颈，还有一种难以跨越的精神困境。

我得好好梳理一下思绪，从思想和精神的层面为这样的家庭打开一条光明之路，让她们摆脱思想的枷锁和精神的阴霾。两姐妹虽然老了，可她们还有孙女和重孙女，比起那些无依无靠的孤寡老人要好很多。

我们还会再来，并且要带着一种新的工作方法走进这个特殊家庭的精神世界，听听她们对时代发展的看法和对扶贫政策的认识。

下一个走访的是龙波甲。龙波甲原先去牧区上门时就把户口迁出了寨子，旅游行业比较吃香时，他卖掉牲畜去县城开茶楼，结果亏得血本无归，等他想回牧场时，却没有草场和牛羊了。后来老家的兄长给两口子让出一块地，亲戚们东拼西凑给他们修了个落脚的窝，这才把一家五口人接回乡下。

刚回来那几年，两口子还能租几亩地，种点青稞。他的老婆很漂亮，但一条腿残疾了，走路全靠拐杖。他们生了三个女儿，老大读大一，老二读高二，老幺辍学务农。用他们的话说就是，留一个当家的在身边，将来给两口子养老。

资料上显示龙波甲的致贫原因是：缺土地，缺技术。听两位伙计讲，他老婆针线活做得很好，以前在村里经常有人请她裁剪缝衣。可现如今市场上要什么有什么，很少再有人去关照乡村手艺人。龙波甲为了养活一家人，常年骑着他的摩托走村入户，上山下乡，收购牛皮，可这些远远无法支撑生活的重负。加上两口子都有不同程度的病，把本来就沉重的日子拖得越见苍白不堪。

上次我们走访时，两口子和二女儿都在。最让我感动的是，他们说再困难也要把孩子供出来。

我们把车停在大门前，见院子里静悄悄的就喊了几声。因为他们家养了条很凶的狗，每次都得有人按住它我们才能进去。

丹巴主任曾和龙波甲开玩笑，你这家徒四壁的还怕小偷光顾。龙波甲的回答更幽默，他说对于他家来说，即使只拿走院子里的柴火，也算是偷金偷银了。

果然，听到我们的喊声，那条寂寞了一天的狗立即狂吠起来。我本能地躲到了丹巴的背后。

龙波甲闻声跑出来，他让老婆按住狗头掩护我们进屋。

"瞎了眼的老狗，今早还咬了我的手指。真是疯狗一条！"龙波甲伸出缠了创可贴的食指和中指给我们看，那眼神充满了愤怒。

"你应该去卫生院消个毒，还要打狂犬疫苗哦。"我看着他手指上渗出的血丝，好心提醒他。

他倒是无所谓地晃动着大脑袋说，已经用糌粑处理过伤口了。在乡村，这个法子很管用。

龙波甲说今天安排他的二女儿跟我们交流，主要是锻炼一下孩子的能力，同时也想通过这样的方式让她记住个人对家庭和社会的责任。

这个当然可以。他的二女儿叫索郎措，一米六的高挑个子已经显露出少女的婷婷气质来。读过书的孩子就是有灵光，言谈举止落落大方。

我们坐到火炉跟前，按照既定流程开始做记录。

索郎措打开手提电脑，调出整理好的材料，说自己先要阐述一下对贫困的认识和见解。我们觉得这样也好，听听一个高中生对脱贫攻坚的看法很有意思。

索郎措告诉我们，她第一次知道自己家被列入建档立卡户时很震惊，她不明白父母为什么不能靠自己的双手来养活三个孩子。她的妈妈虽然残疾，但很能干，当初在县城开茶楼时，她跑前忙后出了不少力，可就是没人去他们的小茶楼。

县城里出现了各种高档茶楼和娱乐场所，爱凑热闹的人们总往新开的地方挤，新旧更替的趋势压垮了一部分小商人。年少的她怎么也看不清社会的神秘面纱下有多少人在为生计苦苦挣扎。后来，父母带着三个孩子回到了乡下，读完小学的妹妹被留在农村。所幸她和姐姐还能继续读书。她天真地以为，只要成绩好，父母就有能力把他们送进大学校园。

"我从来没有注意到父亲眼角的皱纹，也没有关心母亲日渐粗糙的手指。为什么别人家过得越来越好，我们家却一天不如一天？每当我提出这样的问题，父亲总会自责自己没本事，而母亲则反复说是自己拖累了全家。慢慢地，我好像明白了一个道理，并不是有双勤劳的手就能致富，也不是起早贪黑就能摆脱贫困。可怜的父母四处奔波也没能留下一片栖息地。他们没有钱，没有地，没有可以支撑生活的经济支柱。他们在少许的青稞地里收获不到三个孩子的学费，只能咬牙挺过生活抛给自己的道道难题。脱贫攻坚让我知道了中国农村还有这么多人需要被扶持。父亲经常给我们讲，我们的这口锅太小，吃饭的嘴太多，国家也不容易。他相信生命给予每个人同样的起跑线，只要全力奔跑就会成功。这句话给了我很大的鼓舞。目前，我们家虽然很困难，但姐姐毕业后就可以拉父母一把，我毕业后可以再拉父母一把。国家的脱贫攻坚就是给所有尚在贫困线上的人一根蹦极的绳，我们可以借助这道力量向更高的方向起飞！"

索郎措说出了自己的心里话。尽管这只是临时安排的一个插曲，但别开生面，意义深刻。一个高中生能有此见解，让我们吃惊的同时又很欣慰。农村的后起力量充满了希望。

蓝红梅带头鼓掌，我们跟着比出大赞的手势。我把索郎措的这段话全部记在笔记本上。我清楚龙波甲的孩子们因为有知识、见识和发现问题的能力高出一筹，而珠姆的孙女两口子身上缺少的就是这样一种品质。由此可见，文化对孩子们的影响力有多深，对一个地方的发展促进有多大！

龙波甲的房子今年秋天能竣工，他说兄长家的情况比他好。两个人承包了几亩地，准备试种羊肚菌。乡长说有这方面的项目，目前也只有他们在争取，估计有希望。

"今年，我们得打破一些旧观念，不能老是守着国家的扶持资金。为了孩子们，我们再拼搏一次。好在我们都还没有到干不动的年龄。"

龙波甲被女儿的话感动了，他觉得不能让孩子们的自尊受到伤害。虽然她们还没有体会到人生的艰辛，但作为父母，不能让孩子们失望。

我们把俄洛村贫困户这些年享受的国家政策和取得的成果对他们进行了宣传，让他们意识到没有行动就没有进步。并以此鼓励他们发展产业，靠自己的努力改变逆境。

索郎措给我们说了她的设想。她说妈妈的手艺很精湛，现在很少有人能做到她那么好的女红活，如果可以的话，就在村里成立个合作社，把寨子里具有手艺的人组织起来，专门从事民间服饰的设计和制作，然后把成品推广到市场上。她在网上报了个服装设计班，可以给村里人做顾问。

这个想法的确可取，现代人的审美观念一直在变，对时尚大牌审美过度后，复古的事物又成了新宠。很多国际服装设计师也在不断地挖掘着传统服饰的文化精髓。

平时我和蓝红梅谈论一些文化方面的话题时，她就一直感叹传统文化正在飞速消失，乡村不可避免地陷入了发展和保护的对立面。无论是民居服饰还是餐饮文化，都到了一个新旧断裂的关键时刻。随着村里老人的离世，那些古老的山歌酒词、谚语格言、诗词传唱都已经搁浅了。

"你想不到吧，现在农村人的婚庆办得和城里一样。条件好的都去县城包席请客，条件稍微差的，在村里也是坐轿车接送新娘。也不知是该庆幸时代的发展，还是该感叹文化在蜕变。"我想起蓝红梅有次给我讲一个亲戚结婚时说的一番话。

蓝红梅的眼睛一下子亮了，她拍着大腿说这些事她不知道想过多少次，但就是想不到让谁去做。

"服饰是个永不衰竭的行业。时代越是发展，需求和标准就越高。不是说越是民族的就越是世界的吗，创业之初肯定很难，但只要迈出第一步，后面的路就好走了。'世界上原本没有路，走的人多了就变成路了！'"

每一个新生的事物都会促进人不断前进，我们为龙波甲女儿的想法由衷高兴。

龙波甲和丹巴还没有搞懂我们手舞足蹈地兴奋什么，他们也咧开大嘴傻乎乎地跟着我们笑。

受到女儿的鼓励，龙波甲的老婆说缝衣裁剪她在行，也可以带一些年轻姑娘跟着学，就怕别人不看好这个市场。

我们说只要有人带头，就一定会有人参与其中。成立合作社的事情还得尽快申请。

索郎措高兴地指着院子说："'羊均服装合作社'就建在我家院子里。我让爸爸先搭个简易阳光房，以后走上正轨了再建个规模大的。"一番孩子气的话倒让我们的走访充满了新的希望。

龙波甲还带我们去看了他承包的六亩地。羊肚菌的生长期是两个月，五月中旬撒种，七月就可以出棚了。他说今年搞个试验，如果种好了，明年再扩大基地。他担心第一次投资大了，万一亏了就怕再也翻不了身。

因为时间还早，我们就在羊均寨的田边地头转了一圈，顺便到磨坊去看了一下。

我问村支书，现在修建的磨坊真的是过去那种水磨吗？看现在的水流，小得转动一把木槽都难。

丹巴和蓝红梅都笑着摇头，说还是要靠电力来实现水磨磨面的功能。因为如果真修在河上，不仅要修筑坚固的水渠，还要保证一年四季有丰沛的流水量。

若是遇到洪涝或汛期，河水会冲垮河床，一切又得从头再来。

"用电力替代水力，其实效果是一样的。磨盘还是过去那种，只是功能提高了，效率更快了，还不用人天天守着，需要时打开电源就可以使用。"

听到这里我的脑中又闪出一个灵光，赶紧问道："那么为了传承水磨文化，可不可以把这个用电动完成的磨坊风貌恢复成过去那样?"

两位伙计愣了一下，这个问题他们真的没有考虑过。蓝红梅总是和我心有灵犀，她思索片刻后很认真地说："你别说，这还真是个好方法，保护和发展并举。以后我们的旅游起来了，可以把水磨归纳为民俗文化之一，让游人来体验刀耕火种与千年磨坊文化!"

"阿姨，你们的想法太不可思议了。我虽然生在乡下，但还没见过水磨呢。"索郎措蹦蹦跳跳地跟在我们后面，这个小机灵鬼的心里一定也住着个顽皮天使。

"一代人有一代人的使命。如果说上一代人的使命是创造了世界，这一代人的使命就是改变世界。那么下一代人，你们呢?"我们看着索郎措明亮的眼睛问道。

"我们这一代人的使命就是完善世界。"

告别龙波甲一家的时候，我看着田野里一簇簇绿色生命，心里的结慢慢打开了。

第二十章　葬礼

华丹措最近像变了个人似的，没日没夜地往芍药地里跑，像十月怀胎的母亲诚惶诚恐地等待临盆。甚至还会在某个失眠的午夜或早起的黎明去地里转一遍，不是对着淡绿鹅黄的嫩叶自言自语，就是合掌朝着寺庙的方向默默祈祷。

乡亲们都说这个漂亮的女人都快被中药材整疯了。她还变本加厉地折磨我和蓝红梅，不是让我们陪她去县科协咨询技术人员，就是揪着我们去新华书店找相关书籍。

我们给她找的书都快堆满那间小茶室了，可她还是不放心。她说自从一场雨后她下的芍药苗子突然满满当当地覆盖了十五亩地，她的全身上下也长出了满满当当的十五亩利刺。她左右疼痛，上下抽筋，总怕哪天睁开眼睛地里一片枯萎。

不过也难怪，原本以为春耕后种下的芍药苗子会在夏季开花，谁知我们犯了知识性差错。据专家说，芍药的最佳种植时间是秋天，也就是八九月份下苗最合适。可龙处长千辛万苦拉过来的花苗放几个月很可能会烂掉。为此我们综合各方面经验，按照科学的方法将芍药种下了，为的是等它有几个月的发芽期，秋天再进行分枝种植。所以华丹措着急不是没有理由的。当她看到地里终于冒出了期望的绿叶时，反而更担心了，怕那十多亩宝贝晒焉了或者被雨打残了。

我有时候逗她，说你该看心理医生了。蓝红梅说早知你如此歇斯底里就不该争取这些苗子。但说归说，我们都义无反顾地陪伴着她，帮她咨询种植技术，为她疏导心理障碍。她高兴时也会感叹，说幸好小泽被那个负心汉接走了，要不然现在都顾不上了。

夏季到来后，乡村田野上露出越来越深的绿意，村民们也进入了一年中最忙碌的时期。多数年轻人除完青稞地里最先冒出来的杂草后就打工去了。我们的走访情况也越来越令人满意。贫困户们在管理好农田的同时，也加紧了新产业的开发进度。我们每天都能在扶贫工作群里听到好消息，包括已经走了两个多月的妇女主任。她说截至目前，已经增添了十五头活蹦乱跳的小牛，后期陆陆续续还会产下更多小牛，这使三个放牧人对村集体经济的未来充满了信心。

支书他们多次喊我休个假，回城看看孩子，拿几件换洗的衣服，可我一直没有答应。这倒不是有什么特别忙的事，只是我想到秀秀已经适应了跟表姐一起生活，学习成绩也有了明显进步。如果我回去和她们厮守几天，孩子难免对我再度生出眷恋，表姐的一番苦心也就白费了。再说，离开省城前我基本把春夏秋冬的衣服都带了几套，有时候还在网上买衣服，根本不愁没有换洗的。加上随着夏天的到来，这里的风景越来越好，尤其是下村的时候要经过大片大片青稞地和麦地，这些农作物美得像一幅泼墨画，把整个乡村的气韵晕染得淋漓尽致。而我特别喜欢绿油油的青稞地，更喜欢每天醒来时听到森林中的鸟鸣。

我和蓝红梅在乡上开完会，就带着会议精神赶往村委会。丹巴的老婆还是很忙，每天都要去地里除草施肥，还要照顾家里的老人。每逢煮饭时，我们就会喊门卫大叔一起吃，他给我们讲了很多老故事，还说哪天继续给我们讲红军的故事。这里有很多红二代，他们和普通的藏族群众没有区别，说藏语，穿藏服。

今天，蓝红梅起了个早，她说陪华丹措看完芍药地再去山上采一点蕨菜。我因为有点感冒就没有起床。快到中午时，蓝红梅回来了，手上还沾着山野菜的青汁。她说蕨菜老得快，不抓紧采摘就会很难吃。

"晚上我们包蕨菜包子，把华丹措喊过来，她的厨艺好。我已经煮了一锅腊肉，是蕨菜包子的绝配，你会吃上瘾的。"

蓝红梅给我倒了一杯开水，我吞下感冒药后问她："华丹措去干什么了？她可以到我们这里歇息一下。我真怕她继续这样操劳下去会生病，她应该相信专业人士的建议，让芍药自然生长。这些看似娇贵的花卉其实很耐寒，反而怕高温和淤水，上次下种前专家也检验过土壤，都说天气正常就没事。"

蓝红梅把削好的苹果递给我，见我皱眉，她用警告的眼神说我必须增加能量。

"她或许是太想念小泽了，就干这些事填补寂寞。别说是她，我都不习惯。那孩子多机灵可爱啊。"

蓝红梅见我有点倦怠，就说出去转转，让我多躺一个小时。就在她起身准备出门时，门卫大叔在院子里喊我们，蓝红梅赶紧跑下去跟他说了什么后又匆匆回到楼上。

"阿齐的老父亲去世了！"

"什么？他……他不是好多了吗？"这个突然的消息让我的大脑有点反应不过来。

蓝红梅的眼神很暗淡："是啊。门卫大叔说先去那边看看，他让我们出去时锁好门。"

我坐起来准备穿衣服，可能要去阿齐家帮忙了。

"先别急。每个乡村都有自己的风俗，我们草率地过去也不知道合不合适。再看看动静。男人们会先过去收拾遗体。"蓝红梅边说边仰头看窗外，她说好多人正往阿齐家赶。

我的头脑受到刺激后跟着嗡嗡嗡地响起来。我反复回忆我们是几天前去的阿齐家。

当时丹巴主任也在，我们说夏天到了，看看病床上的老人能不能在院子里晒晒太阳，顺便也告诉他村里对贫困户的帮扶措施和取得的成效，让俄洛村岁年最高的老人也为村里的发展高兴高兴。

我们托人从县城买了水果罐头和新鲜牛肉，拿过去请阿齐和老伴给他父亲做点好吃的。

建议是蓝红梅提的。她说农村很多老人生病期间就想吃新鲜的牛肉包子。经历过饥荒的人都有包子情结，因为包子是那个年代最能解馋的美食。

我们到阿齐家的时候，两口子刚刚把老人抱到院子里的椅子上。阿齐说父亲的脸色倒是出奇地好，就是突然直不起身子，浑身无力。

阿齐说话的时候，他的老父亲讥讽地笑着。他说儿子把他当成废人了，他能吃能喝健硕着呢。

"看看这地上的房影，青稞和油菜有这么高了吧？布谷鸟天天在我的头顶撒野，还把鸟屎拉到我的帽檐上。它们欺负我耳聋眼瞎啥都不知道。半夜里，我还听得见青稞伸懒腰的声音！哦呵呵！我老头子这里有块时间表呀！"阿齐的老父亲用拐杖指着离脚尖一米多远的影子，又用拳头敲着自己的胸部笑呵呵地表示自己对大自然有独特的感悟。

我们伸拇指称赞老人的智慧，丹巴把妇女主任放牧的情况也说给老人听，还说再过一个多月，他就可以看到油菜花开的美景了。

老人听到这些好消息后满足地笑了。他说自己已经看到了过去想都不敢想的变化，是有福之人，经历过贫穷，也享受过幸福。

"有什么比丰衣足食更好的事情？老百姓的日子好过了！"

我终于想起这是三天前的事了。

蓝红梅伤感地说我们那天去阿齐家，竟是与老人的最后一面。

没过多久，华丹措也打来电话，说阿齐的父亲过世了，她和几个邻居先过去看看情况。

"你们跟支书他们一起来，代表村班子可能更合适。我想最好是明天，今天场面会比较尴尬，你们受不了女人们的哭哭啼啼。"

华丹措的这番话我也听清楚了，我朝蓝红梅点头表示赞同。后来支书也打了电话，说明天一起去阿齐家慰问，今天他们先去帮忙做事。

这天给我的感觉很奇特，村里突然安静了下来，所有人行色匆匆却又悄无声息，包括那些顽皮的孩子都不知道躲哪里去了。

我没有问朋友这个地区的丧葬习俗，保持静穆是对逝者最大的尊重。我想自己能够在派驻村为一个值得尊敬的老人送行，无疑是件欣慰的事。我们有幸陪他度过了生命的最后时光，有幸聆听了一位长者对脱贫攻坚的肯定。

去阿齐家之前，支书他们先到了村委会。我们商量今天以个人名义慰问阿齐一家人。因为按照村规民约每个农户都要出五十元慰问金给逝者家属。村委会不用再单独表示了。

阿齐家的院子里挤满了人。除了平时看到的熟悉面孔，还有很多是没有见过的，这里面肯定有他们的亲朋好友。妇女们大都坐在院子里，面前放着很大的竹筐，里面是印刻着藏文的经幡。巧手女人们正飞针走线地往上面绣着彩条。年长一点的男人和婆子们坐在角落里，手摇经筒拨动佛珠口诵六字箴言。

华丹措在厨房忙碌，几个姑娘跟在她后面进进出出地给客人倒茶盛饭。

我们被迎进大厅。高大的佛龛上摆满了酥油灯。大厅上方的地板上放着老人的遗体。我只看了一眼那张盖得严实的被褥，泪水就夺眶而出。

阿齐摇着小经筒走过来，他说上午父亲还好好的，吃了包子，喝了肉汤，还吃了点干糌粑。他们把他放到椅子上晒太阳，然后都去忙各自的事情了。后来是孙儿跑过来说爷爷吐了。他们赶到院子时，他只说了半句"扶我回屋"就闭眼了。

支书代表大家说了慰问的话。我们把礼金交到阿齐手中，要他给老人做点善事。

想到第一次来这里，第一次吃糌粑，第一次和村里年岁最大的老人交谈，想到三天前，我们还在这里告诉老人油菜花开时他可以去观赏美景，心里就有说不出的悲伤。

阿齐说，父亲临终时没有受苦，走得很轻松，这多少是个安慰。毕竟高寿，又病了那么多年，没有受苦是一个病人最大的福分。

来吊唁的客人络绎不绝，支书他们没坐多久就出去干活了，我和蓝红梅能插上手的事情也只有厨房了。

华丹措忙得头发都散了，见我们进来，让我们帮她把松散的辫子扎紧一点。虽然她的围裙上沾满了面粉和油垢，但厨房里的菜和肉都很干净。一口大锅里煮着香喷喷的牛肉粉汤，葱姜蒜末装在一个盆子里，几桶刚刚炸好的油饼被姑娘们抬进厨房。

华丹措说昨天就把几袋面粉分给邻居帮忙炸油饼。这边要烧茶、煮饭，接待客人，实在腾不出位置，反正村里的红白喜事都这样，大家会非常尽心。煮米饭也只需把大米分派给各家，一会儿几十口高压锅压好的饭就会端进院子。

蓝红梅四下找围裙，准备洗菜洗碗。一个女孩把自己的围裙摘下递给我，我赶紧拖起一个铝盆把刚刚送进来的碗放进去。

华丹措喘了几口气，汗珠从她戴着口罩的鼻梁上渗出来。蓝红梅替她擦去汗水，然后把她按到一张凳子上，喊她休息几分钟。

"厨房里你俩也插不上手，去院子里转转，然后回去休息。这里人来人往的林姐可能不习惯。"华丹措只喝了口热茶就站起来，说今天最多再煮两锅粉汤就够了。

我告诉华丹措，不要担心我们受累，我们跟阿齐的父亲也打过交道，对他老人家很尊重。现在他走了，我们应该尽心为他送行。何况，这洗洗涮涮的事女人们还是能做好。

"也对。你们也别急着走，等会儿吃了饭再走，沾点高寿人的福气。逝者家属还会给村里的老人们送饭，意思是要他们享受到老年人的福气。"

"这个习俗汉族也有，高寿人的葬礼也叫喜丧。家人会像办寿宴一样为逝者送行，年轻人都抢着沾光。"我想起小时候跟随母亲参加过乡村亲戚的葬礼，母亲就说过那样的话。

蓝红梅说，我们就在厨房吃饭，这样既能做点事，也不用在外面挤客人们的位子。

"这个主意不错。我也不反对你们帮厨了。等把外面的客人应付了，我们都在这里吃饭。"

华丹措让小伙子们把盆子端进来，然后和几个姑娘把大锅里的粉汤一一舀进盆子，每盛满一盆，她就撒上一大把葱姜蒜末。轮到我们吃饭时，阿齐专门送来一盆刚出锅的油饼，嘱咐我们一定要吃好饭。他说这些饭是他父亲没有吃完的，只要我们吃了，老人就会高兴。

外面的客人来了一拨又一拨，无一例外，所有人都拿着佛珠，念着经文，神色凝重而庄严。

每逢院子里有新到的客人，年长的女人们就会放声大哭。她们大都是阿齐家的亲戚和左邻右舍。对于一个人的离世，哭是唯一能够表达悲伤和哀思的方式。即便是百岁老人，相处了一辈子的乡亲也会有"生命太过短暂"的遗憾。

厨房的事情基本接近尾声。我们在院子里逗留了一会儿。女人们依然忙碌着，缝好的经幡山一样堆在笊篱里。

蓝红梅说经幡上的藏文是六字箴言，即"唵嘛呢叭咪吽"，是专门超度逝者的经文。那些经幡会带到天葬台，悬挂在亡灵安息的地方，象征着生命的终结和轮回的开始。

我还注意到，女人们在白底黑字的经幡上飞针走线，缝了很多彩条，按照从下往上的顺序，有黄、红、白、蓝四种颜色。在回村委会的路上，蓝红梅才给我解释了那些彩条的秘密。她说世间万物不过是天、云、风、地构成，尘世的人根据对宇宙和地球的认识，为每一个存在的物体划分了色彩。世界再大大不过宇宙，生命再长长不过岁月。蓝天在上，白云紧随，红风居中，大地在下。经幡上的四种颜色就是代表天地风云。

当一个亡灵回归于自然，风吹经幡，经文摇曳，是对灵魂最好的庇护。就像尘世的人要吃饭穿衣才能抵达生活的本真，如果亡者得不到这些必备的"通行证"，灵魂抵达不了轮回的起点，就有可能受尽苦难，万劫不复。

不同的民族有不同的文化背景，不同的乡村有不同的民风民俗。对于轮回，他们有独到的理解，并且能够坦然面对。因此，他们从不惧怕死亡，那不过是重生的开始。

我们走在夕阳的余晖里，僧人们的念经声萦绕在村庄上空，田野中不时飘来庄稼和绿草的清香气味。

蓝红梅说今天华丹措会忙到很晚，她母亲过世时乡亲们一直忙到葬礼结束，因此她用真情回报着每一个人。我们不如替她去看看芍药地。

顺着田野中间的一条小路一路向前，林子里交织着鸟儿们回巢的叽叽喳喳声。华丹措的芍药地冒出了一茬茬淡紫色的嫩芽，或三五一簇，或二三一株，乍看像婴孩新生的乳牙，在青绿相间的青稞和油菜之间显得很别致，很诗意。

蓝红梅在青稞地里扯了根燕麦，把它含在嘴里轻轻地咀嚼。

我也学着她的样子扯了根深绿的植物，结果连根拔出一株青稞。不等我栽回土里，蓝红梅抢过去，说要给我做根笛子。她把竹节一样的青稞秆从根部抽出来，然后去掉两头，再把粗的一头放进嘴里咬扁后使劲吹了一下，细长的秆子竟然响起清脆的笛声。

"真是神了。快点教我做笛子。"我蹲在地上，想重新拔一株青稞。

蓝红梅眼疾手快，选中了一根好的。那抽出来的青稞秆子原来是空心的，亮亮的，透透的，像圆润的管笛。我按照她的演示也做了一根吱吱唱歌的青稞笛子！

"我们小时候没啥玩具，所有东西都取自于大自然。如果你细心留意，哪怕一株小草，也有想象不到的神奇之处。"

"这里有狗尾巴草吗?"我看着田埂上蓬勃的野草问道。

"没有狗尾巴，但有很多野草长势很美，特别是盛夏以后，山坡和树林里到处是野花野草野果。"

"龚斌给我发的照片里有狼毒花。满山遍野的狼毒花，很好看。"

"牧区和农区都有狼毒花，女孩们爱做成花环戴在头上，但那花恰如其名，闻久了头痛。"

看完芍药，玩够了笛子，天色慢慢暗了下来。我给华丹措打电话，说已经帮她看了宝贝芍药，今晚就不必为此操心了。她说看到两个黑点在地里晃，就知道是我们了。明天一早还得帮厨，今晚就不邀请我们去她家里睡了。

我们下山时，村民们三三两两地从阿齐家走出来。那些从外村来的客人在太阳落山前都回去了，但还会有人从更远的地方来。一个家族延续了几十年，他们的血脉也会像庄稼根须一样蔓延四方。

蓝红梅还告诉我，根据寺院活佛的占卜，阿齐父亲的遗体三天后送往天葬台。

原来在乡村，一个人过世后都会请寺院的算卦师打卦。卦师会根据逝者的生辰八字和忌日算出他的前世、今生和来世，然后算出是天葬、土葬还是火葬。

好奇心促使我缠着蓝红梅给我讲藏族聚居区的丧葬习俗。她说一般情况下逝者都会天葬，如果是意外身亡，水葬和火葬的可能性很大，而土葬则很少有。

我们每天都去阿齐家帮忙，煮饭烧茶的事干得得心应手。阿齐一家人很是过意不去，总觉得让我这个汉族干部受累了。他的老伴每天都给我们装一大袋食物，我们无法拒绝她的好意，到了院子就把热腾腾的牛肉和包子分给念经的老人们。

三天的时间很快，葬礼所需的物品都准备好了。守夜的都是村子里经验丰富的男人，沿袭久远的风俗让一个村子的人更加亲密起来。

村里一直都有一支互帮互助队，堪称村寨的精英力量，每年轮流换岗，全面负责当年的春播秋种、红白喜事，几乎包揽了邻里乡亲的所有大小事宜。

送阿齐父亲去天葬台的前一天，村民们再次聚集在他家。做酥油灯的，打点送葬人员途中饮食的，整理逝者衣物的，各司其职，大家再次用古老的方式表达着对一个老人的最后尊敬。

下午，一个学识渊博的年轻和尚带来了卜算的结果，他富含磁性的讲解让村民们发出了低低的悲泣。

打卦的高僧说，阿齐父亲的前世是只受尽苦难的流浪狗，它的腿被恶人砸断，眼睛在一场恶斗中也被弄瞎，逃到一座庙宇时遇到了一位好心的僧人，僧人为它疗伤，为它喂食，每天都牵着它在寺庙外听大师讲经。

阿齐父亲之所以能在今生投身为人，是因为前世受了太多的苦，而老僧人感召了它的灵魂，将它引领到美好的轮回中。

卦象上最后显示的是老人的来世去向。只要安排好他的后事，多施善行，老人的灵魂会在北边一个富贵人家投身为男儿身。如果时机合适，男孩六岁时会遇到一个修行的高人，并在他的培养下成为博学多才的智者。

阿齐父亲的三生三世被解密后，我觉得太不可思议了，像听天方夜谭一样，心想世上真有如此玄妙之事？

在场人的严肃表情足够证明，人们一直以来都按照千年不变的定律来界定生命的因果。难怪那些受苦受难的人经常说"可能是我前世作了孽"，骂作恶多端的人则会说"下辈子你要下地狱下油锅变牛变马"。

支书他们还说，村里有人去世了，不仅逝者家里要做好诸多善事，村寨也要请僧人来念经做法事，这与社会发展和文明进步丝毫不冲突，早已成为寄托哀思的一种文化，与汉族人给亡者烧纸立碑是一个道理。

"文化是一枝巨大的枝干，各民族的风俗和礼仪就是绿叶和果子。文化之所以多姿多彩，就是因为广阔的地域给了它枝繁叶茂的根基。"

蓝红梅的总结性发言让我茅塞顿开，我突然明白了藏族人为什么那么善良，那么坦荡，原因就在于他们心中装着比生命更重要的天地因果。这不能不说是一种境界。

夜里，如泣如诉的雨声时远时近，我仿佛听到了天边沉闷的雷声。明天，确切地说，再过两个小时，送葬的队伍就要起程了。他们会从静寂的夜晚出发，向着黎明前的曙光进发。

当明天的太阳冲出地平线，把初生的光芒无私地倾洒给世界时，一个老人的生命历程将永远回归大地。

蓝红梅在地铺上发出轻微的叹息。这个失眠的雨夜，我和蓝红梅听着彼此的呼吸。

出殡前村里每家每户都会在门口撒上灶灰，为的是不要让亡灵留恋尘世。而现在，那道弧形灶灰把我的思绪拉到了神秘莫测的虚空里。

"送葬的人从上路到回到村子，途中不能与任何人说话，只有在村口洗手漱口净身后才能回到主人家汇报葬礼情况。这一天，主人家会倾尽所能宴请他们，送葬人会受到最高的答谢。"

我翻来覆去睡不着，手表上的指针咔嚓咔嚓地跟黑夜较着劲。

明天，是否会像人们说的那样，村庄和山冈上会出现绚丽的经幡，为亡者念诵七七四十九天的超度声会在第一轮朝阳下轰然奏响？

"但愿您在轮回的路上免受苦痛，往生极乐！"

我在心中默默地祈祷。

第二十一章　瞻仰

"七一"建党节，我们准备举办一个"不忘初心，牢记使命"主题教育活动，以当前的脱贫攻坚为契机，组织全村的党员干部、共青团员、妇女代表重走长征路，瞻仰和缅怀革命先烈，接受一次革命传统教育和爱国主义教育。

春耕结束后，俄洛村先后有十五名青年写了入党申请书，经党支部研究决定，同意十名符合条件的年轻人入党。这不仅壮大了俄洛村的党员队伍，还是今年基层党建工作的一个亮点。

蓝红梅说一直想在村里搞一个革命题材的教育活动，重走长征路是再好不过的形式。今年又是全县决胜脱贫攻坚的重要时期，在"七一"建党节搞这个活动很有意义。

那天，我们去羊均寨走访贫困户，恰巧在回村路上碰见县文化局的领导陪同一个长征文化考察团，他们刚从包座战役红色景点回来，准备赶往巴西纪念馆。带队的文体局领导说平时来瞻仰长征历史文化遗址的人很多，特别是修建了巴西纪念馆后，前来参观膜拜的游人更是络绎不绝。

蓝红梅把"七一"建党节的活动设想汇报给支书后，得到了他的赞成。支书说方案做好后就开动员大会，除了党员干部，还要从建档立卡户当中选几个人参与活动。

那几天，我和蓝红梅开着她的"粉嘟嘟"去踩点，用十二分的认真劲策划"七一"活动方案。

R县是红军三过草地的地方。中国工农红军在这里停留的时间最长，长征途中决定南下还是北上的重要会议也是在巴西班佑寺召开的。姜冬、班佑、巴西、求吉、包座铭记了八十多年前的那场艰苦征途。雪山草地的丰碑在这里巍然屹立。

我忘不了第一次到高原，从踏上茫茫草地的那一刻起就聆听到的长征故事。

"七根火柴"激发了我写《我的新长征》的灵感。我知道，自己两年的驻村工作与长征文化密切相关。我会在红土地的记忆里书写一个驻村干部肩负的使命与担当，我要把脱贫攻坚的时代号令贯穿到自己的生命历程中。

蓝红梅说开展"不忘初心，牢记使命"主题教育活动，可以让党员干部走进历史现场，感受八十多年那场血雨腥风下的艰苦行军，见证长征精神对后人的激励和鞭策。

在成为一名驻村干部后，我的思维异常跳跃，可能因为面对的是完全陌生的农村的缘故，每次问的话都很幼稚。

"这里还能见到流落的红军和他们的亲属吗？他们是什么样的一个群体？"

蓝红梅书记从不责怪我的唐突，反之，她很想把自己知道的毫无保留地分享给我。"你想想，长征胜利都多少年了，活得最久的也有一百多岁了。我们这里只有红二代了。他们和这里的藏族人没有任何区别。生在这里，长在这里，早与这片土地血脉相连了。"蓝红梅像在告诉我，又像在告诉着世人。

七月一日这天，俄洛村村委会挤满了"红军队伍"。大家穿着从县文体局借来的红军衣服，立即增添了几分庄严的气氛。

今天的活动分五个环节，即：重走长征路——入党宣誓——参观巴西会议会址——参观巴西纪念馆——听红军故事。五十人组成的队伍将从俄洛村村委会出发，徒步四公里至巴西会议会址。

为了发扬红军精神，再现二万五千里长征的历史场景，我们把队伍分成先遣部队、小分队、主力军、文艺队、医疗队、后勤组和炊事班。

村支书扫把担任总指挥，团干事供波泽旦担任红旗手，蓝红梅是革命文艺队队长，我担任卫生队队长。相关职务分派下去后，蓝红梅书记向党员干部宣讲了"七一"建党节重走长征路的重要意义，强调了活动纪律，要求大家以严肃活泼的精神状态投入到活动中。

八点，先遣部队出发。他们的任务是侦察和绘制地图，为后续部队指引前进的道路。半个小时后，主力部队向巴西会议（老班佑寺）进发，文艺队、医疗队和炊事班跟随其后，后勤组负责断后。

队伍行进到两公里处的分岔线，开始进入密林深处。此时，先遣部队不断传来消息，告之我们"敌人"的阻击点和工事分布情况。主力军一边"作战"一边牵制"敌军"。

蓝红梅带领的文艺队负责打快板，唱军歌，为"受伤"的队员呐喊加油。医疗队抬着"担架"，在"敌人"的枪林弹雨中机智地掩护伤员。

由于下过一场小雨，树林路滑坡陡，荆棘和树枝刺破了战士们的脸和皮肤，可大家仍然英勇前进，不时有战友"倒下去"，不时有更勇猛的战士冲上来。

慢慢地，树林中的植被越来越少了，光线越来越亮了，"前沿阵地"的小分队从另一处山林中冲出来"剿灭了敌人"，与我们胜利会合！

一个半小时的行军让重走长征路的党员干部意气风发。大家激动地跟随文艺队的快板唱起"红军不怕远征难，万水千山只等闲。五岭逶迤腾细浪，乌蒙磅礴走泥丸。金沙水拍云崖暖，大渡桥横铁索寒。更喜岷山千里雪，三军过后尽开颜"。

小树林中的行军取得了预期效果。担任总指挥的扫把书记说自己第一次对长征有如此深的感触，从山冈上冲下来与小分队会合时，真有冲出敌军包围的胜利感。

队伍休整后继续前进。过了一个坡道后，出现在大家面前的是一片非常开阔的河谷地带，河谷里长满了柳树，成片、成林或一字儿排列在沿河两岸。公路两边的坡地连接着绿油油的青稞和黄灿灿的油菜花，墨绿的青草中跳跃着黄色和粉红的野花。

我们专门选择从河谷中间的泥泞路上向目的地进发。红旗手和文艺队员们唱起了《十送红军》。公路上不时有人向我们挥手，大家的激情再次被点燃。

行军两公里后，到了姚炯村，一个易地搬迁的村子。据说当年红军到了班佑寺后，把电台设在树林密集的姚炯山上。

搬迁后的姚炯村整洁干净，家家户户居住的都是带庭院的藏式民居。老人们站在村道和寨门前摇着经筒，村庄外边的青稞地里偶尔传来一两声古老的山歌。

扫把书记说，夏天其实是村寨里最冷清的时候，除了留守老人和孩子，年轻

225

人基本都外出打工了，但今天我们在路上看到的人却很多，一支支徒步长征的"红军"队伍排成长龙。

蓝红梅说每年"七一"，从全国各地前来参观巴西会议会址和巴西纪念馆的游人特别多，其中有不少将帅儿女也来追述和重温父辈的革命历史。

邓均寨和姚炯村之间有座小桥，我们决定从那里穿过纪念馆下面的栈道抵达巴西会议会址。栈道很长，连接着废弃的村舍和山崖上碉堡式的建筑。这个造型可能是为了还原当时的行军线路设计的。

巴西会议会址其实就是老班佑寺旧址，高大的院墙气势夺人，仿佛一个伤痕累累的巨人屹立在历史的天空下。会址和纪念馆前聚集着比我们早到的参观者，几个年岁较大的老人脱下帽子久久地站立在红褐色的残墙下膜拜先烈。

我们分四路纵队走到会址中央，红旗手展开党旗，开始进行入党宣誓仪式。

在蓝红梅书记的带领下，组成长征队伍的党员干部、共青团员、妇女代表、青年民兵、预备党员发出了庄严的入党誓词：

> 我志愿加入中国共产党，拥护党的纲领，遵守党的章程，履行党员义务，执行党的决定，严守党的纪律，保守党的秘密，对党忠诚，积极工作，为共产主义奋斗终身，随时准备为党和人民牺牲一切，永不叛党。

入党宣誓刚结束，我们背后便传来一片掌声。原来会址前面站满了各级机关单位和企业团体的党员干部，大家选择在红色圣地庆祝党的生日，目的就是要牢记党的初心，践行党的使命，接受爱国主义教育，树立爱党爱国爱家的高尚情操。

蓝红梅看到史志办蒋主任也在现场，她说蒋主任对长征文化很有研究，是全县红色文化的活词典。

大家打过招呼，蒋主任说他们的"七一"组织生活会专门设了一节特殊的党课，这节党课就是由红二代讲父辈的故事。

蓝红梅听到这个消息，赶紧拉着蒋主任的手请求让两支队伍"胜利会合"，然后一起听一堂别开生面的"七一"党课。

蒋主任说完全可以，她希望这节党课能深入到每个党员干部的心灵深处。

蒋主任是个温柔的回族女人，衣着打扮十分朴素。她说自己从事了多年党史工作，对整个雪山草地的红色文化颇有研究，先后出版了多部长征方面的书籍，并在延安、井冈山等地举办多场讲座。

蓝红梅补充说，蒋主任就是我县的红色文化专家，考证出了巴西会议的确切地点。她搜集、整理、出版的长征文集价值非常高，很多将帅儿女来这里追寻父辈的足迹都是由她陪同和讲解的。

坐在芳草萋萋的巴西会议会址前，追忆沉睡在残垣断壁中的红军故事，《我的新长征》又将吹响一次冲锋的号令，它会带领我们叩击八十多年前那场史无前例的征途，把一个叫作红军的名词展示给雪山草地的后人。

草鞋、步枪、饥饿、疾病、行军、作战，远去的硝烟定格在红色史册中，生命和鲜血铸就的丰碑屹立东方。

站在这里，我们唯有铭记历史，向红色征途上的万千英魂深深鞠躬。天地做证，英雄永垂不朽！

我相信，到过这里的人，都能体会到红军精神对后人的感召和鞭策。谁能想到，一支衣衫褴褛的军队，面对强大的敌军和断粮断炊的绝境创造了伟大的军事奇迹！

蒋主任的声音充满了激情，作为长征文化的研究者，她用心记录了革命战士在雪山草地浴血奋战和流血牺牲的壮举。凭借专业人士的讲解，经典的历史被经典地诠释，使我们对长征、对巴西也有了更深的认识。

上次跟夺吉局长下乡时，因为时间关系，我们沿着全县的旅游线路和红色征途走了一圈，好几个重要的革命遗址都错过了。今天，我们以重走长征路的方式，在历史与现实的交替中追溯革命足迹，缅怀革命英烈，接受爱国主义教育。我庆幸，能够在如此偏远的乡村，和新中国的一段革命征途有过亲密对话，我的驻村工作也会因此而增添新的内涵。

蒋主任知道我们还带了"炊事班"，要在野外烧一锅红军菜时非常兴奋。她提议就在煮"树皮"、吃野菜的过程中听故事。

扫把书记和丹巴主任都同意她的提议。我们整队后又从会址前出发，向邓军寨上面的一块草坪进发。

前期踩点时，我们选择这个地方野炊，正是因为邓军寨上面开阔的河谷就是当年红军队伍从班佑进入巴西的主要通道。史料上记载，当时在班佑的红军分兵两路，一支队伍从马蹄子沿松甘古道进入包座，并在那里打响了著名的"包座战役"。另一支队伍从森夺沟进入了巴西班佑寺，随后召开了"巴西会议"等多个重要会议。

史志办邀请的两位红二代都是男同志。其中一个身形矮小，有点像村民们常说的"大骨节"患者。另外一个微胖，中等个子，浓眉大眼，听说还是县级部门的一个领导。

后勤组已经在草坪上搭起了白色帐篷，巨大的三角石上支起了大铝锅。

因为史志办只有六个人，就分派到我们的四个组里。蒋主任跟着文艺队。她说她是回族，在外边最苦恼的就是吃饭不方便，因此自己带了干粮和水壶，一个锅盔一杯开水便可以陪伴她跋山涉水。

这顿红军菜全是村里姑娘们采的野菜和菌子，简单的食材和佐料炒出了大厨的味道，米饭、馒头和烙饼都是现场制作。特别是三角石煮茶非常有意思，支书说过去搞合作社吃大锅饭都这样，那时候上百号人围坐成大圈，喷着茶香的铜壶在人们手中传递自如。没有油荤的日子因为集体生活而充满了欢乐气氛。

蒋主任也是性情中人，她一边啃锅盔一边跑到大锅前流口水，还挽起袖子要跟女人们学做烙饼。

几十人的饭菜没多久就做好了。大家围成一个大圈，盘膝坐在柔软的草地上吃饭。

为了听故事，我专门坐到两个红二代旁边。蓝红梅递给我一双柳条做的筷子，她说野外什么都是现成的，用这样的筷子夹菜等于又增加了一道佐料。

我半信半疑地夹了口凉拌野芹菜，筷子上果然带着些许木质的苦涩味儿。这种纯粹的自然气息很特别，我赞许地向蓝红梅眨了个眼。

吃饭时，我知道了个子矮小的红二代叫泽夺，微胖的叫索果。他们落落大方地跟大家交谈。

泽夺笑眯眯地从皮包里取出一个笔记本，翻出一张照片给我们看。他说阿爸去世前要求留张照片，万一将来找到他的家人也好相认。照片的背面写着一排漂亮的钢笔字：我的父亲旦真，红四方面军战士。

泽夺眯起一双小眼睛，指着照片中跟自己长得很像的老人说："阿爸十一岁就参军了，他没有读过书，所以一直想让我读书，做一名国家干部。可是我辜负了他老人家的心愿，高考那年，体检不过关。"

泽夺的眼中有一丝遗憾，我的心也跟着颤了一下。我伸手拿过他手中的照片，是一张全家福。泽夺和父亲几乎一模一样，小眼睛浅眉毛，一副笑眯眯的样子。他的母亲则很矮小，泽夺可能遗传了母亲的基因。他说自己本来还有个哥哥，但生下来就是个侏儒，身体残疾不说，还多病。后来把哥哥送到寺院出家也没能保住命，三十岁不到就病逝了。哥哥在世时还没有照相的条件，因此全家福上便没有他的身影。

"我先说说阿爸的故乡吧。他和朱德老总是同乡，四川仪陇人。阿爸姓谢，小名世希，流落藏族聚居区后取名旦真。他的大哥在家帮父母务农。阿爸说他参军那年，背包扛枪都有点吃力。在世时，他爱给我们讲家乡的稻田、水牛和果园，从来没有忘记过故乡和亲人。

"八十年代初期，我们与阿爸的家乡取得了联系。经过一年多的准备，我和大舅带着公社开的证明，坐客车到了成都。可是在成都我们根本找不到去仪陇的方向。那时候，成都对我们来说太大了。又听说大城市到处都是'摸哥'（小偷），大舅担心身上的钱被摸走，加上不适应炎热的气候，我生病倒下了，情急之下大舅只好带着我回家了。"

泽夺讲起这些经历时，语气凝重而忧伤。他说自那以后，阿爸就很少提起他的故乡和亲人。他明白自己再也回不去了。

我很想问问，这些流落红军是怎么掉的队？他们在藏族聚居区经历了哪些磨难？他们是靠什么来支撑生存的信念？靠什么来维护心中的信仰？

泽夺把照片放回笔记本重新合上。他说自己上了岁数才明白阿爸心中的那份乡愁。

"我们在接受外界采访时，对父辈的经历做了很客观的阐述。对于一个十一二岁的小战士来说，战争是个陌生的词。阿爸常说刚刚参军时，非常害怕枪炮声，总怕子弹随时穿破自己的脑袋。可时间久了，每天都会有很多战友倒下去，后来就不怕了，不仅不怕，还越战越勇。他是红四方面军战士，在巴西、包座都参与过战斗。因为当时年龄太小，加上连夜行军，就在大森林中睡着了，也就是那次，他在那界的森林中掉了队。

"好多年以后，阿爸才恍然大悟地告诉我，原来他们打出了一个新中国。那天他特别高兴，特意让我去公司打了一斤散酒，喝得面红耳赤的。"

泽夺说很多流落的红军战士都因行军作战的艰苦和营养的缺失而落下残疾。他们在藏族聚居区只能跟自己一样普通的人结婚生子。因为对于当时的社会来说，他们是外族人，是语言和行为都无法沟通的特殊人群。

流落红军是隐身在时光里的无名英雄，没有烈士的光环，没有军功章的荣耀，与故土和亲人永别后就把乡愁带入了永恒的黄土。

"关于父辈，我没有过多豪言壮语。他们用自己的身躯和强大的信仰把自己融入这片土地。到我们这一代，已经是地地道道的藏族人了。对于流落红军战士来说，他们看到了新中国，看到了祖国的繁荣富强，没有比这个更让他们欣慰的。"

蒋主任见大家面色沉重，就说今天请两位红二代来讲父辈的故事，就是为了让后人铭记先辈们为今天的幸福生活所做出的贡献。和平年代，思想教育不能松懈，但缅怀是为了更好地记住。她说大家还是高高兴兴地过好这个节日。

"对。那么由索果部长给我们说几句。"蓝红梅说另外这个红二代是县委组织部副部长。

"索部，干脆讲讲你们是怎么联系上了外公的亲人。"蒋主任拍了下索果的肩膀。

"好吧。那我来说说外公的经历。确切地说，我是红三代了。外公是在红军北上路上生病掉的队，几经辗转后到了我们村寨，然后与我的外婆结婚，生了三个女儿。我大姨当家招了上门女婿，我母亲和小姨嫁人了。母亲经常给我们讲，外公外婆生活得很苦，家里特别穷，加上外公没有儿子，在别人眼里就矮了一截。他经常跟三个女儿提起一个叫作'岳家坝'的地方，说自己的家乡就在那里。"

索果部长指着遥远的喇嘛岭上一朵浅紫的浮云说："外公不记得自己掉队的地方，长征时期他们都是十四五岁的小战士。他想家的时候，总是指着喇嘛岭上最高的山峰说'我从那座山背后来的'。大概在他七十多岁时，有三个人突然找到了外公家，一个年轻人说他是外公的亲侄子。全家人都很惊讶。外公把两个女儿都叫回去，说他的亲人们找他来了。"

蓝红梅听到这里跟着问了句："当时你在吗？你是否见到了外公的家人？"

索果有点遗憾地摇了摇头："外公家人来的时候，我在藏校读书。那个时候只有书信来往，母亲没办法通知我回去。所有情况都是母亲后来告诉我的。

"外公的侄子说，他们能够找到外公生活的地方，全靠浙江电视台的一个节目。说起来也真是巧，原来是浙江台播放的一部阿坝州境内流落红军战士的纪录片让他们找到了寻找外公的机会。外公侄子抹着眼泪告诉大家，当时全家人在客厅看电视，他六岁的儿子突然指着电视中一位老人喊'爷爷'。那一声'爷爷'让全家人都惊呆了，因为电视中的老红军和家中的爷爷几乎一模一样。加上他大爸一直对孩子们说，早年间自己的弟弟参加红军后再也没有回来。第二天，他表哥就到处打听浙江电视台的联系方式，通过电视台的节目组找到了外公所在的求吉乡，然后他们就找过来了。"

索果部长的讲述让我们惊叹亲情的力量。几岁的孩子用他敏锐的心灵感应认出了自己的二爷爷，这难道不是上天的垂怜？比起泽夺的父亲，这位老红军是幸运的。至少他在有生之年见到了自己的亲人，他在黄土之下也该欣然安息了。

"他们是来接你外公回家的吗？他是否如愿回到了念念不忘的岳家坝？去了自己梦牵魂绕的家乡？"我在问这话的时候，心中竟也有些忐忑。

索果部长不好意思地摇头："因为外公年岁高了，没能回到家乡。再说九十年代，外公家的条件还是很差。他的侄子和外公一家人合了影，留下了地址，说以后有机会再来看他。我想，他们最大的心愿就是找到外公，得知他有个温暖的家，有自己的孩子就知足了吧。"

我们都跟着点头。寻亲本来就是个艰苦的过程，往往没有结果。可索果的外公遇到了一个好机遇，电视台为他和亲人牵线搭桥了，这也算是不幸中的大幸。

我被老红军们的苦难经历深深地震撼了。他们离开家乡的时候都还是孩子，十三四岁本是在父母身边撒娇的年纪，可为了革命，他们踏上了血雨腥风的战场，用尚未成熟的身心担当起救国救民的大任。虽然他们没有倒在战场上，但他们经历的磨难和波折更为艰辛。

索果部长还告诉我们，他参加工作后，去了趟外公的老家。替他给双亲上坟祭祀，并和外公的亲属见了面。他把外公老家的地址写在纸上，让家人时时拿出来念给老人家，免得他百年后忘记了回家的路。

"外公老家有个三合院的房子。我去时他们还住在山上，后来都搬迁下来了。每次我去看望外公时，他总会拿出那张纸上的地址要我反复读给他听：四川省巴中市平昌县溅岸乡岳家坝。他老是说：'对对对，就是岳家坝。你们可记牢了。我这辈子回不去，你们要常来往啊！那里有我至亲的亲人哪！'"

说到这里，索果部长声音哽咽了，我们的眼睛也湿润了。我想当初老红军得知自己再也回不到家乡时，心中该有多痛苦！

"长征胜利都八十多年了，父辈的革命生涯已经成为历史，一代人有一代人的使命，我们不能老是沉溺于那段功绩中。所幸像我外公和泽夺父亲这些掉队的红军战士，还是被当地人接受了。虽然他们经历了常人难以想象的磨难，但终究融入了这片土地。比起牺牲的战友，他们又是幸运的。因为他们看到了浴血奋战换来的幸福生活，这就是一个军人和战士的初心。"

是的。丰碑之所以成为丰碑，是因为它对后人具有巨大的教育意义。缅怀和瞻仰是为了更好的铭记，和平年代的人不能忘记革命先烈用生命换来的幸福生活。

蒋主任还给我们讲了她写的《阿婆的故事》。故事的主人公是一个小女孩。1935年，饥肠辘辘的红军战士面临着严峻的考验。他们一边和敌军战斗，一边寻找着粮食。饥饿和沼泽无情地吞噬着红军战士的生命，很多人倒下去后再也没有站起来。从尕里台到班佑，他们走了整整七天七夜，死伤者不计其数。

阿婆就是被藏族大哥救下来的红军后代。当年，她被一名受伤的红军战士藏在身下，当几个藏族小伙子骑马经过他身边时，奄奄一息的红军战士指了指自己的怀抱，然后竖起大拇指向为首的骑马汉子表示感谢后就断气了。小伙子立即跳下马背，他看到牺牲的红军战士怀里竟有一个小女孩，马上抱起孩子放进自己的皮袄。小女孩在藏族阿爸身边慢慢长成漂亮的藏族姑娘。但阿爸家生活很苦，他担心身为汉族的女儿在自己身边受苦，就把她送到附近回民村一户家境好的人家，希望她能够享受到更好的生活条件。阿婆一直记着藏族老阿爸的养育之恩，曾多次回到他身边，恳请一起生活。但老阿爸怕拖累她，一直过着简单清贫的生活。好在阿婆的晚年有儿女孝顺，有亲情簇拥。面对艰难的人生，她始终保持着淡定的态度。对于亲生父母，她只能通过无尽的祷告来表达哀思。

"阿婆活了九十多岁，和儿女们回到回族养父的老家临潭安度晚年。她的曲折经历本身就是一部写不完的传奇。"蒋主任曾多次采访过阿婆。阿婆是回民村晚辈们对她的尊称。她用一个女人的善良、包容和博爱回报了收养她的亲人们。

像泽夺的父亲、索果的外公，以及集辛酸悲苦于一身的阿婆，他们不就是共和国历史上永不陨落的星光吗？

R县还有很多这样的红军故事。苍溪妹子陶秀英夫妇，求吉桥头三个女红军中幸免于难的巴姆措，哪一个不是在心灵的废墟上复活重生？如今，他们先后长眠在这片红土地上，把身躯和乡愁都带入了天国。

作为一名长征文化研究者，蒋主任可谓呕心沥血。她在搜集撰写红军历史的同时，始终关注着红二代们的生活状态。经过多方努力，红军家属和后代得到了各界人士的关心和帮助。一批又一批的人踏上了长征路，他们捐款捐物，修建纪念碑，资助学校，每一个革命星火燎原之地，都有有志之士的倾力扶持和帮助。

蒋主任还讲了一个"江西老表"的故事。"老表"在班佑草地受伤后，因为跟不上行军队伍，被寄养在一个牧人家。中华人民共和国成立后，"老表"被分配到阿西公社供销社上班。在那里，他跟牧人的女儿结了婚，先后生下四个孩子。后来"老表"在去县城的路上不幸翻车牺牲。

蒋主任说，"老表"生前一直和老家有联系。九十年代末期，他的家人专门来到R县寻亲，州报社和县电视台还做了跟踪报道。

"'老表'家过来的人很想带几个他的后代到城里读书，把他们培养成国家栋梁，可惜别说是他的孩子，就算是他的孙子辈，要么成了家，要么就是去寺庙当了和尚。他们只好遗憾而归。"

R县的流落红军战士大多数都比较贫穷，但也有令人欣慰的情况。流落在班佑村的一名红军战士，他的五个儿女全部成了公职人员。他们在父辈走过的长征路上续写着长征精神。

这堂党课与任何一场高级讲座都不一样。我们亲临先辈们走过的历史现场，听实实在在的长征故事，看波澜壮阔的长征印记和红二代们的精神气质。今天的"七一"活动，我们接受了一次精神的洗礼。

因为史志办还有其他活动，就先离开了。我们根据活动安排，还搞了知识竞赛、歌舞表演和体育比赛，最后一项活动是参观巴西纪念馆。

这座刚刚修建落成的纪念馆安装有语音导览，进入馆内的每一个人，都可以近距离接触到红军长征中穿越"死亡之域"的艰难历程。陈列柜中的红军文物把远去的硝烟再次回放在时空的银屏上，逼真的战斗场景和会议现场，把宏大的二万五千里长征史诗一一展现在我们面前。

　　回去的路上，大家依旧高唱革命歌曲。蓝红梅说这次"七一"活动是她当第一书记以来最感动的一次。回到村委会后，她把一大束野花插进瓶中，恭恭敬敬地放在毛主席画像前。

第二十二章　陪伴

进入盛夏后，青稞抽穗了，红彤彤的大黄和金灿灿的油菜花连成一片，各种野花竞相开放，乡村的景色越见风姿绰约了。

华丹措每天都在芍药地里转，忙得都忘记了小泽。租给她土地的贫困户天天到地里除草浇水，把十五亩花苗打理得生机盎然。

蓝红梅赴德阳参加第一书记考察团。我更多时间还是住在村里。书记和乡长都喊我回乡上，他们还是担心一个女同志在村里多有不便。可我真的喜欢村寨。现在和刚来时完全是两回事。

夏天，这里就是天然的康养之地。无论白天还是夜晚，都能闻到庄稼的气息和花草的香味。即使是雨夜，也能随轻柔的雨声听到天空和大地亲密交融的美妙音符。

有时候我也去华丹措家，和她睡在一间房里，畅谈着说不完的"睡话"。渐渐地，她也不再埋怨小泽的父亲，她说孩子有父亲疼爱也不是坏事。何况，这多多少少为她减轻了劳累。两个女儿只是周末回家，其余时间都在学校，她可以全身心地投入到苦心经营的产业中。

华丹措也问起过我的家人。她说夏天到了，可以让孩子和孩子的爸爸来草原玩玩了。她还说村里一年一度的"雅敦"（夏天的节日）也快到了，节日期间会举行各种文艺活动，到时候家家户户都要去草坝搭帐篷吃野餐。我不好意思把婚姻的裂痕说给这位坚韧的单身妈妈，就说孩子还没有放假，再等等。

"你的老公很爱你吧？像你这样有内涵的女性一定深得丈夫的心。"

华丹措的话发自内心，她根本没有看出我内心的伤痛。这里有太多充实自己的事情，我几乎快忘记老公了。我想等一段时间，该正式跟他提出分手了。与其这样僵持，不如趁早让大家解脱。

通过这几个月的思考权衡，我得出的结论是，我和老公都回不到从前了。即使为了孩子破镜重圆，可裂痕永远都在心里，何况我现在彻底释然了。

看看身边的华丹措和蓝红梅，作为女性，她们都是出类拔萃的，但她们的情感生活却不如意。虽然蓝红梅没跟我谈起过个人生活，但几个月的相处，我也没发现她和谁有亲密的交往，甚至她的生活圈子中没有一个可以称得上是男朋友的人。

我相信那句，当世界为你关闭一道门的时候，必然会为你打开一扇窗。不经历一点磨难的人生就不叫作人生。

村干部们也忙起来了。除了村里的工作，他们都有自己的事情。村支书家还养着牛，农忙时他和老婆要去牧场把儿子和儿媳换下来务农。因此，我们在电话和微信中交流工作的时候多了起来。我尽量多承担一些工作，分担他们的劳累。

蓝红梅每晚都要和我说会儿话，她说这次在德阳去了好几个脱贫攻坚示范乡考察，那边的脱贫攻坚的确搞出了成效。好多村寨的第一书记都是从省级重要部门下派的干部，个个头脑灵活，理念先进，在发展产业，致富创新上起了典范作用。

她还说雅敦节前要回到村里，如果时间允许，去妇女主任的牧场看看，也好给农博局领导汇报村集体经济的发展情况。这个自然又是让我欣喜万分的消息了。

蓝红梅走了后，我趁华丹措有了两天的空闲，就请她陪我去羊均寨。为了避免扑空，这次下村前我和贫困户们提前取得了联系，确定好了走访的时间。

华丹措见芍药花苗长得一天比一天高，总算是放下了一颗悬着的心。她说用自己的"宝马"载我走村入户，顺便游览一下乡村风光。

现在乡村最大的一个进步就是妇女们用上电瓶车了。无论是上山捡柴，还是下地干活，小巧的电瓶车都非常实用。每次下村，都能看到妇女们优哉游哉地骑着电瓶车穿行在乡间小路上。寨中的男人们经常揶揄她们是"宝马"车队。

选择去羊均寨是因为我一直很牵挂那几个贫困户，他们的状况比其他的都要难。尤其是珠姆家，始终压在我心中。只要想起那对小夫妇，一只玻璃眼珠和痴笑的面孔就会交替出现在我眼前。

我坐上华丹措的"副驾驶"，小雨过后的天空呈现出一种深邃的蓝，公路两边的树木越发葱茏茂密，粉红或雪白的野玫瑰不时跳入眼眸。盛夏的山野简直美得无以言说。

快到羊均寨时，达瓦打电话过来问能不能先去他们家，下午他要到县上订购门窗和吊顶用的材料。我答应先去他那里看看。

达瓦家的墙已经砌完了，两口子的精神振作了很多。他说这次请的工人师傅老实，干活也上心，而自己给师傅打下手，老婆在菜老板那里打工，雨天不用出工时，还可以去山上捡菌子拾蘑菇卖点柴米油盐钱。

"我还要给你们报告一个好消息。上次你们出面跟担保人说了追回借款后，他也尽心了，钱大部分都还给我们了。现在只剩下五千块等秋收后再给。有了这笔钱，我们的困难就解决了。真的太谢谢你们了。"

我说村干部的职责就是为老百姓办实事，前车之鉴一定要记住。

达瓦一个劲地点头说不会再犯糊涂了，只有努力干活才对得起村干部们的一番苦心。

来自甘肃岷县的工人师傅告诉我们，考虑到达瓦家的困境，他在用材上很留心，尽量节省开支，在工钱上也给了最大限度的优惠。

"我也是穷人出身，好在靠手艺还能养活一家人。一两千块钱对于别人什么都不是，但对于达瓦一家来说也许就是大事。我能够为他做的就是在工钱上帮他一点。"

他的话让我感动了很久，为了表达对师傅的敬意，我从达瓦手里接过打火机，亲自给工人师傅点了烟。

今天走访的情况都比较好。龙波甲的院子里，"羊均服装合作社"的牌子已经挂起来了。虽然是用毛笔在一块板子上写的店名，但已经标志着服装店在运作了。

二十平方米的简易暖棚里支起了三台缝纫机，五个年轻的媳妇穿着干净的衣服，整齐有序地工作着。暖棚里还安装了实木柜子，新做的衣服都挂在柜子里。柜子上还贴着普装和盛装的标签，一看就是机灵的高中生的杰作。

龙波甲介绍说，合作社还没批下来，现在的牌子只是临时的。乡上也看好这个民间服饰创艺室，说以后完全可以做成文化品牌。

在这个简易作坊工作的都是优秀手艺人的后代，在裁剪缝制上颇有一番硬功夫。虽然创业之初比较艰难，但只要有人带头，就一定能走出一条路来。

我看到柜子里除了大量成品外，还堆放了许多布料，就问这些是给谁做的衣服。

"说到这批订单，还真得感谢乡上的领导。我们把服装店做起来后，乡长也在为我们找市场。第一批订单是学校为'六一'节订制的舞蹈服装，共三百套，我们加班加点赶出来了，校长很满意。第二批订单是为几个村的雅敦节准备的，也是盛装，并且都以传统服饰为主。有些村还特意打招呼喊保密，担心其他村效仿了他们的创意，说要在节日上爆个惊喜。"

飞针走线的劳动让手艺人看到了自己的价值。有了第一桶金，这个小小的服装店就算盘活了。

龙波甲老婆说，几个年轻人都读过小学或初中，有点文化基础。等合作社成立了，人员也会增加，管理也得规范。现在全靠二女儿做她们的业余顾问。

华丹措自然是内行人。她一会儿摸摸这件衣服的边子，说那是地道的手工活，一会儿又提提那件袍子的袖口，说这是消失了很久的民间绣工。听得我云里雾里。

作为一个扶贫工作者，我想看到经济效益，一年下来她们能挣多少钱？是否比打工、挖贝母、种大黄要好一点，或者更有价值？龙波甲老婆说，目前夏装是一百三一件，一百六一套；冬装一百六一件，一百八一套。盛装的工艺要复杂些，就比普装多收三十。

"她们还真没有想到要赚多少钱，有订单她们就满意了。先这样开个头吧，将来实在走不好，就另作打算。"龙波甲说起老婆的服装店，口气满是愉快和欣喜。

"宣传也很重要。最好要让别人知道这里有一个做民间服饰的地方。我相信你们能打下一片江山。"我由衷地鼓励她们。

在去珠姆大妈家的路上，华丹措说看到媳妇们的手艺自己的手也跟着发痒，她的外婆曾经在土司老爷家做过专职绣娘，她多少也继承了一点这个基因，小时候爱跟老辈人干点针线上的活计，现在因为什么都有卖，这些腰酸背痛的事就没再做了。

珠姆大妈家的门口停了辆朱红色的电瓶车，她的孙女正在卸电瓶车上的草料。看到我们，漂亮的女子捂着嘴又笑开了，对着大门喊了几声"阿妈"，那个装了玻璃眼珠的男人倒跑出来迎接我们。

华丹措停好"宝马"后，跑过去帮着小两口卸车上的草料。她知道我不认识这些作物，就说夏天村民们都会割点草作为储存。过去放牧时，这些是冬天必备的东西，现在即使没有牲畜，但习惯上还是要割点回来。有些老人喜欢睡铺了干草的床，留着的东西总归有用。

院子里只有珠姆的姐姐珠卓大妈一人。珠卓说珠姆到田埂上割草去了。前年村里给建档立卡户分了两头奶牛，小重孙能喝到新鲜的牛奶，老姐妹俩头痛脑热身虚体弱时，也能熬个酥油茶补补身子。

华丹措把珠卓大妈称奶牛为"恩牛"的话翻译给我时，我的眼眶又湿了。

不过今天来，我是有准备的。上次父母提到的衣物很快就寄过来了，整整四大口袋，有外套、毛衣、毛裤、内衣、帽子、围巾、手套、鞋子，且大多数都是新的。

母亲还特意给我打电话说："不能因为接触的是弱势群体，就把我们不要的东西拿去作为一种恩德。我寄过去的东西没有一件是会伤别人尊严的，你要用得体的方式赠送给和我一样的老人。我还添置了很多厚实的新衣物，质量也很好，希望能给那些老人们一点温暖。"

母亲的话让我热泪盈眶。我惭愧自己还在想衣柜里哪些是既占位置又过时了的，就像单位搞募捐活动时，总会有上百件根本没法让老百姓穿的时尚衣服。

记得某个报道中写过山区孩子们的心声："我们不要超短裙，也不要高跟鞋。我们只要一个书包和文具盒。"

母亲打完电话后，我才如梦初醒地对着话筒喊了声："妈妈，我爱你！"

东西寄到县城后，我让办公室找出租车带到村里了。还没来得及跟蓝红梅商量怎么分配，她就走了。

但给珠姆大妈的衣物我早想好了。母亲精挑细选的衣物恰好适合她们的年龄。我和华丹措把所有东西翻了个底朝天，把枣红色和咖啡色的衣服、帽子、内衣、手套、围巾都配好对，分别装进两个口袋。

当然，弟弟和弟媳妇也顺带装了些年轻人的丝巾、包包、皮衣和旅游鞋。我想正好给那个漂亮的女子和她新上门的老公。

寒暄几句后，小两口说还要骑电瓶车去装几趟草料。

珠卓大妈把我们喊到屋里，拿出热在锅里的牛奶和烤饼给我们吃。华丹措替我把那些衣物拿给老人看，还把帽子和围巾拿来给她试戴，老人高兴得又是说"卡卓"又是抹眼泪的。她让我转告对母亲的真诚谢意。

刚进屋时，我就看到了珠姆家的变化。炕桌刻了图案，刷了清漆。大厅增加了新的电视柜。门帘和窗帘也换了新的。变化虽小，但表明了这个家还是有了起色。看来，家里有一个男人的确有好处。

刚才下村时，我和华丹措带了面、肉、零食和水果，我想给珠卓大妈她们做顿好吃的饭菜，顺便陪她们说会儿话。华丹措建议给老人做包子。她说过去生活艰难，有些老妇人喜欢把热腾腾的包子拿到床上吃，还用包子的热气熏身子，认为那样就能补充身体的亏虚。

得知我们要在这吃饭，珠卓大妈既高兴又紧张，她从冰柜里取出冻肉，说等孙女两口子回来就剁肉馅包包子。

华丹措把肉放回冰柜，我瞟了一眼，其实只有那一小块。冰柜里还放着酥油、牛奶之类的东西。

"阿妈珠卓，你就不必客气。我们买了新鲜肉，你的肉留到下次吃。今天就看我们的手艺了。"

我挽起袖子，把菜和葱都洗干净了。华丹措利索地取出菜板开始剁肉。我想等珠姆大妈她们割草回来，看到一桌的美食应该很高兴。

和面是我的拿手戏，这得益于表姐的言传身教。她对面食的要求很高，说面食做得好不好取决于和面的功夫。而做包子则是我到这里学会的一门手艺。这里的包子皮薄、馅嫩、味香、汁浓，吃后口留余香。龚斌在县城为我接风时，我就吃到了最地道的和尚包子。

等我们做好了一大蒸笼的包子，珠姆大妈还没有回来。小两口说还要跑两趟才能拉完，我和华丹措干脆就帮着收拾屋子。

珠卓大妈见我们执意要干点活，就领我们去卧室，也就是她的孙女婿上次指给我们看的那间小房子。她说雅敦节快到了，应该把压箱底的藏袍拿出来晒晒。

房间里堆满了东西。珠卓大妈说，前几年女儿给他们缝了两件藏袍，除了春节那几天穿，平时就压箱底了。孙女也用打工的钱给老人添置了衣服和鞋子。

珠卓大妈费力地打开箱子，从里面取出黑色面料的袍子和绛红色的腰带，还有两件枣红色的绸布上衣。她请我们把这些衣服拿到院子里晾晒一下。

华丹措毕竟在乡村生活多年，知道怎么收拾这些乱糟糟的东西。我跑进跑出地搓毛巾，洗拖把，一个小时后，就把所有房间收拾得一尘不染，还顺带着把几大盆脏衣服全部洗了。

我们做事的时候，珠卓大妈生怕自己闲着，不是给我们端茶，就是找背篼装垃圾，不管我们怎么劝都不肯歇息。

由于天气特别好，院子里开满了太阳花，我和华丹措商量，午饭就在院子里吃。大妈还拿出一把太阳伞，说夏天她们就爱在外面吃饭。

"大妈，过雅敦节时，你们都要穿漂亮的衣服吧?"

我们把蒸锅放上炉子后，坐到太阳伞下喝茶。珠姆大妈她们已在回来的路上了。

大妈笑眯眯地点头："要穿的。现在生活好啊，谁家没有几件得体的衣服呢。年轻时真的穷，左邻右舍有个重要事，要在条件好的人家借衣服穿，弄得站不敢站坐不好坐，生怕弄坏了别人的衣服。现在的女孩们个个穿得跟喜鹊一样，看着让人高兴呢!"

"说的是呀。大妈，您孙女长得可水灵了。您女儿也很漂亮吧?"华丹措很自然地提起了珠卓的女儿。

大妈含笑的眼里闪过一丝忧伤，她擤了把鼻涕往草坪上一擦，然后看着门外那片青稞地，讪讪地说："唉，也是我们的命不好。女儿生得标致，但丢下我们跟喜欢的男人走了。也怪我们过早给她招了上门女婿。像我们这样的家庭，只能将就。哪知道孩子心比天高，嫌这嫌那的。女婿脑子不太灵活，干活打人都使蛮力，生了女儿也没保住一个家。

"我们两姐妹相依为命，原以为女儿会给我们养老送终，结果她自己找幸福去了，我们只好等着孙女慢慢长大。眼看着孩子越长越像朵花儿似的，脑子却和她阿爸一样不好使。我们揪着一把心，生怕她在社会上吃亏。"

原来两姐妹一手带大的孙女跟村里几个女孩去县城打工后，就没让老人们省心。年轻人没见过世面，花花绿绿的县城让她们迷失了方向。珠姆大妈她们多次去县城喊孙女回来，即使她的亲生母亲生拉硬扯都拉不回青春懵懂的少女。后来，她们接连给孙女招了两个夫婿，但都没过到两年。再往后，她跟一个云南银匠私奔，却被银匠的妻子给打了回来。最不幸的是，珠姆的孙女怀着身孕回到了乡村，甚至不知道孩子的父亲是谁。

重孙女出生后，珠姆姐妹俩反而放心了。虽然日子越发艰难，但孙女的心会被孩子拴住，多少会收敛一下自己的行为。

"村里把我家列入建档立卡户，享受着很多扶贫政策。地里有事做，家中有笑声，孙女也比前几年成熟了。孩子到底还是自己身上掉下的肉，她知道心疼。"

"日子会越来越好的。你们的孙女和重孙女都很漂亮，她们会孝顺你们的。何况她现在有了丈夫，生活也会稳定下来。"我们拉着大妈的手，赶紧安慰她。

"这就是我们祖孙三代的命。就怕孩子们像我们一样落单，没人爱没人疼。女人要撑起一个家真的不容易。现在这个新上门的，是亲戚介绍过来的，还不好说能不能长久。"

说话间，珠姆大妈回来了。那个大眼睛女孩坐在电瓶车上像一只欢快的小鸟。

可爱的小女孩背上背着一捆青草，身上、头上都沾满了草屑。农村的孩子从小都在苦难中长大，的确令人心疼。

我和华丹措帮着卸了草料，又给大妈和小女孩洗了手。一大锅香气扑鼻的包子被端到桌上，绿草黄花簇拥着我们，年轻的小两口脸上也展开了开心的笑容。我欣喜他们的眼神中不再有第一次见面时的恍惚。

"大妈，到你家也有几次了。我始终记不住你漂亮孙女的名字。藏名的确是绕口。"

"我叫索郎旺姆，我的孩子叫卓玛拉姆。"漂亮的孙女笑着介绍自己，然后还指着我说，"你是林美娇，第一书记叫蓝红梅。"

"对对。这次我一定记在心上。你看，夏天的阳光这么好，你的衣服也要拿出来晒晒太阳吧？"我看着索郎旺姆把包子里的汁吮干后递到孩子嘴边。这个小小的动作触动了我，这是一个年轻母亲微妙的真情流露。

"阿妈，阿妈，我的衣服怎么没有拿出来晒呀？都要生出霉味了。嗨，你去呀！"快人快语的索郎旺姆催促丈夫。

"哇，家里这么干净。是她们弄的吧？"索郎旺姆的丈夫刚到大厅门口就高兴地喊起来。

索郎旺姆也跟着跑进屋。不一会儿小两口就抱来几套藏服，一一晾在铁丝上。索郎旺姆还用藏语埋怨珠卓大妈，怎么能让干部们打扫卫生。

不过，他们的眼里都带着亮闪闪的光芒，或许是从未发现自己的家只要收拾一下还能如此光鲜。

这顿饭吃得很开心，虽然只是短暂的陪伴，但我离这个家庭所有成员又近了一步。我想在有限的时间里多听听这些朴实村民的心声，我想像爱自己的亲人一样去爱这些平凡而伟大的母亲。

索郎旺姆晒出来的衣服里有两件是在龙波甲老婆那里做的，两位大妈也在夸赞她们的手艺。

太阳快落山，我们才告别大妈一家。索郎旺姆的丈夫说，已经联系了木匠到家里给大妈修间好一点的卧室，下次再来他家，就能看到妈妈们的新房了。

回村的路上，我们经过几个寨子时，看到磨坊建设也搞得风生水起了。工程方采纳了村干部的意见，把传统磨坊的风格完全保留了下来。一个抽烟斗的老木工说，以后的磨坊就不只是磨面的地方，还是个小景点。老木工的幽默和远见说到了点子上。

我想大概在秋天，阿玛拉姆家老是摔碗发脾气的老伴就能吃上香喷喷的糌粑了。

丹巴主任几乎和我们同时回到村委会。他身后跟着两个怒气冲冲的中年男人，看着都很面熟，应该是塞龙寨和塞钦寨的。

奇怪的是两个人的脸上都有不同程度的伤，青一块紫一块，像是被硬物砸伤的痕迹。看到我，两个男人面露愧色，勉强向我扯了嘴角表示招呼后互相又瞪了一下眼。

丹巴轰走了几个在村委会院坝里玩耍的孩子，把两个男人带到会议室，并让我做个笔录。

"看看你们，还干些热血青年的事，好意思吗？人家一个女同志为了推进全村脱贫攻坚工作，天天走村入户，风里来雨里去，晒得跟爷们一样黑。你们倒好，为了一点点私心，不顾几十年的邻里亲和，还动起手来。说吧，你们想怎么解决？要不要通知派出所的警察来？"丹巴的衣服上满是泥浆，嘴皮都干了。他和几个组长刚刚从油菜基地回来，怕是午饭都没吃。

那个高个子男的指着脸颊上的瘀青说："是他先动的手。用锄头把子砸我的脸。本来开春时，我们两家就说好了，共用一条排水沟，各自负责自己那段的流通和加固。眼看着雨季要到了，他家趁我们在上山挖贝母，就在水沟边砌了半米高的砖墙，占去了一大块地，还把水沟弄了个大缺口，下雨天水会直接冲毁我家墙根。今天我去拆那截砖墙，他们两口子就跑出来打人。"

我想起这个男的叫初武学，种了几年大黄，家境不错。另外那个男的则叫桑扎，上次我们去牧区买牛时，本来有他，后来因为他有事就没去成。

桑扎的下巴上也有一道血痕。他有张不笑而乐的脸，任何时候看起来都是喜笑颜开的那种。可能是因为我在的原因，他不停地调整着面部表情，把脸侧向丹巴主任，示意自己也是受害者。

"我只是气他把我辛苦砌的墙给拆了，有什么事可以商量嘛。"

"商量啥子？你明显就是在抢地盘。巴掌大的地只够两家用来做排水沟，你难道还想在那里立根柱子修房子？"

初武学和桑扎又开始吵起来，气得丹巴猛地吼了声："再闹，直接去派出所！"

我在笔记本上记了几个字后停下来。听两个人的口气也没什么大事。丹巴主任说喊派出所解决矛盾只不过是吓唬一下他们。如果我来说几句，他们会不会退一步呢？

我想了想觉得有必要开导一下他们："你们俩也是有点年纪的人了。一个水沟连接着多年的邻里关系。平时你们有个大事难事，第一个跑到家门口的一定是邻居。俗话说远亲不如近邻嘛，大家退一步海阔天空。你们那地方本来就窄，哪里还有空间砌墙，水沟堵了，遭殃的还是你们自己。这些小事哪里用得着惊动派出所，就给主任一个面子。这里也没外人，握手言和怎么样？"

自从我到了俄洛村，还是第一次碰到这样的事。这个地方的村民给我的印象都很好，除了疯子偶尔砸坏自己的门窗，还没有听到打架斗殴的事。

不过，一个有着上千人的村子有点小摩擦也很正常，毕竟每个人的素质和接受教育的程度都不一样。蓝红梅经常说，现在的老百姓素质真的提高了，思想觉悟今非昔比了。

　　丹巴白了两个大男人一眼："村子里多少年都没人打架了。国家搞扶贫，让老百姓奔小康，你们还在为针眼大的利益争斗。如果让你们回到吃不饱穿不暖的年代，恐怕连吵架的力气都没有！"

　　两个男的被说得低下了头。我知道他们内心开始羞愧了，就劝慰他们去楼上喝点茶，缓和一下气氛，有村主任出面解决问题，小事化了就行。

　　没多久，桑扎开口认错了："今天也是撞在气头上了。平时我们两家关系还是挺好。初武学又是热心肠的人，我爷爷奶奶过世时，他忙前忙后费了心。说来也是家里的女人心眼小，一天没事就整个事出来。她一直唠叨说汛期来了怕雨水冲垮墙根，我就砌堵矮墙挡挡水，真不是抢地盘。今天在省里来的女同志面前出丑了，不好意思，我给初武学和你们道歉。"

　　桑扎的转变让还在生气的初武学有点措手不及，他眨巴着眼睛疑惑地看着桑扎。

　　桑扎为了证明自己说是真的，就去拍了一下初武学的肩膀："你那双老眼在贝母山上昏花了，待在山上两个月刚回来就怄气。今天是我不对，我们就不要丢人现眼了。走，回家去！"

　　"这就对了。人家林同志都在苦口婆心地开导你们。你们不给我面子无所谓，但她的面子你们还是要给的。看这意思，我就不用给杨所长打电话了吧？"丹巴故意拉长脸看着自己的脚尖。

　　"刚才在门口说这些话该多好。你那锄头把子的力道还是狠。还有，管好婆娘，女人的嘴只能惹出事来，我那口子就从不掺和这些。"初武学的嘴可没有桑扎那么圆滑，但两个人心中的怨恨已经化解了。

　　"跑村委会告状的是你。现在，我先往回走。你那点小瘀青擦点红霉素眼膏就好了！"

　　"说好雅敦节一起搭帐篷的事怎么办？"初武学憨厚地冲一溜烟跑出去的桑扎背影喊道。

　　"除非你搬家不做我的邻居了！"摩托车声夹杂着桑扎的揶揄渐渐远去。

"那，我……我也回去了。不好意思了。"初武学骂了句我不懂的粗话，也跑开了。

"唉，是不是多此一举？多大点事。"丹巴主任的语气已经是雨后的彩虹了。

看似剑拔弩张的邻里纠纷就这样戏剧般地化解了，我哭笑不得地看着消失在村委会大门外的两个男人。丹巴用舌头舔了一下干裂的嘴皮后也笑了。我问怎么回事。他说陪乡上领导去看塞龙寨的堡坎建设和油菜基地，回来的路上碰到两个人拉拉扯扯地干架，怎么劝都不听，他担心闹到乡上会惊动派出所，就喊了几个小伙子硬把他们拉到村委会了。

"幸好碰到你。我还准备喊老支书过来调解一下，哪晓得他们自己倒知错了，主要还是在你这个女同志面前不好意思。"

"人都会犯糊涂，亲兄弟还有闹矛盾的时候。听他们的口气，邻里关系还是挺好的，他们会吸取教训的。"

我把今天走访羊均寨的情况跟丹巴交流了一下。他说村里过雅敦节也是大事，需要筹备的事情很多。但由于今年的重点工作是推进扶贫工作，时间上要紧缩一点，到时搭个大帐篷就行，村民就不用单独野餐了。

考虑到扫把书记和蓝红梅都不在，我们就在村干部微信采购群里把组委会名单宣布下去。后勤组明天去县里进行采购，其他人员后天到位。

晚上，我把下村的情况形成图文资料装进卷宗，回到房间开始写《我的新长征》。

最近一段时间，我的文字中多了一些更深层次的思考和探寻。在村里待久了，似乎所有的事情也开始常态化了。走访、调研、汇总是每天工作的三要素，我担心自己因为习惯这些工作而松懈下来。有时候我也会反复拷问自己，作为一个驻村干部，我究竟做了多少事？在这里的存在价值是什么？

无论如何，我要感恩乡村。它使我焦躁不安的心静了下来，让我有时间和空间来安放自己。两年后回到省城，我的内心将会装满泥土和庄稼的味道。

人们在庄稼地里惯常地忙碌着。上山挖药材的村民陆续回到村寨。

他们将为盛夏雅敦节的到来而载歌载舞。

我给母亲打了电话，母亲得知我陪伴两个老妈妈吃饭聊天，并把寄去的衣物送给她们后十分高兴。我说还留了几件厚实的衣服要送给一个叫拉姆的贫困户，她爱发脾气的老伴以后不愁吃不到石磨糌粑了。

　　表姐在睡前告诉了我一个好消息。她说在接送秀秀上学时经常在小区门口碰到一个中年男人，没承想那个男人竟是她的高中同学，几年前接管了父亲的公司。他向表姐表达了想组合一个新家庭的愿望，给了她一个月的考虑时间。

　　"我倒是动心了。看得出来，他人品不错，对我也是真心。可秀秀怎么办？我不能答应他。"

　　不等我发表意见，表姐便挂了电话。她忘记了秀秀是我的孩子。明天我得严肃地跟表姐表态，不能因为我的孩子而牺牲了她的幸福。可怜的表姐自从被丈夫抛下后，再也没有对男人动过心。我必须说服她不要错过爱情。虽然丈夫留给他的财产足够她安度一生，可她还年轻，她的人生需要一个男人的陪伴。

第二十三章　盛夏

　　蓝红梅从德阳回来的第二天，俄洛村的雅敦节就开始了。活动地点定在后山柏树林中间的一片草坪上。一大早，村干部和组委会就忙开了。

　　村委会新购置的大帐篷提前三天就搭了起来，夜里由民兵连长和后勤组守着。我们把活动所需物品全部背上山，分类放在小帐篷里待用。

　　丹巴他们很快在草坪上挖了几个土坑，把铜锅支在上面烧茶。年轻的媳妇们分成四组，分别在四口大炉子上炸油馍馍。

　　妇女主任亲自从牧场驮了几十桶牦牛鲜奶和酥油送到村委会，说是为盛夏的野炊特意准备的礼物。她比两个多月前瘦了，黑了，但精神特别好。她还特意给我带了十斤装的牛奶和黄酥酥的酥油，要我一定在早晚喝点糌粑酥油茶，说那东西特别有营养，还美容。

　　"你看看我们的脸，别人说这两坨是高原红。他们哪里知道这是胭脂红，山桃花，酥油花！"妇女主任看着我脸颊上的红晕，心疼地开玩笑。

　　我不停点头，并为自己日渐粗糙的皮肤而骄傲。我告诉妇女主任，局领导得知我们的牦牛养得好，非常满意，村集体经济有她的汗马功劳。她笑呵呵地表示接受赞扬，并再次邀请我们抽空去牧场做客。

　　遗憾的是，妇女主任不放心自己的牦牛，没法继续参加村里的雅敦节。我们约好去牧场的时间后，她又匆匆忙忙地走了。

　　筹备雅敦节的这几天又让我的心不安分起来，野炊这个名字太令人心驰神往了。当那顶可容纳几百人的白底碎花大帐篷支起来的时候，我有种如临仙境的惬意感。

放眼四方，到处都是绿浪翻涌、青稞飘香的盛景。山冈、树林、草坪、坡地上开满了各种野花，空气中弥漫着大自然的气息。

上次拍过春耕的梯田更是风姿绰约，油菜花开到了极致，大黄和青稞挂上了红彤彤、亮晃晃的穗子。村庄和山野都浸润在一片流光溢彩中。

我按捺不住躁动的心绪，一会儿混到女人堆里炸面饼，一会儿又跟随男人们去林中拾柴。我还意外地看到疯子也在林中，他的手里握着弯刀，腰上系着绳子，迷茫的眼神中少了些凶光。

男人们跟疯子打招呼的时候，他指着我说了句："她是汉族女人，我家乡那样的汉族女人。"然后往手心吐了几口唾沫，用寒光闪闪的弯刀砍起一棵倒地的朽木。

奇怪的是，我对疯子不再有初见时的恐惧，反而有点好奇，他会不会在某个清醒的夜里想起自己的亲人以及大火烧毁的家园？他口中的汉族女人里有没有曾经的初恋情人？

林子里疯长着很多叫不出名字的野花和野果，我惊喜地发现草丛中竟有结着青果的草莓。说不定再过几天，我们就可以吃到山林馈赠的野果了。

我逗留到天黑，看够黄昏交织的梦幻晚景才依依不舍地下山。

说真的，那两天我特别想留在山上过夜。如果蓝红梅在，一定也会有这样的想法。有她做伴，就算睡在草坪上我也不会害怕。

我天真地幻想，每棵树都是密不透风的天然屏障，如果能睡到那些古树撑开的巨大树干上，闻松香，听星语，观月色，该是怎样一种意境啊。

大帐篷四周还支起了六顶小帐篷，四顶用于俄洛村四个寨子的村民用餐，两顶用于后厨做饭和存放物品。

各寨子选派的民兵和炊事班当天就住进了帐篷。扫把书记还跟我开玩笑说，如果我想住帐篷，可以跟后勤组的厨娘们打挤。他哪里知道我还真有这心思，但考虑到自己的任性可能会给大家带来麻烦，我就违心地说了句"不习惯住帐篷"。

蓝红梅回来后直接到村里了。她说丢下我这么多天实在放心不下，加上明天就是雅敦节活动第一天，村里还邀请了县上领导和相关部门负责人，她要和村干部一起做好接待工作。

我们一起去山上查看了筹备情况，蓝红梅果真和我一样欣喜万分，不是揭开铜锅拿块肉吃，就是抓出一把油饼啃着。当她看到拍过春耕纪录片的地方已经美若仙台时，兴奋地拿起手机猛拍了几十张照片。

"得了。不要在我这个外地人面前表现出如此狂热的劲头。你不是闻着青稞的味道长大的吗？"

我被朋友的情绪感染着，看到她一脸的陶醉故意气她。

"是呀。家乡的美景永远看不够。年年看，月月看，每一次都有不同的惊喜。你相信吗？庄稼也有语言，如果你仔细倾听它，它就会给你美妙的回应。"

美丽的第一书记说话永远充满着蛊惑色彩。我们等到天完全暗下来，帐篷里亮起灯光，才起身慢慢往回走。

清晨的雨声将我和蓝红梅从梦中惊醒，我们几乎同时掀开窗帘看外面的天气。

不错，是在下雨！山林和村庄笼罩在乳白色的水雾中。

"咋办？下雨怎么搞活动！"

"天气预报不是说晴天吗？"蓝红梅缩回被窝，掩饰不住满脸的沮丧。

或许只是一场阵雨吧，天大亮后会好起来，我在心中暗暗地想着，没过多久竟又睡过去了。

闹钟准点响起，我差点儿从床上跌到地上。房间里悄无声息，蓝红梅的床上只有叠放整齐的被子。

我快速穿好衣服，心想自己这一懒觉耽误了大事。可她为什么没有喊醒我？不可能丢下我自己上山了吧？

穿好衣服，我才想起外面是否还在下雨，正要扑向窗口，蓝红梅的笑声在门口响起。

"林姐姐可能睡晕了头！太阳都晒到屁股上了！"随着破门而入的清新空气，蓝红梅拿着一套藏装进来了。

"太……太阳出来了？雨停了吗？"我收回伸向窗口的手，担心万一听错了话会失望。

蓝红梅把藏装放到床上，然后拉开窗帘，阳光和蓝天瞬间挤进室内。被雨水洗涤后的山林和田野像刚刚出浴的少女，房檐上还滴着雨水。

"天气预报很准。拂晓前的这场雨把大地清洗了一遍。外面的空气好极了，花草树木好像又长高了一截呢。"

蓝红梅今天画了个淡妆，本来就很漂亮的她又增添了几许妩媚。

"太好了。我们是否迟到了？书记他们山上了吧？我马上洗漱。"我提起热水壶往脸盆中倒水。

蓝红梅坐到床上笑着说："不用那么急，夏天亮得早，才七点多。我担心雨一直下，就跑出去转了一圈，还去华丹措家里喝了口热茶。你慢慢打扮，今天我们还是穿藏装，你得画点妆。"

"行。只要是晴天，你让我穿什么都行。我太期待这个节日了。喊华丹措也穿盛装吧，我们三姐妹闪亮登场！"

雨后的好天气让我暗自窃喜。我能想象滚动着露珠和雨水的山野有多美。为了让俄洛村的老百姓过上最惬意的节日，这场及时雨像是老天给我们的惊喜似的。

与春耕那天相比，我选择了比较轻盈的黑绸藏袍。纯手工的氆氇镶边和领口的装饰看起来很厚重，我喜欢这种弥漫着古朴韵味的工艺制品。

山上已经很热闹了，各组组长和后勤人员在帐篷里摆上了手抓牛羊肉和油炸馍馍。女人们则在小帐篷里包包子。

扫把书记带我们挨个儿看帐篷中的摆设。餐桌是临时搭就的长木板，泡沫垫子上都铺着地毯。为了显示节庆的庄重，领导和嘉宾席用的是村会议室的桌椅板凳。

书记说以往过雅敦节都是提前一天把包子蒸熟了，结果老百姓吃到的都是冷却的食物，今年组委会人手齐全，大家提议让村民们吃到最鲜的包子，喝到最热的奶茶，这算是一种进步了。

扫把书记还说，今天县里来的领导比较多，要保证让嘉宾们吃上热腾腾的饭菜。传菜员都是整洁漂亮的姑娘们，厨师和工作人员必须戴口罩，以确保食品的卫生。

"我们要体现俄洛村人的精神风貌。整齐、有序、健康、卫生是雅敦节的宣传口号。在盛夏最美季节，举办庆祝夏天的节日，既凝聚了全村人奋力拼搏的精神，也塑造了尊老爱幼、互帮互助、和谐共处的美好形象。"

"是的。雅敦节上表演的节目都是传统文化的再现。我们借助这个节日把古老的农耕文化和民俗文化展演出来，目的就是为了让外界更多的人了解本地文化艺术的魅力。"蓝红梅的补充是对民族文化的诠释。

挂在树枝上的大喇叭响了起来，村民们陆陆续续向山上走来。他们将带着对大地的无限敬重和对美好生活的向往，以古老的仪式迎接一年中最吉祥的节日。

十点钟，县里各部门领导都到位了。让村民们激动的是，县委书记索木央也来了！据秘书讲，索书记是开完会专程赶过来的。他说一定要看看俄洛村的发展，听听脱贫攻坚在基层的反响。

夺吉局长说我是省里下派驻村干部中的唯一女性，特意把我喊到索书记面前做介绍。

"早就听说省农博局给我们县派了个优秀的女干部。真的太难得了！一直也没机会来看看你们。听说你一直坚持住村里，这对一个女同志来说，非常值得敬佩。生活上有什么困难一定提出来，局领导解决不了的告诉援藏干部指挥部。"

"谢谢领导关心，我喜欢这个地方。这里的老百姓就是我的教科书，我学到了很多知识。"

简短的对话让我对县委书记有了好感，在他的身上我看到了藏族聚居区干部特有的豪情和质朴。

跟夺吉局长一起来的还有办公室的小杨。小杨看到我后自然十分亲切，问我怎么在村里一待就是两个多月，也不回县城买个日用品什么的。他说每周都会打扫一下我的寝室，把我的小盆栽拿到办公室养着。

"小多肉也长肥硕了。你哪天还是来看看它们。"

"真的太谢谢你了，我也惦记着你们，只是村里有忙不完的事，索性就安心住下来。改天我会回去看你们的。"

在与小杨说话的时候，我想起了龚斌。他不是说夏天要来草原拍婚纱照吗？现在就是最佳时间呀！我因为好久没和他联系而心生愧疚。无论如何，要找个合适的时间打电话问候一下。

十点半，活动正式开始。扫把书记主持活动仪式。他热情洋溢地介绍了本次活动的所有议程，并介绍了参加雅敦节的县里领导和各部门干部。

索书记的讲话很中肯，很接地气。他说俄洛村在过去的地理坐标上虽然有着重要符号，但因为贫瘠而无人知晓。这个印刻着长征足迹的乡村经历了很多波折，贫穷是压在俄洛村人头顶的巨石。但随着改革开放的脚步，特别是国家实施民生工程以来，俄洛村在乡党委领导下，在一批又一批村委班子的共同努力下，大胆改革，勇于创新，走出了一条与时代接轨的致富新路。今天的俄洛村已经取得了可喜的成就，全村两百多户纳入建档立卡户的只有二十多户，这充分证明脱贫攻坚给老百姓带来了翻天覆地的变化。他希望俄洛村不要满足于眼前的成绩，要与全县上下保持一致，为打赢脱贫攻坚战做出贡献。

村主任丹巴就俄洛村近五年在调整产业、发展经济、引进技术、培养人才、推进项目方面取得的成就做了汇报，并为全村完成脱贫摘帽任务表了态。

开幕式结束后，在草坪上举行了精彩夺目的文艺表演，敬酒词、山歌、锅庄、舞蹈，原生态的唱腔和苍劲的歌舞把古老的文化表现得淋漓尽致。

我看到每个人的脸上都露出了久违的激情。这场盛会把人们的视线拉回久远的历史。他们会联想起祖先们刀耕火种的劳动号子，建房立桩的吉祥祝词，婚丧嫁娶的宏大场面。艺术的魅力可以让所有人心跳加速，并发出由衷的喝彩。

这场文艺表演的幕后策划主要是华丹措。管理芍药之余，她把时间都花在了排练节目上，为了给观众一个惊喜，她连我这个好友都拒之门外，说除了吃饭、睡觉、喝茶外，排练期间一律不见。

县上领导们对俄洛村的文艺表演给予了高度评价。索书记说，县上的雅敦节一定要把今天的几个代表节目纳入进去，传承民间文艺的最好办法就是把它们推向更大的舞台。

随后，我们带嘉宾们参观了俄洛村的农旅观光区。夺吉局长担任解说，他向索书记汇报，这里是红色旅游和民俗文化的交汇点，加上俄洛村得天独厚的自然风光和农业产业，完全可以打造成 A 级景区。

嘉宾们对这里的美景赞不绝口。索书记也说，在下一步的旅游规划中，如果俄洛村不在红线内，可以适当开发。他要夺吉局长权衡好保护和开发之间的利弊，最终的结果是让老百姓得到实惠。

今天的俄洛村，沉浸在欢乐的气氛中，更因清晨的那场小雨，使得山野清新得如同新生婴儿，仿佛世上所有的绿都聚集在一起，淡的，浅的，深的，薄的，绿以外依旧是绿，满山遍野都融化在无边无际的绿浪中。

午餐安排在大帐篷里。村民们和领导们其乐融融地挤在一起。索书记亲切地跟大家交谈，就连疯子都挤到索书记面前，用那双迷茫的眼睛看着他傻笑。他今天也穿了七成新的氆氇袍子，换了件干干净净的白色上衣。

我们都捏着一把汗，生怕疯子会发作发狂。扫把书记紧紧挨着他，做出了随时防控的准备。

其间还穿插了即兴节目，年轻人唱流行歌曲，老年人说谚语谈格言。贫困户里有两个金嗓子，他们主动要求给领导们唱首山歌。

可能是帐篷里的热闹气氛引发了疯子的兴头，他居然唱起了一曲忧伤的歌曲。那歌词虽然含糊，但曲调还算流畅宛转。

我们为疯子热烈鼓掌。谁知他大笑了几声后捂住脸呜咽着跑出去了。这一幕让索书记想起了他下乡时的一件事情。

大概在六月份，索书记他们去麦溪乡幕寨看望贫困户，在那里也遇到了一个疯子，村干部说疯子是孤寡老人，村里给他修了两间房，平时由他侄子一家照顾着饮食起居。疯子发病的时候老是砸坏门窗，后来村干部想办法把窗子移到他够不着的地方，只留了个采光用的小窗口。

索书记他们赶到疯子家里，村干部告诉他县委书记来看他了，谁知疯子愤怒地吼道："既然来看我，拿钱没有？"

索书记听后，马上从身上掏出六百元递给疯子，说这钱给他买点好吃好喝的。

后来几次去幕寨，疯子每次见到索书记都高兴得手舞足蹈。

"那天，我们在村委会院坝说事，疯子跑过来给我们唱了首《社会主义好》。他唱得很动情，没有错一个字，这个举动给我留下了很深的印象。即使是一个不能正常思维的疯子，他的内心依旧保留着纯真。在乡村，触动我们灵魂的并不是业绩和成就，而是老百姓心中存留的那些细小的情感世界。后来，只要去幕寨，我都会去看看他老人家。每次跟他说话，他都很安静很认真。"

索书记说的这件事让我们感慨万分。我想起了初到俄洛村时的情景，阿齐的老父亲，旺波和阿玛拉姆，以及后来接触的达瓦、龙波甲夫妇，珠姆老姐妹，哪一个不是卑微地生活在他们挚爱的土地上，可他们的内心却装着那么多的光明和希望。

索书记还特意去看了华丹措的芍药地。他称赞这是一次大胆的尝试，如果成功了，将会带动俄洛村更多的经济产业。

索书记鼓励大家不要害怕失败，没有任何产业会百分之百成功。但需要要有开拓创新的精神，失败往往会促进更大的成功。他还去看了阿玛拉姆，在得知老两口还住在旧房中，就让我们做通老人的工作，一定要修个适合两人居住的房子。即使他们只能住上一两年，也要让他们享受到国家的扶贫政策。

两天的节庆活动结束后，村民们收起山上的帐篷，乐滋滋地回家了。

这之后，我和蓝红梅去了阿玛拉姆家，把村里决定给他家修房的事情告诉了老两口。

这次的谈话很成功。正好遇到旺波大叔心情好，他说自己何曾不想住新房，只是年岁大了，说不定哪天走了一个，留下另一个，浪费了资源，又给村委会添麻烦，不如就将就在破房里度过余生。

当他们得知村里出工出劳，村干部负责购买建材找工人，感动得连说"卡卓卡卓"（感谢）。

蓝红梅还把俄洛村的磨坊快要竣工的消息告诉了两位老人。说不久他们就可以吃到石磨糌粑了。旺波大叔的眼里闪过一道光亮，口中不停地重复着"好好"。

这一天，我也放下了一桩心事。俄洛村二十多户建档立卡户都投入到当前的脱贫热潮中。无论他们的起点有多低，只要努力，就会有结果；只要拼搏，就会有收获。

第二十四章　验收

随着盛夏的到来，雨季也随之而来。看天气预报，每天都是强降雨红色预警。

村民们说很多年都没有遇到这样的雨季了。眼看着青稞开始抽穗，惊艳了一个夏季的油菜花开始慢慢结果，天空却像破了个窟窿似的没日没夜地下。河水猛涨，山洪暴发，很多道路都被洪水冲垮了。

这期间我和蓝红梅在乡上的时间比较多，县上下来督察扶贫进度的领导和工作组越来越多，我们每天都在乡政府和村寨之间奔走，晚上就在乡政府办公室汇总，查找问题，制定整改措施。

俄洛村的扶贫工作得到了乡党委的肯定，全村有望在年底基本完成脱贫任务。

旺波大叔和阿玛拉姆整天咧开嘴巴笑着。工人们在他家老房子旁边搭了间活动板房，把新买的火炉安在房间。因为是夏季，板房里非常温暖。

哑巴大妈每天都去山上背一捆柴火回来。她打手势保证说不乱砍树木，只捡林中的朽木。考虑到旺波家的实际情况，村干部们同意哑巴大妈每天捡点生活上用的柴火。但担心他们把院子里的那点柴烧光了，冬天取暖就成问题了。不过支书说，特别困难的孤寡老人、五保户，村里会安排人帮他们捡柴，确保他们的生活燃料。

旺波大叔的脾气也收敛了很多。他对即将竣工的磨坊充满了期待。华丹措在给自己磨糌粑时，还专门给他也装了一大口袋新鲜的糌粑，告诉他再等等就可以吃到石磨糌粑了。

这一切都让这个贫困潦倒的三口之家变得和谐了。阿玛拉姆每天给老伴拖张椅子，再给他煮一壶金黄的马茶，让他在活动板房前看工人师傅们一点一点把砖墙砌高，她和哑巴姐姐却忙前忙后地在工地上帮忙。我们多次喊她们不用如此辛苦，工人们收了工钱，不用她们亲自劳动，累坏了身子还麻烦。可善良的姐妹俩不肯，她们说村里给她们修新房，她们有手有脚，和点水泥，递块砖的还是干得动。

每次遇到这种情况，蓝红梅就附在我耳边悄悄地说：“让她们闲着比什么都难受，劳动是农民最快乐的事。让她们干点力所能及的事，她们才觉得自己不是废人。”蓝红梅还会参加到大妈们的劳动中，夸她们精神越来越好，和水泥的技术越来越好，高兴得哑巴大妈咿呀吆语地又说又笑。

原先我最担心的珠姆大妈家的孙女婿，居然也把两个妈妈的睡房修起来了。他请了自己的木匠朋友，拆掉原先的小房子，在老屋前加了一个阳台，阳台下砌了一米多高的墙，棚顶和窗户都是玻璃。他说顶子如果用塑料板，刮风下雨怕会漏水，加上睡房光线不宜太强，担心老人们不习惯，于是就在睡房上盖了彩钢瓦。

看到工地上干得有声有色，后期需要的材料也堆在院子里，我总算松了口气。珠姆大妈看孙女婿的眼神也没有原先那么别扭，即使小两口偶尔还是打打闹闹不够稳重，索郎旺姆痴傻劲仍不时发作，可过日子的迹象越来越明显。俩姐妹也只有认命了。

龙波甲最近往村委会跑得勤，他每天都会带给我们新的惊喜。羊均传统服装合作社已经通过了审批，县文化局和他们早早签了合同，要他们为明年的盛夏雅敦节做一千套锅庄队服装。另外，县中、藏中的也在联系他们，请他们每年给学校做“六一”的舞蹈服装。他的二女儿成为合作社名副其实的业务总监，有她出谋划策，合作社渐渐走上了正轨。

反而是华丹措那里，因雨季的到来，我们把心都提到了嗓子眼。芍药的生长环境不能太过潮湿，它需要在充沛的阳光和沙质土壤里安身，频繁的雨水会使花根腐烂。

华丹措天天穿着雨鞋打着雨伞守在地里，雷电和暴雨都吓不退她。我们劝她不必太过操心，本就要在秋天进行移栽，再说龙处长帮忙购买这些花苗的资金是单位上争取的，她自己筹备的钱除了用在犁地播种和人工费上面，基本就没有大的开支。

我们每次这样开导她时，她就会瞪大眼睛反驳："正因为是蓝姐和龙处长他们为我争取的产业资金，我才更不能失败。先不说花苗用了多少钱，人家千里迢迢地给我运到村里，我们提心吊胆地呵护了两个多月，才把它种下去。如果这场暴雨把它毁掉，我就太对不起大家了。"

道理是这样，可谁能改变这该死的天气？别说十五亩芍药花，就是长势良好的青稞和油菜也禁不住暴雨的侵袭呀！眼看着大片庄稼在雨水中倒下，我的心情也跟着变得湿漉漉沉甸甸的。

乡政府领导和驻村干部们三天两头下村视察汛情。工作的焦点突然转移到抗洪排险上。就在这时，旅游局通知我回趟县城，说达摩山的功能房和公路沿线的三个小型生态厕所到了收尾阶段，要我跟办公室工作人员去验收。

"林局，我知道你在乡下也很忙。扶贫工作进入了关键时期，加上最近到处涨水，洪涝灾害形势严峻。但局里人手少，你又分管项目工作，这次验收就辛苦你跑一趟，估计一天能够搞定。"夺吉局长打电话专门向我解释。

"没事，村里的扶贫工作还算顺利，只是担心暴雨引发一些地质灾害。我们一定能完成验收任务，一天时间够了。"

我把要回县城的事跟蓝红梅说了后，收拾完东西就出发了。到县城后才发现草原的汛情更严重，热曲河漫过河床悄无声息地逼近了城区，公路两侧的农（牧）家乐都浸泡在亮汪汪的水中了。

第二天，我们七点半就出发了。一路天气阴晴不定，时有阵雨袭击。小杨说，县气象局播报了暴雨红色预警，县上已经启动了一级应急预案。不只高原，包括成都在内的很多大城市都在涨水，据说都汶路上的一个隧道都被洪水淹没了。

龙处长也要在这两天到R县检查工作。他们计划乘飞机到黄龙机场，再由松潘租车前往扶贫村。我把草原的路况和汛情跟处室汇报了。我担心如果遇到塌方，他们被堵在路上将会进退两难。但每月一次的扶贫督察没有特殊情况都不会停止。但愿能有几天好天气吧！

夏季的草原到了最美时节。牧人的帐篷在半山腰像一簇簇摇曳的蘑菇云，一望无际的原野上开着成片的野花，红的、黄的、粉的、白的、蓝的、紫的，但凡世间该有的颜色都在盛夏的舞台上竞相争艳了。

上次跟夺吉局长他们去勘测点位时，听他说过要把保护区内的农（牧）家乐全部拆掉，今天路过时果然没有那些建筑群落了。按照环保要求，这条北连甘肃、南连省会成都的国道213以东只保留了少许的牧家乐和骑马点。

小杨和王哥说起拆迁一事还是颇有感慨。壮大农（牧）家乐，为人民群众创造增收致富新路无疑唤起了无数创业者的梦想，尤其是旅游业的兴盛使得一大批服务行业如鱼得水。但一个地区只顾经济发展，却忽略对环境造成的破坏。一个时代的错误注定由一批无辜者去承担，或许这就是惨痛的经验教训吧。

农（牧）家乐的拆迁使草原完全回归到原始状态。没有游人和汽车的践踏，这片遗落在天边的中国最美湿地就是名副其实的人间天堂。我想，多年以后，牧人的子孙后代一定会感恩这个时代为他们留下了草丰水美的家园。

生态管护站和旅游厕所的建成为公路沿线增添了一道风景线，也为往返于此的游人提供了舒适的驻足场所。据介绍，站里已经进入了试营业阶段，并按照脱贫攻坚要求，给每个站安排了两名本地就业人员岗位。我们在现场也看到了上班的藏族青年。

施工方已于我们先到现场，按照图纸设计，我们认真对照，一一检测，结果还是比较满意。除了墙面上的细节处理，其余都达标。但在纳果管护站我们却发现，原先要求增设的两个蹲位规格不符合要求。施工方一再解释，是因为厕所本来的格局限制了蹲位的空间。这对水冲式蹲位没有很大影响，严格意义上与工程质量无关。经现场研究，似乎也没有整改的余地，就保留了目前样式。

两个点位的验收很快结束。往下几十公里，还要走那么多的弯道去达摩山。因为是第一次以局领导身份带队验收工地，虽有小杨和对项目工作很熟悉的司机王哥，但我的内心还是有些忐忑。

昨晚，我还跟华丹拉姆打了个电话，告诉她我们要去达摩山的消息。可她去青海湖云游前就说过，秋天才回来。她说自己还要在青海待一段时间，然后再去趟西藏山南市，也许回来就冬天了。

我心中有点失落，总觉得回城前没法见到那个食仙果、品木茶的高人了，这不能不说是件遗憾的事。虽然我知道要见到她这样的修行人需要缘分，但内心仍存一线期许。此外，我还有一个愿望，就是沿着达摩山栈道去看看后山的那片神湖，看看一个青春少女的爱恋被搁浅的地方到底有什么奇异之处。

华丹拉姆轻声细语地说，最近山上也是暴雨肆虐，尼姑们都在挖沟排水，抗灾自救，寺内能不能接待我们她也不好说。

我赶紧表示此去只为验收工程，没时间停留太久，请她不必担心我们的食宿问题。

王哥虽然是司机，但在旅游部门待久了，又经常跟领导去景区和工地开展工作，对这些事很熟悉。小杨私下提醒过我，关键时候，王哥可以给验收工作出出力。我明白小杨的意思，他或许看出了我的不自信，但我对接手的工作还是有把握的，像目前这种与生态管护站配套修建的小型厕所，规模小，旅游局本部门去验收就行了。

因为是第二次走这条路，我基本能记住途中那些乡镇的名字。到降扎温泉路口时，冬天见到的萧瑟景象已经不复存在，我看到远处的山林上飘着朦胧的云彩，心中有了挥之不去的向往。这片盛产青稞的肥沃土地，历经暴雨的冲刷后仍然顽强地支撑着夏季赋予它的使命。

"这个鬼天气不要再下了。只需一个月，粮食就成熟了！"

"看今年的这个天气，不单是粮食收成问题，只怕会有大的自然灾害哦！好像全世界都在遭遇暴雨的洗劫！"

"现在去成都就恼火了，隧道都堵了。唉！林局好像过来后还没回过城吧？"

"最近我倒是想回趟省城办点事，看样子还真不行了！"

我们闲谈的话题始终绕不开雨季。被冲毁的道路泥泞不堪，施工队的工棚上溅满泥浆，有时候运料的砂石车堵上半天才让出一条缝隙，车在走走停停中耗去了很多时间。

达摩山的情况比我想象的要好很多，没有太多被雨水冲垮的路段。到达山顶的时候，天放晴了，云雾缭绕的沟谷中不时传来鸟鸣的声音。一簇簇云杉在弥漫着雾气的峡谷中若隐若现，尼姑庵在目光所及的崇山峻岭中禅意缥缈。

达摩村村支书带着几个人早早地等在了山上。他说早上发动村民把塌方的路段都清理干净了。有些地方整块坡地都垮了下来，好在山上的农田没有遭到破坏，反而因为雨水的润泽，青稞长得比任何时候都好。

我们把车停在路边，绕过尼姑庵右边的一个小坡上山。

村支书说，这段时间不能进寺。尼姑们都在闭门诵经，为遭遇洪灾的百姓祈福。

步行走过一段黄泥路就到后山了，十多米的落差在这里切割出一个世外桃源来。只见眼前的地势突然开阔起来，一大片郁郁葱葱的松林下停泊着美玉般的湖泊，祖母绿般的水波倒映着四周的山峰和刚刚放晴的蓝天，草坪上开满了黄色的野花，悠闲的牛群在湖边走来走去。

小杨介绍，达摩山上的六个功能房是县旅游局整合涉农资金修建的，为的是给上山朝觐的人和观光的游人提供一个休闲场所，但限于地理位置和生态保护，只能建小型客房和步行栈道。

栈道从草坪正中向两边延伸，在湖水西面连接着山坡上的六个小木屋。木屋的建造很独特，远看像一座座精巧的小风车。木格子窗前的小露台可以晒太阳和品茗，房间内则完全按照标间设计，有写字台和淋浴室，丰富的水源完全可以满足用水需求。

工程项目经理白龙说，他们从后山引进水源，并且把排污功能处理得很好。功能房投入使用后，得严格控制排污量，不能对生态系统造成破坏。而景区和尼姑庵则是两个互不干扰的世界。因此在建造之初，就将景区作为独立运营场所进行打造，而功能房则是给所有上山旅游、朝佛、写生和摄影的人提供的接待点。

达摩村村支书表示，一定把功能房运作好。村里按照两年一轮的方式，让村民们参与经营，发挥村集体经济在脱贫攻坚中的重要作用。

我在电话里给夺吉局长汇报了现场验收情况，他要求我们形成文字报告，并附上相关图片存档。看似繁杂的工作完美告终，我在完成局领导安排的工作同时，也实现了看看神湖的心愿。

这里的一草一木都传递着大自然的野性和灵气。我明白了世外桃源的真正含义。一尘不染的大地自有它存在的价值和尘世难以企及的境界。两次踏足这方仙界，心已足矣，即使无缘再品木茶，无缘再聆听夜半星空的密语，但高人指点的人生警示已铭记于心。

我没有再给华丹拉姆打电话，没有告诉她我去看了当年让她顿然觉醒的高山神湖。对于诀别红尘的人来说，安宁之所是毕生所求。

达摩村村支书诚恳邀请我们去村里看看，他说村寨近年来变化很大，村村通、网络全覆盖、脱贫攻坚让村寨与时俱进了。

达摩山不只是半山村寨，更是真正意义上的空中楼阁。在去往村寨的路上，我们一行人穿过滴落着雨水的松林，再踏上开满野玫瑰的草坪，而被飞鸟们的啾啾欢鸣震落一山的雾岚，则让我想起了蓝红梅的朋友卓玛所在的"花果山"，是什么样的精神力量造就了一个云端民族的生存法则？

达摩村这个风水宝地让小小的村落在历史风云中魅力四射。二十多户人家依靠镌刻在深山密林中的生存秘籍，放牧、种地、砍柴、烧火、酿酒、娶妻生子，把生活过成了世外桃源。新时代的民生工程在这里同样花开四季，"两不愁三保障"让达摩山人开始奔小康了。

村支书把我们带到村委会，介绍了村里近五年的产业结构调整、经济创新思路，原先只种青稞的农田早在十年前就种上了大黄、柴胡、黄芪和川贝。今年在全乡扩大高原红脆李基地项目中，因为拥有充足的阳光和适合李子生长的土壤，达摩山也被纳入了试种范围。目前，山上已经有十多亩农田种上了红脆李。

在村支书家做客，我看到了介于农区和牧区之间的另一种民居风格。这里的房屋都比较低，房顶上保留着传统的三角形杉板顶，这是对民居文化的至上捍卫。

村支书介绍，现在的乡村民居跟过去有很大区别。装修风格融入了很多现代元素，材质和工艺也是飞跃式的发展。值得欣慰的是，达摩山上的民居一直保留着古朴的建筑特色。除了硬化设施走上了现代化，生活节奏步入了新时代，民居依然充满了古朴雅致的韵味。

村支书的老婆给我们做了很地道的豆粉和蕨麻饭，还煮了刚挤出的牦牛奶。村支书打趣说，客人什么时候到达摩山，他们的女人们就可以什么时候提上奶桶挤出最鲜美的牛奶。

闲谈中，我们了解到达摩村的建档立卡户都搬进了新房，很多贫困户自发在山上开辟了中药材种植基地，乡政府出面请技术人员上山指导工作，为发展新型产业打下了很好的基础。村支书说达摩村的人从不懒惰，大山赋予这个民族坚韧不拔的毅力和吃苦耐劳的精神。

听村支书说这些的时候，我心中想的是俄洛村的旺波大叔、珠姆大妈、龙波甲、达瓦、疯子、华丹措，以及过世的阿齐父亲。他们像一帧一帧画面从我眼前一一闪过，我深深地为这些热爱家乡，热爱土地和种子的村民们祈福。

当问及山上的功能房何时能够正式运营时，村支书说："村里已经落实了第一批服务人员，就等旅游局验收房子。我们争取下周开始试营业。马上快暑假了，每年暑期上山的大学生特别多，从红色圣地腊子口进来的游人也不少，我们要把接待工作做好做扎实。"

"今年的洪涝灾害不容忽视，你们要做好预防措施。非常时期可以停止营业。特别是上山的路要确保畅通。"说真的，功能房的建成让我处在喜忧参半的心境中，因为真正的汛期才刚刚到来。

下山的时候，我始终没有回望尼姑庵的方向。虽然空寂的山野里回荡着一次比一次高亢的诵经声，可我的心却慢慢地静了下来。经过两次涉足，这个地方成为我一生都难以忘怀的圣洁之地。我的智慧不足以解读这个地方，但我可以用一颗真心感恩它带给我的震撼。这里没有悲欢离合，没有红尘情歌，却有木茶和鲜果，有梵音和净土。

第二十五章　回归

　　龙处长他们冒着倾盆大雨到达俄洛村，先到阳光棚开了三季度的扶贫工作会，之后看望了三个贫困户。在旺波家，龙处长听说老人家特别怀念水磨糌粑后，掏出一千元交给旺波，要我们想办法给老人家买一袋他想要的糌粑。

　　龙处长还带来了单位募捐的十一万元现金和几十包衣物。他一再嘱咐，这些钱和物资是全局七十多名同志对贫困村的真情援助，一定要用到该用的地方。

　　"这次募捐的钱尽量用在贫困大学生和孤寡老人的身上，衣服分发给四个寨子的贫困户。这笔钱凝聚着省农博局全体人员对扶贫村的关心关爱，还请大家合理安排。"龙处长的话里透着正义的力量。

　　龙处长还告诉我，这次我得跟他回趟省城，农博局要召开一次全局职工大会。机改工作已经到了省级层面，明年三月前省上要完成机构改革的所有工作。农博局可能要和其他单位合并，这次的职工大会上还要征求意见。

　　关于机改，群里面早就说得沸沸扬扬了。几个要好的同事私下也跟我说过多次，大家都在为自己的前程发愁，单位的合并标志着我们将从另一个起点重新开始，而个人的升迁和待遇问题都会因此而有所改变。

　　"林姐，你下派驻村就是政治本钱，回来后提拔到副处级根本没问题。"好友春春在微信里说过这样的话，也有诸如"辛苦的事有你的，提拔的事没你的，都是空吹"，或"林美娇可能早就预料到机构改革这股风，抢先一步给自己打下了政治资本"等传言。

　　都说人心隔肚皮，朝夕相处的同事不一定是你可以无话不谈的对象。反之，

264

利益会促使很多人心口不一。对于部分长期生活在都市的人来说，人情这东西是个缥缈的词，出人头地才是稳固自身地位的唯一法宝。

像我这样缺乏竞争意识的简单女人，曾经把家作为遮风挡雨的安乐窝，以为能在老公的呵护下安稳度过一生。但今天的局面也不能单单归结为一个人的不是，是我的散漫和粗心造成了丈夫的背叛。不过又能怎样，我不是以另一种方式活了下来吗？而且如此饱满地成长着。就像乡村田野里的那些青稞，虽然被雨雪摧折、烈日浸淫，却有着强大的生命力，这就够了。

作为农博局的一名职工，大趋势下的人事变动我们要坦然面对。突然之间，我也想回趟家，我该带着一种新的精神面貌回去看看秀秀和表姐了。当然，我也该回到同事们中间，听听大家对机构改革的看法。因为，我终究要回到他们当中，继续在都市的生活中扮演好自己的角色。

蓝红梅知道我要回去，买了一大堆奶粉、牦牛肉干、披风塞进我的包。龙波甲的老婆还赶制出一套小藏袍要我带给女儿。我在回城的车上还听说，几个贫困户给我装了糌粑、酥油和炒胡豆，统统拿到村委会门前等我。阿玛拉姆以为我回去了就不再回村，哭得很伤心。这一切都让我心怀感念。短短几个月的相处，这里的老百姓已经成为我的亲人了。

表姐接到我回来的消息，也是又惊又喜。她说正好周末，可以腾出时间给我弄一大桌好吃的菜。她还专门给秀秀买了新衣服，自己也换上了男朋友买的蕾丝长裙迎接我的回归。

秀秀长高了很多，都显现出小姑娘的亭亭玉立了。她见到我没有丝毫的拘谨，而是扑进我的怀里亲昵地吻我。她特别喜欢我带回来的小藏袍，说要在歌咏比赛上穿上它。

表姐说为了给我们一家人创造无拘无束的团聚空间，就没有喊新结交的男朋友。我问他们交往到什么程度了，表姐羞涩地说："你什么时候结束驻村，我就什么时候嫁人。"

"不过，我想让秀秀跟我过。我会当她是亲生女儿的。"表姐的爱很打动我，我明白她的苦心，她是想为我减轻一点压力，好让我全身心地投入到新的工作中去。

我提议晚餐喝点红酒，为表姐重拾幸福庆贺一下。我诚恳地告诉表姐，秀秀就是我们共同的孩子，无论她跟谁过，将来我们都是她的亲娘。这话让表姐感动得眼泪一茬茬往下流。

"在秀秀的事情上我没有私心。你和建中闹别扭时我也气你破罐子破摔。我怕你醉酒吓坏了孩子，给她的心灵造成阴影，所以想把秀秀抢过来保护。但她是从你的肚子里生出来的，你肯定比我还疼她。以后我们一起抚养她长大。你安心驻村，实实在在做事，无怨无悔地回来我也就满足了。"

这是我和表姐第一次敞开心扉说话，她的朴实和善解人意是我度过感情洪荒的坚强力量。两年的时间，有表姐、秀秀和俄洛村的老百姓在我心中，还有什么精神后盾能比这还重要！

周一在单位开会，局领导把我们几个驻村干部喊到办公室谈话，鼓励我们一如既往地搞好扶贫工作，为完成脱贫攻坚任务再接再厉。

一周的时间足够我处理完几件事。一是接手单位安排的新的扶贫任务，二是陪秀秀逛了她喜爱的游乐城，三是打电话给老公，请他在离婚协议上签字。

当我在民政局大楼下等到那个已经勾不起我任何念想的男人时，他反而显得优柔寡断。他说能不能不要那么着急离婚，分开一段时间就是为了冷静地反思一下。为了孩子，能不能退一步？

"一个男人投怀送抱另一个女人的时候还能反思，只能说他的智商和情商都到了出神入化的境地。我只是个小女人，幸福的概念就在柴米油盐和家庭和睦中。放手，既是对过去的总结，也是对未来的忠诚。秀秀是我们的孩子，我不反对你去看她。"

"我可以考虑回到你们身边。等你驻村结束再说好吗？"面前的男人突然很颓废，好像造成婚姻裂变的反倒是我。

我没有说话，以不容商量的眼神让他签了字。事已至此，沉默是最好的态度。我的心底涌出从未有过的解脱感。

起程回草原那天，我们走的是海子山老路，因此这次回城就没法途经叠溪海子。刚刚去高原时印刻在心底的地震遗迹似乎已经远去。望着龙王山上犬牙交错的崖壁，听着岷江河在万丈深渊下咆哮，对生命的敬畏感再次撞击着我的心灵。

蓝红梅把我离开的一周当成了一年，她每天都给我发几张抗洪抢险的图片，希望我尽快回村，说没有我的日子她形单影只。华丹措也是数着我回村的日子，不是埋怨烙饼放久了发霉，就是责怪我留在省城的时间过长。无论如何，我懂两位挚友对我的牵挂。不只是她们，还有俄洛村的老百姓，他们都在等我回归。

"我有很多话还没告诉你，等你回来了，我们要说上几天几夜的睡话。我要告诉你我的故事，我的爱情，我的人生！"蓝红梅迫不及待地给我发微信。

"你走了，我的芍药花也不长了。秋天你要参加移栽工作，你给我打工吧，我付你工钱。哦对了，小泽暑假要回来了，你给他带几本图书回来吧。"华丹措把她站在芍药地里的照片发给了我。

"林姐，回来的路上注意安全。这段时间水涨得更凶了！"小杨没忘记给小多肉浇水。

"美娇同志，我们到抗洪第一线了。路不好走，你就在城里休息一段时间。"夺吉局长关切地说。

俄洛村干部群更是热闹："村村响开通了，林局长快回来指导一下工作。县脱贫攻坚指挥部要求我们进村演练迎接省检，你可得在场啊……"

暴雨和洪水阻挡着我前进的道路，塌方的路段滚来一块块巨石。有些车翻进沟里，有些树被河流连根拔起。草原因地势平坦而减少了洪水的冲击，但灾情程度比我回城时严重多了，到处是洪水泛滥的迹象，牧人的帐篷都搬到了山上。

我看见本地资讯中有关灾情加剧的新闻，记者们身穿连体雨衣，站在漫过腰部的热曲河进行现场报道。县城周边的岭嘎村和红光村成为水上孤岛。全县机关单位的党员干部和志愿者奔赴在抗洪救灾第一线，以大无畏的精神书写着脱贫攻坚和抗洪救灾的壮丽篇章。

电话和信息传递的灾情令人揪心，一路上看到的险情更是令人触目惊心。百年一遇的自然灾害把全县人民推向了水深火热中。

我的电话几乎没有离手，一直在关注俄洛村的情况。蓝红梅说巴西路有五六处被冲断，几个乡之间的路全部中断，全乡干部和老百姓都在抗洪抢险的路上了。而暴雨还在肆虐，山洪和泥石流一触即发！

每一个信息都是命令，都是冲锋的号角！我在电话里跟夺吉局长说要直接回俄洛村。虽然村寨里还没有传出地质灾害的消息，但如此危险的暴雨天气，难保不引发山洪和泥石流！

我只想以最快的速度回到乡村，回到老百姓身边。无论自然灾害怎么肆虐，我都要坚守岗位，捍卫人民群众的生命财产安全。

当我乘坐的越野车穿过灰蒙蒙的雨帘，进入了蜿蜒蛇形的阿俄山路时，我看到了熟悉的群山在暴雨和雷电中岿然不动！

我在村委会门口下了车，广播里正在播放《走向新时代》，激越的歌声穿越灰色天穹，在村寨上空回荡。

门卫大叔见我回来，赶紧抓了件雨衣给我披上。他说半个小时前的雷雨引发了洪水，羊均寨大半个寨子的院墙都被冲垮了，蓝书记和扫把支书带领村民抗洪抢险去了。

我看到保管室门口放着一把铁锹，冲过去把铁锹扛在肩上，转身对正在帮忙拿东西的司机说："走！去羊均寨！"

暴雨越下越大！

羊均寨越来越近！

我看到前方被洪水冲断的路上，扫把支书和蓝红梅他们挖沟排水的身影！

我擦去因激动和悲伤而奔流的泪水，向着忙碌的人群飞奔而去。

后　记

　　《长征路上的扶贫人》的写作背景是 2017 年我在四川博览局挂职的一段经历。故事中的主人公林美娇就是博览局下派到扶贫援建县的驻村干部之一。

　　上挂下派是 2011 年"千名干部下基层"以来国家实施省会城市与艰苦地区交流干部、促进民生工程、完成脱贫攻坚的战略目标。随着这个伟大工程的启动，一批又一批的下派干部从不同城市、不同部门来到援建对口单位，攻坚克难，不畏艰辛，把党和国家的扶贫工作落实到基层，用实际行动诠释了一个时代的政治战略。

　　2017 年 5 月，按照县委组织要求，若尔盖县机关单位和乡镇企业抽派十三人到德阳挂职。其中我和两名同志分别被派往四川博览局、中石油公司和核工业地质局工作。

　　应该说，那是一次十分新奇和极富探索的历练。身处成都市中心和紧靠省政府的地理优势让我近距离接触到古蜀之国经久不衰的文化脉搏和突飞猛进的经济步伐。短短八个月时间，我有幸以高原和城市的双重身份站在更高的平台，深情回望若尔盖人在脱贫攻坚浪潮中所展现出来的进取精神。

　　为了便于联络和对接博览局联系村的扶贫工作，我被分配到组织人事处，这个处室共六个人。处长是黄万东，我和王柃玥、罗军一间办公室。平时去若尔盖开展工作由副处长陈德平负责，有时候我们也会跟中石油公司和地质局的工作人员一同前往。

挂职期间除了接触到扶贫工作，其他收获也是前所未有的。在这里，我认识了很多人，体验到省级部门严谨的工作作风和务实精神。两点一线并不是我们小县城才遵循的上班规则。我的同事居然有很多不知道春熙路的地铁口在哪里，没有去远洋太古里和九眼桥玩过，甚至没去过单位周边那些精致的餐馆、书店、鲜花店。从另一种角度来看，这也是城市高效运转的结果。

　　值得欣慰的是，我在挂职期间写作的灵感也上升到一个高度。繁华的大都市提升了我的心智，不同以往的大环境熏陶了我的思想。在这期间，我写了几篇让自己和读者都满意的小说。写诗的灵感也会因那些灿烂花卉、婆娑绿荫、迷人夜景而空前爆发。为了诠释四川博览局在若尔盖扶贫工作中所做的贡献，我在挂职接近尾声的时候写了组诗，从2011年的"挂包帮"写到当前的"脱贫攻坚"。组诗在博览局工作群里得到好评。黄处长说我是唯一给博览局留下文字的人。他让我找人将诗歌翻译出来，说要把藏汉双语的诗歌裱起来挂在会议室。我托朋友找到西南民大的一位教授，精准翻译了诗歌，把四川博览局与若尔盖的美好友谊留在了字里行间。

　　2018年，四川省作协征集"万千百十"文学扶贫作品，我开始报了那组诗，后来考虑到一组诗根本无法表达脱贫攻坚中那些感人的故事，便报了两万多字的长篇小说构架。结果竟被批准通过。阿坝州一共三部作品，两个长篇小说，一篇报告文学。我们还在德阳市参加了现实题材培训会，《人民日报》总编辑亲自讲课，诸多名家大师现场传授经验心得，可谓殷殷期许，切切祝福。而我们在签约的同时也得到了三千元的启动经费。我填报的时间是2019年底交稿。

　　不曾想，走访、收集、记录是一个庞大的工程。加之本职工作繁忙，我的长篇写到八万多字又停了一段时间。直到2019年10月左右，省作协开始催稿并要我们自己找出版社时，我才急开了。恰巧一个朋友要来若尔盖游玩，我只好休假并把电脑放到她几乎装上所有家当的车里，开始了为期二十多天的环游。白天完全没时间写，晚上我们同样聊得海阔天空，后来不得不分居而眠。

　　某个夜深人静的午夜再次滑翔在那些故事中时，一个念头着魔般迫使我忍痛舍弃了所有文字，突发奇想重新谋篇布局。不仅把主人公变成了女性，所有故事都来了个颠覆性的重构。那个奇怪的灵感魔性十足地引领我走进若尔盖，走进俄洛村，走进阿奇家，走进大黄地，走进芍药花田，从而走进由脱贫攻坚折射出来的自然风光、人文风景、长征丰碑、宗教文化。博览局联系的贫困村就散落在"七根火柴""胜利曙光""巴西会议""元帅桥"等红色圣地，这使我们的扶贫工作又多了层浓墨重彩的历史底蕴和红色符号。

在博览局，每月一次前往若尔盖开展工作从来都是风雨无阻。我多次跟随援建单位领导去嫩哇乡塔哇村、占哇乡的夏德村、巴西乡的阿俄村。记得第一次下村的那个夏天，我们沿着正在提升改造的唐热路，在尘土飞扬的颠簸中到了塔哇村一个建档立卡户家中。当沾满泥浆的车还没有停稳，一个精瘦的小伙子从院子里飞奔出来，他喜极而泣的目光流露出对扶贫干部的深厚感情。中石油公司程总是我们此行带队领导。据说他从西藏石油公司调入四川西南分公司还不到两年，却颇有建树。他的温和修养让我们一路沉浸在愉快和谐的氛围中。

那户建档立卡户在夏季牧场。小伙子是村干部专门从牧场喊回来迎接督查组的。他们的房屋和暖棚都修好了。明白卡端端正正贴在门上，资料袋整齐地放进柜中。整个走访过程中，程总都握着小伙子的手。那种感情绝对发自内心，随行的人无不为之动容。

那次的走访，我喜忧参半。喜的是贫困户有了新房，有了水电网，有了随时可以观看的电视节目。忧的是他们仍将在漫长的游牧生活中遭受风吹雨打。强烈的紫外线在他们的脸上刻下难以抚平的沧桑印记，恶劣的气候和严重缺氧的环境让牧人练就出坚韧的生存意志！

也就是从那时起，我和同事去若尔盖巴西乡阿俄村，对接牦牛养殖的事。那是博览局用四十万元专项资金给阿俄村打造的集体经济，从而真正意义上进入扶贫工作最真实的层面。那些熟悉或不熟悉的乡村开始在演变、在提升、在进步、在发展；那些熟悉或不熟悉的老百姓眼里有了笑意，脸上有了光彩，兜里有了钞票。他们眼里曾经高不可攀的城市生活突然就走进了乡村，走到了基层，走到了千家万户的柴米油盐的温饱中。它们不再是发达和落后的区别，也不是高贵和卑微的界定，更不是中心和边缘的划分，而是自古以来相生相依、血脉相连、荣辱与共的兄弟关系。

需要铭记的是，国家实施的每一项民生工程，都已经深入人心、家喻户晓、硕果累累。扶贫路上那些闪耀的名字代表着一个政党为民、亲民、爱民的服务宗旨。

四个多月的写作让我跟故事中的每一个人、每一件事都产生了深厚的感情。我在接近曙光的暗夜与主人公一起笑一起乐。我没有刻意讲故事，而是把自己变成了他们中的一员。我渴望用文字记录这段不平凡的历史，渴望用文学的形式诠释一个时代命定的政治课题。这个过程既是艰辛的也是饱满的。

长篇小说的出版同样经历了波折。出版时间的规定和四审的严谨让这部二十多万字的作品经受住了考验。或许它还有很多瑕疵，有很多不完美的情节，但它是我用最短的时间、最诚挚的情感写出来的，好坏与否都是我为之付出心血的美丽结晶。

在这篇后记中，我要特别感谢四川文艺出版社的总编辑张庆宁，责任编辑程川，以及之前十分认真地接触过这部小说的四川美术出版社、圣立文化公司，还有若尔盖县委、县政府、县委宣传部的大力支持。文学赋予一个作者的使命就是用好作品来讴歌时代，用好故事来讲述中国农村，这样才不失为一个时代所需要的好作家。

这个冬季，我在首都北京为长篇写下简短的后记，为的是让读者懂得这部故事所承载的时代主旋律。对于我而言，接近年末的12月，也因将出版由我策划的若尔盖文学采风专辑《听，若尔盖》、我的中篇小说《破晓》荣获首届青稞文学奖而丰腴和圆满。

此外特别感谢著名作家、社会活动家、原《民族文学》副主编赵晏彪，四川省作协创联部主任、著名作家马平，四川省作协副主席、著名作家伍立扬三位老师倾力推介《长征路上的扶贫人》。

最后，借阿来12月2日在四川省作协2019—2020年新会员培训会上的一段话来勉励自己：

写作是一种宗教感的庄重，后来不再是个人情绪。是人生格局，生活的大局面，用书来充实丰富社会，来矫正世界，提升生命，构架生命。

2020年12月20日于北京中央民族干部学院